Frank Pergande

Sommerliebe auf Schloss Bothmer

EIN HISTORISCHER LIEBESROMAN

HINSTORFF

VORSPIEL – LONDON, 18. MAI 1730
Hans Kaspar Graf von Bothmer gibt in 10 Downing Street eine Abendgesellschaft und erzählt seinem Freund Georg Friedrich Händel vom Klützer Winkel

1. KAPITEL – ARPSHAGEN, 3. JULI 1730
Eine Hecke spielt eine wichtige Rolle, als Baumeister Künnecke beim Frühstück seltsamen Besuch bekommt und sich von einer Frau verfolgt sieht

2. KAPITEL – KLÜTZ, 3. JULI 1730
Friederike hat einen großen Auftritt im Frät Kraug, eine Theatertruppe taucht auf, und der Pastor fragt sich, wie groß eigentlich der Klützer Winkel ist

3. KAPITEL – BOTHMER, 3. JULI 1730
Wie Schloss Bothmer zu seinem Namen kam und Baumeister Johann Friedrich Künnecke einen seinen Dachdecker, den Johann, schätzen lernt

4. KAPITEL – BOLTENHAGEN, 10. JULI 1730
Graf Bothmer und Händel reiten am Strand von Boltenhagen entlang, begegnen einer Schauspieltruppe und fragen sich, ob man aus Liebe verrückt werden kann

5. KAPITEL – GRUNDESHAGEN, 10. JULI 1730
Der Pastor und die Himmelreich werden beim Liebesspiel gestört, der lange Heinrich findet merkwürdige Dinge und Händel bekommt ein Cembalo

6. KAPITEL – ARPSHAGEN, 14. JULI 1730

Ein Regentag, an dem bei Hans Kaspar jr. gleich mehrere Gäste vorsprechen, worauf er beschließt, die Frau Pastor in Klütz nicht mehr zu besuchen

7. KAPITEL – KLÜTZ, 16./17. JULI 1730,

Graf Bothmer betrachtet zusammen mit einer alten Jugendliebe den Mond, schlummert dabei ein und wird von Christine Margarethe sanft geweckt

8. KAPITEL – BOTHMER, 17. JULI 1730

Die Idee für ein Baustellenfest wird geboren, der Stuckateur Mogia erzählt von seinen Kindern, und Bothmer denkt an den Hinterausgang von 10 Downing Street

9. KAPITEL – HOFZUMFELDE, 22. JULI 1730

Gottlieb neckt seine Mutter, wird dabei aber unterbrochen, als der Gärtnerbursche Benno auftaucht und vom Theater schwärmt, bevor ein sanfter Regen fällt

10. KAPITEL – BROOK, 23. JULI 1730

Graf Bothmer unternimmt mit Christine Margarethe einen Ausflug, erfährt von einem Marzipanbäcker, kommt aber nicht dazu, von dessen Köstlichkeiten zu probieren

11. KAPITEL – KLÜTZ, 23. JULI 1730

Hans Kaspar jr. besucht seine Freundin im Pfarrhaus, trifft dort auch Händel und staunt darüber, wie der Musiker drei Portionen rote Grütze vertilgt

12. KAPITEL – GREVESMÜHLEN, 23./24. JULI 1730
Drei Kutschen stoßen zusammen, aber alles endet dank Greve-Creme und einer neuen Liebe glimpflich, worauf Gottlieb einen Stieglitz kauft

13. KAPITEL – BOTHMER, 25. JULI 1730
Der Pastor begegnet Gott, das Holz im Festsaal duftet, und Baumeister Künnecke muss erfahren, dass er nicht so geliebt wird, wie er meinte

14. KAPITEL – GRUNDESHAGEN, 29. JULI 1730
Der Damenchor übt und bewirft Händel mit Versen, der Pastor trifft seine Geliebte, der Graf seine Nichte, und Sinnlichkeit bricht sich mächtig Bahn

15. KAPITEL – DAMSHAGEN, 5. AUGUST 1730
Was Baumeister Künnecke und Johann auf einer Dienstreise zu Pferde alles erleben und wie es überhaupt kommt, dass Johann ein eigenes Pferd besitzt

VORSPIEL – LONDON, 18. MAI 1730

Hans Kaspar Graf von Bothmer gibt in 10 Downing Street eine Abendgesellschaft und erzählt seinem Freund Georg Friedrich Händel vom Klützer Winkel

Dutzende Fackeln erhellen in der Downing Street die Fassade von Haus Nummer zehn, dem Bothmar-House, wo sich eben die dunkle, schwere Haustür öffnet. Als wäre dies ein Kommando, setzt sich eine lange Reihe von Kutschen in Bewegung, die entlang der nächtlichen Straße gewartet haben.
Es ist ein Donnerstag. Einmal im Monat an einem Donnerstag empfängt Hausherr Hans Kaspar Graf Bothmer einen Kreis hoher Herren aus der Londoner Gesellschaft. Damen sind nicht geladen. Bothmer lebt nun schon so lange in Downing Street, 10 Downing Street, dass seine Residenz Bothmar-House genannt wird. Eine weltberühmte Adresse sollte das Haus allerdings erst viel später werden und auch nicht mehr unter Bothmers Namen, sondern als Sitz der britischen Premierminister.
Dreißig, vierzig Gäste sind jetzt vom Grafen zu verabschieden. Alles drängt zum Aufbruch. Aber da es sich der Hausherr nicht nehmen lässt, jeden Gast in der Tür mit seinem kräftigen Händedruck

und einem segnenden Wort in die etwas regnerische Londoner Mainacht zu entlassen, zieht sich der Abschied hin.

Es ist ein ungeschriebenes Gesetz, dass bei Bothmer gute Laune gezeigt werden muss. Das Leben sei anstrengend genug, pflegt der Graf zu sagen. Und die Arbeit in der Deutschen Kanzlei sowieso, der Bothmer seit vielen Jahren vorsteht und deren Umkreis auch die meisten der Gäste in 10 Downing Street angehören. Also wollen wir uns amüsieren, setzt der Graf dann gern hinzu, während er sich in echter oder gespielter Vorfreude seine Hände reibt, was ein trockenes Geräusch erzeugt.

So kommt es, dass nur vorsichtig über Ernstes und gar Politisches gesprochen wird, über das Verhältnis zwischen dem Welfenhaus in Hannover und dem Welfen Georg II., dem König auf dem englischen Thron. Kaum über den Hof und schon gar nicht über das mächtige Parlament, das Misstrauen zwischen der katholischen Partei und der protestantischen, die Heiratspolitik und sonstige üble Machenschaften. Nur hinter vorgehaltener Hand wird über die einflussreiche Deutsche Kanzlei und ihre vielen ebenfalls mächtigen britischen Widersacher gesprochen.

Streng hält man sich in Downing Street an das Gute-Laune-Gebot. In der großen Runde ist nur Lachen zu hören. Ernste Gesichter erscheinen allein in irgendwelchen Ecken, und dann gehören zu ihnen immer nur vier Augen. So ist denn auch beim Abschiednehmen immer wieder lautes Lachen aus der Diele des Hauses zu hören. Der alte Osborne erzählt den Umstehenden von seinem neuen Pferd, einem edlen Blut natürlich. Vor zwei Tagen habe er es dem König vorzustellen die Ehre gehabt, sagt er. „Majestät drängt auf so etwas, und ich weiß nicht recht, ob es daran liegt, dass Majestät ein Pferdenarr ist, ein Deutscher oder ein Neidhammel. Jedenfalls führe ich Totila heran, das Pferd so stolz wie ich, wie Ihr Euch vorstellen könnt. Und was macht der teure Gaul?

Meine Aufregung muss sich auf ihn übertragen haben. Er mistet. Er scheißt vor seiner Majestät und will damit überhaupt nicht wieder aufhören."

„Ein Pferd des Parlaments", lacht Thackeray.

„Vielleicht katholisch", bemerkt Sedley.

„Oh, nein, Thackeray. Wer Totila heißt, ist nun einmal so oder so ein König, selbst als Pferd", mischt sich Oberst Crawley ein. Und zu Sedley gewandt sagte er: „Und ein Totila ist auch niemals katholisch, eher hält er es mit Wotan."

In das Lachen hinein nimmt Osborne wieder das Wort: „Majestät sah es jedenfalls gelassen. Osborne, sagte Majestät, jetzt müssen wir beiden hineintreten. In die Scheiße, sagte Majestät doch tatsächlich. Das bringe Glück. Der Haufen dampfte noch. Aber ..."

An dieser Stelle wird der alte Osborne abberufen. Seine Kutsche ist soeben vorgefahren. Gastgeber Bothmer an der Tür winkt ihn heran.

Haxthausen, der noch auf der Schwelle zum Saal steht, weil der Andrang in der Diele derart groß ist, unterhält die Gesellschaft um ihn herum derweil mit einem Witz. „Stehen zwei Herren vor einer Aktdarstellung. Sagen wir, es sind Thackeray und Crawley. Fragt Thackeray, ob die Dame auf dem Bild sich ankleide oder auskleide, denn es sind auch lauter Kleidungsstücke um die Dame herum verstreut zu sehen. Geht der gute Crawley näher an das Bild heran und sagt: Thackeray, die Sache ist klar, die Dame kleidet sich an. Thackeray natürlich: Wieso, wieso? Crawley: Hier steht doch – nach dem Stich eines alten Meisters." Crawley gilt als Schwerenöter. Nicht alle der ihm in der Londoner Gesellschaft angedichteten Frauengeschichten hat es tatsächlich gegeben, aber die meisten bestimmt.

Indes, auch Haxthausen kann seinen Erfolg nicht auskosten, denn nun steht sein Gefährt vor der Tür. Er muss eilen, will er den allgemeinen Abschied nicht durch eigene Schuld noch weiter in die Länge ziehen.

Nur dem armen Dobbin, einem hochgewachsenen und spindeldürren Major, fällt es sichtlich schwer, in dieser Gesellschaft ausreichend gute Laune zu zeigen und bereitwillig über alles und alle zu lachen. Ausgerechnet seine Kutsche steht ganz am Ende der Schlange. Er ist von Natur ein Pechvogel.

Nun kann keineswegs behauptet werden, dass Bothmers Gäste, obwohl sie so viel lachen, auch Grund zum Lachen haben. Im Gegenteil. Sedley drücken seine enormen Spielschulden, die sich womöglich noch in dieser Nacht weiter erhöhen, denn Sedley lässt sich bestimmt von Downing Street schnurstracks in die nächstgelegene Spielhölle fahren. Haxthausen hingegen befürchtet seit Längerem eine Intrige am Hof, die ihn zu Fall bringen will, und er fragt sich im Stillen, wer unter all den lustigen Herren in 10 Downing Street auf seinen Sturz wartet oder ihn gar betreibt. Er fürchtet, der Hausherr selbst gehört zu letzteren.

Auf den ist übrigens auch Thackeray schlecht zu sprechen. Tausende Reichsthaler hat er Bothmer gezahlt, damit der seinen Plan begünstige, eine besonders schnelle Postverbindung zwischen Hannover und London aufzubauen. Aber noch immer ist Thackeray über die Idee nicht hinausgekommen. Crawley schließlich fühlt sich von seiner jungen Geliebten, einer Bürgerlichen mit grandioser Oberweite, erpresst, die alles den Zeitungen erzählen will. Nicht auszudenken, wenn Mrs. Crawley, die reizende, einst mit viel Mitgift im Gepäck aus der nordamerikanischen Kolonie herübergekommene Cora, durch die Zeitung erfahren müsste, was ihren Mann derart oft am Hof im St.-James-Palast oder im Parlament aufgehalten hat. Sie würde mit Aplomb die Scheidung einreichen. Und er wäre politisch und gesellschaftlich erledigt. Ihn schaudert bei dem Gedanken, dass womöglich schon dies hier seine letzte Einladung bei Bothmer gewesen sein könnte. Der alte Osborne hingegen sorgt sich um seine Frau, die mit hohem Fieber darniederliegt. Den armen Dobbin schließlich quält, dass seine Länge es ihm nicht recht erlaubt, beim Warten auf Bothmers Handschlag unter der Tür an den Gesprächen teilzunehmen. Er versteht nichts, denn sein Kopf überragt alle. Er müsste sich in peinlicher Weise verbiegen, um von den Reden unter ihm etwas mitzubekommen. Steht er aber aufrecht, wie es sich für einen Militär nun einmal gehört, dringt nur ein Rauschen der Rede zu ihm herauf, ein allgemeines Gemurmel.

So ist es auch, als Berenger an ihn herantritt, der große Pferdekenner und Autor der vielbeachteten „History and Art of Horsemanship". Vermutlich geht es bei dem, was er Dobbin erzählt, wie eigentlich immer bei diesem Mann, um Pferde, weshalb Dobbin, um auch etwas zu sagen, auf das Geratewohl einwirft: „Ja, England ist das Paradies der Frauen, aber eine Hölle für die Pferde." Er trifft es nicht recht, denn Berenger sieht ihn entgeistert an und dreht sich von dem unglücklichen Offizier fort, übrigens in einer militärisch so exakten Kehrtwende, dass Dobbin bei aller Peinlichkeit doch ein wenig genießerisch schnalzen muss.

Auch Bothmer selbst ist natürlich im Herzen keineswegs unbeschwert. Keiner seiner Gäste weiß von dem, was dem Grafen schlaflose Nächte bereitet – für Bothmer mit seiner kräftigen Konstitution etwas ganz und gar Ungewöhnliches. Der Graf lässt nämlich seit einigen Jahren seinen Alterssitz bauen, und zwar auf dem Kontinent, im fernen Mecklenburg, wo er nach und nach riesige Ländereien erworben hat. Für die Londoner Gesellschaft soll es ein Geheimnis bleiben, dass Bothmer da inzwischen eine Art eigene Grafschaft besitzt.

Mit wem auch hätte er darüber reden können, ohne für verrückt erklärt zu werden? Jedenfalls mit keinem aus der Londoner Gesellschaft und niemandem aus der Deutschen Kanzlei. Mit Händel könnte er es vielleicht tun. Der ist Deutscher wie er und lebt seit Jahrzehnten wie er in London. Händel, so sehr er als lärmender Mensch aufzutauchen pflegt, ist verschwiegen und hat womöglich von Mecklenburg schon gehört mit einer ungefähren Ahnung, wo dieser seltsame Flecken Erde liegt. Hat er doch vor Jahren schon in Hamburg segensreich gewirkt, und Hamburg ist aus Londoner Sicht so gut wie Nachbarschaft zu allem, was östlich liegt, bis zu den Russen hin oder gar den Mongolen.

Wo überhaupt ist Händel oder Handel, wie ihn die Engländer nennen? Bothmer kann sich nicht erinnern, den Komponisten schon mit Händedruck in die fackelerhellte Dunkelheit entlassen zu haben. Womöglich hat sich der Deutsche, der Engländer geworden ist, französisch zurückgezogen? Auf und davon, einfach so? So etwas schätzt Bothmer gar nicht, er will über jeden und alles die Kontrolle besitzen.

Der Graf verabschiedet endlich die letzten Gäste. Berenger besitzt die Unhöflichkeit, noch im Händedruck Bothmer langatmig etwas von Pferdezucht vorzuschwatzen, wohl weil er es bei Dobbin nicht hat anbringen können. Dobbin hingegen stolpert erst noch über den kläffenden Mops des Hausherrn, der auf den Namen Cromwell hört oder besser nicht hört. Bothmers Bedienstete hat alle Mühe, im letzten Augenblick Cromwell daran zu hindern, sich an Dobbins Wade festzubeißen. So ist Bothmer schon verärgert, als Dobbin endlich zu ihm tritt und dann noch seinen Abschied mit unbewegtem Gesichtsausdruck derart militärisch knapp absolviert, dass der Gastgeber beschließt, den jungen Offizier nicht noch einmal einzuladen.

Ein paar Augenblicke lang sind noch das Rollen der Räder auf nasser Straße und die Rufe der Kutscher zu hören. Endlich gleitet die schwere Tür von 10 Downing Street sanft in ihr Schloss. In der Stille vernimmt Bothmer auf einmal leise Musik. Jemand spielt auf dem Cembalo.

Händel, denkt er und schreitet, sich die Hände reibend, wie das seine Art ist, der Musik nach, die breit geschwungene Treppe hinauf in den ersten Stock. Jane am Fuß der Treppe, ein Tablett in der Hand, knickst. Sieht heut so anders aus, die kleine Jane, denkt Bothmer noch, aber nur so im Vorübergehen. Er vermag seine Hausangestellten nicht zu unterscheiden, besonders die Frauen darunter. Er erwartet, dass alles im Haus reibungslos abläuft, ob mit Gästen oder ohne. Immerhin kennt er den Namen des Mädchens, das den Abend über mit seinem Tablett die Getränke und die Häppchen serviert hat und jetzt aufräumen wird, da die Gäste fort sind: Jane. Richtig angesehen aber hat er das Dienstmädchen noch nie.

Sonst wäre ihm aufgefallen, dass dort am Fuß der Treppe gar nicht Jane steht.

Dobbin wäre es aufgefallen, auch wenn er von Jane so wenig weiß wie von anderen Bediensteten im Hause Bothmers. Er hatte vorhin, mitten in der Gesellschaft stehend oder besser wohl über ihr, aus den Augenwinkeln beobachtet, wie das Dienstmädchen, das mit einem Tablett voller Sektkelche unter der Tür stand, blass wurde und zu schwanken begann. Ein anderes Mädchen trat jedoch rechtzeitig hinzu, bevor es ein Unglück hätte geben können, übernahm in einer geschickten Geste, artistisch geradezu, das Tablett und bot zugleich Jane etwas Halt, damit diese wankend durch die Tür abgehen konnte, wo schon weitere helfende Hände zu sehen waren, um sie hinwegzuführen. Weder der Graf noch einer seiner Gäste, Dobbin ausgenommen, hatten etwas bemerkt.

Dobbin hätte nun auch nicht sagen können, wie Jane, die schon einige Jahre lang zum bothmerschen Haushalt gehört, aussieht.

Aber vom Jane-Ersatz wusste er es nun. Der überragte, ihm ähnlich, fast die gesamte Gesellschaft, ist offenkundig von irischem Blut, hellhäutig, sommersprossig, rötliches Haar, die Augenbrauen über einer langen, zarten Nase so hell, dass es dem Mädchen fast das Aussehen einer Elfe gibt. Dobbin wollte sich schon wegwenden, als sich ihre Blicke trafen, die munteren grünen Augen des Jane-Ersatzes gegen sein waches Grau. Er empfing ein leises Lächeln, mehr aus den Augen als aus dem schmalen Mund. Er gab es aber nicht zurück, das ginge denn doch zu weit. Er wandte sich ab, beschäftigt mit einem scheinbar absurden Gedanken: Wenn so jemand für uns arbeiten könnte, jemand, der hier seinen Dienst tut, unbeachtet von allen und doch überall dabei. Dobbin ist Offizier der königlichen Garde. Die Garde braucht nicht nur schicke Uniformen und Pferde von edlem Geblüt, auf denen stolze Reiter Figur machen. Sie braucht auch Leute im Volk, die sich umhören und womöglich vor einer Gefahr, die dem König droht, eher erfahren als jede Uniform.
Aber dann nahm Berenger, wie schon erzählt, ihn in Anspruch, Dobbin vergaß die neue Jane.

Die neue Jane heißt Agathe und ist auch schon eine Weile in 10 Downing Street. Agathe, größer als Jane, magerer, ernster, muss, in der Küche tröstend über die weinende Jane gebeugt, erfahren, dass Henry, der bothmersche Kutscher, ein fescher Hallodri, sich beiden Frauen genähert hat. Die eine wusste nichts von der anderen, obgleich sie sich in Downing Street doch jeden Tag sehen und manchmal miteinander schwatzen. Agathe meinte, in Henrys Armen die große Liebe gefunden zu haben, Jane glaubte das auch für sich und erwartet nun von Henry ein Kind. Daher rührte ihr Schwächeanfall, unbemerkt geblieben dank Agathes beherztem Eingreifen. Jetzt, da alle Gäste fort sind, kommt es in der Küche

zur Stunde der Wahrheit. Und weil Agathe die Schönheit Janes durch deren Tränenstrom so entstellt sieht, schluckt sie ihrerseits alle Tränen herunter und fasst einen Entschluss: „Nimm ihn, Jane, er muss dich heiraten, jetzt mit dem Kind. Er tut es bestimmt."
„Und was wird aus dir?", fragt Jane und zieht ziemlich hörbar die Nase hoch. „Dieser Hallodri."
„Ich gehe. Ich verschwinde. Ich will diesen Kerl nicht mehr sehen. Ich will nicht mehr hier sein."
„Du kannst doch nicht ... So einfach ... Ich ahnte doch nichts ... Wo willst du hin?"
„Mach dir keine Sorgen. Ich gehe jetzt wieder nach vorn zum gnädigen Herrn, falls der noch etwas benötigt. Und ich finde bestimmt Gelegenheit, ihm zu sagen, dass ich mein Geld will und das Haus verlasse." Sie nimmt das Tablett und geht nach vorn in die Gesellschaftsräume. Sie steht zufällig am Fuß der geschwungenen, mit rotem Teppich belegten Treppe, als der Hausherr hinaufeilt und für sie nur einen jener kurzen Blicke hat, die eigentlich gar nichts sehen.

Hans Kaspar Graf von Bothmer – der Grafentitel ist gekauft – runzelt die Brauen, als er den kleinen Saal im Obergeschoss betritt. Händel spielt wieder einmal mit fetttriefenden Fingern auf dem Cembalo und singt dabei, nein, man muss sagen: Er grunzt. Auf einem Beistelltisch stehen eine Platte mit einem Kapaun oder besser mit den Resten desselben sowie eine Karaffe Wein. Händel hält in der einen Hand ein Glas, während die andere weiterspielt. Beim Eintritt Bothmers stellt er das Glas ab, denn jetzt braucht er beide Hände für das Cembalo.
„Hört Euch das an", ruft er. Er lässt kraftvoll einige Motive erklingen, die Jahre später in seine Feuerwerksmusik eingehen sollten, 1749 im Green Park aufgeführt und den Londonern noch lange

in Erinnerung, weil das Feuerwerk zur Musik verunglücken und alle Bühnenaufbauten niederbrennen sollten.

Bothmer sieht, dass Händels Perücke leicht zittert. Wenn die Perücke des Komponisten zittert, so erzählt es sich die Londoner Gesellschaft, ist Händel zufrieden. Sie zittert sehr selten. „Graf, stellt Euch das mit großem, riesengroßem Orchester vor, mit Pauken und Trompeten." Unmerklich gleitet Händel in ein Improvisieren, bis er endlich nach ein paar entschiedenen Akkorden die Hände von den Tasten nimmt, sie an einer Serviette abwischt und den Holzdeckel zuklappt. „Graf, Ihr habt ausgezeichnet gespielt heute Abend. Wonderful."

Bothmer wird ein wenig rot. Er spielt die Oboe, Händels Lieblingsinstrument. Die Donnerstag-Gesellschaft in Downing Street beginnt stets hier oben im kleinen Saal mit einem Musikstück. Heute haben die Gäste sogar den großen Händel am Cembalo erleben dürfen, wie er, sich selbst zurücknehmend, den Gastgeber sowie Sedley an der Violine und Thackeray an der Viola de gamba begleitet hat. Da freilich zitterte seine Perücke keineswegs. Und wahrscheinlich, so denkt Bothmer jetzt, hat Händel im Kreis der Dilettanten derart leiden müssen, dass er sich irgendwann im Laufe des Abends zurück nach oben schlich, um sich und dem Instrument doch noch etwas Gutes zu tun.

Händel fährt fort: „Ihr wirktet, als würde Euch etwas Wunderbares vor Augen stehen. Ihr habt auf Euer Spiel gar nicht geachtet. Verzeiht, wenn ich es so sage: Gerade deshalb habt Ihre alle Schwierigkeiten leichthin gemeistert. Wie eine Vogelfeder im schönen Flug, die nicht darauf achtet, wohin es geht und wo sie landet."

„Händel, ich bitte Euch, lieber Bär." Händel, ein massiger Mann, fast zwei Meter groß, wird von seinen Freunden Bär genannt. Man kann zwar nicht sagen, dass Bothmer zu diesen Freunden gehört, aber er nimmt sich die Freiheit der freundschaftlichen Anrede, jetzt zu später Stunde, der anderen Gäste ledig.

„Doch, doch, das Lob habt Ihr verdient. Aber sagt mir doch, was Euch so federleicht gemacht hat. Was habt Ihr gesehen?" Händel nimmt sein Glas wieder in die Hand und beugt sich wie vertraulich vor: „Was Politisches? Gähn. Eine Frau? Liebeshändel? Gähn."

„Aber, geht. Keine Frau. Frauen sind etwas für finstere Momente. Oder für die ganz hellen."

„Da habt Ihr recht", lacht Händel, der zeitlebens zu einer Heirat sich nicht wird entschließen können und die Männer, wenn sie denn Musiker sind, mehr liebt als die Frauen. Er lebt in London mit zwei Musikern zusammen, die ihm auch den Haushalt als Diener bestellen und beide großartige Köche sein sollen.

„Etwas anderes habe ich gesehen, da habt Ihr allerdings recht. Etwas Weites. Eine Landschaft vielleicht. Felder, Wälder. Ländliches. Vogelgezwitscher. Hundegebell, das Muhen von Kühen, Hühnergackern. Und dann auch, ja, Meeresrauschen."

„Meeresrauschen, so, so."

Bothmer erstaunt Händel zum zweiten Mal an diesem Abend. Denn der Graf stürzt sich nach diesen Worten auf die Reste vom Kapaun, reißt sich ein Stück von der Brust heraus und stopfte es sich in den Mund. Dann nimmt er die Karaffe, angelt ein zweites Glas, füllt es fast bis an den Rand und stürzt es im selben Augenblick hinunter.

„Euer Rheinwein ist köstlich", sagt Händel. „Und bestimmt sehr teuer."

„Teuer? Da muss ich lachen. Erzählt man sich doch überall, in 10 Downing Street mache der Graf auf seiner Tafel mehr her, als sie eigentlich wert sei. Man nennt mich geizig."

„Man muss haushalten können. Und was so über einen erzählt wird, ist doch sowieso nur albernes Zeug, inspiriert vom

Neid, Graf. Aber wo, bitte, finde ich nun Eure ländliche Landschaft mit Meeresrauschen und Hühnergackern, die Euch derart entrückt?"

Bothmer macht eine abwehrende Geste, aber dann fährt es doch aus ihm heraus: „Mecklenburg ... Ihr wisst nicht ... Ich muss es Euch ... Seit Jahren ... Klützer Winkel, auch Speckwinkel genannt ... Reiche Gegend, niemand in London weiß, dass ich dort längst der Herr ... Wenn ich London endlich hinter mir lassen kann, ziehe ich dorthin, in meine Hütte ... Ein bescheidenes Haus ... Wirklich, ganz bescheiden ... Oh, Mann ... Nein, Bär, überhaupt nicht bescheiden, riesig ... Soll ich Euch die Pläne ...? Nein ... Selbst gezeichnet, alles selbst entworfen ..."

Händel ruft, aufrichtig erschrocken: „Graf, was ist los? Habt Ihr was Verkehrtes genommen? Halleluja."

Das Halleluja hilft. Bothmer fasst sich etwas: „Es ist mein Versailles. Oh ja, ich kenne Versailles. Unvergessen. Ich war dort. 1698. 18. Juli. Eine Stunde ließ mich Ludwig warten, dann empfing er. Und bei der Audienz waren so viele Leute zugegen, dass man sich gegenseitig auf die Füße trat. Ich solle zur Tafel bleiben, sagte mir der König. Gnädig, gnädig. Dachte ich jedenfalls. Aber dann die Tafel! Sie war so ungeheuer langgestreckt, dass ich Ludwig nur ahnen, aber nicht wirklich sehen konnte." Der Graf lacht auf. „Bald habe ich mein eigenes Versailles. Wir standen auf dem Mühlberg, der in Wahrheit kein Berg ist, sondern als winzige Erhebung in flacher Gegend liegt. Da kam ein Wind auf, mir flog der Hut vom Kopf. Das ist ein Zeichen, dachte ich. Wo der Hut landet, dort soll der Bauplatz sein, sagte ich mir. Dummerweise landete er mitten auf einer morastigen Wiese und war nach dieser stürmischen Reise unbrauchbar. Wie mag es dort jetzt aussehen?"

Händels Perücke zittert. Diesmal aber aus einer Erregung, die sich von Bothmer mit seinen abgehakten Sätzen, seinem aufgeregten

Hin- und Herlaufen, seinem abermaligen Griff zu Kapaun und Karaffe auf ihn überträgt.

Bothmer spricht weiter, wie im Fieber: „Aber kann ich mich auf meinen Neffen verlassen? Der lebt schon dort ... Ein dummer Kerl ... Hat geheiratet auf meinen Befehl ... Die Mitgift hat uns einen neuen Besitz eingebracht ... Eine Bülow ... Ich traue ihm nicht ... Ach, Händel, ich, ich ..." Bothmer bleibt stehen und ruft: „Ich muss dahin, ich muss nach dem Rechten sehen."

Bothmer steht wie vom Donner gerührt mitten im Raum, in der einen Hand das Glas, in der anderen noch ein Stück vom Kapaun. Händel, der sonst doch jede Szene beherrscht, schon wegen seiner Größe, Massigkeit, seiner lauten Stimme, wagt nicht zu atmen.

„Ich muss dorthin. Urlaub ... Der König, ich muss ihn fragen ..."

So geht es noch ein paar abgehackte Sätze hin, bis Bothmer unter den Blicken Händels, die unverwandt auf ihn gerichtet sind, zu sich kommt. Endlich sieht er sich in der Lage, seinen letzten Gast, freundlich plaudernd wie gewohnt, hinunter zu begleiten. Als er auch ihm in der Haustür die Hand schüttelt, sagt Händel, der bis dahin vor Bewegung zu allem, was Bothmer da geraunt, geschwiegen hat: „Graf, ich bin erstaunt. Ich bin ... Wie soll ich sagen? Neugierig wäre nur ein schwaches Wort. Deshalb: Solltet Ihr wirklich reisen, dorthin, wohin Euch die Musik heute hat schauen lassen, nehmt mich mit. Die Reise wird uns beiden guttun. Obwohl ich, ehrlich gesagt, nicht glaube, dass Ihr es tun werdet, so wie ich Euch kenne. London ohne Bothmer – unvorstellbar. Selbst im Sommer."

„Pscht", macht Bothmer da und legt den schwer beringten Zeigefinger auf die Lippen. Er zieht Händel noch ein Stück hinaus auf die Straße. „Nichts davon vor dem Personal, mein Lieber. Kein Mensch weiß davon, nur Ihr und ich. Und es muss auch künftig nicht jeder erfahren. Meine Feinde warten doch nur ... Behaltet es bloß für Euch. Wir reden noch einmal darüber, wenn wir wieder nüchtern sind, einverstanden?"

Händel singt, nein grunzt: „London adé, juchhe. Halleluja."

Es regnet nicht mehr. Die von der Nässe erfrischte Mainacht duftet. Händel ist ohne Equipage. Er atmet mit geschlossenen Augen den Duft tief ein. Dann macht er sich zu Fuß auf den Heimweg. Er hat es nicht weit, 25 Brookstreet.

„Nichtsnutze! Ihr seid alle Nichtsnutze. Der Toast so schlaff wie ein Parlamentspapier. Der Tee nicht besser als die Quellen in Tunbridge Wells. Das Ei glasig wie Eis auf der Themse im Frühjahr, und genauso schmeckt es auch. Ihr Rindviecher kriegt nicht einmal ein anständiges Frühstück hin. Ich sollte Euch alle ..."

Immerhin flucht Bothmer originell über sein Personal. Aber das ist nur seiner schlechten Laune geschuldet. Er hat schlecht geschlafen. Aber auch ohne den Schlafmangel wäre die Laune kaum besser. Obwohl er eigentlich von Natur aus nicht launisch ist und sich als Diplomat Launen auch gar nicht leisten darf.

Bothmer erlebt aber gerade etwas, was wir alle von uns kennen: Er ärgert sich über sich selbst und lässt es an anderen aus, an Unschuldigen, denn das Frühstück ist in Ordnung, reichhaltig und wohlschmeckend, wie immer in 10 Downing Street. Ihn ärgert, dass er von Händels Lob über sein Oboespiel und noch mehr von dessen Musik angerührt, seine mecklenburgischen Pläne enthüllt hat, und das auch noch so aufgeregt und stockend. Was muss Händel von ihm denken? Was geht Händel das alles an?

Und dann die Reise, von der er zu seiner eigenen Überraschung sprach. Bothmer hat keineswegs vorgehabt, in den Klützer Winkel zu reisen. Es ist ihm so rausgerutscht. Er kann es sich unmöglich leisten, König Georg und den Hof zu verlassen, auch nicht in der Sommerfrische, wenn alles versucht, London mit einem Landsitz irgendwo weit weg zu tauschen. Die Intrigen lauern überall. Schon einmal hat er wegen so einer Intrige London Hals über Kopf verlassen müssen – und keineswegs in die Sommerfrische, sondern in eine Art Exil. Das liegt jetzt freilich schon viele Jahre zurück und er durfte dann auch im Triumph zurückkehren, aber die Erinnerung an die Schmach von damals liegt in ihm wie ein schweres Stück vom Rinderbraten. Als wäre es gestern gewesen. Auch sein Vorgänger in der Deutschen Kanzlei, der aus Mecklenburg stammende Graf Bernstorff, sein Freund und Ratgeber, ist durch eine Intrige zu Fall gebracht worden.

Und dann hat Händel, in der Tür stehend, auch noch gesagt, er wolle mit nach Mecklenburg reisen. Bothmer hofft, der Musiker würde die Idee im nüchternen Zustand wieder vergessen haben. Bothmers Equipage rollt in 10 Downing Street vor. Beim Einsteigen stößt sich der Graf prompt den Kopf und raunzt deswegen den Kutscher an, der ihm mit einer Verbeugung die Tür offen hält. „Pass Er doch auf." Und als der Kutscher, Schwerenöter Henry, ein wirklich hübscher Kerl, erschrocken aufblickt, schnarrt Bothmer: „Nun fahr Er schon los. Wir sind spät dran, Rindvieh."

Die Fahrt geht zum St.-James-Palast. Henry lässt die Pferde traben, weil es rasch gehen soll, wenn er es richtig verstanden hat. Und so passiert es, dass in einer schmalen Kurve, als unerwartet Gegenverkehr auftaucht, die Kutsche ins Schleudern gerät. Der Graf wird wie von einer gewaltigen Faust von seinem samtbezogenen Sitz gehoben und derart umhergeschleudert, dass es wie Schwerelosigkeit aussieht, obgleich von Schwerelosigkeit damals noch niemand etwas wissen konnte und es natürlich auch keine Schwerelosigkeit ist, im Gegenteil. Als die Fahrt auf gerader Strecke wieder ruhig dahingeht, plumpst Bothmer so unsanft und plötzlich auf seinen Platz zurück, wie er zuvor von ihm vertrieben wurde.

Die Equipage durchfährt das gewaltige Tor von St.-James-Palast und hält endlich. Kutscher Henry springt vom Bock, reißt unter einer tiefen Verbeugung mit ängstlichem Blick den Wagenschlag auf und rechnet mit seiner Entlassung. Dem Fond entsteigt ein Graf, dessen Perücke zwar etwas verrutscht ist und auf dessen Stirn eine Beule blaugrünrot zu erblühen beginnt. Aber der Graf zürnt nicht, sondern reibt sich die Hände, was ein trockenes Geräusch erzeugt. Er lächelt gnädig. Wer schon kann seinen Herren verstehen?

Dabei hat die Wandlung Bothmers während der Fahrt einen schlichten Grund. Er hat sich in seiner Schwerelosigkeit noch einmal am Plafond der Kutsche den Kopf gestoßen. Sogar viel mächtiger als beim Einstieg vorhin vor seinem Haus Downing Street. Der abermalige Stoß aber hat ihn zur Vernunft gebracht.

Hans Kaspar Bothmer ist jetzt vierundsiebzig Jahre alt, sieht freilich in seiner ganzen reichen Eleganz jünger aus. Er gehört zu jenen Menschen, die erst in dem Augenblick altern, wenn sie ihre Macht verlieren. Und noch hat er Macht, große Macht.

Bothmer stammt aus niedrigem hannoverschem Adel und hat sich im diplomatischen Dienst hinaufgearbeitet zum Leiter der Deutschen Kanzlei, ohne den am Königshof kaum eine Entscheidung getroffen werden darf. Er ist reich geworden dabei, und er investiert den Großteil seines Geldes gerade in Mecklenburg. Das mit Mecklenburg ist ein Tipp von Bernstorff gewesen. Bernstorff riet Bothmer, sich im Klützer Winkel umzutun, wo die Böden so wertvoll seien, dass alle Welt vom Speckwinkel spreche. Schweren, fruchtbaren Boden findet Ihr da, über den belebend der feuchte Seewind streicht. So hatte Bernstorff gesprochen. Weshalb sollte er, Graf Bothmer, den künftigen Sitz seiner Familie im fernen Mecklenburg nicht doch einmal besuchen? Weshalb sollte er sich nicht dorthin aufmachen, um zu sehen, ob der Bau so vorangeht, wie sein Baumeister Künnecke es ihm aus Klütz regelmäßig in langen Briefen zu versichern pflegt? Warum sollte er, wenn in London der Hof und das Parlament ohnehin in die Sommerfrische ziehen, nicht auch in die Sommerfrische reisen, selbst wenn sein Ziel an der fernen Ostsee liegt und der Weg weit ist? Zugegeben, er würde für so eine Reise wohl fast ein Vierteljahr benötigen. Und er müsste Majestät um Urlaub bitten. Am besten sofort, denkt der Graf, während er die Treppe im St.-James-Palast hinaufeilt. Schon steht er im Antichambre der königlichen Audienz, um Georg sogleich wie gewohnt kurz und knapp die hannoverschen Angelegenheiten vorzutragen.

Und siehe da, Georg II. gewährt den Urlaub ohne Zögern und sogar huldvoll. Nur eine Bedingung stellt Majestät: Bothmer müsse in London zurücksein, wenn auch er, der König, nach seiner Sommerfrische wieder in die Hauptstadt zurückkehre. Er beabsichtige übrigens, seine Sommerfrische „in der Heimat" zuzubringen, setzt Georg hinzu. Womit er Hannover meint. Rechtzeitig wieder in London zu sein, das aber hat Bothmer ohnehin vor. Viel zu gefährlich wäre eine längere Abwesenheit für ihn, wenn seine Gegner das Ohr der Majestät ganz für sich hätten.

Majestät gefällt sich in der Gnade, die unübersehbare Beule auf des Grafen Stirn zu übersehen. Nur nach Bothmers Pferdezucht fragt er und ob es sich lohnen würde, aus der Zucht Pferde zu beziehen. Natürlich lohnt es sich, bei mir einzukaufen, denkt der Geschäftsmann Bothmer, drückt es dem König gegenüber freilich diplomatischer aus. Und weiß in diesem Moment, dass er eines seiner teuren Pferde dem König wohl als Geschenk überlassen muss, als Draufgabe sozusagen. Huldvoll wird er entlassen.

Beschwingt lässt sich der Graf nach Downing Street zurückfahren. Wir sehen in der Kutsche einen Mann auf der Höhe seines Ruhms, selbstbewusst, selbstzufrieden, mit langer, wenn auch leicht verrutschter Allongeperücke, edel in Seide und Spitze gekleidet. Einen überaus einflussreichen Mann, der es in hohem Alter wagt, wenigstens einmal die Neigung über die Pflicht zu stellen. Einen Mann im königlich gewährten Urlaub. Einen Mecklenburgreisenden der ganz besonderen Art.

Zurück in Downing Street setzt sich Bothmer in sein Arbeitszimmer, um rasch sein Gespräch mit dem König zu notieren. In wenigen Sätzen beschreibt er zudem den Abend zuvor mit Händel. Seit vielen Jahren führt er Tagebuch, in dem er die Merkwürdigkeiten seines Lebens festzuhalten pflegt. Es soll ihm die Erinnerungen auffrischen, wenn er sich eines nicht allzu fernen Tages daranmachen würde, seine Lebenserinnerungen aufzuschreiben. Zum Ergötzen und zur Belehrung der Nachwelt, mehr aber noch zu seinem Ruhm, in alle Ewigkeit.

Es klopft, Jane bringt den Tee. Ohne das Dienstmädchen anzusehen sagt der Graf: „Wir packen, wir haben eine weite Reise vor uns. Und du kommst mit. Es geht auf den Kontinent. Wir reisen in einer Woche." Dann dreht er sich doch um, sieht das Mädchen kurz an und nickt, es soll freundlich wirken.

Auch jetzt merkt er nicht, dass die falsche Jane da vor ihm steht und das kleine goldbemalte Tablett mit Tee und Gebäck auf den Schreibtisch des Grafen stellt. Agathe, die eben ansetzen wollte, ihrem Dienstherrn den Abschied mitzuteilen, um noch heute Abend das Haus zu verlassen, erwägt kühl und kurz ihre Chance. Mit dem Grafen wegzureisen, war das nicht genauso gut, als würde sie aus dem Dienst scheiden, vielleicht sogar noch besser, wäre sie sonst doch völlig mittellos? Sie fällt in einen tiefen Knicks. Ihre irischen Augen ähneln denen einer Katze und können wie diese fauchen. Bothmer bemerkt nichts davon, er wendet sich wieder seinen Papieren auf dem Schreibtisch zu.

„Händel spinnt. Er spinnt Gold aus Heu."
Dem alten Osborne war dieser Satz einmal zur allgemeinen Erheiterung in einer der Donnerstagabend-Gesellschaften Bothmers entschlüpft. Der Scherz spielte auf den Haymarket an, an dem das King's Theatre liegt, in dem Händel mit seinen Opern ungeahnte Erfolge feiert. Aber „Partenope" – die Premiere ist im Februar gewesen – wollte das Publikum nicht mehr so bejubeln wie frühere Opern. Überhaupt läuft es mit den italienischen Opern, der Opera seria, nicht mehr so gut. Auch das kennen wir: Das Publikum hat genug von der einen Sache, hier den Opern, und lechzt nach Abwechslung. Wir wissen, allein Abwechslung unterhält dauerhaft. Und wir erwähnen das auch nur, weil es einen der Gründe dafür bildet, dass Georg Friedrich Händel keinen Augenblick lang daran denkt, die Reise nach Mecklenburg für einen Scherz zu nehmen. Auch nicht, als er wieder nüchtern ist. Er zählt jetzt sechsundvierzig Jahre, und ein Sommer in Tunbridge Wells mit den übelschmeckenden Quellwassern ist auch nicht mehr das, was er mal gewesen. Im Übrigen hat Händel all die Sommer in Tunbridge Wells auch nur getan, was er sonst in London tut: komponiert. Seine nächste Oper „Poro" hält er für so gut wie fertig. Aber ist sie das auch? Und würde es noch eine weitere Oper geben? Musste nicht etwas anderes her? Er grübelt und grübelt, und würde deswegen auch in diesem Sommer in Tunbridge Wells keine Erholung finden. Immer nur Opern auf Italienisch – welcher Engländer mag das noch hören. Englische Texte müssten her und mit ihnen eine neue, eine englische Musik. Wir wissen, da liegt schon die Idee in der Luft, künftig Oratorien zu schreiben.
Händel sehnt sich jedenfalls nach einer Pause von der Musik und weiß doch zugleich, dass ihm eine solche Pause seine Lust am Leben rauben würde. Da kommt die Reise in eine ferne Weltgegend wie Mecklenburg gerade recht. Sie würde bestimmt der-

art abenteuerlich oder wenigstens abwechslungsreich verlaufen, dass er, Händel, für einige Wochen die Musik ganz vergessen und sich so wirklich erholen könnte. Und außerdem will er natürlich wissen, was Bothmer in der Ferne da Geheimnisvolles betreibt. So geheimnisvoll immerhin, dass es dem sonst so beherrschten und sprachmächtigen Bothmer die Sprache verschlägt. Oder wenigstens die Fähigkeit verlieren lässt, in vollständigen Sätzen zu sprechen.

Zu jener Zeit reist man noch nicht einfach so zum Vergnügen, jedenfalls nicht über längere Strecken. Für eine Reise muss es gute, schwerwiegende Gründe geben. Vor allem in Mecklenburg mit seinen sandigen Straßen, wo gern die Kutsche umstürzt und die hohen Räder brechen. Mit seinen Gasthäusern, in denen es zwar Wanzen, aber kein Essen oder doch nur ungenießbares Essen gibt. Mit zwielichtigen Wirten und Postwagen, die nicht einmal über eine Plane verfügen, um die Reisenden gegen Wind und Regen zu schützen.

Das alles dürften auch unsere Reisenden Bothmer und Händel in Aussicht haben, auch wenn sie wenigstens ihre eigene Kutsche mitnehmen. Sie schiffen sich in London bei Regen ein. Sie geraten im Ärmelkanal in einen Sturm. Sie liegen tagelang seekrank an Bord, von Agathe, der die Wellen und Winde nichts ausmachen, gepflegt. Als es den beiden Herren besser geht, stehen sie an der Reling und wetteifern im Weitspucken. Sie üben sich im Armdrücken und spielten Piquet, bis sie Hamburg erreichen, da schon in glänzender Laune. Auch in Hamburg regnet es.

Sie bleiben eine Woche lang in der Stadt. Händel spielt wie einst am Anfang seiner Laufbahn auf der Orgel der Maria-Magdalenen-Kirche, während Bothmer seine Geschäfte betreibt, über die er nicht spricht, deretwegen er aber viele Briefe schreibt. Die falsche Jane kümmert sich um ihre beiden Herren, stets gegenwär-

tig wie ein Schatten. Sie sind erstaunlich anspruchslos, ihre Herren, geradezu dankbar für alles, was sie tut. Schließlich fühlen sich unsere beiden Helden vom Hamburger Wohlleben solcherart gestärkt, dass sie nun auch den letzten Teil der beschwerliche Reise, zu Lande entlang der Ostsee und durch das Mecklenburgische bis in den Speckwinkel, in Angriff zu nehmen wagen. Agathe überwacht das Packen und das Verstauen des Gepäcks. Sie fühlt sich beinahe glücklich. Auch wenn sie so viel zu tun hat, dass sie von Hamburg kaum etwas gesehen hat.
Dann beginnt die Reise zu Land. Am Ziel, im Klützer Winkel, erwarten wir sie.

ERSTES KAPITEL – ARPSHAGEN, 3. JULI 1730

Eine Hecke spielt eine wichtige Rolle, als Baumeister Künnecke beim Frühstück seltsamen Besuch bekommt und sich von einer Frau verfolgt sieht

Baumeister Johann Friedrich Künnecke hat seinen Frühstückstisch im Freien decken lassen. Er sitzt, die Beine weit von sich gestreckt, vergnügt da. Er genießt den Sommermorgen mit Feldlerchengesang und Sonnenstrahlen, die seine Nase kitzeln, bis er niesen muss. Er sitzt so, dass er sein Werk vor Augen hat. Das freilich liegt noch von einem leichten Nebelschleier verhangen. Es ist der künftige Familiensitz der Bothmers, Schloss Bothmer, wie es heute genannt wird.
Was für ein Bau, denkt Künnecke mit dem ganzen Stolz, den man sich im Alleinsein gönnt, wenn keiner krittelt und niemandem Bescheidenheit vorgegaukelt werden muss. Zufrieden verschränkt er die Hände hinter dem Nacken und sieht hinauf in den Himmel, dem er sich in diesem Augenblick so nah fühlt.
„Was für ein Bau", sagt da eine Stimme hinter ihm.
Künnecke nickt erfreut. Dann erst fährt er erschrocken herum, um nach der Stimme zu schauen. Wenige Schritte von ihm ent-

fernt, an einer Fliederhecke, steht, wie dem Erdboden entwachsen oder besser wohl dem Grün entsprungen, ein Mann, den er bestimmt noch nie gesehen hat, denn Künnecke kann sich Gesichter gut einprägen. Der Mann trägt einfache, aber edle Reitkleidung, muss um die Fünfzig sein und zeigt ein energisches Gesicht, dem der kantige, leicht vorgeschobene Unterkiefer unter einer stark gebogenen Nase etwas Herrisches, zugleich Mürrisches gibt, wozu aber die unentschlossen wirkenden wässrig-hellblauen Augen nicht recht passen wollen.

„Ihr seid der Baumeister?"

Künnecke weiß nicht recht, ob er für den Mann einen zweiten Stuhl holen lassen und deswegen seinen Diener Joseph, genannt Joschi, rufen sollte. Ob er sich überhaupt auf ein Gespräch einlassen sollte. Er entscheidet sich gleichsam für den Mittelweg. Er nickt nur.

„So etwas hat Mecklenburg noch nicht gesehen. Der Landesherr muss bescheidener wohnen, als es dieser Bothmer, der sich Graf nennt, tun wird. Er sei in London reich geworden, erzählt man sich."

„Wisst Ihr es oder fragt Ihr danach?"

Der Unbekannte geht darüber hinweg. Er sagt vielmehr: „Ein Herrensitz ganz unmecklenburgisch. Gehört sich das? In dieser Gegend? In Mecklenburg? Allein die Ausmaße. Was wird der Landesherr dazu sagen? Ein Graf, der seinen Titel erst seit ein paar Tagen trägt, baut sich einen Palast, wie ihn der Herzog nicht besitzt, dessen Geschlecht immerhin seit fast tausend Jahren hier auf seine Rechte pochen darf."

„Nun, nun", entgegnet Künnecke, „ein paar Tage ... Ein paar Jahre sind es schon, mit dem Grafentitel, meine ich."

Wie die beiden Herren in Richtung der Baustelle schauen, hebt sich der Nebel und enthüllt endgültig den breiten Backsteinrie-

gel des bothmerschen Palastes mitten auf der Wiese. Die Morgensonne strahlt den Backstein an, der antwortet erfreut mit Glühen. Man kann die Baustelle von Künneckes etwas erhöht gelegenem Frühstücksplatz aus, dem alten Burghügel, gut überblicken. Sie liegt auf der Hälfte des Weges zwischen Arpshagen und Hofzumfelde. Gerade fährt an der Baustelle ein halbes Dutzend Pferdewagen vor, beladen mit Setzlingen. Künnecke weiß, dass es die Linden sind, die in den nächsten Tagen dort gepflanzt werden sollen.
„Man erzählt auch, der Bauherr wolle demnächst hier erscheinen und sich sein Werk ansehen", fährt der Unbekannte fort. „Er ist von London schon abgereist, erzählt man sich."
„So?", meint Künnecke, der davon wissen müsste, wenn es stimmte. „Seid Ihr hierhergekommen, um mich zu warnen? Es klingt so. Ich bedarf aber keiner Warnung, bestimmt nicht. Ich stehe gut mit Graf Bothmer. Ich habe ihm vieles zu verdanken."
„Nein, nein", lacht der Mann. „Aber bevor der Graf hier ist und seinen Baumeister nicht mehr von der Seite lassen will, wenn er sich alles anschaut, wollte ich mit Euch sprechen. Ich will Euch nicht warnen, ich will Euch um etwas bitten. Darf ich mich setzen?"
Joseph muss gesehen haben, dass sich bei Künnecke ein Gast eingestellt hat, denn eben kommt er mit einem zweiten Stuhl herbeigeeilt. Und wie der Gast vornehm Platz nimmt, weiß Künnecke auf einmal, wer ihn da so selbstbewusst aus wässrig-hellblauen Augen ansieht. Ein Besuch inkognito. Weshalb ist er nicht gleich darauf gekommen? Er erblasst.
„Durchlaucht, seht es mir nach, ich konnte nicht ahnen ... Ich kann Euch unmöglich durch die bothmerschen Räume führen. Es würde beobachtet. Auf so einer großen Baustelle bleibt nichts geheim."
Herzog Christian Ludwig, Herzog von Mecklenburg-Schwerin, lacht, schwingt vornehm ein Bein über das andere und winkt ab.
„Oh, nein, ich verlange nichts, auch keine Besichtigung. Meine

Rechte hier sind, wie Ihr vielleicht wisst, eingeschränkt. Seit der Reichsacht über unser Herzogtum haben wir Herzöge hier nichts mehr zu sagen, seit dem Ärger, den mein Bruder anrichtete. Er war schon immer ein Quälgeist. Jetzt in Danzig quält er seine Frau."
„Durchlaucht mögen es mir nachsehen. Solche Eröffnungen ... Ich bin Baumeister, all das Politische ..."
„Karl Leopold, mein Bruder, hätte sich besser nicht mit unserem Adel hier anlegen sollen, all den Plessens und Bülows, den Maltzahns und Moltkes, mit denen sich freilich Euer Herr gut zu verstehen scheint, sonst hätte er sich all das Land hier nicht zusammenkaufen können. Schon gar nicht hätte Karl Leopold sich mit diesem Bernstorff anlegen sollen, dem Busenfreund Eures Grafen. Bernstorff hatte überall seine Hände im Spiel, London, Hannover, Mecklenburg. Der Herr sei seiner Seele gnädig. Karl Leopold sitzt jedenfalls entmachtet in Danzig, und ich muss mich nun mit seinem Erbe herumplagen. Hannoversches Militär steht noch immer hier um die Ecke, im Amt Gadebusch. Und ich darf mich hier nicht willkommen fühlen. Euer Graf hätte hier keine Rechte, ja, er würde diesen Flecken Erde nicht einmal kennen, wenn dieses ganze Theater mit der Reichsacht nicht gewesen wäre. Nun ja, vergossene Milch. Was schwatze ich Euch davon. Ich bin also ganz privat hier, hängt es bitte nicht an die große Glocke." Christian Ludwig verschränkt die Arme und wippt leicht auf seinem Stuhl, bevor er fortfährt: „Aber, Künnecke ..."
„Ihr kennt meinen Namen?"
Der Herzog ist es nicht gewohnt, unterbrochen zu werden, und zieht verärgert die Brauen hoch. Dann besinnt er sich und beginnt zu Künneckes Verblüffung von seiner Liebe zur Jagd zu sprechen.
„Ich jage gern, am liebsten um Klenow herum. Wildreiches Jagdgebiet. Ihr werdet es nicht kennen. Liegt südlich von Schwerin. Wunderschön, tiefer Wald, kein Ort weit und breit. Aber ich habe

da nicht einmal eine Hütte, um mich vom Weidgeschäft auszuruhen. Kein Dach über dem Kopf, versteht Ihr, Baumeister, was das bedeutet? In Neustadt kann ich wohnen, ja, aber das ist mir viel zu weit weg. Der Sechzehnender wartet nicht, bis ich aus Neustadt heran bin, nicht wahr? Kurzum, Künnecke, Ihr sollt mir da in Klenow helfen. Tretet in meine Dienste und baut mir eine kleine Unterkunft. Das heißt, so klein soll sie natürlich nicht sein. Mein Jagdschloss soll die Verhältnisse wieder zurechtrücken, die dieser Bothmer hier verrücken will. Ihr versteht, was ich meine? Nur Ihr könnt das. Dieser Palast da vorn ist, meine ich, so gut wie fertig. Wollt Ihr Däumchen drehen, wenn Bothmer Euch nach getaner Arbeit in die Wüste schickt? Das wollt Ihr nicht, also baut bei mir."
„Nun, Wüste", wendet Künnecke vorsichtig ein.
„Nennt es, wie Ihr wollt." Durchlaucht lauscht unruhig, seine Nasenflügel beben, als nähme er Witterung auf. Er erhebt sich. „Da kommt wer, ich möchte hier nicht gesehen werden. Also: Lasst mich bald wissen, wie Ihr Euch entscheidet. Es würde mich entzücken, Euch als Mann in meinen Diensten wiederzusehen. Ich würde Euch vorzüglich entlohnen, selbstverständlich."
Auch Künnecke hört jetzt die Stimmen, eine gehört Joschi. Noch ehe er sich erheben kann, ist Christian Ludwig mit einem Sprung in den Flieder verschwunden, aus dem er vorhin auch gekommen sein muss. Künnecke hört, etwas entfernt, einen Pfiff, dann Pferdegetrappel.
Joschi kommt angelaufen: „Versteckt Euch. Frau Christine ..."
Das genügt. Künnecke macht es Durchlaucht gleich. Er verschwindet mit einem Satz in der Hecke.

„Künnecke. Kühner Held. Wo seid Ihr? Ich weiß doch, dass Ihr hier irgendwo steckt."

Auf der Szene erscheint Christine Margarethe Bothmer, eine geborene Bülow, die Gattin des bothmerschen Neffen, der so heißt wie sein Onkel: Hans Kaspar. Sie ist eine kleine, unscheinbare Person, schlank, mager geradezu, mit fliehendem Kinn und scharf geschnittenen Gesichtszügen, so scharf, dass das Gesicht in Falten fällt, wenn sie lacht oder verärgert den Mund spitzt. Beides tut sie gern. Ihr aschblondes Haar fällt in dürftigen Locken. Sie zeigte einen gewissen Witz, als sie einmal sagte, sie habe dünnes Haar, dafür dicke Brüste. Letztere sind zwar nicht wirklich ungewöhnlich groß, wirken jedoch an ihrem schmalen Körper fast ein bisschen ungeheuerlich. Vor allem aber sieht Christine Margarethe die Welt aus zwei grünen Augen an, eines dunkel-, das andere hellgrün, bülowsches Erbmaterial. Und sie trägt eine schmale, zarte Nase im Gesicht mit zwei kreisrunden Nasenlöchern.

„Kühner Held. Haltet mich nicht zum Narren. Wer war bei Euch?"
Christine Margarethes Augen rollen, ihr Mund schmollt, ihre Nasenflügel blähen sich ein wenig.

Hans Kaspar Bothmer jr. und seine Ehefrau Christine Margarethe leben mit Künnecke in enger Nachbarschaft. Sie bewohnen, so lange der neue Familiensitz noch Baustelle ist, die alte Burg Arpshagen. So wird sie genannt, obgleich sie nie wirklich eine Burg war, sondern das, was man ein Festes Haus nennt, also eher Schloss als Burg. Einen kreisrunden Wassergraben gibt es noch, eine Brücke, dicke Wände, vor allem aber kalte und dunkle Räume, viel Feuchtigkeit und Enge.

Zum Glück haben die bothmersche und die kleinere künneckesche Wohnung unterschiedliche Eingänge. Und das winzige Gartenstück, auf dem der Baumeister seinen Frühstückstisch hat aufstellen lassen, ist auch getrennt vom ebenso winzigen bothmerschen Garten. Christine Margarethe hält das nicht ab, Künnecke immer wieder überraschend ihre Aufwartungen zu machen. Sie findet ihren Mann viel zu langweilig, um nicht ihr Herz an den feschen Baumeister von nebenan zu verlieren, ein wenig jedenfalls. Ein wenig soll auch noch Platz in ihrem Herzen bleiben für andere Helden, falls diese sich irgendwann im Klützer Winkel zeigen. Christine Margarethe wartet, durchaus sehnsüchtig. Denn ihr fehlt, wie sie meint, ein richtiges Leben. Auch in der Welt ist sie noch nicht weit herumgekommen. Immer nur Klützer Winkel, kein leichtes Schicksal, besonders für eine Frau, die das Leben lieben möchte

„Künnecke. Ich habe einen Brief für Euch." Christine Margarethe läuft wie suchend einige Schritte vor und wieder zurück. Sie dreht sich auch ein paarmal. Der Baumeister bleibt bei diesem albernen Versteckspiel verschwunden.

Doch, Künnecke ist ein sehenswerter Mann, findet sie. Ein Gesicht wie ein Spaten, eisgraue Augen, die sich zu schmalen Schlitzen verengen können, wenn der kühne Held gerade sehr kühn zu sein vorgibt. Eine breite Brust, an der man sich bestimmt gut ausweinen kann. Und einen Körperbau, der Christine Margarethe sehr an die antiken Idealgestalten erinnert, deren Abbildungen ihr einst ein Buch mit Goldschnitt aus der bülowschen Bibliothek so überaus wert gemacht hat. „Kühner Held. Eine Dame harrt Euer. Wollt Ihr wohl endlich galant sein und mir Eure Aufwartungen machen." Christine Margarethe stampft mit dem Fuß auf. Es bleibt still.

„Künnecke. Wer war der Herr vorhin? Will er Euch abwerben? Das fände ich aber schrecklich." Sie zieht aus ihrem Dekolleté plötzlich einen Brief hervor und hält ihn hoch. „Und hier ist Post für Euch, von des Grafen Hand. Was will er Euch nur sagen? Seid Ihr nicht neugierig? Künnecke, bis eben hätte ich es Euch erlaubt, Euch den Brief selbst aus dem Versteck meines Busens zu ertasten. Da habt Ihr also etwas verpasst."

Nichts. Nur Joschi sieht kurz um die Ecke, grinst, wagt es aber nicht, den Tisch abzuräumen.
„Kühner Held. Wisst Ihr, dass ich hexen kann. Ich hexe Euch aus dem Gebüsch oder wo immer Ihr steckt. Müsst Ihr nicht auf die Baustelle? Oder bekommt Ihr Euer Geld etwa dafür, Euch vor mir zu verbergen?"
Nichts, nur Lerchengesang und eine Sonne, die schon damit beginnt, ihre Hitze über das Land zu legen.
Christine tritt etwas zurück in den Schatten, welche die alten Burgmauern werfen oder, wie sie, schon etwas von der Wärme ermüdet, denkt: spenden. Da fällt ihr ein, was den Baumeister an seinem Bau am meisten beschäftigt, ja ängstigt. Was ihn, wie er ihr einmal in stiller Stunde gestanden hat, bis in böse Träume hinein verfolgt.
„Künnecke, wisst Ihr, was der alte Mogia, der trübe Italiener mit den vielen Kindern, mir gestern sagte? Im Stuck vom Gartensaal gebe es Risse. Haarrisse, sagte er. Er vermute, das komme vom Fundament. Da sacke was ab, sagte er."
Damit hat sie es getroffen. Der Fliederstrauch neben Christine gerät gewaltig in Bewegung. Ein Satz und Künnecke steht vor ihr: „Was sagt Ihr da? Um Himmels willen. Was meinte Mogia? Was genau? Sprecht schon."
Aber Christine steht, in vielen Falten lächelnd da, erhebt sich auf ihre Zehenspitzen und drückt dem wehrlosen Künnecke einen Kuss mitten auf den Mund.
„Da seid Ihr ja, kühner Held. Ist mir doch noch etwas eingefallen, Euch hervorzulocken, was? War nur ein Scherz. Ein Scherz von mir. Der alte Mogia ist ja humorlos wie alle diese welschen Kerle. Sie sehen gut aus, aber sie sind ohne Humor. Liegt wohl am Katholischen, wenn Ihr mich fragt."
„Ihr habt mich maßlos erschreckt."

„Oh, darf ich Euer Herz fühlen. Oh, es tuckert ganz toll. Wenn es doch nur einmal so für mich ..."
Künnecke verhindert energisch einen weiteren Kuss und winkt Joschi heran, der nun endlich abräumen darf.
„Was wolltet Ihr eigentlich?", fragt er. „Nur Späße mit mir treiben?"
Christine wird ernst. „Der Graf aus London kommt. Hat er uns geschrieben und Euch in diesem Brief bestimmt auch. Er ist schon aus London abgereist. Er bringt noch jemanden mit, hat aber nicht geschrieben, wen. Bestimmt so einen hochnäsigen Engländer. Na, ich danke. Wer weiß, wann die hier ankommen. Ich dachte, es würde Euch interessieren. Deshalb habe ich mich gleich aufgemacht, um es Euch als Erste zu sagen. Eine schöne Gelegenheit, mit Euch zu plaudern. Aber Ihr seid zum Plaudern ja nie aufgelegt."
Damit lässt sie den Baumeister stehen und schleicht wie bedrückt davon, die Hände auf dem Rücken. Nur an der Hausecke dreht sie sich noch einmal um zu ihm, beugt sich vor und – streckt ihm ihre wirklich bedeutend lange Zunge heraus, wohl ebenfalls bülowsches Erbmaterial. Dann lacht sie laut auf und verschwindet um die Ecke.
„Sie ist eine Hexe. Meint sie selbst, und es stimmt", sagt Künnecke zu seinem Diener. Dann zieht er seinen Rock über, der auf der Stuhllehne gelegen hat, und begibt sich endlich zur Baustelle, wo man seiner sicher schon harrt. Er muss nur wenige hundert Meter laufen.
Aber wie warm es schon ist. Heiß geradezu. So früh am Morgen.

Wenn Künnecke durch sein Bauwerk geht, dann stets genau in der Mitte. Durch die Mitte der Räume, durch die Mitte der Flügeltüren, die Mitte des Treppenhauses. Die Handwerker machen sich darüber schon lustig. Sie meinen, der Baumeister glaube auf diese Weise im Vorbeigehen alles am besten beschauen zu können. Wenn ihm etwas auffällt, kann er seinen strikten Pfad ja verlassen und näher an das zu Beanstandende oder vielleicht auch zu Lobende herantreten.

Natürlich wagt keiner der Handwerker den Baumeister nach dem Sinn seines Mittelwegs zu fragen, nicht einmal der selbstbewusste Mogia. Künnecke hätte auch nicht geantwortet. Hätte er sagen sollen, er wähle die Mitte, um die Räume so in ihrem Glanz und ihrer Würde am besten auf sich wirken zu lassen? Er wählt die Mitte aus Stolz über sein Werk. Und manchmal stellt er sich auf seinen Wegen vor, wie er in diesen Räumen leben oder besser wohl residieren würde. Er genießt es, die Raumfluchten für einen Augenblick ganz für sich zu haben. Manchmal steht er, die Hände auf dem Rücken verschränkt, verträumt am Mittelfenster des Gartensaals mit Blick auf den Garten, der erst noch entstehen soll. Manchmal geht er soweit, dass er die Augen schließt und sich Palast und Garten vollendet und belebt vorstellt. Als seinen Palast, mit seinen Gästen. Als ein Versailles des Nordens mit herrschaftlichen Anlagen, so groß und leuchtend, ein Sieg über die unheimliche und finstere Natur. Aus einer morastigen Wiese in der Niederung vor Arpshagen, die nicht einmal Futter gab für die Tiere, erhebt sich jetzt das riesige Bauwerk, hundert Meter in seiner Ausdehnung. Die mäandernden, unberechenbaren Wasserläufe, welche die Wiese einst durchzogen, sind zu Kanälen befriedet. Sie umlaufen den bothmerschen Palast so, dass der, nach holländischem Vorbild, auf einer Insel steht. Die schmalen, sandigen und krummen Wege, die sich hier noch kreuz und quer durch das Gelände hinziehen, würden bald schon geraden Alleen weichen. Und der Rest von wilder Wiese hinter dem Haus würde zu einem schönen, weil regelmäßigen Garten erblühen – eine Fortsetzung der Säle und Raumfluchten in die Natur hinein, wie Künnecke es sieht.

Oder der Baumeister bleibt mitten im holzgetäfelten Festsaal eine Treppe höher stehen, der über die gesamte Tiefe des Corps de Logis reicht, und sieht auf die Wandflächen, wo künftig die Ahnenporträts der Bothmers ihren Platz finden sollen. Auch da kann es den Baumeister überwältigen, dass er die Augen schließt. Allerdings aus einem ganz anderen Grund als im Gartensaal, den er selbst übrigens lieber Sommersaal nennt.

Immer wieder besucht Christine Margarethe den Baumeister, unerwartet erscheint sie, und manchmal flattert sie heran, nur um Künnecke einen Kuss zu applizieren. Künnecke weiß nicht, wie ernsthaft Christine Margarethe diese Tollereien sind. Er verschwendet an eine solche Frage gar keinen Gedanken, denn sein Herz ist, wie man so sagt, vergeben. An eine Bürgerliche, von der er freilich nicht genau weiß, ob sie seine Gefühle erwidert. Allerdings schränkt die Ungewissheit über ihre Gefühle die seinen nicht ein, überhaupt nicht. Er ist es gewohnt, dass noch jede Frau, auf die er ein Auge geworfen hat, seinem Liebeswerben nicht zu widerstehen vermag, früher oder später jedenfalls. Kein Wunder, so männlich wie er aussieht mit seinem Spatengesicht und seinen eisgrauen Augen.

Wie wir darauf kommen? Ausgerechnet im Festsaal mit seinen noch leeren Wänden? Nun, weil sein Herz für eine Frau, eine Malerin, schlägt, die einige der gewünschten Bildnisse liefern soll. Er denkt mit geschlossenen Augen an Esther Denner.

Künnecke und Hans Kaspar Bothmer jr. sind vor einiger Zeit nach Hamburg gereist, um Balthasar Denner aufzusuchen, den Vater Esthers, einen weithin gerühmten Porträtmaler. Die dennersche Werkstatt fanden sie zwischen Gänsemarkt und Jungfernstieg. Esther empfing die Gäste. Ihre rotblonde Jugend betörte Künnecke auf den ersten Blick. Balthasar und Bothmer jr. kannten sich aus früheren Zeiten. Sie zogen es vor, allein miteinander zu verhandeln. Sie wollten nämlich nicht nur verhandeln, sondern auch auf das Wiedersehen anstoßen und dabei alte Geschichten erzählen. Künnecke hätte sich normalerweise darüber empört, derart ausgeschlossen zu werden, wo es doch um sein Bauwerk ging. Seine Empörung hätte ihn, der mitunter zum Cholerischen neigt, sogar doppelt überwältigen müssen. Fragte er sich doch ohnehin, weshalb er nach Hamburg überhaupt hatte mitfahren müssen, an der Seite des ewig missgelaunten, schweigsamen Hans Kaspar, wenn er beim entscheidenden Gespräch dann nicht dabei sein durfte.

Jetzt wusste er die Antwort und war dankbar. Wegen Esther.

Sie sah ihn aus ihren blauen Augen an. Dann zog sie ihn umstandslos in die Werkstatt, um ihm, wie sie sagte, Muster für Bildnisse zu zeigen. Auf einer der nahe an die Fenster gerückten Staffeleien stand ein halbfertiges Bildnis, das Porträt einer alten Frau. Künnecke trat näher heran. Die Frau lächelte, seltsam entrückt. Als würde sie sich ihres Alters schämen und doch zugleich ihr langes Leben auch jetzt noch im hohen Alter genießen. Künnecke staunte: Das immer noch schöne Gesicht der Frau war von tiefgefurchten Falten überzogen, und jede Falte war genau gemalt, jedes Fältchen, jedes Härchen. Als würde die Frau wirklich sein und ihn, Künnecke, so betrachten, wie er sie betrachtete.

„Euer Werk?", fragte er die Tochter des Hauses, indem er von dem Bild etwas zurücktrat.

Sie lachte: „Oh, nein. Den Pelzkragen, den durfte ich machen. Ich bin nur in der Lehre, und ich glaube, wenn es nach meinem Vater ginge, bliebe ich für alle Zeiten in der Lehre."

„Das ist aber ungerecht. Das Bildnis ist übrigens bezaubernd schön."

Sie lachte abermals: „Vater weiß so lebensecht zu malen, dass sich mancher schon beschwert hat, weil er sich auf der Leinwand zu hässlich fand. Ich habe Vater auch schon mal gesagt, dass er es mit dem Lebensechten nicht übertreiben soll."
„Höre ich da heraus, dass Bildnisse auch ein bisschen lügen müssen? Damit sich die Hässlichen nicht beschweren?"
„Für das Geschäft bringt ein bisschen Lügen schon etwas. Wer schon möchte sein wahres Gesicht sehen. Wer schon ist zu sich selbst ehrlich. Vielleicht ist mein Vater ein wenig zu ehrlich. Aber nein, ich muss mir selbst ins Wort fallen: Mit Ehrlichkeit hat es nichts zu tun, wie mein Vater malt. Mein Vater ist so virtuos. Deshalb legt er es auf Genauigkeit an. Und er wird unwirsch, wenn er sie nicht erreicht, die Vollkommenheit, dass am Ende gar nicht mehr zu unterscheiden ist, was der Mensch und was sein Porträt."
„Da übertreibt Ihr jetzt aber."
„Bestimmt nicht. Da habe ich es mit meinen Zulieferungen leichter, hier einen Kragen, dort einen Mantel, hier einen Blumenstrauß, dort eine Parklandschaft im Hintergrund. Ich erlaube es mir, beim Malen etwas freier zu sein."
„Euer Vater ist berühmt für die Genauigkeit seiner Bildnisse. Wer schon kann die Lebendigkeit so wundervoll malen?"
„Lebendigkeit? Meint Ihr all die Runzeln und Falten, Warzen und Pickel?"
„Ja, junge Dame, habt Ihr denn etwas dagegen?", fragte Künnecke.
Sie entgegnete lachend: „Muss ein Bildnis so pedantisch sein? Wir wissen zwar genau, wie die Alte da aussieht, wenn wir das Bild sehen. Man wird es durch das Bild auch noch lange nach ihrem Tod genau wissen. Aber wissen wir deshalb, was und wie die Frau war? Mein Vater macht sich nicht die Mühe, seine Modelle kennenzulernen. Er will ihre Runzeln malen, weiter nichts."
„Oder ihre Schönheit", entgegnete Künnecke, der an der Wand

das Bildnis von Denners Tochter entdeckt hatte. „Und die Tulpe da und das rote Plaid – das habt Ihr gemalt? Es sieht aus, als sei die Farbe freigelassen worden."

Sie lachte, gab ihm aber keine Antwort. Stattdessen schnipste sie mit den Fingern. Es war eine Angewohnheit von ihr, wenn sie ein bisschen angriffslustig wurde.

„Was wäre für Euch ein gelungenes Bildnis?", fragte er, nachdem er die jugendliche Schönheit neben sich und auf dem Bild vor ihm ausgiebig bewundert hatte.

Die Antwort kam prompt, klang selbstbewusst und war wieder von einem Fingerschnipsen begleitet: „Dass wir wissen, wer da abgebildet ist, welcher Charakter, vielleicht auch welches Lebensschicksal und welche Seele."

„Aber gerade hier bei Eurem Bildnis ist der Charakter der Abgebildeten doch wunderbar zu sehen." Künnecke, stolz auf sein Kompliment.

Aber Esther war verstimmt. „Seid nicht blöde." Sie ging ein paar Schritte, bevor sie kurzerhand das Thema wechselte. „Man sagt, Ihr habt einen wundersamen Palast in die mecklenburgische Weite gestellt?"

„Der hoffentlich Charakter und Seele hat und das auch erkennen lässt. Aber, ehrlich gesagt, ich weiß nicht, ob er so geworden ist, wie ich ihn mir vorstellte. Ihr müsst Ihn Euch anschauen und mir sagen, was Ihr davon haltet."

„Und wir hier malen Bildnisse für den Palast? Mein Vater gefiel sich nur in ein paar Andeutungen. Für eine Ahnengalerie, sagte er. Welches edle Geschlecht ...?"

„Die Bothmers."

„Schon mal gehört, aber wann und wo?"

„Sie sind ein neues Geschlecht, die Bothmers. Sie wollen erst noch groß werden. Der Erfinder des Geschlechts, wenn ich so sagen darf, sitzt in London. Er ist Graf und leitet die Deutsche Kanzlei, und die kümmert sich um die hannoverschen Angelegenheiten – und die britischen eigentlich gleich mit. Die Deutsche Kanzlei ist sehr mächtig."

„Oh, London", rief Esther. „Mein Vater erzählt oft von London. Wir waren vor Jahren dort, aber ich war zu klein, um mich zu erinnern. Er hat einen Musiker gemalt. Händel, hieß er, glaube ich."

„Und jede Falte zu sehen?"

„Im Gegenteil. Falten hatte der nicht. Dafür ein hübsches feistes Doppelkinn."

Sie lachten, bis Künnecke doch noch einmal mit ernster Stimme fragte: „Wie aber malt Ihr ein Bildnis? Einen Charakter oder meinetwegen eine Seele kann man doch nicht malen."

„Oh, weshalb nicht?"

„Nun, man kann nur malen, was sichtbar ist."

„So muss ein Baumeister sicherlich reden, er baut schließlich keine Traumschlösser, klar. Aber es stimmt nicht. Natürlich lässt sich auch das Fühlen malen. Vielleicht ist sogar gerade das der Sinn von Malerei. Aber darüber muss ich armes Frauenzimmer erst noch einmal nachdenken. Jedenfalls muss ein Bildnis nicht ähnlich sein, wenn, sagen wir, der Porträtierte sich dadurch selbst entfremdet ist – und ich das erkenne."

„Und wie malt Ihr das?"

„Das", antworte sie mit einem Schnipsen, „muss ich noch herausfinden."

„Vielleicht so: Punkt, Punkt, Komma, Strich, fertig ist das Mondgesicht."

„Witzig. Vielleicht."

„Und was ist das hier?" Künnecke deutete auf eine Mappe, die aufgeschlagen dalag, wobei das obere Blatt sichtbar war. Es war eine Zeichnung, locker hingeworfen, und zeigte einen Zwerg mit einer Trompete in der Hand.

„Wenzrödl", antworte Esther. „So etwas macht mein Vater, wenn er für sich zeichnet, einfach nur so."

„Und wer ist Wenzrödl?"

„Ein Liliput, selbst von Adel, aber bei einem Adligen in Diensten. Als musikalisch begabter Hofzwerg. Irgendwo in Süddeutschland. Sein Herr ist ein von Bartenbruch."

„Lauter Wenzrödls in einer Mappe. Da sind ja noch mehr Zeichnungen."

„Mein Vater war fasziniert, als er das Kerlchen mal in Hamburg sah."

In der Diele wurden jetzt die aufgekratzten Stimmen von Hans Kaspar jr. und dem alten Denner laut.

„Künnecke", rief Bothmer jr.

„Esther", rief Balthasar Denner.

Während die Gerufenen die Werkstatt verließen, raunte Künnecke der Malerin noch zu: „Ihr kommt doch, um Euch die Bilder anzuschauen, wenn sie ihren Platz im Saal gefunden haben? Oder noch besser: Ihr bringt sie selbst zu uns."

„Um Euer Werk zu bestaunen. Um seinen Charakter zu entdecken. Seine Seele. Man erzählt sich viel davon."

„War das eine Zusage, mein Fräulein?"

„Da bin ich von meinem Vater abhängig."

„Ihr müsst ihn zu einem Ausflug überreden. Kennt Ihr den Klützer Winkel?"

„Nein, bestimmt nicht."

„Also wird es Zeit. Habe ich Euer Wort?"

Sie standen an der Tür zur Diele. Bevor Esther sie öffnete, flüsterte sie: „Das habt Ihr, ich will meinen Vater beschwatzen. Es war nett, mit Euch zu plaudern, Herr Baumeister."

„Und ich würde Euch gern wiedersehen." Mit diesen Worten hatte

Künnecke ihre Hand genommen, sie lange in den seinen gehalten und geküsst. Er hatte den Duft von Hand und Fräulein eingesogen. Halb war der Duft ihr eigener, halb der der Malerwerkstatt. Eine unnachahmliche Mischung, wie er fand. Die schlanke Hand und der schlanke weiße Unterarm, der da aus dem Spitzenbesatz hervor sah, verursachte ihm ein erotisches Gefühl. Genau wie der kleinen rote Mund, die wachen blauen Augen und die schmale Nase, deren wie durchsichtige Flügel sich blähten, wenn Esther sprach oder lachte, ja selbst wenn sie nachdachte.

Daran also erinnert sich Künnecke, wenn er mit geschlossenen Augen im künftigen Festsaal des bothmerschen Palastes steht. Hamburg liegt inzwischen viele Wochen zurück, aber das Gefühl will nicht verwehen.

Johann Friedrich Künnecke wartet. Und wartet auf sein Glück. Und er will diesem Glück, er will Esther Denner, wenn sie endlich kommt, selbstverständlich die stolze Mitte beim Weg durch die Räume seines Bauwerks überlassen. Wenn er nur neben ihr gehen darf.

ZWEITES KAPITEL – KLÜTZ, 3. JULI 1730

Friederike hat einen großen Auftritt im Frät Kraug, eine Theatertruppe taucht auf, und der Pastor fragt sich, wie groß eigentlich der Klützer Winkel ist

„Erst kauft er sich den Grafentitel und dann die Grafschaft dazu. Graf Bothmer, meine ich."
„Und macht uns alle zu seinen Untertanen, der Graf Bothmer."
„Aber weshalb ausgerechnet hier? Ausgerechnet uns? Sind wir hier nicht das Ende der Welt?"
„Ja, Klützer Winkel – klingt doch wie der letzte Winkel. Überhaupt wie das Letzte, findet ihr nicht auch?"
„Vielleicht hat er Gründe, sich in so einem Winkel zu verstecken."
„Nichts mit Verstecken. Reiche Böden bringen reiche Pacht, ist doch sonnenklar. Dass wir hier der Speckwinkel sind, wird sich sogar bis in dieses komische London herumgesprochen haben."
„Und dann baut er sich auch gleich so einen riesigen Palast. Wozu so riesig? Von unserem Geld."
Die so dahinschwatzen, sitzen um den Tisch herum im Frät Kraug zu Klütz, Friederike, das Dienstmädchen bei Pastor Pilgrim, Benno, der Gärtnerbursche, Johann, der Dachdecker, und Gottlieb, der Geflügelhändler, der eben nur für eine kurze Pause vom Markt herübergekommen ist.

„Na ja, von unserem Geld. Er soll sehr reich sein, der Herr aus ..."
Hier wird die blonde Friederike unterbrochen, weil eben auch der lange Heinrich in den Frät Kraug tritt. Die Klützer nennen den Tischler so, denn er ist in der Tat sehr lang, nahe an zwei Meter, was ihm oftmals die Leiter erspart, ihn im Frät Kraug aber zwingt, durch die Tür gebückt einzutreten. Heinrich bringt eine Neuigkeit mit: „Habt ihr schon gehört, der Schweriner Herzog wurde gesehen? Heute Morgen. Bei uns. In Klütz. Die Senta hat ihn gesehen." Nein, die Neuigkeit hat sich am Tisch noch nicht herumgesprochen.

„Ach, die dumme Senta, die sieht vieles, wenn sie nur etwas sehen will", wirft Friederike ein, die nur schnell im Krug hat vorbeischauen wollen, um ihren Tabakbeutel aufzufüllen. „Hat sie es dir selbst erzählt, Heinrich?"

Nein, ihm nicht, bekennt Heinrich. Ihm hat es auf dem Markt eben die Karotten-Else erzählt. Und die hat es vom Milchmädchen Sieglinde, das es von den Schwestern Anna und Mariechen, den Mägden beim Bauer Raschke, erfahren hat, denen es Senta steckte. Aber Senta habe sich bestimmt nicht geirrt, wen sie da sah, meint Heinrich. Senta ist nämlich als junges Mädchen einige Zeit lang in Stellung bei Dörchläuchtings gewesen, wie man auf Platt so sagt. Zwei Jahrzehnte liegt das zurück, Sentas Leben in Schwerin. „Weshalb treibt sich der Herzog hier herum? Wo hat ihn Senta denn gesehen?", fragt Benno und reibt sich die Nase. Er pflanzt im Garten von Bothmers gewaltigem Neubau, von manchen schon Schloss genannt, die Linden. Jetzt aber lässt er die Mittagshitze lieber im Krug vorübergehen als auf der Baustelle, wo es Schatten ja erst in vielen Jahren geben würde, wenn Bennos Bäume ausreichend groß geworden sind. Benno hat ein rundes Gesicht, in dem eine platte Nase sitzt. Er reibt sie, als könnte er sie auf diese Weise verlängern. Manchmal zieht er sie mit unangenehmem Geräusch auch hoch.

„Er kam von Arpshagen herüber, zu Pferd. Ohne Gefolge, nur mit einem zweiten Reiter."

„War vielleicht eine geheime Reise", wirft der Wirt ein, der eben neue Becher mit Dünnbier bringt. „Wollte mal die große Baustelle sehen."

„Kann so geheim nicht gewesen sein. Sie ritten mitten auf der Straße. Die Senta hat ihren Knicks gemacht, und Durchlaucht hat zurückgegrüßt und sich an den Dreimaster getippt", meint der lange Heinrich. Er ist nicht nur lang, sondern auch kräftig gebaut. Er hat ein gutmütiges Gesicht mit großen, leicht hervortretenden Augen. Sein Haar ist von leuchtendem Rot. Er ist auch der helle Typ, der sich vor der Sonne lieber schützen sollte, und trägt deshalb im Sommer fast immer einen breiten Strohhut auf dem Kopf.

„Trotzdem komisch", sagt Benno, der etwas begriffsstutzig ist.

„Ist doch klar wie Kloßbrühe, unsere Durchlaucht ärgert das mit dem Schloss", ruft Friederike. „Das Ding ist größer als sein eigenes. Er wollte es wohl sehen, um sich mal richtig zu grämen, dass er so etwas zu Hause nicht hat." Sie lacht und zeigt dabei beneidenswert weiße Zähne. „Grämen ist doch toll. Wenn sich die hohen Herren gegenseitig von Neid zerfressen lassen, haben wir was zu lachen." Friederike hofft übrigens, bei Bothmer eine Anstellung zu finden, wenn der Bau erst einmal fertig ist. Sie will weg aus dem engen Haushalt von Pastor Pilgrim und seiner Frau. Sie sinnt auf Größeres, ist eine ausgezeichnete Köchin, doch leider etwas vorlaut und – verraucht.

„Dieser Koloss da draußen taugt nicht zum Ärgern, ist nur Protz", mischt sich Johann ein, der auf den Dächern der bothmerschen Baustelle herumzuturnen pflegt. Ausgerechnet er, der einen großen Nutzen daraus zieht, auf der Baustelle zu arbeiten. Johann bekommt schließlich sein Geld von Graf Bothmer. Später sollte er von ihm sogar ein Pferd geschenkt erhalten, aber da wollen wir nicht schon jetzt vorgreifen. Johann ist ein untersetzter, muskulöser und tief braungebrannter junger Mann, an dessen Schultern lange Arme mit Pranken von Händen baumeln. Sein Gesicht wirkt eindrucksvoll, wenn auch wenig schön. Über dem energischen langgezogenen Kinn wölbt sich ein gewaltiger Mund, in dem ein ebenso gewaltiges Gebiss sitzt, über dem sich die Lippen nie recht zu schließen vermögen und das beim Lachen viel Zahnfleisch sehen lässt. Die Nase ist ein rechter Haken, die Augen dafür klein und unscheinbar.

Auch Benno meckert über das, was ihm den Lebensunterhalt sichert. Und weil er aufgebracht ist, lispelt er leicht dabei: „Ausgerechnet Linden lässt er da pflanzen, mitten im Sommer. Das wird nie im Leben was. Na, es sind ja nicht meine Bäume."

„Dich hat er vorher nicht gefragt, was?", lacht Gottlieb, der für eine halbe Stunde seine Mutter allein am Geflügelstand in einer weißen, gackernden Wolke zurückgelassen hat. Um seinen Durst zu löschen, wie er seiner Mutter sagte. Noch mehr aber, weil er zur Abwechslung ein wenig lustige Gesellschaft braucht und Friederike hat in den Kraug schlüpfen sehen.

Friederike in ihrer schlanken Blondheit erfreut sich allgemeiner Beliebtheit unter den jungen Männern der Stadt, obwohl sie sehr spitz und frech sein kann und, wie es scheint, niemand bei ihr eine Chance bekommt. Auch nicht der lange Heinrich, der sie aus seinen großen, ehrlichen Augen besonders hungrig anzusehen pflegt. Johann sagt bedächtig: „Der Graf soll schon ziemlich alt sein und lebt gut in London. Trotzdem lässt er sich bei uns im letzten Winkel so einen Palast bauen. Vielleicht ist er tot, wenn er da einziehen könnte."

„Aber dann kann er doch gar nicht mehr einziehen", bemerkt der begriffsstutzige Benno.

„Letzter Winkel", erregt sich Gottlieb, der seine Heimat als den Mittelpunkt der Welt sieht. Nicht weil er seine Heimat besonders liebte. Er weiß nur nichts davon, dass die Welt über den Klützer Winkel und Grevesmühlen, wohin er manchmal an Markttagen fährt, hinaus weitergeht, ja eigentlich dort erst beginnt. „Die Letzten werden die Ersten sein." Gottlieb liebt Sprichwörter. In diesem Moment empfängt der lange Heinrich einen seiner, zugegeben seltenen, Geistesblitze: „Er will da nicht wohnen, der Graf, in dem Ungetüm auf der sumpfigen Wiese. Er will nur in seinem London den hohen Herrschaften sagen können, schaut an, so gewaltig ist mein Grundbesitz und so riesig das Haus meiner Familie. Vielleicht klingt der Name Mecklenburg in Londoner Kreisen ja nach was, nach Ferne und Abenteuer. Niemand aus seinen Londoner Kreisen wird deswegen zu uns in den Klützer Winkel reisen, um herauszufinden, dass er an das Ende der Welt gelangt, um eine Grafschaft kennenzulernen, die gar keine richtige ist, und einen Familiensitz, der noch nach Farbe riecht, so neu steht er da." Das leuchtet allen am Tisch ein, und der Wirt muss eine neue Runde bringen. So kommt es, dass gerade niemand spricht, als die Tür zum Frät Kraug abermals aufspringt und Sieglinde darin steht wie eine Erscheinung. Sieglinde, das Milchmädchen der Stadt, hochgewachsen, fast so lang wie der lange Heinrich und immer sehr aufrecht schreitend, winkt mit ihrem langen Finger, was die blonde Friederike veranlasst, sogleich aufzuspringen: „Die Milch kommt. Ich werde erwartet." Sie schwenkt beim Gehen den nunmehr gut gefüllten Tabakbeutel wie eine Weihrauchschale und ruft auf dem Weg zur Tür ihrer Tischgesellschaft zu: „Und wisst ihr auch, weshalb das Schloss so komisch langgestreckt sein muss, dass es aussieht wie ein geöffneter Kleiderschrank mit Doppeltür?" Da spielt sie, ohne es freilich selbst zu wissen, auf den in Mode gekommenen palladianischen Stil an, den man freilich im Klützer Winkel zuvor noch nirgendwo gesehen hat. Sie blickt in fünf Augenpaare, den Wirt eingeschlossen, die sie halb fra-

gend, halb staunend ansehen. Endlich gibt sie die Antwort, es klingt, als müsse sie dabei schon vorab ein Prusten unterdrücken: „Weil Christine Margarethe für ihre vielen Garderoben einen begehbaren Kleiderschrank von ausreichender Größe benötigt." Und schon prustet sie tatsächlich los, eine Hand vor dem Mund mit seinem sehenswerten Amorbogen, und tritt zu Sieglinde, die sie streng mustert, besonders den Tabakbeutel. Aber das stört Friederike nicht. Denn das Lachen, das ihr vom Tisch her antwortet, trägt sie wie ein schwebender Teppich hinaus. Hinaus aus dem Frät Kraug und hinüber zum Pfarrhaus. Und weil sie so schwebt, kommt es ihr vor, als würde sie fast so hochgewachsen sein wie Sieglinde. Sanft landet der Teppich dann bei Pilgrims, während Sieglinde die gefüllte pilgrimsche Milchkanne ins Haus trägt und die leere, scheppernde wieder mitnimmt. Die zurückgelassenen Männer im Krug meinen derweil, halb anerkennend, halb verärgert, die blonde Friederike sei doch ein rechtes Luder.
Nur Benno hat die Anspielung Friederikes nicht begriffen: „Wieso Kleiderschrank?"

Sie haben sich in die Ecke des Pfarrgartens gesetzt, wo eine hohe Kastanie und eine Mauer Schatten spenden. Gedämpft nur erreicht sie der Lärm des Marktes, die sich gegenseitig überschreienden Ausrufer, die Laute der Tiere und die Musik der Gauklertruppe, die, lange angekündigt, nun offenbar eingetroffen ist. Sie sitzen dicht beieinander, vermeiden aber jede Berührung. Sie sehen sich auch nicht an, sondern blicken in den Garten, der übrigens erst noch im Entstehen ist. Auch das Pfarrhaus haben die Pilgrims kürzlich erst bezogen. Gebaut hat es – Künnecke. Charlotte, die Pfarrersfrau, hat noch immer mit dem Einrichten zu tun, wenn sie denn Zeit dafür findet.

„Und nun hat der Graf seinen Besuch angekündigt. Kein Mensch außer ihm selbst vielleicht weiß, wann er hier ankommt. Und wozu? Aber er kommt. Ich sehe ihn schon vor mir. Ich höre ihn schon. Er geistert durch meine schlechten Träume, und ich habe nur schlechte Träume, Lotte."

Nicht ihr Mann, der Pastor, spricht so zu seiner Frau, sondern Hans Kaspar Bothmer jr., der Neffe des Grafen. Hans Kaspar jr. hat zwar nicht die Länge vom langen Heinrich, aber er wirkt fast so groß, weil er schmal ist. Sein schmaler Kopf mit den eingefallenen Wangen, der Hakennase und den tiefliegenden Augen scheint von den Zumutungen des Lebens wie umwölkt. Hans Kaspar jr. gehört zu jenen traurigen Menschen, die nicht einmal ahnen, dass im Leben auch Freude zu finden sei. Sein ganzes Wesen verströmt einen Kummer, der ihm selbst zwar wohltut, weil er die Welt nun einmal nicht anders sehen kann, der ihn aber zu einer Anstrengung, einer Zumutung für jede Gesellschaft macht, vor allem natürlich einer gutgelaunten. Sein Kummer macht ihn zum Einzelgänger. Und nur seine Freundin Charlotte bewahrt ihn davor, mit sich und der Welt gänzlich zu zerfallen.

„Weshalb kommt der Graf nicht erst, wenn alles fertig ist?", fragt Frau Pastor Pilgrim, setzt aber gleich hinzu: „Nun, woher sollt Ihr es wissen? Ihr werdet es so wenig wissen wie Ihr seine Beweggründe kennt, sich ausgerechnet hier bei uns anzusiedeln – und Euch damit zu erhöhen." Über den letzten Teil des Satzes muss die Pfarrersfrau mit dünnen Lippen lächeln. Sie ist ebenfalls hochgewachsen, hat ein schmales hübsches Gesicht mit großen dunklen Augen und eine dunkle, rauchige Stimme, die allem, was sie sagt, eine besondere Würde und vielleicht auch Autorität verleiht. Er nennt sie Lotte, sie ihn Hans. Diese seltsame Beziehung geht schon seit vielen Monaten und wäre längst Klützer Marktgespräch, würden Hans Kaspar jr. und Charlotte ihre Neigung für-

einander nicht derart selbstverständlich und ohne Arg zeigen. So lohnt der Tratsch nicht. Und so wagt niemand die an sich interessante Frage aufzuwerfen, ob das Verhältnis der beiden gelegentlich ins Schlafgemach führt oder es bei der Keuschheit belässt, schwermütig nebeneinander im Pfarrgarten zu sitzen und zu seufzen.
Hans Kaspar kommt häufig von Arpshagen herüber. An den Markttagen immer. Sein Spaziergang zum Pfarrhaus ist ihm zu einer Gewohnheit geworden. Hans Kaspar jr. liebt Gewohnheiten. Sie sind ihm Sicherheit in seinem unsicheren Dasein, das er niemals Leben nennen würde.
Den Pastor, der eigentlich allen Grund zur Eifersucht haben sollte, freuen die Besuche. Er weiß dann seine Lotte beschäftigt und zieht sich zurück, angeblich um an seiner Predigt für den Sonntag zu arbeiten, in Wahrheit aber wegen Friederike und wegen Marie. An Friederikes Anblick kann er sich bei solcher Gelegenheit sozusagen hemmungslos erfreuen, ohne die missbilligenden Blicke seiner Frau auf sich gerichtet zu fühlen. Und er versteht es, in seinem Haus viele Friederike-Gelegenheiten einzurichten, zumal auch er dem Tabak verfallen ist. Überhaupt blickt Pilgrim den Frauen gern nach, und eine Geliebte hat er auch. Marie ist Witwe, Marie Himmelreich.
Hans Kaspar spricht unter vielen Seufzern: „Ich höre ihn schon, wie er nörgelnd umhergeht. Dies passt ihm nicht und das nicht. Seine eigenen Pläne stößt er um, und immer sind die anderen schuld, wenn etwas nicht klappt, nur weil er es mal so, mal so will. Glaubt mir, Lotte, selbst Künnecke, sein Liebling, hat dann nichts zu lachen. Aber ..." Seltsamerweise lacht Hans Kaspar jr. hier auf, wenn auch ohne alle Fröhlichkeit. „... ich gönne es Künnecke. Er ist sonst immer so von oben herab. Aber bei meinem Onkel kann er sich nicht gehen lassen. Mein Onkel ist sein Meister, Lotte. In jeder Hinsicht. Künnecke wäre nichts ohne ihn. Der Graf kann sogar besser zeichnen als sein Baumeister. Er hat auch die besse-

ren Ideen. Und die Goldtaler, die hat er sowieso. Vor dem alten Bothmer ist Künnecke dann so klein mit Hut."

„Wenn ihn solche Demütigungen quälen, kann er ja rüber ins Pfarrhaus kommen, der Künnecke. Wir loben ihn gern, bis er seine gewohnte Größe zurückhat. Wir hier sind mit seinem Bau nämlich zufrieden. Er scheint jedes Detail bedacht zu haben. Ein schönes Haus, licht, warm und harmonisch. Eine Freude. Sogar für die Kinder, obwohl sie es bei Elias drüben im Schulraum bestimmt nicht leicht haben."

„Ich mag Euer Haus schon deshalb nicht, weil dieser Künnecke es gebaut hat. Allein wie der mit meiner Gemahlin poussiert, oder sie mit ihm. Sie nennt ihn: kühner Held."

„Seid nicht ungerecht, Hans."

Was Charlotte Pilgrim mit Hans Kaspar jr. verbindet? Charlotte mag an Männern nicht das Männliche, sondern das Unvollkommene. Allerdings legt sie es in ihrer Neigung nicht darauf an, das Unvollkommene vollkommen zu machen. Es reicht zu ihrem Behagen, einen schwierigen Mann wie Hans Kaspar jr. zu stützen, zu trösten und ihm hin und wieder raten zu dürfen.

„Und dann die Abende mit dem Grafen am Kamin. Hoffentlich werden es nicht so viele. Allein er redet. Er erklärt uns die Welt. Dazu immer sein Respice finem. Bedenke das Ende. Dauernd sagt er das. Über seinen Palast will er es schreiben lassen. In Goldbuchstaben. Was gibt es da schon zu bedenken? Beim Ende? Es kommt – und adieu, du irdisch Jammertal, willkommen himmlisches Jerusalem. Es kann nur besser werden. Er will unbedingt hier beigesetzt werden."

„Gott wird es ihm lohnen, so viel für uns hier getan zu haben."

„Er wird auch das Pfarrhaus sehen wollen. Wegen Künnecke. Er wird hier durchgehen und alles schlecht finden. Außer Euch, Lotte, weil Ihr so freundlich seid und weil er Euch vielleicht so-

gar gefällt, wer weiß? Und dann hat er mir auch das noch weggenommen. Euch weggenommen, Lotte."
Jetzt nimmt sie doch einmal seine Hand: „Redet nicht so, Lieber."
„Seine Herrlichkeit duldet keinen Widerspruch. Er lacht nie und weiß alles. Er hält nichts von mir. Aber da ist er ja nicht allein. Künnecke hält nichts von mir. Meine Frau hält nichts von mir, mein Vater sowieso nicht. Ach ja, den Pastor nicht zu vergessen. Der hält auch nichts von mir."
„Was schert es Euch? Ihr werdet der Hausherr auf dem Familiensitz sein. Ihr, mein Freund, herrscht künftig über den Klützer Winkel."
„Mag sein, dass der Graf es so bestimmt, Respice finem. Mit seiner Tochter hat er sich ja überworfen, der alte Gauner. Mogia, der muffige Stuckateur, der immer so tut, als wären wir hier das Letzte, muss jedenfalls schon mein Halbporträt formen. Ich werde aus dem Stuck wie für alle Ewigkeit hervorschauen. Und man wird mich malen und in die Ahnengalerie hängen. Gleich neben der Frau, die mir mein Onkel ausgesucht hat, als ich noch eine Rotznase war und von Ehe und Frauen nichts ahnte. Nur damit er an das nächste Gut kommen konnte, musste ich heiraten. Eines der bülowschen."
„Hans, seid nicht so bitter. Wir sind nicht auf der Welt, um bitter zu sein."
„Sondern?"
„Das zu tun, wozu uns Gott in die Welt gestellt hat. Es freudig, selig zu tun. Glück ist das Gelingen, die Seligkeit, etwas schaffen zu können."
„Glück ist Gelingen? Und Seligkeit? Nein, Lotte, Glück ist das Ende. Seligkeit ist das Ende. Denkt daran: Respice finem."
„Ach, das ist nicht gottgefällig, wie Ihr so sprecht. Bedenke das Ende – das ist doch der Aufruf zu einem gottgefälligen Leben, reich an Taten und also reich an Glück und Seligkeit. Und denkt

Ihr vielleicht in Eurer Düsternis auch mal an mich? Wie sehr Ihr mir fehlen würdet nach Eurem herbeigesehnten Ende?" Sätze wie hingehaucht, leise gesprochen, zärtlich beinahe. Dann auf einmal wird ihr Ton fest: „Übrigens habe ich einen Plan." Sie gibt seine Hand wieder frei, weil sie die ihren braucht, um zu gestikulieren. „Fürchtet euch nicht, sagt der Herr. Wir fürchten uns nicht, nein. Lasst den Grafen doch kommen, seht ihm mit Freude entgegen. Er lebt in London. Gut. Wenn er aber hier ist, wird er ein paar Wochen auf dem Land leben, weit, weit weg von seinem London. Weit weg selbst von seinem Hannover. Das wird ihm guttun. Die Landluft, das schlichte Mahl, die viele Zeit, die einfachen Menschen. Was haltet Ihr davon, wenn wir ihm einen unvergesslichen Sommer bereiten? Ein Sommermärchen. Sodass er entweder überhaupt nicht mehr fortwill oder nur unter Tränen."

Jetzt nimmt sie wieder seine Hände, diesmal alle beide, und blickt ihn stolz an.

„Was meint Ihr mit Sommermärchen, was sollen wir tun?", fragt Hans Kaspar jr. „Meinem Onkel in den Hintern kriechen?"

„Seid nicht so böse. Wir werden sehen, was zu tun ist. Mir ist noch immer im rechten Augenblick das Rechte eingefallen. Wenn er gern reitet, brauchen wir ein gutes Pferd. Wenn er gern jagt, finden wir ein hübsches Waldstück. Wenn er gern im Pfarrhausgarten sitzt wie wir jetzt, hole ich den besten Wein aus dem Keller hervor, oder es gibt richtigen Bohnenkaffee und Streuselkuchen, wie sich das für einen Pfarrgarten gehört. Was ihm gefällt, soll er haben. Will er gut tafeln und Tabak rauchen, so haben wir Friederike."

„Er kennt keine Wünsche, er kennt nur Befehle."

„Grämt Euch nicht. Ich bin bei Euch, wenn Ihr mich braucht. Und ich denke, Elias ist es auch." Sie nickt vage in jene Richtung, in der des Pastors Amtsstube liegt.

„Und warum wollt Ihr das tun, Lotte? Seid doch froh, wenn Ihr mit ihm nichts zu tun bekommt."
Sie sieht ihn beinahe strahlend an: „Nicht für den Grafen, selbst wenn er mir gefällt, wie Ihr befürchtet. Ich tue es für Euch, weil ..."
In diesem Moment beginnen die Glocken zu läuten. Mittag. Was immer Lotte ihrem Hans gestehen wollte, es wird nicht mehr ausgesprochen. Als der Lärm der Glocken abebbt, sagt sie in ihrem nüchternen Ton, der für Bothmer jr. dennoch schon wegen ihrer Stimme so schön klingt: „Am besten bleibt Ihr zum Essen gleich hier, auch wenn Ihr dafür das künneckesche Gebäude betreten müsst, mein Lieber. Pfarrhäuser bieten keine ausgesuchte Küche, doch es schmeckt, und von allem ist reichlich da. Denn unsere Friederike ist zwar ein rechtes Luder und zerrüttet meinem Gemahl die Sinne, aber kochen – verdammt noch mal, das kann sie."
Nicht nur sind Hans Kaspars Besuche Gewohnheit. Sie laufen auch immer gleich ab. Er plaudert mit seiner Freundin oder eher sie mit ihm, bis die Mittagsglocken läuten, obgleich er gar nicht so lange hat bleiben wollen. Und dann wird er regelmäßig zur Mahlzeit eingeladen, stets mit dem Hinweis auf Friederikes Kochkünste. Und Friederike legt, ohne das Pastorenehepaar überhaupt noch zu fragen, ob der künftige Graf zum Essen bleibe, an Markttagen stets ein Gedeck mehr auf.
„Lasst uns hineingehen", sagt Frau Pastor sanft. „Ich höre Stimmen, Friederike."
„Und die Stimme von diesem seltsamen großen Milchmädchen."
„Ach ja, die Rechnung. Sieglinde, ich komme."

„Hört die Geschichte vom rasenden Roland. Auch Orlando furioso genannt. Es ist die alte Geschichte über den Wahnsinn der Liebe. Ihr kennt doch Euren Ariost, der auf den schönen Vornamen Ludovico hört? Orlando liebt Angelica, die aber liebt Medoro, der Dorinda liebt. Orlando wird wahnsinnig, weil Angelica, die schöne Prinzessin aus dem Land Cathay, seine Liebe nicht erwidert, obwohl er ihr das Leben gerettet hat. Aber Liebe lässt sich mit nichts kaufen, nicht wahr? Nicht einmal mit Lebensrettung. Und sind wir nicht alle schon mal wahnsinnig geworden, nur aus Liebe oder was wir für Liebe halten."

„Hoho, hört, auch er ist schon wahnsinnig vor Liebe gewesen, der Kleine", ruft es aus dem Publikum.

Man hat den Zwerg auf eine umgestülpte leere Heringstonne gehoben, wo er mit seinen kleinen Armen wild gestikuliert.

„Ja, ich liebe. Ihr alle liebt, ich liebe auch. Glaubt ihr denn, nur weil ich nicht recht gewachsen bin, sei alles an mir klein? Auch das, was mich befähigt zur Liebe?"

„Hoho."

„Hört, hört."

Immer mehr Marktbesucher drängen sich um die Tonne, auf welcher der Zwerg in einem gelb-grünen Gewand mit rotem Mützchen mit erstaunlich weittragender Stimme abermals von Orlando zu sprechen anhebt: „Wie aber, liebe Leute, rettet man einen Wahnsinnigen? Ist Orlando überhaupt zu retten? Die Liebe ist ein Zauber. Und also vermag es allein ein Zauberer, ihn – sim sala bim – fortzuzaubern, den Wahnsinn."

„Nur Zwerge können das", schreit jemand aus dem Publikum.

Alles lacht.

„Nur Zwerge, sehr richtig, ich, der Zauberer. Der Zauberer Zoroastro. Der klatscht in die Hände ..." Der Zwerg klatscht in die Hände. „... und alles wird gut. Ich, Luitpold, gebe den Zauberer Zoroastro, ohne den Orlandos Geschichte traurig enden würde. Aber so ..."

Luitpold wird von einer jungen Frau unterbrochen, die sich einen Weg durch die dichtgedrängt stehenden Marktbesucher gebahnt hat und nun an der Tonne auf das Holz klopft, als wäre es eine Pforte. Luitpold sieht zu ihr herunter, winkt vor Freude mit seinem Ärmchen, um ihr dann galant die eine Hand zu reichen. Die junge Dame, in deren Gesicht ein Sternenhimmel von Sommersprossen selbst durch die dick aufgetragene Schminke leuchtet wie der wirkliche Sternenhimmel im Morgendunst, steigt, nein springt geschickt auf das Fass. Auch sie nämlich gehört zur Theatertruppe, die Szene ist einstudiert. Luitpold stellt sie als Dorinda vor.

„Weil das die traurigste Rolle im Orlando-Stück ist, haben wir sie mit dem hübschesten Mädchen der Welt besetzt, zum Trost", lacht er.

Dorinda heißt in Wahrheit Giulietta, ist ein welsches Kind mit tiefschwarzem langem Haar, dunklen Augen, vollen roten Lippen, aber einer krummen Nase, Folge eines Reitunfalls. Giulietta beginnt zu singen. Auch sie hat eine erstaunlich kräftige Stimme. Luitpold begleitet sie auf einer Laute, die ihm auf das Fass hinaufgereicht wurde. Das Publikum verstummt nach und nach, um Giuliettas Gesang zu lauschen, auch wenn ihre Stimme wie rostig klingt. Aber gerade das macht ihren Reiz aus.

„Er muss ans Herz die schöne Holde drücken, darob sie höher als die Rose glüht. Das Glück vergönnt ihm, von den zarten Lippen der Liebe süßen Blütenhauch zu nippen."

So geht es noch eine Weile weiter, Strophe um Strophe, bis Luitpold aufhört, seine Laute zu traktieren. Giulietta aber, als könne sie gar nicht mehr enden, singt weiter:

„Das Herzen und das Küssen will nicht enden, wie halten sie so innig sich umfasst! Welch frohe Seufzer sie zum Himmel senden! Die hohe Wonne sprengt den Busen fast."

Das Publikum ist gewonnen. Vor allem die Männer, die ihre Blicke nicht von der Schauspielerin lassen können, zumal nach Giuliettas Darbietung ihr Busen wogt wie im Gedicht, als würde er gleich gesprengt.

„Oh", ruft der Zwerg, „wie gern hätte ich Euch, hochverehrtes Publikum, auch Orlando vorgestellt und Angelica. Und Medoro. Die aber ..." Und hier legt er sein Händchen an den Mund, als wolle er flüsternd ein Geheimnis offenbaren. „... haben es vorgezogen, längst im Krug zu sitzen."

Gejohle im Publikum.

Der Zwerg fährt fort: „Und da gehen wir jetzt auch hin, was, Giulietta? Und Ihr, wenn Ihr nachher den Orlando sehen wollt, hochverehrtes Publikum: um sechs Uhr hinter mir im kleinen Theaterzelt, wenn die Hitze nicht mehr ganz so drückt. Ihr könnt es nicht verfehlen, das Zelt, es ist so schön bunt wie unsere ganze Truppe. Und Ihr seht auch, viel Platz ist nicht in unserem Zelt. Wer sich also rasch den Eintritt sichern will – dort hinten bitte, an der Kasse."

Die Theaterkasse erweist sich als ein winziger Bretterverschlag, der aber vielleicht nur deshalb so winzig wirkt, weil die Frau, die darin thront, so üppig ist, dass sie aussieht wie eingeklemmt. Hier sitzt die Prinzipalin. Und weil sich tatsächlich sogleich eine Schlange vor ihrem Häuschen bildet, lächelt sie sehr zufrieden mit Luitpolds und Giuliettas Auftritt. Die freilich, gleichfalls mit sich zufrieden und sehr durstig, schlüpfen derweil durch das Publikum hindurch wie Fische durch das Wasser. Hinüber zum Frät Kraug, den wir ja schon kennen.

Klack, klack.

Elias Pilgrims Gehstock stößt mit der messingbeschlagenen Spitze bei jedem Schritt auf das Katzkopfpflaster. Die Mittagsstunde ist vorüber. Der Pastor schreitet zur Kirche. Seit das neue Pfarrhaus, der Künnecke-Bau, bezogen ist, muss der Pastor einen ziemlich weiteren Weg zur Marienkirche nehmen. Pilgrim nennt ihn seinen Pilgerweg, einen Weg der Einkehr, aber das nur still für sich. Auch Elias Pilgrim ist so unvollkommen, dass er einst Lottes Herz hat erobern können. Er ist unvollkommen im Sittlichen, aber auch im Geistigen und, noch schlimmer, im Geistlichen. Was sein Äußeres jedoch anbelangt, so zeigte er sich vollkommen, als ein gottwie erdverbundener Mann, kräftige Statur, mit stets freundlichem, dabei aber auch listigem Gesichtsausdruck. Und wenn wir vorhin den Eindruck erweckt haben sollten, er suche Liebeshändel mit der praktischerweise in seinem Haus lebenden und von ihm abhängigen blonden Friederike, so müssen wir das hier richtigstellen: Pastor Pilgrim ist viel zu fromm und hat zu feste Grundsätze, um auch nur zu erwägen, die eigene Frau im eigenen Haus zu betrügen. Er sieht Friederike gern, das stimmt, er sucht sie oft zu sehen, auch da hat Frau Pastor recht. Aber er würde nie auf den Gedanken kommen, sich Friederike in einer Weise zu nähern, die wir als unsittlich bezeichnen müssen. Und sie, das wollen wir gleich hinzusetzen, hätte sich unter Zuhilfenahme ihres Tabakbeutels, ihrer prächtigen Zähne und unter lautem Schreien sehr wohl zu wehren gewusst.

Das Fromme bei Pilgrim hält ihn freilich nicht davon ab, wie angedeutet, der Einförmigkeit seiner Ehe anderswo durch Liebeshändel entgegenzuwirken, außer Haus sozusagen. Ihm haben zeitlebens Frauen gefallen, die älter sind als er, mütterlich, lebenserfahren. Die Witwe Himmelreich in Grundeshagen zählt ein paar Jahre mehr als er und macht ihrem Namen alle Ehre, wenn er bei ihr liegt. Denn sie ist kundig in Liebesdingen.

Charlotte sieht das Unvollkommene bei ihrem Elias allerdings gar nicht in der Weibertändelei. Darüber blickt sie großzügig hinweg, sie kennt schließlich das Leben und meint, Männer seien nun einmal so. Seine Schwäche sieht sie vielmehr in der Predigt, genauer gesagt dem Sammeln und Aufschreiben der Gedanken. Er predigt zwar frei, alles andere hätte ihm die Gemeinde auch übelgenommen, aber ohne seine Notizblätter würde er auf der Kanzel doch hilflos dastehen. Es dauert Charlotte regelmäßig, wenn sie ihren Ehemann zu Hause unglücklich und einfallslos vor dem leeren Papier, an der Feder kauend, sieht. Wäre sie nicht gewesen mit ihren dann und wann wie zufällig hingestreuten Bemerkungen über Jonas, den Walfisch und das Gottvertrauen, Saul, David und das Verfängliche im Neid oder das Gleichnis der Sakramentsmühle, wo sich doch erst seit Kurzem am Weg nach Boltenhagen eine neue Mühle im Ostseewind dreht, Elias würde wohl kaum bis nach Schwerin hin als hörenswerter Prediger gelten. „Gottes Wort füllt dir die Leere auf deinem Papierbogen", pflegt Charlotte ihm zu sagen. „Du musst es nur durch dich hindurchlassen." Aber der Pastor bringt es so selten fertig, etwas von Gott Gesendetes durch sich hindurchzulassen. Das führte schließlich irgendwann dazu, dass Charlotte begann, ihrem Mann die Predigten mehr oder weniger zu diktieren.

Pilgrim geht den kleinen Hügel hinan, auf dem sich die Kirche über den Markt erhebt, ihn gleichsam segnend. Er kommt an zwei beinahe lebensgroßen Figuren vorüber, die mit weißer Farbe angemalt sind und an der Luft trocknen. Sie sehen jetzt fast so aus, als seien sie aus Marmor. Dabei ist es, wie Pilgrim natürlich weiß, Lindenholz. Endlich tritt der Pastor durch die geöffnete Seitentür von St. Marien. Aus dem blendenden Sonnenlicht des heißen Julitages wechselt er in das kühle Dunkel des Kirchenschiffes.

Klack, Klack. Sein Gehstock jetzt auf dem Backsteinfußboden. Pilgrim braucht etwas Zeit, bis sich seine Augen an das Dämmerlicht gewöhnen. Und selbst dann trauen sie sozusagen den eigenen Blicken nicht. Dort steht der neue Altar, hoch aufgerichtet im Chor. Es ist noch ein so ungewohnter Anblick, gab es doch zuvor hier nur einen schlichten Altaraufbau aus mittelalterlicher Zeit, von Holzwürmern in Jahrhunderten zernagt.

Ganz oben am neuen Altar, fast schon an das Gewölbe stoßend, grinst dem Pastor das gutmütige Gesicht vom langen Heinrich entgegen.

„Fast fertig, Pastor", spricht sein Mund, und dann verschwindet der Heinrich. Seinen Platz nimmt kurze Zeit später ein hölzerner Engel mit Posaune ein, Künder des Jüngsten Gerichts, Abschluss und Krönung des gewaltigen Altaraufbaus, den wir heute barock nennen und der noch immer in der Klützer Kirche steht. Er ist in Wismar gefertigt worden.

Noch einmal taucht Heinrich auf, um mit einem Hammer in der Hand und langen Eisennägeln zwischen den Zähnen, den Engel unter donnernden Schlägen zu befestigen. Lange hallte es im Kirchenschiff nach.

„Passt, wackelt und hat Luft", ruft Heinrich schließlich.

Pilgrim hört, wie der Tischler hinter dem Altar am dort aufgestellten Gerüst herunterklettert. Er arbeitet nicht allein. Zu dritt trotten sie hinter dem Aufbau hervor.

„Zufrieden, Herr Pastor?", fragt der eine Gehilfe.

„Johannes und Maria stehen noch draußen zum Trocknen, setzen wir nachher ein", sagt der andere.

„Nimmt ganz schön viel Licht weg", gibt Heinrich zu bedenken, während er sich noch einmal zum Altar umschaut.

Dann verschwinden die drei, ziemlich verfroren, aus der Kirchenkühle hinaus in die Wärme. Heinrich setzt in der Pforte seinen Strohhut auf.

Der lange Heinrich hat recht, denkt Pilgrim, alleingelassen im großen Kirchenschiff. Bislang war der Chorraum lichtdurchflutet. Jetzt steht da das große Werk, an das sich die Gemeinde erst noch wird gewöhnen müssen, und nimmt das Licht. Dem Pastor gefällt es allerdings, Abendmahl, Kreuzigung und Auferstehung zugleich vor sich zu sehen, drei Gemälde, die übereinander in den gewaltigen Holzrahmen eingelassen sind.

Die Gemeinde hat Graf Bothmer den neuen Altar zu verdanken. Genau wie das neue Pfarrhaus. Pilgrim fällt wieder ein, was er eben beim Mittagsmahl von seiner Frau erfahren hat: Dass der Graf sich von London aus in den Klützer Winkel aufgemacht habe. Womöglich also wird er schon bald hier im Gottesdienst sitzen, in seinem, Pilgrims, Gottesdienst, seinen Predigten lauschend. Der Pastor stöhnt leise.

Die Predigt! Worüber soll ich predigen, wenn der große Graf in der Gemeinde sitzt?, fragt er sich. Dabei wendet er sich um, hat den neuen Altar jetzt im Rücken und geht gedankenverloren in Richtung Orgelempore und weiter unter ihr hindurch.

Klack, klack, sagt sein Stock.

Was würde Charlotte raten? Hätte sie womöglich etwas gesagt wie: Auszug der Israeliten aus Ägypten, um das gelobte Land zu finden? Ist es nicht auch bei Bothmer so, wenn er sich von London aus aufmacht? Hält er den Klützer Winkel für sein gelobtes Land? Und ist das gelobte Land nicht – Heimat?

Ja, über Heimat müsse er predigen, sagt sich der Pastor. Der Zufall will es, dass ihm der Gedanke kommt, als er im Fuß des Turmes steht. Der Klützer Winkel ist die Heimat für seine Gemeinde und würde es womöglich schon bald auch für den Grafen sein, wer weiß. Oder würde der Graf wie Moses das gelobte Land zwar sehen, aber nie dort leben, weil er London dann doch vorzieht? Oder stirbt, bevor er überhaupt in Klütz ankommt?

Bis wohin überhaupt, fragt sich der Pastor bei dieser Gelegenheit, erstreckt sich der Klützer Winkel? Die Leute von Klütz sagen: Über all das Land, das von der Turmspitze der Marienkirche aus rundum zu erblicken ist. Ja, denkt sich der Pastor, davon sollte ich predigen, wenn der Graf tatsächlich einmal im sonntäglichen Gottesdienst säße. Charlotte würde schon etwas sehr Biblisches dazu einfallen.

Vielleicht ist Bothmers Nahen aber auch nur ein Gerücht, welches, wie jedes Klützer Gerücht, zuerst bei seiner Frau anlangt, die es ihm weitererzählt. Der Pastor hält seine Frau für viel zu gutmütig. Sonst würde sie sich doch auch nicht mit dem komischen Hans Kaspar jr. abgeben, denkt er, als er sich wieder dem neuen Altar zuwendet. Sie glaubt alles, was man ihr erzählt, und auch das, was man ihr nicht erzählt, sagt er sich.

Aber mitten im Chorraum, als wollte der Herr oben im Himmel ihn bestrafen, weil er etwas abfällig über seine Frau gedacht hat, trifft es den Pastor wie eine Offenbarung. Der neue Altar sagt es ihm: Nein, es ist kein Gerücht, der Graf wird kommen. Schon bald würde er da sein und sonntags im Gottesdienst sitzen. Und ihn, Elias Pilgrim, sogleich durchschauen.

Pilgrim überläuft es kalt. Liegt es an dem kühlen Kirchenraum? Er eilt, wie vorhin die Handwerker, sich von der Sonne draußen wieder aufwärmen zu lassen.

Klack, klack, sagt sein Stock. Der Pastor braucht eigentlich gar keinen Gehstock. Aber ohne ihn mag er das Haus nicht verlassen, weil ihm der Stock derart gefällt. Der Knauf ist sehr schön gearbeitet und stellt den Kopf einer Ente dar, mit einem langen und prächtigen Schnabel als Griff. Aus einer Lübecker Werkstatt, sehr teuer. Pilgrim umgib sich gern mit Zwecklosem, wenn es nur wertvoll ist.

DRITTES KAPITEL – BOTHMER, 3. JULI 1730

Wie Schloss Bothmer zu seinem Namen kam und wie Baumeister Johann Friedrich Künnecke einen seiner Dachdecker, den Johann, schätzen lernt

Jener heiße Julitag, an dem der lange Heinrich mit kräftigen Hammerschlägen dem neuen Altar in St. Marien den krönenden Engel aufsetzt, kann noch aus einem ganz anderen Grund historisch genannt werden. Es ist auch der Tag, an dem der Name des Grafen Bothmer zu einem Ortsnamen wird. Heute ist uns der Ort Bothmer oder genauer Schloss Bothmer vertrauter als der Name Bothmer für das Grafengeschlecht. Auch wenn das mit dem Schloss nicht ganz richtig ist, denn Schlösser werden allein die Häuser regierender Familien genannt, der Graf aber ist kein regierender Herzog. Egal.

Dass der Name einer Person zu einem Ortsnamen wird, ist zwar nicht ungewöhnlich. Aber hier haben wir das einem Geflügelhändler zu verdanken: unserem Gottlieb, den wir aus dem Frät Kraug schon kennen. Freilich spricht Gottlieb nur als erster aus, was ohnehin alle denken, seit der Backsteinpalast auf halbem Weg zwischen Arpshagen und Hofzumfelde aus der nassen Wiese emporwächst und man im Klützer Winkel kaum noch über etwas anderes spricht als den verrückten Londoner Grafen, seinen verrückten Bauplan und sein verrückt vieles Geld.

Als sich Gottlieb und seine Mutter am frühen Nachmittag mit ihrem dank guter Geschäfte jetzt leeren Einspänner vom Klützer Markt nach Hofzumfelde aufmachen, wo sie leben, begegnet ihnen der Gärtner Benno, uns gleichfalls schon aus dem Frät Kraug bekannt. Benno ist auf dem Weg zurück zur bothmerschen Baustelle. Gottlieb hält sein kleines Fuhrwerk an, lässt Benno aufsteigen und nimmt ihn ein kleines Stück mit.

Gottlieb fragt: „Willst du wieder zu deinen Linden nach Bothmer?"
Benno fragt natürlich zurück: „Nach Bothmer?" Er reibt sich seine Nase.

„Na, zum Bauplatz. Um weiter Linden zu pflanzen, wenn ich dich richtig verstanden haben. Linden, die in der morastigen Erde nie gedeihen werden, wie du uns erzählst."

„Ja, die Linden. Aber Bothmer? Wieso Bothmer?"

„Ach, das habe ich nur so dahingesagt. Als es noch eine morastige Wiese war, gehörte die zu Arpshagen. Wer hätte sich für die Wiese schon interessiert. Aber jetzt? Jetzt ist es eine Baustelle der Bothmers. Und was für eine. Ich höre das Hämmern und die Rufe bis hierher. Dann nennen wir den Platz doch einfach Bothmer. Bisher war er doch ohne Namen, oder?"

„Und kommen als einfache Menschen dem Grafen damit zuvor, was?", wirft Gottliebs Mutter ein. „Aber Arpshagen Ausbau oder Hofzumfelde zwei – so etwas wäre als Name nun wirklich nicht angemessen für einen so edlen Herrn und ein so prächtiges Haus."

„Bothmer, Bothmer." Benno scheint dem Namen nachzuschmecken. Er wiederholt ihn immer wieder, unterschiedlich laut, mit unterschiedlicher Betonung. „Bothmer – doch, das gefällt mir."

„Na, siehst du", lacht Gottlieb. Sie sind jetzt nahe an der Baustelle, die roten Mauern leuchten durch das Grün. Gottlieb macht „Brr", Benno dankt und springt vom Wagen.

Wer mit Geflügel handelt, kommt nicht nur viel herum, sondern ist auch Gackern gewöhnt. So kommt es, dass Gottlieb, mehr aber noch seine dem Dorfklatsch zugeneigte Mutter den Ortsnamen Bothmer rasch überall verbreiten. Und auch Benno tut das Seine. Schon als er wieder bei seinen Linden steht, inmitten der anderen Gärtnerburschen, ruft er: „Was für prachtvolle Alleen das einmal werden, und alle führen sie schnurgerade auf Bothmer zu." Aber seine Worte finden keine Beachtung. Er ist zu jung und, wie der Mecklenburger zu sagen pflegt, zu spillrig, um von den anderen für voll genommen zu werden. Außerdem lispelt er, und wenn er aufgeregt ist, wird aus dem Lispeln ein Stottern.

Nur der alte Gustav, dem immer ein Tropfen an seiner gewaltigen Hakennase hängt, muss auf die Rede Bennos hören, ob er will oder nicht. Denn beide machen sich zusammen daran, die Linden in Richtung Hofzumfelde zu pflanzen. Sie beginnen am bothmerschen Ehrenhof, der freilich noch nichts weiter ist als eine unübersichtlich große und staubige Baustelle. Der Weg nach Hofzumfelde ist ausgefahren, steht dort doch die Ziegelei, immerzu rollen backsteinbeladene Fuhrwerke in Richtung Bothmer, das hinterlässt Spuren. Aber nun grüßen auch schon rechts und links vom Weg die ersten Bäume. Je weiter Gustav und Benno sich, Baum für Baum, Steckling für Steckling, Hofzumfelde nähern, desto häufiger drehen sie sich zur Baustelle um, gefesselt von dem Anblick, der sich ihnen bietet.

Sie überqueren bei ihrer Gärtnerarbeit einen kleinen Hügel, dann geht es wieder in eine Senke. Das verändert immerzu den Anblick des bothmerschen Palastes in ihrem Rücken. Nach und nach verschwinden alle Nebenbauten aus dem Blickfeld. Nur der prächtige Mittelbau, das Corps de Logis, bleibt zu sehen, versinkt dann aber auch immer weiter, bis am Ende der neuen Allee allein das Giebelfeld über dem Hügel hervorlugt. An dem freilich fehlen noch die Goldbuchstaben der Inschrift. Heute leuchten sie dort: „Respice finem". Bedenke das Ende.

Leider ist Gustav schwerhörig. Und dann zeigt er sich auch noch mecklenburgisch-wortkarg.

„Linden im Juli pflanzen", grummelt er immerzu vor sich hin. „Das wird doch nichts."

„Wir müssen sie wässern, immer wieder wässern", ruft Benno so laut er kann.

„Nützt auch nichts. Wird nichts."

Benno kann sich trotz seines Schreiens bei Gustav nie sicher sein, ob der ihn versteht, harthörig wie er ist. Oft versteht Gustav wirklich nicht, manchmal aber will er nicht verstehen. Wir jedoch wissen: Das mit dem Namen für Bothmer hat er verstanden. Am Abend erzählt er seiner Ehefrau davon, sie ist so alt und so schwerhörig wie er, aber geschwätzig wie der stete Wind von See. Mein Gustav pflanzt die Linden von Bothmer, erzählt sie fortan. So trägt die Alte den neuen Namen genau wie Gottliebs Mutter auf den Markt und durch die Gassen der Nachbarschaft in Klütz.

Und so beginnt sich der Name einzubürgern. Im Klützer Winkel spricht man schon wie selbstverständlich vom Schloss Bothmer, als endlich der Graf und sein Freund Händel dort erscheinen und darüber staunen. Als sie ankommen, ist die Allee zwischen Hofzumfelde und dem Schloss vollständig gepflanzt, fast dreihundert Meter lang, zweiundsiebzig Bäume. Weil die Linden, Bennos und Gustavs Werk, hundert Jahre später nicht richtig beschnitten werden, brechen die Kronen der Bäume nach und nach auseinander und wachsen nicht mehr nach oben, sondern nach links und rechts. So entsteht im Laufe der Zeit die Girlandenform, der heute noch zu bewundernde Festonallee.

Was würden Benno und Gustav dazu sagen? Und erst Bothmer und Künnecke?

„Feierabend", ruft der Meister vom Gerüst her den Männern auf dem Dach zu.

Johann bedauert es ein wenig, seinen herrlichen Ausblick verlassen zu müssen. Zwar ist der Junge noch nicht oft aus seinem Klützer Winkel herausgekommen. Es drängt ihn auch gar nicht in die Fremde, die für ihn jenseits von Grevesmühlen und Wismar beginnt. Aber hoch hinauf, dem Himmel ein Stück näher, ist er in seinem Leben schon oft gewesen.

Als er den Klützer Kirchturm eingedeckt hat oder die Kirche von Damshagen, konnte er die Landschaft von weit oben besehen. Und jetzt in Bothmer, wo er auf dem Haupthaus steht, dessen Dach halb eingedeckt ist. Anders als beim Klützer Kirchturm geht der Blick von hier aus nicht sehr weit. Dafür aber liegt das bothmersche oder künneckesche Bauwerk mit all seinen Teilen Johann buchstäblich zu Füßen. Und er bewundert es, auch wenn ausgerechnet er im Frät Kraug, nur auf Beifall schielend, von Protz gesprochen hat.

Sechs Backsteingebäude aneinandergereiht sieht er nach der einen Seite hin, sechs nach der anderen, niedriger als das Hauptgebäude in der Mitte, auf dem er steht, alles bis ins Detail symmetrisch. Die beiden Flügel sind mit dem Corps de Logis durch kleine halbrunde Säulengänge verbunden, die Künnecke Cornichen zu nennen pflegt und die Johann an Scharniere denken lässt, an denen die Flügel sich bewegen können. Wie bei einem riesigen Kleiderschrank, da hat Friederike schon recht. Wie bei einem Altarbild. Oder noch besser wie bei einem Vogel, der seine Flügel bewegt. Ja, der ganze Bau kommt Johann von seiner hohen Warte aus wie ein gewaltiger Vogel vor, der zum Flug ansetzt. Wie viele Backsteine hier verbaut sind! Und wie viel Holz und wie viele Nägel. Und doch wirkt alles ganz leicht, eben wie ein Vogel, dem Gott es gegeben hat, leichthin abzuheben in die Lüfte. Oder wie die Sommerwolke, die Johann gerade über sich hat und die einen Augenblick lang willkommenen Schatten spendet.

Johann bewundert auch Künnecke. Wenn es sich auf dem Bauplatz ergibt, stellt er sich gern unauffällig in die Nähe des Baumeisters, um zu hören, was er zu sagen hat. Er hört von holländischen Vorbildern und wünscht sich, einmal in einem Boot auf dem Kanal rund um Haus und Garten rudern zu können. Der Kanal ist eben erst fertig geworden, langsam füllt er sich mit Wasser. Wie das Wasser von oben glitzert. Wie eine Verheißung. Bestimmt könnte man dort schon mit einem Boot fahren, denkt Johann. Es braucht ja nur eine Handbreit Wasser unterm Kiel.

So etwas wie Bothmer, eine so große und herrschaftliche Anlage, hat nicht nur Johann noch nie gesehen, sondern der ganze Klützer Winkel, ja ganz Mecklenburg nicht. Noch nie durfte Johann solche glänzenden und schweren Dachziegel in der Hand halten, obwohl er schon viele Dächer gedeckt hat, die meisten freilich aus leichtem Rohr. Auf einem der Nebengebäude nach Westen hin ist das Dach schon vollständig eingedeckt. Johann vermag es von seinem erhöhten Platz aus gar nicht recht anzuschauen, so gleißt die sommerliche Abendsonne darauf.

Johann empfindet den breit dahingelagerten Bau nicht mal als besonders schön, bewundert ihn aber, auch wenn er im Frät Kaug oft abfällig davon spricht, alle sprechen schließlich so. Wie er den Bau empfindet, dafür kann die arme Seele kein Wort finden. Der junge Mann benötigt Worte auch nicht, da er ohnehin mit niemandem über seine manchmal kruden Gedanken sprechen kann, die er sich über den Bau macht. Vielleicht würde das mit Künnecke gehen, aber wie sollte es möglich sein, dass der Baumeister einen seiner Dachdecker einer Unterhaltung würdigt. Da bedarf es besonderer Umstände. Die aber sollten tatsächlich schon bald eintreten. Das Dach leert sich. Die Burschen, die eben noch mit Johann hoch oben gearbeitet haben, schwingen sich auf die Rüstung und klettern von dort hinunter in den Hof. Johann aber wartet, bis alle fort sind. Er nimmt einen anderen Weg hinunter und will dabei nicht beobachtet werden. Einen Weg, der durch das Gebäude führt. Einen Umweg. Vom Dachstuhl klettert Johann über eine Leiter hinab zum künftigen Dachboden. Die Tür vom Dachraum zum Gang für die Dienerschaft fehlt noch. So kann Johann von hier aus überallhin gelangen, in alle Räume.

Jetzt bewegt er sich schon auf der Beletage. Auf einmal steht er still. Er meint, ein Geräusch gehört zu haben. Dabei wähnt er sich sicher, das Gebäude menschenleer vorzufinden. Er lauscht. Tatsächlich ist jemand vor ihm, weiter unten im schmalen Dienergang. Er hört ein schweres Schnaufen. Und dann sieht er einen gespenstisch riesigen Schatten. Irgendwo dort muss das Abendlicht durch irgendein Fenster in den Gang fallen. Aber kaum, dass Johann hat erkennen können, was oder wer da vor ihm läuft, ist der Spuk auch schon vorbei. Stille.

Johann wagt es, sich nach allen Seiten umsehend, aus dem Dienergang herauszutreten und steht jetzt in dem allein der Herrschaft vorbehaltenen Treppenhaus, noch fast ein Rohbau und also von keiner Herrschaft benutzt. Er weiß, dass es eigentlich nicht erlaubt ist, im Haus umherzuschleichen, wenn man dort nichts zu suchen hat, ob das Haus nun fertig ist oder nicht. Aber er liebt diese Spaziergänge durch den abendlich verlassenen Bau.

Er tritt in den Gartensaal, den Künnecke Sommersaal nennt. Johann kennt keine Angst, er ist Dachdecker, aber jetzt schreckt er doch zusammen. Dort steht jemand. Ein Geist. Eine Erscheinung. Ein Gespenst.

Im Gartensaal steht der Riese, dessen Schatten Johann an der Dienertreppe gesehen zu haben meinte. Der Riese ist eine Frau, durchaus groß, aber längst nicht so groß wie der Schatten sie hat erscheinen lassen, dafür sehr üppig. Die Frau steht am Fenster, unverwandt den Blick auf den künftigen Garten gerichtet. Ihre Arme hat sie gegen die Hüften gestemmt, als wären sie die Henkel eines großen Gefäßes. Sie ist schlicht gekleidet. Sie wirkt herrschaftlich in ihrem weiten violetten Kleid mit einer Art gelbem Turban auf dem Kopf. Aber nur auf den ersten Blick. Als sie ihr massiges Gesicht Johann zuwendet, sieht er, dass es viel zu stark geschminkt ist, um herrschaftlich zu wirken. Der Stoff ihres Kleides erscheint bei näherem Hinsehen billig, auch wenn der arme Johann davon nicht allzu viel versteht.

„Graf Bothmer", fragt die Erscheinung. „Ist seine Exzellenz hier zu finden?"

„Oh", antwortet Johann, „er lebt in London, glaube ich. Und ich glaube, London liegt sehr weit weg."

„Liegt es, Bursche. Das weiß ich auch. Aber Graf Bothmer, hörte ich, will seine Besitzungen besichtigen. Er kommt her. Und das weißt du nicht? Weißt du überhaupt etwas?"

Johann zuckt mit den Schultern. Seine Angst verliert sich.

„Du siehst ihm ähnlich."

„Wem?", wagt er zu fragen, beinahe tonlos.

„Dem Grafen. Auch Graf Bothmer war einmal so jung wie du, als ich ihn gekannt. Und so ein kräftiger Junge. Wie viele Jahre ist das her? Jahrzehnte ist es her." Die Frau scheint eben aus einer Träumerei zu erwachen. „Ich wollte ihn wiedertreffen, und nun sehe ich diesen Palast. Aber unmöglich kann er hier wohnen. Alles noch Baustelle. Und selbst wenn es einmal vollendet ist, was will er mit all den Räumen. Er ist hoch gestiegen, fürwahr. Aber er ist doch keine Majestät, oder? Kein Ludwig, der sein Versailles braucht. Was machst du hier, Bursche? Arbeitest du für den Grafen."

Johann nickt, dann sagt er: „Ich bin Dachdecker."

„Ah, ich dachte schon, du seiest ein Engel, weil du von oben kamst."
Sie versucht ein Lachen, es klingt aber eher nach einem Bellen. Johann steht noch immer im Eingang zum Gartensaal, als hätte ihn der erste Schreck an den Platz gebannt. Auch hier fehlt noch die Tür.
„Nein, der Graf wohnt hier nicht", sagt der Junge, findet im selben Augenblick seine Worte aber dumm, denn wie um alles in der Welt sollte ein Graf auf einer Baustelle wohnen.
„Aber wie sehr du ihm ähnelst. Damals. Er war hannoverscher Gesandter in Berlin, und ich war noch so jung. Ganz schlank, weißt du. Aber was schwatze ich, du Grünschnabel, der du von der Liebe nichts weißt. Noch nichts weißt. Oh, es war Liebe. Aber dann – London. Er ging nach London und ließ mich sitzen in diesem schrecklichen Berlin. Bei den Preußen! Nun, ich verzeihe ihm. Oder nein, ich habe nichts zu verzeihen. Ich war es, die fortging, bevor er mich verlassen konnte. Ein Diplomat und eine Gauklerin, das konnte nichts werden."
Sie wendet sich ganz Johann zu und geht zwei Schritte auf ihn zu, ihre Henkelarme öffnen sich und strecken sich ihm entgegen. Ihr Blick hat zugleich etwas Verträumtes und Feuriges. Den Jungen, der all die dahingemurmelten Reden der Frau von Berlin und Hannover, Diplomat und Gauklerin nicht versteht, wandelt abermals Furcht an. Er ist noch zu jung, um zu erkennen, dass da vor ihm noch einmal Schönheit und Begehren von einst in der alten Frau aufglühen.
„Ach, der Zauber der Jugend. Dein Zauber, mein Junge. Da gibt mir der Allmächtige ein so langes Leben, aber immer nur denke ich an die kurze Jugend. Und selbst, wer hundert Jahre alt wird, sagt am Ende ... Ach, du hübscher Kerl."
Er sieht, wie Tränen aus ihren Augen hervortreten. Und weil die Frau so korpulent ist und mit viel Schmuck behängt, wenn auch falschem, erscheinen auch die Tränen wie große Perlen. In ihrem

Fluss über die Wangen nehmen sie einen Teil der Farbe mit, mit der sich die Frau überreich versehen hat. Die Frau kommt noch näher, jetzt unter ihren Tränen lächelnd. Sie streckt jetzt sogar die Hände nach Johann aus. Auf jedem der Finger ein Ring.

Johann weicht vor Schreck in die Diele zurück. Er ist noch jung, das stimmt, aber doch nicht ohne erotische Erfahrungen. Auf ältere Frauen hat er eine gewisse Anziehungskraft. Sie gehen gleichsam auf ihn los. Er hat sich hin und wieder probehalber auf solche Affären eingelassen, wenn man sie überhaupt so nennen darf, Hauptsache, sie brachten ihm etwas ein, und sei es ein bisschen Geld. Freilich blieb er ohne Genuss dabei, er fand es eher anstrengend. Aber was sich hier im Gartensaal, Künneckes Sommersaal, anzubahnen scheint, ist ihm denn doch der Erfahrungen zu viel. Er sucht nach einem Weg, Reißaus zu nehmen, bevor Größe und Pracht unter dem Turban sich im Rausch auf ihn stürzen und ihn erdrücken könnten.

Das englische Fenster zwischen Saal und Vorraum rettet ihn, auch ohne Flucht. Es ist ganz neu, erst vor zwei Tagen eingesetzt. Das Holz duftet noch stark. Die Frau sieht in das Fenster und schrickt zusammen. Das Fenster enthält keine Glasscheiben, sondern wertvolles Spiegelglas. Die Frau sieht sich selbst, und es scheint, als würde sie nun endgültig aus dem Traum ihrer Jugend gerissen. Ihr Blick, als sie Johann wieder ansieht, hat nichts Feuriges mehr, er erscheint im Gegenteil nur noch müde. „Zeige mir den Ausgang, Junge. Ich bin hier einfach so eingedrungen. Es kommt mir alles wie ein Labyrinth vor. Diese unendlichen Zimmerfluchten. Ich hoffte, den Grafen zu finden. Wie heißt du? Ich führe ein kleines Theater, wir sind in Klütz. Johann? Sage deinen Namen, wenn du zur Vorstellung kommen willst. Sage, die Prinzipalin hat dich eingeladen, dann wird man dich einlassen. Wir geben ‚Orlando furioso'. Den rasenden Roland, hast du davon gehört? Er rast, weil sie, die Angelica, der er einst das Leben gerettet, ihn nicht erhört. Er wird verrückt vor Liebe. Die Liebe als ein großer Zauber. Ein großer Irrwitz. Als die Hoffnung, die sich nie erfüllt. Na, das verstehst du noch nicht."

Die üppige Frau spricht noch weiter über ihre Gauklertruppe, während Johann sie in das Kellergeschoss führt, wo der Ausgang liegt, so lange die Bauarbeiten noch währen.

Eine Gauklerin, denkt Johann. Er hat, als er vorhin aus dem Frät Kraug kam, die Theatertruppe von Weitem gesehen, wie sie sich an ihrem kleinen Zelt zu schaffen machte, das eigentlich nur eine Bühne ist. Das wäre mir kein Leben, denkt er jetzt. Eine Gauklerin, die den Grafen mal kannte, vor langer Zeit. Wie seltsam.

„Und gib mir ein Zeichen, mein Liebling, wenn der Graf vielleicht doch noch auftaucht. Ich würde zu gern wissen, ob er sich noch an mich erinnert. Ich würde ihn so gern wiedersehen. Oh, er erinnert sich bestimmt."

Damit schreitet sie, den Turban auf ihrem Kopf richtend, dann ihr Kleid raffend, über den Ehrenhof oder genauer gesagt den künftigen Ehrenhof davon. Sie geht schwerfällig mit kleinen Schritten durch den Staub des Platzes, die Arme wieder als Henkel. In ihren Gedanken aber springt sie in diesem Moment lustig umher wie einst und hätte die ganze Welt umarmen und küssen mögen.

So wie das Spiegelglas des englischen Fensters im Gartensaal Johann vor allzu großer Annäherung einer gealterten Schauspielerin bewahrt hat, so rettet Johann ein paar Minuten später Baumeister Künnecke vor den Nachstellungen Christine Margarethes. Es geschieht auf der Gartenseite des bothmerschen Palastes. Das Abendlicht schärft alle Umrisse nach der einen Seite hin, blendet aber nach der anderen. So kommt es, dass Baumeister und Dachdecker, beide geblendet, um ein Haar zusammengeprallt wären.

„Pass Er doch auf. Was sucht Er hier?"
„Verzeiht."
Beide, Künnecke wie Johann, machen ihren abendlichen Kontrollgang über die Baustelle, jeder für sich natürlich und ohne dass der eine vom anderen weiß, wie auch. Künnecke zählt den Abendweg zu den Pflichten seines Tages. Für Johann hingegen bietet er ein Vergnügen, das ihm eigentlich gar nicht gestattet ist, denn um diese Zeit hat er auf der Baustelle nichts zu suchen. Johann hat sich gerade das Mauerwerk am Corps de Logis näher angesehen, als Künnecke plötzlich hinter ihm herbeieilt. Fast möchte man sagen: Künnecke läuft Johann in die Arme, denn er eilt dahin, als wären ihm die Furien auf den Fersen. Und in gewisser Weise sind sie es auch, denn er wird verfolgt von einer ihm wohlbekannte Stimme. Jenseits des Kanalbettes mit dem dort einlaufenden Wasser steht, in Sonne getaucht und in deren Helle fast unsichtbar, Christine Margarethe und ruft: „Kühner Held, lauft nicht davon. Begleitet mich nach Hause. Allein finde ich den Weg nicht zurück. Außerdem bin ich extra gekommen, damit wir zusammen nach Hause schlendern können. Es muss wunderbar sein, mit Euch umherzuspazieren. An so einem wunderbaren Abend. Darf ich mich bei Euch einhängen. Ein so starker Arm. Wie schön das wäre. Soll ich zu Euch herüberkommen? Wartet Ihr so lange, bis ich über die Brücke bin? Leider kann ich nicht über Wasser gehen, ich will mir die Füße nicht nassmachen. Wartet, kühner Held."
„Nein, bleibt nur dort", entfährt es dem bestürzten Baumeister. Er sieht sich mit beinahe panischem Blick um. Dann zieht er Johann zu sich heran und ruft zu Christine Margarethe herüber: „Nein, wartet nicht. Ich habe hier noch etwas zu tun, was keinen Aufschub duldet."
Von der anderen Seite des Kanalbettes kommt es zurück: „Ist es eine Dame, die keinen Aufschub duldet? Bestimmt eine Dame.

Ich bin Euch nicht gut genug, stimmt's?"
„Oh, nein", lacht Künnecke, sein Lachen klingt erbärmlich falsch. „Einer der Handwerker will mir noch etwas zeigen, wie mir scheint."
„Soll ich Euch das glauben?"
Johann ist so klug, etwas aus dem Schatten der Mauer hervorzutreten, und das überzeugt Christine Margarethe. Sie macht, peinlich berührt, dass der Junge ihre Worte gehört hat, kehrt und schreitet im schon fast roten Sonnenlicht in Richtung alte Burg davon, ihren weiten Rock schürzend, damit er nicht im Staub schleift.
„Er hat mich gerettet", murmelt Künnecke und klopft Johann dankbar auf die Schulter. „Dennoch muss ich Ihn fragen, was Er hier um diese Zeit noch für Geschäfte hat. Was hat Er auf der Baustelle zu suchen, so spät? Spioniert Er etwa? Stiehlt Er?"
„Spionieren? Ihr meint, für den Herzog? Man erzählte sich heute im Frät Kraug, dass der Herzog hier durchs Land gezogen sei. Am hellichten Vormittag. Eine frühere Dienerin will ihn gesehen haben, hier ganz in der Nähe. Aber nein, ich spioniere nicht. Wie könnt Ihr so etwas denken."
„So, das erzählt man sich im Kraug? Dass der Herzog hier war?"
Künnecke wird bei diesen Worten ein wenig rot. Johann, der eben noch damit rechnen musste, von der Baustelle geworfen zu werden, fasst Mut. Ihm ist gleichsam nebenbei und ungewollt ein Geheimnis offenbart worden, das er, wie er sogleich beschließt, streng für sich behalten will. Für den Moment, da es ihm vielleicht einmal etwas nützen könnte, von Künnecke und dem Herzog zu wissen. Denn Johann glaubt, es recht verstanden zu haben: Der Herzog ist tatsächlich bei Künnecke gewesen. Was mag er von Künnecke gewollt haben? Ihn in seine Dienste nehmen, was denn sonst? Und warum will er den Baumeister in seine Dienste nehmen? Aus Neid, natürlich. Alles liegt auf einmal klar vor Johanns pfiffigem Geist: Der Herzog will eine Residenz wie diesen Palast Bothmers. Und

wer vermag so etwas zu bauen? Künnecke. Künnecke soll ihm ein Schloss bauen. Wer sonst? Bestimmt in Schwerin, der großen Residenzstadt, weit weg vom Klützer Winkel.

„Es ist mir übrigens unheimlich, wenn so viel im Krug erzählt wird. Schmiedet man da auch Pläne gegen mich?", fragt Künnecke leutselig.

Johann schüttelt verwirrt den Kopf, weil er nicht versteht, worauf der Baumeister hinauswill und was er mit Pläneschmieden meint.

„Pläne, die bei Dünnbier geschmiedet werden, taugen nicht, sage ich Ihm. Manchmal, wenn ich sehe, wie viele Leute jeden Tag auf der Baustelle herumschwirren, überkommt mich der Gedanke, welch zerstörerische Kraft das wäre, würden sich alle im Krug gegen mich verschwören und einen Anführer bestimmen. Masse ist ja so zerstörerisch. Aber sie kann eben nur zerstören, und am Ende zerstört sie sich selbst. Sie kann zerstören, aber nichts aufbauen. Die Masse wird immer scheitern."

Künnecke, der die ganze Zeit in Richtung der Sonne gesprochen hat, sieht jetzt Johann an und muss lachen: „Aber was schwatze ich da. Erzählt man sich im Krug auch, dass Graf Bothmer uns hier im Speckwinkel besuchen will?"

Davon habe er auch schon gehört, aber nicht im Krug, bekennt Johann. Aber es sei doch ein Gerücht, oder? Wieder überzieht eine leichte Röte Künneckes Gesicht. Und wieder spürt Johann, dass Künnecke abermals ein Geheimnis offenbart hat. Der Herzog aus Schwerin war da gewesen und nun würde auch noch der Graf kommen. Es stimmt also, was die Frau vorhin unter ihrem Turban gesagt hatte.

Der Baumeister spürt sogleich, dass er etwas erzählt hat, was dieser dahergelaufene Junge nicht zu wissen braucht. „Nun weiß Er es, das mit dem Grafen, aber erzähle Er es nicht überall herum. Schon gar nicht im Krug."

„Der Graf? Wisst Ihr auch, wann er ankommen wird? Schon bald? Er wird doch hier nicht wohnen wollen?" Johann pocht gegen die Backsteinmauer. „Das wäre sehr unbequem." Künncke lacht abermals auf: „Das wollen wir dem hohen Herrn nicht zumuten. Er ist Londoner Luxus gewohnt. Er wird staunen über unseren einfachen Verhältnisse und hoffentlich darüber hinwegsehen. Aber ich glaube, er ist ein großmütiger Herr." Dann wird der Baumeister wieder ernst. „Wenn Er nicht spioniert, was obliegt Ihm dann, dass Er abends hier herumschleicht?"
Johann zeigt nach oben: „Das Dach. Ich decke das Dach. Zum Anfang war es ein wenig mühevoll, denn so große, schwere, glänzende Steine haben wir noch nie in der Hand gehabt. Aber jetzt können wir es schon fast mit leichter Hand und sind auch bald fertig."
„Wenn Er auf das Dach gehört, wie Er sagt, was macht Er dann hier unten, am Fundament?" Der Baumeister hat seine Sicherheit wiedergewonnen und spricht mit Strenge in der Stimme. Aber weil er dem jungen Mann doch dankbar ist, ihn für diesmal vor Christine Margarethe erlöst zu haben, nimmt er sich vor, sich das Gesicht zu merken für den Fall, dass sich ihre Wege noch einmal kreuzen. Wie kann er ahnen, dass ihm dieser Johann vom Dach schon bald ein Vertrauter sein würde, der zwei Jahre später wie selbstverständlich mit nach Klenow ziehen sollte, zur neuen, herzoglichen Baustelle Künneckes.
Johann öffnet sein großes Gebiss ein paar Mal, als fände er nicht das rechte Wort. Dann endlich antwortet er: „Ich beobachte etwas. Ich tue es sogar schon seit einiger Zeit. Erlaubt, wenn ich es so sage: Ich danke dem Herrn, Euch heute begegnet zu sein. So kann ich es Euch zeigen, ohne dass mich mein Meister schilt, ich habe mit dem Baumeister nichts zu reden. Mein Platz ist auf dem Dach, und da ist es auch ganz schön, das stimmt. Aber ich habe kein Recht, Euch ..."

„Gut, gut", unterbricht Künnecke. „Ich denke, ich sollte mich endlich zu meinem Abendessen aufmachen. Kurz und bündig also und heraus damit, bevor ich es mir anders überlege: Was hat Er noch?"
„Schaut hier."
In dem Mauerwerk direkt über der Erde – Künnecke und Johann müssen in die Knie gehen, um die Stelle genau besehen zu können – scheinen ein paar Backsteine aus dem Lot geraten. Als würden sie trudeln, tanzen und aus der Waagerechten unbedingt in die Senkrechte wechseln wollen. Zwei Steinen ist der Tanz nicht gut bekommen, sie scheinen in der Mitte zerbrochen.
Künnecke steht gebeugt wohl eine Minute davor, ohne sich zu rühren, ohne etwas zu sagen. Er weiß sogleich, was er sieht. Schließlich macht er Johann ein Zeichen, ihm zu folgen. Sie gelangen von der Gartenseite in den Bau, wenden sich zur Treppe und steigen in den Keller hinunter, wo es immerhin schon eine Tür gibt. Nach ein paar vorsichtigen Schritten im Halbdunkel befinden sie sich auf der anderen Seite jener Wand, an der sie eben von außen gestanden haben.
„Eine Fackel", verlangt Künnecke.
Johann sieht sich um, findet auch eine, oh Wunder, und entzündet sie. Künnecke nimmt sie und leuchtet über das Mauerwerk. Zentimeter für Zentimeter untersucht er das Gewölbe. Johann sieht hier zwar nichts, der Baumeister dafür umso mehr. Was Künnecke von Anfang an befürchtet hat, womit ihn Christine Margarethe neulich noch geneckt hat, ist eingetreten. Das Fundament sackt ab. Der Untergrund eine nasse Wiese. Zwar wird das Wasser über die Gräben rund um die Gebäude und den Garten abgeleitet und fließt in die neue Gracht. Aber wenn es doch noch irgendwo versteckt Brunnen, unterirdische Quellen gibt? Künnecke hätte hier nie gebaut, aber Bothmer hat es so gewollt: „Die Londoner und vor allem die Holländer kriegen das doch auch hin. Also los, Bau-

meister." Bislang ist alles gut gegangen. Keine Wassereinbrüche, keine Setzungen. Und nun die ersten kleinen Risse, ein vorsichtiges, aber für einen erfahrenen Baumeister wie Künnecke deutliches Zeichen, dass irgendwann der gesamte Gebäudeflügel absinken könnte. Er sieht schon das Corps de Logis vor sich, wie eine Hälfte sich neigt gleich dem schiefen Turm von Pisa. Der Turm aber in Pisa steht allein. Hier jedoch in Bothmer müsste es auf Dauer das Gebäude buchstäblich zerreißen. Oder, wenn die Teile zusammenblieben, alles in den schlammigen Abgrund drücken. Künnecke bleibt ruhig. Eine Gefahr, die wir seit langem befürchten, verbreitet längst nicht so viel Schrecken, wenn sie tatsächlich eintritt. So wie ängstliche Menschen in der Stunde der Gefahr mitunter zu Helden werden und ohne Zögern ihr Leben einsetzen, das ihnen sonst viel zu kostbar erscheint, um es nur dem kleinsten Abenteuer auszusetzen. Künnecke ist nun keineswegs ängstlich, und es gilt ja auch nicht gleich das Leben. Es gilt vielmehr, besonnen zu sein. Und was zu tun ist, liegt auch auf der Hand. Ist es nicht sogar ein Zeichen, dass ihm gerade jetzt dieser Johann gesendet wird? An diesem Abend und unter diesen Umständen? Gleichsam von oben?

„Er hat gut beobachtet. So wird er morgen vom Dach herunter in den Keller steigen müssen. Er soll mit allen Bauleuten, die wir zusammenbringen können, dieses Kellergewölbe verfüllen. Was wir an Sand, Kies, Bauschutt finden, bringt es hierher. Nur so können wir verhindern, was unweigerlich passieren müsste. Er hat es erkannt. Ich werde befehlen, dass Er der General der Bauleute hier im Keller wird. Manchmal ist es ein Aufstieg, vom Dach in den Keller beordert zu werden, nicht wahr?"

„Gewiss", antwortet unser verdatterter Johann.

„Es ist Ihm doch klar, dass wir keine Zeit zu verlieren haben?"

„Gewiss."

„Und Er kann über die Entdeckung schweigen?"
„Gewiss."
„Nun. Ich verlasse mich auf Ihn. Und wenn er Seine Sache gut macht ..." Wieder Künneckes Lachen. „... werde ich nicht säumen, mit Ihm auch dem Herzog einen Palast zu bauen. Er braucht übrigens ein Quartier, der Herzog, wenn er auf Jagd zieht. Aber ..." Künnecke hält den Zeigefinger auf die gespitzten Lippen.
Sie steigen wieder hinauf in das Abendlicht. Der Baumeister entlässt Johann mit einem gnädigen Winken, als sie auf der Brücke vor dem bothmerschen Palast stehen und die Sonne am Himmel nur noch als ein vielfarbiger Streifen ausglüht. Dann wendet Künnecke sich nach rechts in Richtung Arpshagen. Johann aber läuft in die andere Richtung durch die eben gepflanzte Allee hinüber nach Hofzumfelde, wo er in Gottliebs Katen ein Zimmer zur Miete bewohnt.
Nun endlich senkt sich die Stille abendlicher Dunkelheit über die Baustelle, Klütz, den Klützer Winkel. Eine erwartungsvolle Stille ist es, wollen wir hinzusetzen. Denn der Klützer Winkel wartet nun schon so lange auf Hans Kaspar Graf von Bothmer, seinen gnädigen Herrn.
Und endlich kommt er. Wir wissen schon, er kommt nicht allein.

VIERTES KAPITEL – BOLTENHAGEN, 10. JULI 1730

*Graf Bothmer und Händel reiten am Strand von Bolten-
hagen entlang, begegnen einer Schauspieltruppe und fragen
sich, ob man aus Liebe verrückt werden kann*

In langgezogenen Wellenkämmen trifft die See das Ufer. Sanft schlägt sie an, sanft zieht sie sich zurück. Leise rollen die Kieselsteine. Ein beruhigendes, ein einschläferndes Geräusch. Ein Geräusch, das zur sommerlichen Stille gehört und das uns in den Schlummer zu wiegen vermag, wenn wir am Strand liegen.
In der Weite von Meer, Himmel und Strand, im Flimmern der Hitze und dem Zittern des Lichts sind die beiden dunklen Punkte leicht zu übersehen, die sich oben auf der Steilküste in Richtung Boltenhagen bewegen. Aber die Punkte werden größer. Sie wachsen sich aus zu zwei Reitern von stattlicher Größe, auch wenn das eine Weile dauert, denn die Reiter kommen ohne Eile daher. Endlich können wir sie erkennen, wir ahnen schon, wer sie sind, Graf Bothmer und der Musiker Händel.
Dass sie so langsam die Küste entlangreiten hat nicht nur damit zu tun, dass sie tatsächlich nicht in Eile sind, sie sitzen auch noch etwas ungeschickt zu Pferd, des Reitens seit Langem entwöhnt. Händel in seiner Masse sitzt noch schlechter auf seinem Pferd als der Graf, beinahe so, wie ein Mehlsack auf einem Pferd liegen würde. In London pflegen sich die beiden zu Fuß oder in Kutschen fortzubewegen, so gut wie nie auf der Pferde Rücken. Im

Klützer Winkel aber gibt es ohne Pferd kein rechtes Fortkommen. Die Wege sind schlecht, die Entfernungen beträchtlich, die Zahl der Kutschen gering, erst recht solcher, die fürchterliche mecklenburgische Wegstrecken gut aushalten und eines Bothmers würdig wären.

Aber es macht weder Bothmer noch Händel etwas aus, dass sie auf ihren Pferden mehr hängen als sitzen. Sie haben sogar ihren Spaß daran. Bothmer wie Händel waren von Meile zu Meile trotz aller Reiseunbill lustiger geworden. Im Klützer Winkel sind sie als zwei Spaßvögel angekommen, die über alles ihre Scherze machen und immerzu lachen müssen. Es amüsiert sie sogar, dass ihre unter großem Aufwand auf die Reise mitgenommene Kutsche irgendwo verschollen ist, irgendwo in Stade wahrscheinlich, vielleicht im Hafen, wer weiß.

Sie scherzen und lachen über die falsche Jane, die sie aus London mitgenommen haben und von der sie inzwischen natürlich wissen, dass sie Agathe heißt und zu ihrer Freude viel umsichtiger, freundlicher, fleißiger ist als die eigentliche Jane und gut kochen kann. Schon nennen sie Agathe ihre „irische Fee".

Sie albern herum über das Quartier, das ihnen Hans Kaspar jr. im Gutshaus von Grundeshagen mehr schlecht als recht hat herrichten lassen, denn das Haus war seit Langem nicht mehr bewohnt. Über die Witwe Himmelreich, die ihnen dort aufwartet und die viel dafür tut, jünger zu erscheinen, als sie ist. Bothmer und Händel schieben es lachend auf die Eitelkeit der Himmelreich, weil sie ihnen zu gefallen suche. Noch kennen sie den wahren Grund nicht: Dass der Himmelreich Bemühungen nur beiläufig ihnen gelten, hauptsächlich aber Pastor Elias Pilgrim, dem es seit einiger Zeit obliegt, ihr beträchtliches Liebesverlangen zu stillen.

Sie lachen über Hans Kaspar jr., wie er von seiner Ehefrau gequält wird, und über Künnecke, wie er vor Christine Margarethes Nachstellungen zu fliehen sucht. Sie lachen, als ihnen erzählt wird, der Schweriner Herzog sei inkognito im Winkel gewesen, um sich Bothmers Palast anzuschauen und Künnecke wegzulocken. Sie lachen darüber, dass überall im Klützer Winkel bis hin nach Grevesmühlen und Gadebusch der Name Bothmer oder Schloss Bothmer schon zu einem Ortsnamen geworden ist. Sie lachen über das kleine Klütz und die große Ostsee, wie sie still, weit und glitzernd in der Sommersonne daliegt, gleich einem Spiegel in der Tür des bothmerschen Gartensaals, pardon, Sommersaals.

Ihrer Plaudereien drehen sich noch immer mehr oder weniger um die überstandene Reise, so richtig angekommen sind sie im Klützer Winkel noch nicht.

„Wenn ich da die stille See vor unseren Füßen sehe, muss ich gleich wieder an unsere stürmische Überfahrt von London über den Kanal denken", sagt Händel. „Wie sich das Meer so wandeln kann. Furchtbar, dieses Auf und Ab der Wellen. Wie wir da an der Reling hockten, bereit zum Sterben."

„Fische füttern habt Ihr das genannt, Bär", lacht der Graf. „Was ist gegen ein solches Abenteuer die stille Ostsee im Sonnenlicht. Lächerlich ist sie, ein Scherz."

„Und dann Hamburg. Vor allem den Besuch beim alten Denner, dafür hat sich doch die ganze Reise gelohnt, findet Ihr nicht? Töchterchen Esther, wie sie da an der Tafel zwischen uns saß als I zwischen zwei O, ein aufgewecktes Ding."

„Ließ Ihr Mundwerk nicht stillstehen. Aber war ein schönes Essen, hätte ich dem Denner gar nicht zugetraut, dass der einen Koch hat, der sich mit unserer Agathe messen könnte."

Dass Denner die beiden an seine Tafel geladen hatte, war das Ergebnis eines für ihn guten Geschäfts. Händel, der mit seinem einst von Balthasar Denner in London gefertigten Porträt sehr zufrieden gewesen war, hatte seinen Reisegefährten dazu gebracht, sich ebenfalls von Denner malen zu lassen. Und weil am Ende beide, der Graf wie der Maler, ebenfalls mit dem Ergebnis zufrieden waren wie einst Händel mit dem seinen, blieb man zur Tafel.

„Wonderful. Sehr gutes Essen", meint auch Händel.

„Und wie sie sich gestritten haben an der Tafel, der alte Denner und sein Töchterchen, das war doch entzückend. Esther wäre am liebsten gleich mit uns nach Mecklenburg gereist, um den Neubau zu sehen. Dabei darf sie bei den Ahnenbildern für den Saal oben bestimmt nur Kragen, Schals und Kopfbedeckungen malen, vielleicht auch einen Blumenstrauß hier oder einen Hintergrund mit Vorhang da, aber ganz bestimmt keines der Porträts. Das lässt sich der Alte doch nicht nehmen."

Händel nickt: „Richtig aufgebracht schien er mir. ‚Nichts da, wir haben hier zu tun.' Das arme Mädchen."

Wir wissen indes, es gab noch einen anderen Grund für Esthers Wunsch zu reisen, ein Wiedersehen mit Künnecke, der ihr mit seinem Punkt, Punkt, Komma, Strich gefallen hatte. Ob der alte Denner das geahnt haben mag?

„Dem Alten hat es auch überhaupt nicht gepasst, Graf, dass Ihr das Mädchen eingeladen habt."

„Aber wie die kleine Esther sich gefreut hat. Ich befürchte, Denner wird die Reise zu verhindern wissen. Na, ich werde ihn mahnen."

„Ihr habt ihm diese Mappe mit den Zeichnungen von dem komischen Zwerg abgekauft. Da habt Ihr einen Punkt bei ihm gut. Gleich die ganze Mappe, ich musste richtig die Luft anhalten."

„Denner hat das doch sehr besänftigt, nicht wahr? Und wie anders. Die Zeichnungen hat er nur zu seinem Vergnügen hingeworfen, das war leicht verdientes Geld. Wenzrödl hieß dieser Zwerg, jetzt fällt es mir wieder ein."

Kurz bevor die beiden Reiter die ersten Häuser von Boltenhagen erreichen, lenken sie ihre Pferde vom Steilufer hinunter an den Strand, Händel unter großen Mühen, nicht kopfüber vom Pferd zufallen.

Bothmer sagt: „Jetzt sind wir hier, und Ihr müsst es hinnehmen, Bär, dass uns keiner hier kennt."

„Na ja, Klützer Winkel", lacht Händel.

„Keiner von den Klützern hat je eine Eurer Opern gehört. Da müsst Ihr tapfer sein."

„Euch ergeht es nicht anders, wetten? Der große Bauherr, der dem halben Winkel Lohn und Brot sichert, wird auf der Straße weder erkannt noch gegrüßt. Aber, ehrlich gesagt, ich glaube, es wird für uns beide ein Vergnügen sein, inkognito zu wandeln, obgleich wir doch gar nicht inkognito sind. Wir reisen nicht unter fremden Namen, und doch kennt uns niemand. Woran Ihr seht: Unsere Namen anderswo – nichts als Schall und Rauch."

„Deshalb werdet Ihr, Bär, auf die Vermittlung der Klützer Honorationen angewiesen sein, damit es Euch überhaupt mal erlaubt wird, die Orgel von St. Marien zu probieren. Und Ihr werdet sie bestimmt schlimm verstimmt vorfinden. Stellt Euch also mit dem Pastor gut oder mit meinem nichtsnutzigen Neffen."

„Oh, Pastor Pilgrim hat mir seine Orgel in der Marienkirche schon gezeigt, und sie ist gar nicht verstimmt. Ein schönes Instrument mit einem Wohlklang, der nur ein wenig verstaubt scheint. Ich werde mir meinen Platz auf der Orgelempore schon zu erobern wissen. Er steht mir einfach zu, finde ich. Und die Dame Himmelreich sagte mir, sie besitze ein Cembalo und wolle es mir freundlicherweise leihen. Gezeigt freilich hat sie es mir noch nicht."

„Ach, Bär, Vorsicht vor allen Versprechungen. Wer sind wir schon in der Fremde. Ihr sagt es ja selbst. Geduldete sind wir allenfalls. Den Mecklenburgern behagen Fremde nicht, so wird erzählt. Misstrauen sei ihre Natur, Unbeweglichkeit, Blödigkeit. Mein Baumeister klagt in jedem seiner Briefe davon."

„Wartet es ab, Graf. Vielleicht behagt oder vielmehr plagt den Mecklenburgern etwas ganz anderes, wenn sie uns sehen. Eine uralte Tugend. Oder ein Laster. Je nach Sichtweise."
„Was wollt Ihr damit sagen?"
„Neugierde. Ich meine schlichte Neugier."
„Ihr meint, sie fragen uns, wer wir sind und was wir wollen?"
„Vielleicht nicht direkt. Direkt fragen wollen sie dann auch wieder nicht. Aber wissen wollen sie es schon."
Der Strand verengt sich, die Pferde müssen ein kurzes Stück hintereinander laufen. Händel hinter Bothmer.
„Welchen Eindruck habt Ihr von meinem Künnecke?", will Bothmer wissen, als sie wieder nebeneinander reiten können.
„Ihr habt ihn in Hannover kennengelernt?"
„Ja, wo sonst? Alles Gute kommt aus Hannover, seit jeher."
Händel erwidert: „Gewiss."
Worauf beide in ein „Haha" ausbrechen, dass Händel abermals Gefahr läuft, vom Pferd zu stürzen.
Bothmer spricht mehr zu sich selbst: „Ein Hannoveraner auf den englischen Thron zu heben, das war die Großtat. Und sogar die Rettung des Evangeliums." Und lauter zu Händel: „Ich werde nie vergessen, wie halb London im August 14 in York zum Pferderennen versammelt war. Auf einmal machte die Nachricht vom Tod Queen Annes die Runde. Und noch während wir den Pferden zusahen und um unsere Wetteinsätze bangten, hatten Bernstorff und ich die Thronfolge schon geregelt. Oder man könnte auch sagen gerettet. Ja, Händel, wir waren das. Da staunt Ihr, was? Es kam Georg aus Hannover, und er schlug sich wacker in London, auch gegen die Katholiken. Er konnte zwar kein Englisch, unser Georg, aber mit Pferden kannte er sich aus. Erst die Welfen, mein Freund, haben England zur Weltmacht des Vollblutes und des Rennplatzes gemacht."

Händel ist immer noch bei Künnecke: „Dass mit dem Absinken im moorigen Untergrund macht ihm zu schaffen."
„Ich glaube, mehr hat ihm zu schaffen gemacht, es mir sagen zu müssen."
„Oh ja, alle Welt fürchtet das Brauenrunzeln der Unzufriedenheit bei Graf Bothmer." Händel grinst. „Nur mir macht es gar nichts aus. Denkt daran, Graf, halb London droht im moorigen Untergrund zu versinken, zumindest der Teil der Stadt nahe der Themse. Davon ist doch immer wieder die Rede, aber seit Jahrhunderten ist da nichts versunken. Ich glaube, Künnecke ist ein kluger Mann, erfahren und umsichtig genug, das rechte zu tun. Und ehrlich: Die Anlage ist ein viel zu großer Wurf, als dass da ein sinkender Westflügel groß ins Gewicht fallen könnte."
„Bär, Ihr scherzt!", ruft der Graf leicht erbost.
„Zugegeben, aber Künnecke macht das schon. Und ich verspreche Euch, zur Einweihung des Hauses eine hübsche Musik beizusteuern."
„Das ehrt mich, Bär, aber bis zur Einweihung sind wir längst wieder in London. Oder womöglich schon tot."
Nun, was beide Herren nicht ahnen können, es sollte Musik Händels im Festsaal von Schloss Bothmer tatsächlich erklingen, schon bald sogar, zwar nicht zur Einweihung, aber auf einem Baustellenfest. Einem Baustellenfest? Ja, aber davon mehr, wenn es soweit ist.
Bislang sind Bothmer und Händel auf ihrem Weg entlang der Küste keinem Menschen begegnet. So muss es sie überraschen, auf einmal eine Gruppe von bunt Gekleideten vor sich auf dem Strand gelagert zu sehen. Es erscheint den beiden Reitern als ein Bild wie von Watteau gemalt, bei dem, wie es treffend heißt, die Schäfer und Hirten in Spitze und Seide daherkommen, mit Parfüm und Puder. Es sind freilich keine Schäfer und Hirten, obwohl es deren viele gibt im Speckwinkel, wenn auch nicht am Strand. Es sind Gauk-

ler. Dort im Sand lagern die Schauspieler, von denen wir wenigstens zwei schon kennen: den kleinen Luitpold und die welsche Giulietta. Als eben die Reiter auftauchen, löst sich ein struppiger Kerl aus der Gruppe und tollt über den Strand hin zum Wasser. Ein paarmal schlägt er Rad dabei, dann wagt er einen Kopfstand. Schließlich läuft er bis zum Meer und bleibt dort wie erstarrt stehen. Er bückt sich, hält den Finger in das Wasser, springt wie erschrocken zurück, nähert sich abermals, taucht den Finger wieder ein, schreckt zurück.

Als die Reiter nah genug herangekommen sind, läuft der Struppige auf sie zu und fasst beiden doch tatsächlich frech in die Zügel. Bothmer und Händel sehen, der Kerl ist jung und schaut sie aus leuchtend blauen Augen herausfordernd an.

„Was tut Er da?", ruft Bothmer ärgerlich. „Ist Er verrückt?"

„Oh ja", antwortet der Struppige mit bebender Stimme. „Die Liebe ..."

Luitpold kommt unter Bücklingen heran. Er rudert mit seinen kurzen Armen, um anzudeuten, wie sehr er eile. Aber er eilt nicht wirklich, er hätte auf seinen winzigen Beinen gar nicht eilen können, vom Sand behindert.

Die Reiter sind über die kräftige Stimme des Zwerges erstaunt, als dieser schon aus einiger Entfernung ruft: „Verzeiht, Ihr hohen Herren. Wir sind Schauspieler. Und dieser da, der gibt den Orlando, den rasenden Roland."

„Oh", sagt Händel leise zu Bothmer, „wir haben Wenzrödl vor uns."

„Meint Ihr? Sollten wir ihn so ansprechen?", entgegnet Bothmer.

Händel lächelt: „Besser nicht. Nicht alle Dienstmägde heißen Jane, nicht alle Winzlinge Wenzrödl."

„Recht gesprochen, Bär."

Die Herren wenden sich wieder den Leuten am Strand zu.

„Verrückt vor unerhörter Liebe", schreit der Struppige und stößt ein Geheul aus, als wären die Wölfe nach Mecklenburg zurückgekehrt.

„Was soll das?" Bothmer ist noch immer etwas verärgert, während Händel lacht. „Schlägt ein Verrückter Rad und gefällt sich im Kopfstand?"

„Er spielt doch nur den Verrückten, Euer Gnaden", sagt Luitpold, nunmehr herangekommen. „Er spielt Orlando, der wegen seiner Liebe zu Angelica verrückt wird."

„Man wird nicht vor Liebe verrückt", entgegnet Bothmer.

„Von unerwiderter schon", spricht der Struppige, den Luitpold übrigens Karl nennt und der neulich auf dem Marktplatz von Klütz uns nur deshalb nicht auffallen konnte, weil er in den Frät Kraug verschwunden war. Mit Angelica hat er dort ganz friedlich zusammengesessen, die im wirklichen Leben die blonde Sophie heißt, von manchen aber auch die kalte Sophie genannt wird, und jetzt übrigens zusammen mit der schönen Giulietta im Sand sitzen geblieben ist. Die Damen scheinen sich sehr über ihre männlichen Gefährten zu amüsieren, wie sie da den Reitern den Weg versperren, Wegelagerern gleich.

„Von unerwiderter schon gar nicht", meint Bothmer.

Und Händel setzt hinzu: „Das ist nur was für die Bühne."

„Aber nichts kommt auf der Bühne vor, was zuvor nicht so oder so ähnlich im Leben passiert ist oder passieren könnte, hohe Herren", insistiert Luitpold. Und zu Karl gewandt: „Nun lass die Pferde schon los, sonst treten sie dich noch, ‚Rasender Roland'."

Karl heult noch einmal wie ein Wolf auf, dann springt er beiseite und tätschelt des Grafen Rappen. „So ein schönes Pferd, wenn wir doch nur solche hätten."

„Und wo rast euer Roland", fragt Händel den Zwerg, indem er sich beängstigend tief aus seinem Sattel herunterbeugt.

„Euer Gnaden, in Klütz."

„Aber wir sind ein Hamburger Theater", ruft Karl. „Wir sind alle Hamburger und haben uns hierher nur verirrt."

„Nicht ganz", erklärt Luitpold den Reitern. „Wir ziehen umher, und unsere Prinzipalin wollte unbedingt nach Klütz."
Karl setzt hinzu: „Sie tat insofern recht daran, weil zuletzt im vorigen Jahrhundert eine Theatergruppe nach Klütz gekommen sein dürfte, wenn überhaupt. Lange her, jedenfalls. Kein lebender Klützer kann sich erinnern, je ein Theater in seiner Stadt gesehen zu haben. Es wurde also Zeit. Wenn es uns Hamburger nicht gäbe, gäbe es hier überhaupt nichts. An Unterhaltung, meine ich."
„Und Bildung", spricht salbungsvoll der Zwerg mit ernstem und faltigem Gesicht. „Dann gäbe es hier keine Segnungen der Thalia und der Melpomene."
„Melpomene", lacht Händel auf. „Aber ihr macht doch bestimmt nur Unfug auf eurer Bühne, Komödie, nichts Tragisches, wie es der Melpomene angemessen wäre, oder? Wenn schon euer Orlando Verrücktheit aus nicht erwiderter Liebe zeigen will, indem er nur Rad schlägt und Kopfstand macht, sieht das nicht gerade nach schrecklicher Tragödie aus, mit Verlaub. Habt ihr wenigstens Musik?"
Luitpold nickt, dann schüttelt er aber den Kopf: „Stimmt, zu ernst darf es nie werden. Ernst überfordert das Publikum. Traurig haben die Leute es auch zu Hause. Deshalb wollen sie unterhalten werden, viel Lachen und hin und wieder eine hübsche Träne der Rührung verdrücken dürfen. Selbst mit dem rasenden Roland darf es nicht zu arg werden, obwohl Verrücktsein eigentlich nicht zum Lachen ist, was? Und was die Musik anbelangt ..."
Da unterbricht ihn Händel: „Das Publikum gibt noch immer das entscheidende Zeichen, ob Kunst brauchbar ist, und sei es die Kunst der Bühne."
Karl wirft ein: „Aber am besten sind wir, wenn wir so spielen, als spielten wir nur für uns." Er geht die zwei Schritte bis zum Saum des Meeres, hebt beide Arme und spricht gegen den Ho-

rizont: „Kunst ist nur für Künstler. Uns muss es gefallen. Und wenn es dann auch dem hochverehrten Publikum gefällt ..."
„Nun, das sieht unsere Prinzipalin sicherlich etwas anders", ruft Luitpold und zeigt Karl einen Vogel. Er scheint peinlich berührt von dem, was der Struppige da von sich gibt mit – nun ja – theatralischer Geste. Dann wendet der Zwerg sich wieder Händel zu: „Ich spiele ein wenig die Laute. Weil Ihr nach der Musik fragtet. Aber Frederico spielt sie viel besser, unser Musiker. Doch der liegt krank zu Hause."
„In Hamburg, der Glückliche", setzt Karl mit einem Seufzer hinzu und kommt vom Wasser zurück. „Wenn er stirbt, stirbt er wenigstens glücklich. Er verreckt nicht in unwirtlicher Ferne. Wie ich ihn beneide. Nicht ums Sterben, nein, aber um das Zuhause."
„Ihr braucht, verstehe ich es recht, einen Musiker?", fragt Händel. Bothmer blickt auf, als wäre er eben erwacht: „Wieso wollte eure Prinzipalin unbedingt nach Klütz? Ausgerechnet in den Klützer Winkel? Wo ihr doch aus einer so großen Stadt kommt und viel Publikum überall findet, wie ich mir denke, nur hier nicht?"
„Tja, wenn Klütz wenigstens einen Hof hätte", seufzt Luitpold. „Vor Fürsten aufzutreten ist immer einträglich. Einträglicher jedenfalls als bei den Pfeffersäcken zu Hause in Hamburg, die ihre Geldsäcke fester zuschnüren, wenn sie uns nur aus der Ferne sehen."
„Und die Klützer sind spendabler?", fragt Bothmer.
„Unsere Prinzipalin sagt, sie wüsste, wie wir in Klütz zu mehr kämen als nur zu den Almosen des Publikums."
„Und wie?"
„Das sagt sie nicht", ruft Karl dazwischen.
„Und doch sagt sie es", widerspricht Luitpold.
Unbemerkt von den Männern sind nun auch die beiden Frauen herangeschlendert. Was in Klütz Geld bringen soll außer den paar schlechten Münzen Eintritt, das interessiert auch sie. Bothmer, der vor allem Giulietta wohlwollend anschaut, weil sie so fremdlän-

disch schön mit ihrer dunklen Haut und den Sommersprossen aussieht und so schlank gewachsen mit nackten Füßen aufrecht durch den Sand dahinschreitet, hätte aus diesem verständlichen Grund der Ablenkung beinahe die Antwort des Zwerges gar nicht gehört. Sie tritt wie von fern an sein Ohr.
„Sie wolle sich mit dem Grafen Bothmer treffen, sagt unsere Prinzipalin. Der würde zu helfen wissen. Aber ich zweifle daran. Am Sonntag haben wir die letzte Vorstellung. Bis dahin taucht der Graf bestimmt nicht auf, obwohl alle Welt ihn hier schon lange erwartet, wie mir scheinen will."
„Kennt Ihr den Grafen, hohe Herren?", fragt die kalte Sophie.
Jetzt ist es Händel, der dem weiteren Gespräch nicht mehr recht zu folgen vermag. Die kalte Sophie gehört zwar zu jenen Schauspielerinnen, die auf der Straße niemandem auffallen würden, so grau wirken sie und langweilig, sie strahlen allein auf der Bühne, aber dafür dort auch mit einem besonderen Leuchten. Händel ist von Sophies Stimme ergriffen, einem hellen, klaren und eben leuchtenden Sopran. Einem blonden Sopran, wie er bei sich denkt. Die möchte ich mal singen hören, sagt er sich.
Laut fragt er: „Singt ihr auch in eurem rasenden Roland?"
„Oh, ja", antworten drei der Gaukler wie aus einem Mund. Nur Luitpold winkt ab. Er spiele allein die Laute, wie schon gesagt.
„Und am Sonntag die letzte Vorstellung?", bemerkt Händel, um dann den Grafen anzuschauen und zu sagen: „Mein Freund, wir sollten uns das nicht entgehen lassen. Es gibt so wenig Abwechslung in diesem Erdenwinkel. Lässt es sich einrichten, am Sonntag in Klütz zu sein?"
„Wie heißt eure Prinzipalin?", will Bothmer wissen.
Wieder gibt Luitpold Bescheid: „Sidonie heißt sie. Sidonie Brachvogel. In Hamburg kennt sie jeder. Sie ist freundlich zu uns, wir haben immer unser Geld bekommen, so wie vereinbart."

„Nur die Idee mit dem Klützer Winkel findet nicht unseren Beifall. Aber Vertrag ist Vertrag." So mischt sich noch einmal der Struppige ein.

In Bothmer löst der Name Sidonie Brachvogel eine unbestimmte Erinnerung aus. Wie von fernen Gestaden schwimmt sie durch das Meer seines Gedächtnisses, ein Geisterschiff, das nirgendwo anzulegen vermag.

Händel kann es nicht lassen. Er fragt den Zwerg: „Heißt du Wenzrödl?"

Luitpold antwortet mit einem Bückling: „Zuviel der Ehre, hoher Herr, ich höre auf den Namen Luitpold."

Schließlich versprechen die Reiter vage, am Sonntag zu kommen, Händel überzeugter davon als Bothmer, und reiten davon. Und weil ihnen auch die Begegnung mit der Strandgesellschaft wie alles hier Vergnügen bereitet hat, wagen die beiden in ihren Londoner Jahren behäbig gewordenen Herren zum ersten Mal seit langer, langer Zeit jetzt einen richtigen Galopp.

Und siehe, es geht gut.

Sie sitzen unter den beiden Linden, die der Schänke den Namen geben und Schatten spenden. Der Wirt bringt eben zwei Krüge Dünnbier und etwas aus der Kalten Küche, die freilich nicht nur kalt, sondern auch dürftig ist. Die Herren sehen darüber hinweg. Sie hatten bei ihrer Einschiffung in London einander in die Hand versprochen, ohne Erwartungen zu reisen. Das sollte sie immer wieder davor bewahren, enttäuscht zu werden. Und jetzt unter den Linden sind sie auch viel zu sehr in ihr Gespräch vertieft, um auf die Bewirtung zu achten.

Die Sperlinge tschilpen. Zwei erfrechen sich, auf den Rand des Tisches zu flattern und mit schräg geneigtem Kopf Brosamen einzufordern. Als es dem einen Spatz zu langweilig und zu erfolglos wird, fliegt er vom Tisch herab und nimmt zur Freude der beiden Zuschauer ein ausführliches Sandbad.

Eigentlich spricht nur Händel. Er ist noch erfüllt von der Begegnung mit der Theatertruppe. Er liebt nun einmal das Theater. „Es sind glückliche Menschen, diese Gaukler. Sie sind bestimmt alles andere als vermögend, aber sie haben ihr Glück gefunden."

„Lieber Bär", mischt sich Bothmer nun doch ein, „es sind ganz unnütze Menschen. Sie machen ihr Publikum nur verrückt. Aufrührer sind sie. Habt ihr Euch diesen struppigen Karl nicht angesehen? Allein sein Blick."

„Sie sind frei." Händel nimmt seinen Strohhut ab und wedelt sich damit Luft zu.

Ihre Perücken haben die beiden hohen Herren zwar in ihren Reisekoffern mitgenommen, die jetzt in Grundeshagen in Agathes Obhut stehen. Aber dort werden sie für diesen Klützer Sommer, wie wir schon hier bekennen dürfen, tief unten vergraben bleiben. Sie müssen gesucht werden, sollten sie dann doch einmal benötigt werden. Jetzt zeigt sich, dass Händels riesigen Schädel eine Glatze ziert. Überhaupt ist er ein großer und kräftiger Mann. Als Kind soll er schmal zum Zerbrechen gewesen sein. Dann hat er wie ein Baum gleichsam jedes Jahr einen Ring angesetzt. Trotz dieser körperlichen Veränderung hat er sich seinen immerzu über die Welt und ihre Wunder staunenden Blick bewahrt, den Blick eines großen Jungen, einen leuchtenden Blick, der schon Vater Händel in Halle, den Arzt, so irritiert hatte, dass er dem Jungen schließlich seine musikalischen Neigungen nachsah, obgleich er sie für unbrauchbar hielt, um im Leben voranzukommen und ein gutes Auskommen zu haben – was für Vater Händel im Grunde eines war.

Georg Friedrich Händel staunt mit weit aufgetanen Augen. Er ist nicht einmal neugierig, er staunt nur und lässt, von Natur aus etwas phlegmatisch, alles auf sich zukommen. Und sei es eine Reise in den Klützer Winkel, in den ihn, wäre er weniger phlegmatisch, wirklich nichts und niemand gebracht haben würde.

„Sie sind frei von allem, was ihnen nützen könnte, die Künstler", antwortet Bothmer.

„Lieber Graf, Ihr spielt vortrefflich Oboe, aber Ihr wisst wenig von der Kunst. Die Kunst ist eine Heimat, die keines Ortes weiter bedarf. Außer vielleicht der Bühne. Aber die lässt sich überall rasch aufschlagen. Sogar in Klütz. Und bald auch in Eurem Palast. So will ich jedenfalls hoffen. Hauptsache Publikum."

„Ich gebe zu, Händel, dass wir Menschen nicht unbedingt eines festen Ortes bedürfen, um zufrieden zu sein. Aber jedes Umherreisen muss auch einen Nutzen haben. Meine Reisen führten mich nach Den Haag, Wien, Paris, Berlin, London. Ich bin beinahe überall gewesen ..."

„Jetzt sagt nur nicht: Heimat ist da, wo die Pflicht ruft."

„Heimat ist da, wo die Pflicht ruft."

„Aber wozu dann Euer Palast? Was wollt Ihr hier tun, wenn Ihr erst einmal in den Klützer Winkel gezogen seid? Für immer dann, so nehme ich an. Sonst bedürfte es nicht eines solchen Hauses. Was wäre hier Eure Pflicht, mein Lieber?"

„Es ist nicht für mich, es ist für meine Familie. Und Ihr wisst es doch, Bär. Ich habe eine große Pflicht, mich um die Meinigen zu kümmern. Seht Euch doch nur meinen nutzlosen Neffen an auf seiner alten lächerlichen Burg, die gar keine Burg mehr ist, nur genauso unwirtlich wie Burgen früher waren."

„Er spielt auf der Flöte."

„Ach, Bär, Ihr entdeckt überall nur die Künstler." Bothmer rutscht auf seinem Stuhl in eine bequeme Stellung, die Beine weit von sich gestreckt, die Arme im Nacken verschränkt, die Augen halb geschlossen. Niemals würde man ihn in London so sehen, ja sehen dürfen. Und wie er da mehr liegt als sitzt und einen Augenblick lang schweigt, nutzen wir die Gelegenheit, ihn uns auch ein wenig näher anzusehen.

Hans Kaspar ist rundlich schon als Kind gewesen. Ein kleiner Engel, den alle wegen seiner Pausbäckigkeit und seines aufmerksamfreundlichen Blicks liebten. Ein Posaunenengel wie in der Kirche, rosig und fett. Er sieht eigentlich noch immer so aus, aber was damals engelgleich Freundlichkeit und Vertrauen ausstrahlte, ist von den Erfahrungen der Jahre im Brennofen des Lebens hart geworden. Seine Pausbacken durchziehen jetzt feine, fast violette Äderchen. Das Grübchenkinn hat etwas Energisches bekommen. Der Schmollmund von einst erscheint jetzt fest verschlossen und lässt kein Wort hindurch, das zuvor weiter oben im Kopf nicht eingehend geprüft worden wäre. Sein Lächeln, einst schelmisch und für die Damen vor allem unwiderstehlich, gleicht jetzt dem einer Raubkatze zwischen Jagd und Fraß. Der farblose Blick über Tränensäcken, einst als freundliche Hinwendung wahrgenommen, heftet sich jetzt erbarmungslos auf das Gegenüber, als würde er jeden durchschauen, ja durchbohren wollen. Die untersetzte, massige Gestalt, einst rundliche Gutmütigkeit, verströmt jetzt einerseits Kraft und Willen, andererseits aber auch schon die Heimtücke des Alters.

„Ich habe in meinem Leben nie der Unterhaltung bedurft. Ich war viel zu beschäftigt. Und Kunst ist nichts weiter als Unterhaltung, da werdet Ihr mir doch zustimmen, Händel", beginnt Bothmer abermals.

„Was das Publikum angeht, so mögt Ihr recht haben. Aber für den Künstler selbst ist es das Leben, in jeder Hinsicht übrigens. Da hat der struppige Karl schon recht. Und was wäret Ihr ohne Euer Oboenspiel."

„Ach, das Leben der Künstler", sinniert der Graf, der Händel nicht recht zugehört hat, weil ihm auf einmal so träumerisch zumute ist. Die Sonne, die Müdigkeit nach dem Ritt mitsamt Galopp, das Spatzentschilpen in den Linden, das Bier, die Erinnerung an die merkwürdige Theatergesellschaft – all das musste wohl in Bothmer zusammenkommen, damit passieren kann, was nunmehr passiert. Das Geisterschiff, vorhin in See gestochen, legt mit einem Ruck im Hafen an.

„Und erst die Damen des Bühnengewerbes", sagt der Graf mehr zu sich selbst. „Oh, die wissen das Leben zu genießen. Ich habe sie kennengelernt, mein Freund. Oh, ich wurde scheel angesehen in meinen Diplomatenkreisen, wenn ich mit einer Schauspielerin am Arm Unter den Linden promenierte. Oder wenn ich sie manchmal mitnahm zu irgendeinem Empfang, drittklassig mit Speisen wie hier. Dabei war das in Berlin fast schon Mode, sich eine Schauspielerin, eine Tänzerin, eine Sängerin zuzulegen. Nicht weil wir deren Kunst so sehr geschätzt hätten. Davon verstanden wir gar nichts. Aber sie waren leichter zu haben als die Tugend. Jeder aus meinen Kreisen hatte sein Verhältnis. Aber nur ich zeigte es auch. Nicht ohne Stolz. Nun, ich war ja auch nicht verheiratet."

Ihren Namen spricht er nicht laut aus. Aber jetzt weiß er wieder, wann und wo er Sidonie Brachvogel kennengelernt hat. Berlin. Die schönen Jahre. Die schönsten Jahre? Es war Sommer. Es war Unter den Linden, und die Sperlinge tschilpten, wie sie jetzt auch hier in Boltenhagen unter den zwei Linden tschilpen. Sidonie. Und jetzt will sie ihn wiedersehen. Im Klützer Winkel. Sie muss von seinem Bauplatz und von seinen Reiseplänen gehört haben. Damals war sie es gewesen, die ihn verlassen hatte, oder? War es wegen eines anderen gewesen? Einem vom Hof? Er weiß den Grund nicht mehr. Vielleicht hatte er ihn auch schon damals gar nicht erfahren. Vielleicht hatte er damals auch schon genug von ihr. Er weiß es nicht mehr so genau.

Laut sagt der Graf: „Wir dürfen am Sonntag nicht vergessen, uns den Orlando anzuschauen."
„Ach was. Ihr überrascht mich. Auf einmal?"
„Es ist die letzte Vorstellung, Ihr habt es gehört."
„Und ich werde musizieren", lacht Händel. „Der Musiker ist doch krank, wie wir hörten. Ich werde für ihn einspringen. Was haltet Ihr davon?"
„Nichts halte ich davon, Bär, vergebt Euch nichts."
„Unsere Pflicht tun – das waren Eure Worte. Ihr wollt es nicht glauben, aber auch Künstler tun nichts weiter als ihre Pflicht."
„Nein, Händel, ich bleibe dabei. Kunst ist nicht nur nicht Pflicht, sie ist das Gegenteil von Pflicht."
„Entscheidend ist, ob die Pflicht als eine Angelegenheit des Herzens oder des Verstandes daherkommt."
„Ihr habt so eine Art, der Pflicht die Sittlichkeit zu nehmen. Das solltet Ihr nicht tun."
Woraufhin beide Männer über ihr Herumblödeln wie auf Kommando schallend lachen müssen. Sie lachen noch, als sie wieder auf ihren Pferden sitzen und einen Feldweg einschlagen, der, wie ihnen ein Bauer sagt, in Richtung Grundeshagen führen soll. Und der Graf will nicht vergessen, gleich nachher an seinem notdürftigen Schreibtisch Notizen über die seltsame Begegnung mit den Schauspielern am Strand festzuhalten. Er will wie immer in seinem Tagebuch alles aufschreiben, was ihm an Merkwürdigem auf dieser merkwürdigen Reise begegnet. Sicher würde er unter den hunderten alten Blättern, auf denen er seine Erlebnisse und Gedanken schon früher notiert hat, irgendwo auch etwas über die Brachvogel finden. Aber der Stapel lag wohlverwahrt in 10 Downing Street.

FÜNFTES KAPITEL – GRUNDESHAGEN, 10. JULI 1730

Der Pastor und die Himmelreich werden beim Liebesspiel gestört, der lange Heinrich findet merkwürdige Dinge, Händel aber bekommt ein Cembalo

„Wie Pech und Schwefel."
„Oh, das klingt nach dem Teufel."
„Nun, der Teufel muss sie geritten haben, in unsere gottverlassene Gegend zu kommen."
„Sprich nicht so. Gott und Teufel sind noch immer meine Angelegenheiten."
„Schon recht, Herr Pastor. Aber du hast mich gefragt, wie die beiden hohen Gäste in diesem Haus auf mich wirken. Und ich sage: unzertrennlich. Wie Pech und Schwefel. Obwohl sie sich in ihrem London gar nicht so oft sehen. Haben sie mir jedenfalls erzählt. Die Reise zu uns hat sie unzertrennlich gemacht."
„Wenigstens etwas", brummt Pastor Pilgrim. Die messingbeschlagene Spitze seines Gehstocks stößt auf die Fußbodenfliesen in der halbdunklen Diele des Gutshauses von Grundeshagen.
Klack, klack.
Vor ihm die Himmelreich bleibt stehen, so plötzlich, dass Pilgrim beinahe seinen Stock in ihre wohlgeformte Ferse gebohrt hätte. Die Himmelreich sucht an einem riesigen Schlüsselring den passenden Schlüssel, um in den linken Flügel des Hauses zu gelan-

gen. Der rechte wird jetzt von Bothmer und Händel bewohnt, mehr schlecht als recht, wie wir wissen. Haus und Gut haben einst den Plessens gehört. Die hatten es, mehr der Not als dem eigenen Willen gehorchend, an Bothmer verkauft. Schon vor Jahren ist das geschehen und das Haus seitdem nicht mehr bewohnt. Den Grafen hatten die Ländereien interessiert, nicht das Haus. Das Schloss baut er sich schließlich selbst, und was für eines, dagegen ist Grundeshagen ein schrecklicher, windschiefer Katen, Fachwerk, Lehm und Stroh, wie jedes Bauernhaus.

Die Witwe Himmelreich, Marie Himmelreich, bewohnt drei Zimmer in einem wie verzaubert aussehenden Häuschen mit steilem Dach und kleinen Fenstern gleich neben dem alten Gutshaus. Hexenhaus wird es im Dorf genannt. Jedoch wagt es niemand, die Bewohnerin eine Hexe zu nennen, sie hätte es sich in ihrer Resolutheit auch nicht gefallen lassen. Und außerdem ist sie für eine Hexe viel zu freundlich, lebenslustig, vor allem aber gutaussehend. Ihr Gatte war der Gutsverwalter bei den Plessens gewesen, ein ehrwürdiger Mann, der den Verkauf des Gutes an Graf Bothmer nicht überlebte – ohne dass daraus freilich ein Zusammenhang geschlossen werden dürfte, es war ein zeitlicher Zufall. Aus alter Verbundenheit jedenfalls und gegen Mietfreiheit obliegt es der Witwe, sich so gut es geht um das Gutshaus zu kümmern. Dass Hans Kaspar jr. seinen Onkel ausgerechnet hier unterbringen wollte, ist eine Idee von Pilgrims Frau gewesen oder sollte man sagen ein kleiner Akt der Rache. Denn für Marie Himmelreich bedeutet das viel Arbeit, ohne dass sie auch nur annähernd eine Wohnlichkeit herstellen könnte, wie sie Bothmer aus Downing Street gewohnt sein dürfte. Freilich versucht sie es auch gar nicht erst. Schon deshalb nicht, weil sie von hochadligen Londoner Wohnverhältnissen keine Vorstellung besitzt und von 10 Downing Street gleich gar nichts weiß.

Hergerichtet hat sie den einen Flügel des Hauses, eben den rechten. In den anderen, in dem sie wohl schon seit zwei Jahren nicht mehr gewesen ist, wollen sie jetzt vordringen, um nach dem Rechten zu schauen. Baumeister Künnecke hat versprochen, schon bald im Auftrag von Bothmer jr. Handwerker nach Grundeshagen zu schicken. Freilich liegt das nun auch schon wieder eine Woche zurück, ohne dass sich ein Handwerker bei ihr hätte sehen lassen. Das Dach scheint nicht mehr ganz dicht. Es fehlen einige Fensterscheiben. Einige der Türen klemmen. In der Küche der Rauchabzug rußt entsetzlich. Womöglich liegt es am Schornsteinkopf, dem ein paar Steine mangeln. Und wer weiß, was im linken Flügel sonst noch auf Reparatur wartet.

Da die Himmelreich bei aller Resolutheit doch auch ängstlich ist, hat sie mit ihrem Unternehmen linker Flügel gewartet, bis der Pastor mal wieder vorbeischaut. Vielleicht wohnen hier Fledermäuse, und Fledermäuse machen ihr mehr als alles andere Angst, panische Angst geradezu. Sie hat mal davon gehört, dass Fledermäuse sich vom Blut anderer Tiere ernähren sollen, auch Menschenblut würde ihnen schmecken.

Endlich findet die Witwe den richtigen Schlüssel für das Kastenschloss. Mit endlosem Knarren öffnet sich die Tür. Die Witwe eilt todesmutig durch den ersten Raum und stößt die Fensterläden und auch gleich die Fenster weit auf. Und weil dabei viel Staub aufgewirbelt wird, der im Licht der Sonne zu tanzen beginnt, müssen beide Eindringlinge erst einmal niesen. Aber vielleicht ist es ja auch nur das Sonnenlicht, das sie an der Nase kitzelt.

So dringen die Himmelreich und der Pastor immer weiter vor, Raum für Raum wird begutachtet. Auch wenn eine Staubschicht über allem liegt, sieht es doch erstaunlich wohlgeordnet hier aus. Über den wenigen Möbeln liegen Hussen. Außer ein paar Kerzenhalten aus Zinn steht nichts herum. Das Schlafzimmer ziert ein gewaltiges Himmelbett, dessen Himmel allerdings abgenommen und sorgfältig zusammengelegt auf einer Kommode künftiger Nutzung harren. An einer Stelle scheint der Dielenboden nachzugeben, wohl weil das Holz dort fault. Bei jedem Schritt knarrt es.

„Und was willst du sagen, wenn du sagst: unzertrennlich?", fragt Elias Pilgrim, der immer noch bei dem Verhältnis zwischen Bothmer und Händel ist.

„Bitte? Ach so. Du meinst doch nicht, dass die beiden ... Man hört ja viel von Männern, die Männer mögen. Aber nein, wo denkst du hin." Dann spricht sie mehr zu sich: „Ich könnte wenigstens den Grafen hier einquartieren. Da fände er es doch etwas bequemer, schon wegen des großen Bettes. Ich werde hier erst einmal putzen, dann zeige ich es ihm." Plötzlich bleibt sie wie angewurzelt stehen. „Aber das ist doch ...", ruft sie. „Also das wird ihn aber freuen."

„Wen?", fragt Pilgrim, der einen Anflug von unbestimmter Eifersucht nicht zu unterdrücken vermag.

„Elias, schau, was sich hier unter der Decke versteckt, die mal weiß war und jetzt grau ist." Und Marie Himmelreich zieht das graue Weiß mit einem Ruck fort, sodass beide nun auch husten müssen. Da steht das Cembalo, das die Himmelreich Händel versprochen hat.

„Natürlich", sagt sie und greift sich an den Kopf. „Zuletzt war hier das Konzert mit diesem ... Nun, ich kann mich nicht mehr an seinen Namen erinnern. Ein Virtuose jedenfalls war er, doch. Aber es ist mein Cembalo oder doch das meines Mannes. Gott habe ihn selig." Sie strahlt den Pastor an. „Ich muss Bothmer jr. fragen. Er weiß gewiss jemanden, der das Ding stimmen kann. Da wird er sich aber freuen."

„Wer? Hans Kaspar?"

„Nein, der Musiker natürlich, dieser seltsame Händel."

„Der will auch die Orgel in unserer Kirche spielen. Dabei ist es mir nicht recht, wenn Fremde so tun, als hätten sie Verständnis von Musik. Womöglich ist er ein Hochstapler. Einem Hochstapler überlasse ich nur ungern mein Gotteshaus. Überhaupt überlasse ich Fremden ungern meine Kirche. Der Herr im Himmel könnte es mir als Blasphemie auslegen."

„Unsinn, Elias. Ich glaube, er hat in diesem komischen London sogar Opern komponiert. Nicht der Herr im Himmel, meine ich, ich meine diesen Händel."

„Davon wird mein Gottesdienst auch nicht gottgefälliger, von Opern. Gott bewahre uns. Wenn er nur unsere Kirchenlieder zu spielen weiß."

„Ach, so eine schöne Liebesarie ..."

Bald haben sie unter weiteren Niesanfällen alle Zimmer erkundet und treten wieder hinaus auf die Diele.

Klack, klack, sagt der Gehstock.

„Wir werden uns nicht mehr so oft sehen können, befürchte ich", meint die Himmelreich. „Solange die beiden hier wohnen und mich auf Trab halten."

Marie Himmelreich trägt nicht nur einen schönen Namen, er entspricht ihr auch. Hochgewachsen ist sie, dass man meinen könnte, sie reiche tatsächlich ein stückweit in den Himmel hinein. Sie wäre für den armen Dobbin eine gute Partie, dem sie sozusagen fast auf Augenhöhe begegnen könnte. Aber Dobbin lebt im fernen London ohne Aussicht, Marie Himmelreich jemals zu Gesicht zu bekommen. Und er hätte sich für eine Frau Himmelreich, eine Witwe im mecklenburgischen Grundeshagen, wohl auch kaum interessiert.

Pastor Pilgrim ist etwas kleiner als seine Geliebte. Ihr Mann war sogar einen halben Kopf kleiner als sie gewesen, und böse Zungen behaupteten, sie hätte ihn von oben herab verhext, immer ein Stück, jeden Tag, bis er dann plötzlich gestorben sei.

Die Himmelreich genießt über Grundeshagen hinaus den zweifelhaften Ruf, der körperlichen Liebe überaus zugeneigt zu sein. Pilgrim fragt sich mitunter, ob es neben ihm noch andere Männer gibt, welche gleich ihm die Wahrheit eines solchen Gerüchtes bestätigen könnten. Wenn er die Himmelreich deswegen befragt, lacht sie laut und ein wenig ordinär, zieht ihn an sich und flüstert so wie jetzt gerade:
„Couche avec moi."

Diesmal wird ihr wildes Liebesspiel durch Lärmen gestört. Ausgerechnet kurz vor dem Höhepunkt. Die Himmelreich springt auf und läuft, umwallt allein von ihrem noch immer üppigen Haar – der Name Agnes hätte besser zu ihr gepasst als Marie –, zum Fenster, um, hinter dem Leinenvorhang verborgen, sehen zu können, was auf dem Hof des Gutshauses plötzlich solchen Lärm verursacht. Nun, die Handwerker sind da. Dass Handwerker immer zur Unzeit kommen müssen. Erst viel zu spät und dann im unrechten Moment. Die Himmelreich wirft sich ihre Kleidung über und muss aufpassen, dass der Pastor ungesehen bleibt. Schon klopft es. Die Himmelreich öffnet eines der Fenster. Sie ist nur oben herum notdürftig angezogen, unten aber nackt. Sie wirft den Bauleuten den Schlüssel vom Gutshaus zu und ruft, sie komme gleich nach. Während sie das Fenster schließt, sieht sie auch noch einen Reiter von Klütz her heransprengen. Sie erkennt Künnecke.
Pilgrim, für den in diesem Moment alles auf dem Spiel steht, seine Pfarre, seine Ehe, seine Reputation, lacht nur. Er lacht über das Bild, das sich ihm, wie er da auf dem Bett liegt, bietet: Seine Geliebte halbnackt mit Handwerkern redend und ihm dabei den blanken Hintern präsentierend. Kaum aber hat sie das Fenster wieder geschlossen, springt auch er auf und fährt in seine Kleider.

„Das können wir später nun leider gar keinem erzählen", meint die Himmelreich und spielt mit Pilgrims Stock: klack, klack.

„So er spricht, so geschieht es; so er gebietet, so stehet es da", erwiderte Pilgrim. „Psalm 33,9. Gottes Wort und Luthers Lehr vergehet nie und nimmermehr."

„Der Herr stehe uns bei. Und nun nimm den Gartenausgang." Sie reicht ihm den Stock mit der Ente als Knauf. Dann eilt sie zur Tür und prallt, als sie die öffnet, mit Johann zusammen, der eben hat anklopfen wollen. Beide, Johann genau wie die Himmelreich, erleben in diesem Moment ein besonderes Gefühl, an das sie sich noch Jahre später erinnern sollten. Die Himmelreich, eben erst in ihrem Liebesverlangen durch die Umstände enttäuscht, scheint entzückt von dem muskulösen, braungebrannten Jungen mit kurzem, dunklem Haar und dem gewaltigen Gebiss, der ihr da auf einmal unabsichtlich sehr nahe kommt und sehr männlich riecht. Johann hingegen sieht in den hübschen Rehaugen der Himmelreich jenes Begehren aufleuchten, das ihn erst neulich bei jener alten Frau mit dem Turban unten im Gartensaal, pardon Sommersaal, hatte entsetzt zurückweichen lassen. Diese alten Weiber, denkt er und muss grinsen.

Ahnt er was, fragt sich die Himmelreich. Merkt er etwas von der eben genossenen Liebe, jäh unterbrochen.

Aber schon haben sich beide wieder unter Kontrolle. Marie Himmelreich zeigt die umsichtig-tätige Frau, die sie ja auch tatsächlich ist, unabhängig von ihrem Liebesleben. Und Johann klettert auf das Dach des Gutshauses, schon hört man Hammerschläge von ganz oben.

Johann ist, wie man so sagt, inzwischen zur rechten Hand Künneckes geworden, innerhalb weniger Tage. Der Baumeister findet, der Junge mache seine Sache im Keller des bothmerschen Palastes gut, den Westflügel vor dem Versinken zu bewahren. Und um ihn wenigstens für ein paar Stunden aus dem Keller herauszuholen, wo unablässig Bauschutt, Kies und Sand hineinzuschütten sind, hat Künnecke seinen Johann für heute nach Grundeshagen mitgenommen. Damit er auf das Dach des Gutshauses klettere und nachsehe, was es oben an Schäden gäbe.

Künnecke tritt auf die Himmelreich zu: „Nun, gnädige Frau, zeigt uns, was zu tun ist." In seiner Stimme schwingt Ungeduld. „Was hat Euch so lange in Eurem Haus aufgehalten? Ich dachte, Ihr wartet schon so lange auf meine Männer." Der Baumeister erwartet glücklicherweise keine Antwort. „Ich habe ein Dutzend Leute mitgebracht, das muss genügen. Sie stehen Euch zu Diensten, freilich nur heute. Ich für meinen Teil muss rasch weiter."

Tatsächlich wird schon eine halbe Stunde später überall gesägt und gehämmert. Überall im, am und auf dem Gutshaus laufen die Bauleute umher. Es geht in Grundeshagen auf einmal zu wie am ersten warmen Frühlingstag in einem Ameisenhaufen.

„Nun, gnädige Frau, seid Ihr zufrieden?", fragt Künnecke schließlich, jetzt etwas freundlicher und schon auf seinem Pferd sitzend.

„Nach meiner Zufriedenheit solltet Ihr nicht fragen. Nach der des Grafen aber schon."

Erst diese kluge Antwort bringt Künnecke dazu, die neben ihm stehende Marie Himmelreich von der Seite anzusehen. Ehe er aber hätte feststellen können, was für eine aparte Erscheinung die Witwe ist, schiebt sich Pastor Pilgrim zwischen den Baumeister und die Himmelreich. Pilgrim tut so, als sei er zufällig des Weges gekommen.

„Ah, der Herr Pastor", sagt Künnecke überrascht. „Da könnt Ihr gleich Gottes Segen auf unsere Bemühungen lenken, es dem Grafen und dem Musiker so bequem zu machen, als dies in unserem Winkel und in diesem halbverfallenen Bau hier nur möglich ist." Immerhin sagt er, vor Jahren aus dem lüneburgischen Lauenbrück in den Klützer Winkel gekommen, „unser Winkel". Pilgrim fällt das auf.

„Apropos Musiker", wirft da die Himmelreich ein. „Sagt, wer könnte ein Cembalo stimmen?"

Künneckes eisgraue Augen verengen sich zu schmalen Schlitzen. Er ist nun einmal ein Künstler durch und durch, als Baumeister sowieso, aber auch als Zeichner, wovon sein Album mit den Karten der bothmerschen Güter bis heute zeugt. Und er musiziert gern. „Kann ich", antwortet er. „Ich selbst mache das." Und auf einmal hat er dann doch Zeit, schwingt sich elegant von seinem Pferd und bindet es wieder an einen Pfosten der grundeshagenschen Veranda vor dem Hauseingang.

Es ist der lange Heinrich, der Künneckes Bemühen um das so lange nicht mehr gespielte Instrument empfindlich stört, weil er eben auf jene lockere Diele tritt, die unter seinem schweren Tritt erst entsetzlich knarrt, dann krachend nachgibt. Ein Blick genügt dem Tischler, um zu sehen, dass das Kiefernholz an dieser Stelle keineswegs gefault ist. Vielmehr zeigt sich ein Hohlraum, nur notdürftig mit dem Dielenbrett getarnt, nicht sehr tief und schmal. Ächzend lässt sich Heinrich auf die Knie fallen, um die Sache unter dem ärgerlichen Blick von Künnecke näher zu untersuchen. Er entfernt vorsichtig das gesplitterte Brett und findet in dem Hohlraum ein in Tücher eingewickeltes Päckchen. Es riecht muffig und muss schon lange in seinem Versteck gelegen haben. „Ich habe da, glaube ich, etwas gefunden." Heinrichs Ausruf führt zu der erstaunlichen Situation, dass für ein paar Minuten alle Unterschiede zwischen den Ständen, zwischen oben und unten, Herrschaft und Gesinde, aufgehoben scheinen. Denn alle wollen wissen, was Heinrich da auf einen in seiner Nähe stehenden Tisch legt. Womöglich einen Schatz! Wie andächtig stehen sie um den Fund herum, der Baumeister, die Himmelreich, Heinrich, die inzwischen vom anderen Flügel des Hauses aus der Küche herübergekommene Agathe und noch ein paar von den anderen Handwerkern. Und weil der Pastor auch hinzutritt, versteht es sich für alle von selbst, dass es ihm zufällt, den Inhalt des Päckchens vor allen Augen achtsam auszuwickeln. Wie gut es doch ist, dass die Wege des Pastors ihn ausgerechnet zu dieser Stunde ausgerechnet nach Grundeshagen geführt haben, nicht wahr?

„Pilgrim, Ihr seid zuständig für die Wunder", sagt die Himmelreich. Und niemand weiß so recht, ob er über diese Worte lachen soll. „Und ein Schatz ist immer ein Wunder."

„Nun, von einem Schatz kann wohl keine Rede sein", bemerkt Künnecke. „Wir werden keine Goldmünzen darin finden, fürchte ich. Mich deucht, es sind nur Papiere. Aber Pastor, es ist schon recht, wenn Ihr es öffnet. Wir sind dann doppelt in Gottes Hand."

Künnecke behält recht. Pastor Pilgrim muss drei Tücher abwickeln, bevor er einen Stapel von beschriebenem Papier in der Hand hält und rasch durchblättert.

„Nun, Pastor, was ist es? Schuldscheine, einfach versteckt? Wechsel? Urkunden? Briefe? Ein Testament?"

„Nichts von alledem", erwidert Pilgrim. „Es sind Aufzeichnungen eines Plessen. Hein von Plessen – so entziffere ich es. Hein von Plessen, Advokat."

„Nie gehört", meint die Himmelreich. „Und Advokat, wie öde."

„Es könnte schon eine Weile da in seinem Versteck gelegen haben. Hier finde ich ein Datum, 15. März 15. Das meiste sind ..." Pilgrim zögert einen Augenblick lang. „Nun ja, Verse."

„Verse?", fragt der lange Heinrich enttäuscht und schreitet zurück zu dem Loch, um zu schauen, ob er dort noch mehr finden könnte. Er findet tatsächlich noch etwas, nachdem er jeden Winkel vorsichtig abgetastet hat. Er findet erst ein paar Patronen für eine Pistole, leere und volle, schon sehr rostig. Und rostig sieht auch die Pistole selbst aus, die er schließlich noch hervorzieht, ein altertümliches Modell, aus dem sich ganz bestimmt niemals mehr ein Schuss zu lösen vermag.

„Verse?", ruft die Himmelreich, deutlich erfreuter.

„Das erklärt das Versteck", meint Künnecke. „Verse sollte man besser immer verstecken. Es kann nicht jeder ein Klopstock sein. Und ein Plessen als Dichter ist mir unbekannt. Unvollkommene Verse sollte man gleich verbrennen oder verstecken, ganz tief sogar verstecken."

„Es scheint hier der Fall zu sein, was Ihr sagt, Baumeister", erwidert Pilgrim. Und er liest laut: „Der vom Regen gewaschene Mond, oh Herr, tiefblauer Samt, und golden schimmernd das Geschmeide darauf. In deinem Wolkenreich des Abends. So schimmert es golden auch auf ihrem Kleide. Oh, Unschuld, lass dich fassen. Am Ende des Tages, so der Sturm sich gelegt, stürmisch."

„Und so weiter", murmelt Künnecke. „Wie ich schon ahne, so etwas gehört tief versenkt, zur Not auch unter Dielen. Und vielleicht hat er sich ja erschossen, unser Dichter. Das würde Pistole und Patronen erklären."

„Dichter gehören nicht zu dieser Welt, denn die Welt ist prosaisch", bemerkt der lange Heinrich, zur allgemeinen Überraschung.

„Ich finde es schön, was er da geschrieben hat", wirft die Himmelreich ein. „Pastor, Ihr müsst mir nachher noch mehr davon vorlesen." Sie zwinkert ihrem Liebhaber zu.

Wie die Menschen so sind, unaufrichtig und auf Eigennutz bedacht. Künnecke, der Verse am liebsten versenkt sehen will, nimmt sich vor, unbedingt die Worte vom gewaschenen Mond im Gedächtnis zu behalten, wenn er, was in langen Abständen, aber doch regelmäßig geschieht, an Esther schreibt. Und die Himmelreich

gibt mit ihrem Wunsch, vorgelesen zu bekommen, ihrem Liebhaber einen trefflichen Vorwand, so lange bei ihr zu bleiben, wie er selbst meint, es sich erlauben zu können. Elias Pilgrim hingegen nimmt sich vor, bei nächster Gelegenheit in den Kirchenbüchern nach dem Namen Hein von Plessen zu suchen.
„Ob der Dichter selbst seine Verse versteckt hat?", fragt Künnecke. „Oder ob es seine Familie war, peinlich berührt vom dichtenden Spross?"
Wer könnte darauf antworten? Der lange Heinrich jedenfalls füllt das Versteck und fügt sorgsam ein neues Dielenholz ein. Danach knarrt es nicht einmal mehr.

Noch am selben Abend, nachdem sie genug gelesen hat und endlich mit ihrem Liebhaber zum Ersatz des vorhin ausgefallenen Schäferstündchens übergehen will, gibt die Himmelreich das plessensche Konvolut an ihre hohen Gäste weiter, die gerade dabei sind, den linken Flügel des Hauses zu probieren. So kommt es, dass Bothmer und Händel, auf wackligen Stühlen sitzend, den Abend damit verbringen, Verse zu lesen. Genauer gesagt liest der Graf dem Musiker vor.
„Die Süße der Liebe, die Hitze der Nacht. Es drängt das Begehren, es rauscht der Saft."
„So, so, der Saft", grunzt Händel.
„Oder hier: Prahlerischer Park, verschlungene Wege. Inseln der Lichts, Glitzerschübe im Teich. Düstere Ruinen, Schattenspender. Rastloses Wandeln, ins Alles, ins Nichts. Unser Pilgrim hätte es tatsächlich besser unter der Diele belassen, findet Ihr nicht auch, Bär?"
Händel fantasiert auf dem Cembalo und brummt vor sich hin: „Es drängt das Begehren, es rauscht der Saft." Und dann, ganz in Moll, singt er: „Inseln des Lichts, Glitzerschübe im Teich."

„Ein Advokat, der Verse schreibt. Hat man das je gehört? Am Tag staubige Korrektheit, bei Nacht ein Dämon."

„Sind Dichter Dämonen?"

„Aber ja", antwortet Bothmer. „Andere Sphären sind immer unheimlich. Dämonisch. Nicht berechenbar. Für mich gibt es nur Berechnung, jederzeit und nachprüfbar. Kein Geschäft ohne genaues Rechnen. Und dieser Plessen war in zu vielen Sphären zu Hause, scheint mir. Am liebsten aber, so fürchte ich, in der dämonischen. Da geraten die Rechnungen doch sehr durcheinander, findet Ihr nicht auch?"

„Ach, was", brummt Händel.

„Ich hörte einst von einem Advokaten Plessen. Aber hieß er Hein? Er saß jedenfalls in Hamburg und genoss mit Alsterblick das zweifelhafte Vergnügen, seine weitläufige mecklenburgische Familie unbedingt daran hindern zu wollen, im Klützer Winkel an einen gewissen Graf Bothmer zu verkaufen. Keine Ahnung, was ihn zu dieser Lust getrieben haben mochte. Dabei stand den Plessens hier das Wasser bis zum Hals, kein Wunder, wenn sich enormer Kinderreichtum, schlechtes Wirtschaften und geringe Einkünfte gegenseitig im Wege stehen. Die Hamburger Stimme wurde denn aber nicht gehört, zu meinem Glück."

„Habt Ihr ihn je gesehen, diesen Advokaten? Wusstet Ihr von Dichtungen?"

„Ich wäre ihm bestimmt irgendwann begegnet, aber man hatte geruht, mich damals mit geheimen Aufträgen nach Den Haag zu senden."

„Geheime Aufträge. Natürlich. Darunter tut Ihr es nicht. In Downing Street, wenn ich Euer Gast sein durfte, habe ich mir das zweifelhafte Vergnügen, wie Ihr es nennen würdet, gegönnt, nach Euren Geheimnissen zu suchen. Freilich fand ich nie welche."

Aber Bothmer lässt sich nicht unterbrechen: „Und da bei den Niederländern, im Haag hörte ich dann von den Verhandlungen, die mich zwar nicht persönlich betrafen, aber leider ganz ohne mein Zutun im Hamburger Vergleich endeten."
„Hamburger Vergleich?", fragt Händel und sucht nach Speiseresten in seinem Mund, er nimmt Zunge und Finger dabei zur Hilfe. Sie haben eben ihr von Agathe gereichtes Abendessen beendet. Ihr Ritt an der See entlang hatte sie aufrichtig hungrig gemacht. Händel hat ein paar Hühnerstücke auf einem Teller mit ans Cembalo genommen. Und wie in London spielt er nun auch hier mit umgehängter Serviette und fettigen Fingern.
Bothmer bemerkt das gar nicht. Er verliert sich in Erinnerungen: „Die juristische Lage war folgende: Die Güstrower Linie, jene, die übrigens ein hübsches, wenn auch vollkommen unmodernes Schloss in der Stadt hinterlassen hat und wo vor einem Jahrhundert immerhin Wallenstein residierte, war durch Mangel an Erben erloschen. Und in Schwerin bekriegten sich zwei mir wohlbekannte Herren, jeder verrückt auf seine Weise, Neffe und Onkel. Ungefähr dreißig Jahre muss das zurückliegen. Der Neffe hieß Friedrich Wilhelm, der Onkel war ein Adolph Friedrich. Der Jüngere gegen den Älteren. Der Jüngere siegte natürlich, bekam das Herzogtum und saß fortan auf einer hässlichen Burg mitten im Schweriner See, die ich freilich nie sah, von der aber viel Aufhebens gemacht wurde damals. Der Onkel indes gab sich nicht geschlagen. Und kriegte am Ende doch tatsächlich seine eigene Herrschaft, den strelitzschen Landesteil."
„Strelitzsch. Wer soll das aussprechen, Graf?"
„Ist slawisch. Ist ja Slawengegend hier. Und wenn es die Welfen, denen zu dienen ich die Ehre habe, nicht gegeben hätte ..."
„Und wo sind wir hier? Im Strelitzschen?"

„Ach, Bär, in meiner eigenen Herrschaft natürlich. Meiner Grafschaft. Aber gut, wenn Ihr es so hören wollt: Der Speckwinkel gehört zur Schweriner Herrschaft. Erinnert Euch, uns wurde erzählt, dass seine Hoheit, der Schweriner Herzog, sogar schon hier war, um sich mein Werk anzusehen. Inkognito. Anders traut er sich nicht."
Händel versteht nicht, weshalb der Graf auf einmal in ein kaltes Lachen ausbricht und sich dabei die Hände reibt, was ein trockenes Geräusch erzeugt. Er hat allerdings auch nicht richtig zugehört. Sein Sinnen ist auf das Cembalo gerichtet, dessen Klang ihn zwar nicht zufriedenzustellen vermag, aber das alles in allem nicht so schlimm klingt, wie er befürchtet hat.
Bothmer wiederum bemerkt Händels Abwesenheit, erzählt aber unverdrossen weiter: „Dieser Plessen jedenfalls, dem ich den Vornamen Hein durchaus zutraue, hatte sich auf die strelitzsche Seite geschlagen, also zur Partei des Onkels. Er soll ausgehandelt haben, dass die Ratzeburger Dominsel an Strelitz fiel. Die ist zwar weit entfernt vom eigentlichen strelitzschen Herzogtum, liegt doch der ganze schwerinsche Teil dazwischen, aber sie macht den Ruhm des Herzogtums aus, wenn man überhaupt von einem Ruhm sprechen mag. Ich jedenfalls mag nicht. Diese entsetzliche Kleinstaaterei der Deutschen. Dieses lächerliche Strelitz. Ich jedenfalls, Bär, glaube, dass dieser Plessen, der Hein geheißen mag, wie gesagt, soviel Anteil am Erfolg der Verhandlungen nicht gehabt haben kann. Wäre er so ein großer Diplomat gewesen, er hätte für Adolph Friedrich mehr herausgeschlagen als das bisschen Ratzeburg. Und überhaupt hätte man mehr von ihm gehört, nicht wahr? Ich meine mich dunkel zu erinnern, dass der Advokat mit Alsterblick der Familie überhaupt als Enfant terrible galt. Zu nichts zu gebrauchen und mit seinen Gedanken stets anderswo. Unter anderem unter den Röcken der Herzogin, wie böse Zungen behaupteten. Aber das ist sicher eine Verwechslung. Wer zu nichts taugt, taugt auch dazu nicht."

„Das sagt nicht, Graf", lacht Händel, der jetzt doch wieder zuhört, weil er eine Leidenschaft für Klatsch und Tratsch besitzt. „Die Liebe hat ihre eigenen Gesetze. Sonst würde es keine Opern geben."
„Plessen, von dem ich jetzt beinahe überzeugt bin, dass er Hein gerufen wurde, verschwand jedenfalls von der Bildfläche. Ich hörte, er habe sich selbst entleibt. Erschossen."
„Vermutlich über seine Dichtungen gebeugt. Daher vielleicht die rötlichen Flecken auf dem Papier. Ein Künstlertod, oh. Den wünschte ich mir auch. Wenn auch nicht von eigener Hand. Das liegt mir nicht, Graf."
„Bär, das ist nicht gottgefällig, wie Ihr da so sprecht."
„Ich hätte nichts dagegen, von unserem Herrn zu sich gerufen zu werden, wenn mir eben eine Musik gelungen ist, wie ich sie noch nie gehört habe. Die der Herr mir geschenkt hätte in seiner Güte. Erst das Geschenk, dann die Rechnung, warum nicht. Und wenn ich zu ihm eingehe in diesem köstlichen Augenblick, könnten wir auf Wolke sieben ein gelehrtes Gespräch über Musik führen, der Herr und ich. Oder zusammen musizieren, was noch großartiger wäre."
„Gott mag keine Opern", wirft Bothmer ein.
„Das hat er mit seinen Geschöpfen gemein. Es gibt leider immer weniger Leute, die Opern mögen. Aber vielleicht sollte ich künftig nicht mehr für das ordinäre Publikum am Haymarket schreiben, sondern für Gott allein."
„Das tut. Lasst meinetwegen den Messias erklingen. Unser Plessen, den ich jetzt einfach Hein nenne, hat sich bestimmt nicht in dem erlauchten Moment einer göttlichen Eingebung den Tod gegeben. Sondern im Gegenteil, weil ihm nichts mehr einfiel."
„Das wäre schlimm, Graf, fürwahr."
„Er wollte Dichter sein, aber er litt darunter, nichts zu dichten zu haben."

„Seid nicht ungerecht, Graf", erwidert Händel. „Mir gefallen die Verse." Dann singt er noch einmal: „Inseln des Lichts, Glitzerschübe im Teich."

„Seine Familie hatte, stelle ich mir vor, einige Mühe, das Werk ihres verrückten Familienmitglieds zu verstecken. Verbrennen wollten sie es nicht. Man weiß schließlich nie. Aber ich gebe zu, die mecklenburgische Weite taugt als Versteck, jede Schmach vergessen zu machen. Ich glaube, nur ich, der Veteran, erinnert sich noch daran. Und übrigens auch nur noch sehr dunkel. Vielleicht auch völlig falsch."

„Welche Schmach?"

„Dass sich einer dem Dichten verschrieb, statt seinem Brotherrn Adolph Friedrich ein größeres und einträglicheres Staatsgebilde gegen die missmutigen Schweriner auszuhandeln, nicht wahr? Oder noch schlimmer: Dass er womöglich seiner Brotherrin nachstellte, statt ihren Reichtum zu mehren."

„Graf, wie Ihr das sagt, so böse aus dem Mundwinkel. Den vom Regen gewaschenen Mond jedenfalls will ich in Töne setzen. Das ist schön. Ich werde die Noten aufschreiben, und dann legen wir alles zurück in das Versteck. Was meint Ihr?"

Bei diesen Worten zieht Händel, von Bothmer keine Antwort erwartend, mit einem Ruck seine Serviette vom Hals, wischt sich die Finger daran ab und springt auf, während Agathe abträgt. Der Graf tut es dem Musiker gleich, wenn auch nicht mit derselben Eile. Eben geht die Sonne unter. Sie wollen das Schauspiel im Freien bewundern. Sie laufen hinaus in den Garten, sie albern herum, einer versucht schneller zu sein als der andere. Bei diesem Wettrennen laufen sie dem Pastor in die Arme.

Aus Pastor Pilgrim, obwohl er wie erstarrt vor den hohen Herren steht, sprudelt es sogleich heraus: „Oh, Meister, Ihr müsst die Orgel spielen am Sonntag. Im Gottesdienst. Die Gemeinde erbittet diese Ehre. Diese Gnade, um mich genau auszudrücken. Oh, fürwahr, ich spreche für meine Gemeinde, wenn ich Euch bitte, anflehe geradezu. Ich habe es eben gehört, ein wenig jedenfalls, wie Ihr da drinnen spielt. Aber das Wenige erschien mir schon so wunderbar, gottesnah – ah, das reimt sich sogar. Ich habe Euch am Cembalo gehört. Nicht, dass Ihr denkt, ich hätte gelauscht. Ich kam nur vorüber, hörte etwas, blieb stehen. Und da stehe ich nun immer noch, ganz entzückt. Habe ich Euer Wort, Meister? Wie konnte ich Zweifel hegen? Ich hegte sie, das will ich gestehen. Aber wer bin ich schon. Was weiß ich schon. Aber jetzt. Erlaubt mir nur, die Lieder zu bestimmen. Gern dürft Ihr zwischendrin spielen, was Euch gefällt. Aber die von mir ausgesuchten Lieder müssen vorkommen. Ein Gottesdienst, fürwahr, ist nun einmal kein Wunschkonzert. Das versteht Ihr doch? Aber die Musik! Nein, das Wort ... Ach, was sage ich. Ich will mein Wort nicht über Eure Musik stellen. Eure Predigt, nein, ich meine, meine Predigt ..."

Bothmer sagt kühl: „Fasst Euch, Pastor." Und zu Händel gewandt: „Hier seht Ihr offenbar leibhaftig die Wirkung Eurer Musik. Sie stiftet Verwirrung. Genau wie die Verse von diesem seltsamen Plessen. Kunst stiftet Verwirrung. Sagte ich es nicht eben schon, Händel? Sprach ich nicht eben vom Dämonischen? Unser Pastor, wie er da vor uns steht, als sei er wie eine Pflanze dem Garten entsprossen, wirkt, als hättet Ihr, Bär, ihm den Dämon eingegeben. Beruhigt Euch, Pilgrim. So war doch der Name?"

„Nur bei dem Versprechen, Graf, dass Meister Händel sich im Gottesdienst an die Orgel setzt. In meinem Gottesdienst."

„Nun, Händel, sagt Ihr es ihm zu?"

Es ist schon ein großartiges Bild, wie der massige Händel in der Glorie der untergehenden Sonne steht, die Arme wie zum Segen hebt und seinen gewaltigen Schädel nicken lässt.

Pilgrim atmet hörbar auf. „Danke, und gute Nacht. Die Klützer wissen das zu schätzen. Ich weiß es zu schätzen. Was sage ich: Der Herr hoch oben wird es zu schätzen wissen."

„Greifen Sie da nicht zu hoch, Pastor?", fragt Händel.

„Nein, bestimmt nicht", flüstert Pilgrim, verbeugt sich und ist, seinen Gehstock quer vor der Brust haltend und wie einen Flügel schwenkend, auch schon hinter den Büschen des Gartens verschwunden, die noch einen Augenblick lang erzittern, als würde hier „Macbeth" gegeben.

Jeder der drei Herren zieht aus dieser kurzen abendlichen Begegnung seinen eigenen Schluss. Pilgrim ist froh, dass es erst gar nicht zu der Frage hatte kommen können, wieso er, der Klützer Pastor, hier in Grundeshagen so spät noch herumstreiche. Händel hingegen darf sich sicher sein, dass er in einem Bündnis mit Gott lebe und Gott es sehr wohl schätzte, wenn er, Händel, die Orgel in St. Marien erklingen lassen würde. Gott würde es auch gefallen, wenn er bei der Theatertruppe aushülfe. Und Bothmer schließlich nimmt sich vor, seinen Baumeister Künnecke bei nächster Gelegenheit zu fragen, ob der Herr Pastor seiner Klützer Herde eigentlich ein guter Hirte sei. Oder ob auch Pilgrim irgendetwas Künstlerisches von der Pflicht abhielte wie seinerzeit den Plessen von seinem Advokatendasein, wenn es denn der Hein war.

„Was wollte der Pastor eigentlich?", fragt Händel, nachdem sie, einen Feldweg einschlagend, eine Weile wortlos nebeneinander gegangen sind, die Hände auf den Rücken gefaltet.

„Nun, uns etwas verbergen."

„Und was wollte er uns verbergen?"

„Etwas ganz Banales. Kein Opernstoff, Bär. Bestimmt nicht." Bothmer lacht kratzig über seinen Scherz. „Was genau zu verbergen war, das weiß ich leider nicht."

Händel aber sagt mit ernstem Gesicht: „Inseln des Lichts, Glitzerschübe im Teich – das wird ein Liedchen. Ich will es so machen, dass alle es singen können. So schlicht. Wenn das gelingt, hat sich der Tag doch gelohnt."
„Nehmt den frischgeputzten linken Wohnflügel zur Wohnung, Bär. Dann habt ihr das Cembalo immer dabei. Ich bleibe im rechten, auch wenn ich Euch das Himmelbett dort ein wenig neide. Aber bitte, spielt nicht die ganze Nacht hindurch."
Händel verbeugt sich lachend: „Ich will es versuchen, Graf."
Damit kehren sie mit langsamen Schritten zurück auf den Gutshof und zu ihrer Ferienwohnung, jeder in seine Gedanken versunken. Versunken ist inzwischen auch die Sonne. Nur die Horizontlinie glimmt noch ein wenig vor sich hin.

SECHSTES KAPITEL – ARPSHAGEN, 15. JULI 1730

Ein Regentag, an dem bei Hans Kaspar jr. gleich mehrere Gäste vorsprechen, worauf er beschließt, die Frau Pastor in Klütz nicht mehr zu besuchen

E's regnet. Und wie es regnet. Das Wasser gurgelt in den Fallrohren und schießt, unten angekommen, über den gepflasterten Hof hinweg in Richtung des Grabens, der das alte Burggelände mehr umsteht als umfließt. Das Regenwasser strudelt dahin wie die finsteren Gedanken, die Hans Kaspar jr. hegt, als er aus dem kleinen Fenster seiner umgebauten Burg zusieht, wie draußen das Sommergewitter tobt.

Er denkt: Wenn ich es nur schaffen könnte, mich auch einmal in einem Gewitter zu entladen wie vor seinen Augen gerade der Himmel. Künnecke kann das. Brüllt herum, schlägt mit den Fäusten hin, wo es sich gerade trifft. Blitzt und donnert, bis es so rasch vorbei ist, wie es gekommen, und der Baumeister wieder beherrscht, souverän und freundlich umhergeht, so wie man ihn kennt.

Hans Kaspar jr. aber gleicht, wenn wir schon beim Bild des Regens bleiben wollen, eher einer Regentonne, die alles Wasser sammelt und faulig werden lässt. Er vermag es nicht, sich mit einem Donnerschlag von seinem ewigen Missmut zu befreien. Und was ihn selbst dabei am meisten bedrückt: Es ist die stets gleiche finstere Wolkengedankenwelt, die seinen inneren Himmel schwärzt.

Eine der Wolken ist, dass seine Ehefrau Künnecke nachstellt, ihn „kühner Held" nennt, und er, Hans Kaspar, nicht einmal weiß, ob oder wie sehr Künnecke das gefällt. Wie oft hat ihn das beschwert, bis in die Träume hinein, wo er es doch mit Gleichmut hinnehmen könnte, denn er empfindet keine Zuneigung für Christine Margarethe. Der Graf hat die Ehe arrangiert, nicht er. Aber sein Missmut wurzelt tief, erfüllt ihn, gehört zu ihm wie zu seinem Onkel das unerschütterliche Selbstvertrauen.

Eine andere Wolke an seinem inneren dunklen Himmel: Wie oft hat er schon befürchtet, Künnecke könne sich vor Fertigstellung des Palastes da draußen auf der moorigen Wiese davonmachen und in den Dienst des mecklenburgischen Herzogs treten. Ihn allein lassen, wie Hans Kaspar das wohl ausdrücken würde, passierte es tatsächlich. Anzeichen gibt es dafür keine, außer dass der Herzog mal auf Arpshagen gesehen wurde, kürzlich erst. Aber eine einmal in Hans Kaspars trübe Seele eingenistete Finsternis verbleibt dort und lässt sich nur ganz selten durch einen Sonnenstrahl vertreiben, und dann meistens auch nur für einen kurzen Augenblick. Der Regen ist dazu angetan, sich ganz den trüben Gedanken zu überlassen, denkt Hans Kaspar jr. Sich mit seinen finsteren Gedanken einfach fortspülen zu lassen. Es erlaubt ihm geradezu, für diesmal die eigene Finsternis nicht bekämpfen zu müssen. Das empfindet er als Erleichterung. Denn er denkt und fühlt nun einmal durch und durch finster, darf sich dem aber in den Geschäften des Alltags, der schwersten Last seines Lebens, nun einmal nicht hingeben, dazu hat er viel zu viel Disziplin in sich.

Eine schmerzliche Freude ist es für ihn, wenn alles noch schlimmer kommt, als er es sich vorgestellt hat. Welch schlimmes Bild hat er seiner Freundin aus dem Pfarrhaus, Charlotte, seiner Lotte, in der lauschigen Ecke des Pfarrgartens sitzend, vor einiger Zeit von seinem Oheim gemalt. Und nun ist der Oheim da, der große

Graf aus London, vor dem alles zittert. Und es ist alles schlimmer als vorhergesagt. Wie er vor allem ihn, seinen Neffen, zittern lässt. Mal schlägt er Hans Kaspar jr. jovial auf die Schulter, was wohl bedeuten soll: Du machst das schon. Dann wieder mischt er sich in alles ein und verwirft, was Künnecke und er, Hans Kaspar jr., gerade angeordnet haben. Bittet er aber den Onkel hinzu, wenn es auf dem Bauplatz etwas zu besprechen gibt, zieht Bothmer es vor, mit seinem dicken Musikerfreund auszureiten. Vergisst er, Hans Kaspar jr., aber gegenüber seinem Onkel einmal zu erwähnen, dass einige der eben gepflanzten Linden schon eingegangen sind und ersetzt werden mussten, runzelt Bothmer bedrohlich die Augenbrauen, wenn er es zufällig vom Gärtner erfährt. Hat es der Graf zunächst beinahe erheitert hingenommen, dass sich der Westflügel des Neubaus zu senken droht, wird Hans Kaspar jr. das Gefühl nicht los, der Graf mache ihm insgeheim deswegen Vorwürfe, gerade so, als würde er sozusagen mit eigener Hand den Westflügel in den sumpfigen Baugrund drücken.

Hans Kaspar jr. hat auch das Gefühl, der Graf gebe ihm die Schuld an allen Missständen im weltabgewandten Klützer Winkel. Es irritiert ihn, dass der Graf aber nicht laut lospoltert wie früher in seinen Briefen. Vielmehr schreitet er liebenswürdig umher und lädt die Familie, also auch ihn, den Neffen, ein, mit ihm gemeinsam die Theatertruppe zu sehen, die es nach Klütz verschlagen hat. Weil doch der „Rasende Roland" gegeben werde. Als leite sich aus dem „Rasenden Roland" eine Verpflichtung zum Erscheinen der Bothmers ab. Hans Kaspar jr. hatte erwartet, dass der Graf ihn zur Rede stellen würde, wie diese bunte Theatertruppe hier überhaupt ihr Zelt hat aufschlagen können. Lauter Müßiggänger! Hans Kaspar jr., wie er da dem Regen zusieht, erwartet übrigens seinen Oheim. Der hat am Morgen auf einem Billett seinen Besuch angekündigt. Immerhin pflegt er sich anzukündigen, wenn er doch einmal auf Arpshagen erscheint, und kommt nicht einfach so von Grundeshagen herüber.

„Nicht nur, dass er so unberechenbar ist, heute so und morgen so", hatte Hans Kaspar jr. seiner Freundin, der Frau Pastor, im Pfarrgarten geklagt. „Er bringt inzwischen auch alles durcheinander mit seinen Befehlen. Oft widersprechen sie sich. Niemand mehr kann sich auf sein Wort verlassen, der Baumeister so wenig wie der Tischler oder der Gärtner. Nicht einmal die Denners in Hamburg können sicher sein, dass der Graf ihnen die Porträts für den Festsaal abnimmt, deren Bestellung er doch selbst immer wieder bei mir angemahnt hat. Er hat sich deswegen sogar persönlich in das Atelier des alten Balthasar begeben. Obwohl Künnecke und ich längst dort gewesen sind, um alles genau so auszuführen, wie der Alte es uns in seinen Briefen aus London schon vor Wochen aufgetragen hatte."

Nun, Lotte hatte ihren Freund, wie immer, mit ihrer dunklen, rauchigen Stimme getröstet: „Auch Herrschende sind fehlbar. Denkt daran, was alles auf ihm lastet, London, Hannover und nun auch noch unser Erdenwinkel."

„Auf einmal schwadroniert er davon, Brook zu kaufen. Gut Brook wollte er nicht haben, als ich es ihm vorschlug. Wir hätten es haben können damals, zusammen mit Grundeshagen. Sind ja beides Güter der Plessens. Und nun hat er Brook offenbar bei einem seiner Spazierritte gesehen. Jetzt soll teuer erworben werden, was wir beinahe geschenkt schon längst hätten bekommen können."

„Die Dinge ändern sich. Oder wenn nicht die Dinge, dann doch unsere Sicht darauf."

„Nicht genug damit. Was soll nun aus Brook werden? Kaufen? Nicht kaufen? Soll ich deswegen verhandeln? Oder will er selbst sich das Vergnügen nicht entgehen lassen, mit der dicken Plessen wegen Brook zu pokern? Er sagt nichts dazu. Er wendet sich ab, wenn ich versuche, ihn deswegen zur Rede zu stellen. Ich weiß nicht, was ich tun soll. Und irgendwann schilt er mich, weshalb ich mich nicht kümmere."

„Übt Geduld, mein Freund. Der Graf ist so fröhlich wie in seinem London wohl selten."

„Weshalb ist er überhaupt hier aufgetaucht, noch dazu in so einem halbherzigen Inkognito? Und mit diesem Musiker, der hier herumtappst wie ein an die Kette gelegter Bär? Der Graf nennt ihn auch so: Bär. Erst kamen sie jeden Tag auf den Bauplatz und besahen jeden Nagel. Aber es sind Millionen Nägel. Und als sie das merkten, verloren sie jedes Interesse. Nägel sehen sich nun einmal sehr ähnlich, nicht wahr? Und siehe da, seit drei Tagen schon sind sie überhaupt nicht mehr auf dem Bauplatz gesehen worden. Seitdem geht es dort übrigens auch wieder vorwärts. Künnecke atmet auf."

„Nehmt es als gutes Zeichen."

„Wofür? Dass mein Oheim mir plötzlich vertraut?"

„Nein, das vielleicht nicht. Aber dass ihm unser Klützer Winkel guttut. Er reitet aus, jeden Tag, erzählt mir Friederike, die alles erfährt. Sogar im Frät Kraug ist er angeblich schon gesehen worden, was ich eine Unanständigkeit finde, wenn er sich so weit herabließe. Und Elias wusste zu berichten, dass sie, der Musiker und der Graf, durch die Feldflur von Grundeshagen spazieren, außerdem viel Kaffee trinken, lesen und musizieren. Ich stelle mir vor, dass man zu alledem in London so wenig kommt wie in Hannover. Und einen Bärenhunger zeigen sie auch jeden Abend, sagt jedenfalls mein Elias. Vor allem der Musiker. Er sieht ja auch so aus."

Mit Lottes Tröstungen ist es wie mit einem Regenschirm. Solange man ihn aufgespannt hält, solange sie also bei ihm sitzt, fühlt er sich geborgen. Klappt man ihn aber zu, verlässt er sie also, regnet es weiter, aber der Schutz ist weg.

Wir haben das Bild vom Regenschirm verwendet, weil sich eben das Gurgeln in den Fallrohren noch einmal steigert. Der Platz vor dem Haus sieht aus, als würde er jeden Augenblick hinweggespült.

Sein reicher Oheim ist für Hans Kaspar jr. eine Last. Aber auch Händels Auftauchen behagt ihm nicht. Zwar können ihm die Freundschaften seines Oheims an sich gleichgültig sein. Aber Hans Kaspar jr. hat sogleich gespürt, was für ein besonderer Mensch dieser Händel ist. Einer, der sich über die Fährnisse des Lebens trotz seiner zwei Zentner einfach hinweghebt und sich an das Cembalo setzt, wenn sich über ihm doch einmal dunkle Wolken zusammenzuballen drohen. Oder ein Brathähnchen verspeist, heruntergespült mit einer Flasche Rheinwein.

So sein, denkt Hans Kaspar jr. und ärgert sich zugleich über seine Gedanken. Aber Händel ist groß und kann etwas. Ich aber bin ein Nichts und kann nichts.

Und weil der Regen nicht nachlassen will, erfasst Hans Kaspars dunkles Dahinträumen auf einmal sogar seine Freundin Lotte. Da allerdings wird es gänzlich hoffnungslos. Denn so sehr sie ihn zu trösten und seine Hand im rechten Augenblick zu nehmen weiß, ist es doch eine merkwürdige Beziehung, die er da mehr zulässt als pflegt. Wendet sich Lotte ihm nur zu, weil sie Rache an ihrem Mann und seinen Poussagen, von denen man sich manches erzählt, üben will? Setzt sie der enormen Sinnlichkeit ihres Elias den geistigen Austausch mit dem künftigen Herrn von Bothmer entgegen? Ist sie berechnend? Hat sie ein Ziel, wenn sie sich mit ihm trifft?

Oder andersherum: Begehrt sie ihn? Oder: Begehrt er sie? Oder vermag aus dieser tröstenden Freundschaft Begehren wachsen? Warum fehlt ihnen beiden Begehren? Fehlt es überhaupt oder übersieht er es nur?

Dass Hans Kaspar jr. das alles nicht weiß, offenbart uns seine ganze Schwäche. Aber auch für ihn selbst ist es jetzt, da er vergeblich so etwas wie Hingezogensein zu Lotte zu empfinden versucht, grausam schlimm. Wirklich so schlimm, dass Hans Kaspar jr. in dem Moment, da der Regen aufhört, seinem inneren Wolkenbruch nicht länger widerstehen kann und, die Stirn gegen die Fensterscheibe gelehnt, zu schluchzen beginnt, bis ihm die Tränen nur so über die fahlen Wangen rinnen.

So viel Selbstmitleid ist abstoßend, oder? Wir würden Hans Kaspar jr. deshalb gern an dieser weinerlichen Stelle verlassen, würde in diesem Moment nicht ein neues Abenteuer an die Tür klopfen, indem es leise an die Tür klopft.

Der Graf, denkt Hans Kaspar jr. Aber der Graf würde niemals anklopfen, der kommt einfach so herein. Es ist auch nicht der Graf.

„Der Herr Pastor schickt mich", sagt die blonde Friederike. Sie hat die Tür einen Spalt geöffnet und schiebt zunächst ihre etwas zu lange Nase in den Raum. Als gelte es, erst einmal Witterung aufzunehmen.

„Wer hat dir erlaubt, hier einfach einzudringen?"

„Herr, ist Euch nicht gut? Ihr seht so blass um die Nase herum aus und habt so rote Augen. Soll ich Joschi holen, ich meine den Joseph?"

„Was will der Pastor mir ausrichten lassen? Nun komm schon herein und schließe die Tür. Es zieht. Und mir geht es gut. Wie immer. Mir geht es immer gut, ja. Der Regen hat wohl aufgehört?"

„Oh, ja. Aber ich musste auf meinem Weg vom Pfarrhaus hin und her hüpfen, um nicht irgendwo in einer Pfütze zu landen."

Hans Kaspar jr. stellt sich vor, wie die blonde Friederike, ihr Kleid lüpfend, auf der Straße nach Arpshagen hin und her hüpft. Und das ist der erste erheiternde Gedanke, der ihm an diesem Tag kommt. Er muss doch tatsächlich vorsichtig lächeln.

„Also, der Pastor ...", sagt er dann, als bedürfe Friederike einer Ermunterung. „Setz dich da auf den Stuhl." Er selbst schiebt sich auf die Fensterbank.

„Zu gütig, Herr. Der Pastor also lässt Euch sagen, dass morgen in der Kirche ... Also im Gottesdienst, meine ich. Kurzum, er lässt sagen, es werde die Orgel gespielt."

Hans Kaspar jr. blickt Friederike verdutzt an.

Friederike fährt stotternd fort: „Na, ich meine, dass jener Herr, den der Herr Graf mitgebracht hat ..."

„Händel."

„Eben jener. Dass eben jener die Orgel spielt. Traktiert."

„Traktiert?"

„So sagte der Herr Pastor."

„Und das lässt er mir extra ausrichten? Die Orgel erklingt immer zum Gottesdienst. Freilich habe ich eigentlich nie darauf geachtet, wer sie spielt."

„Der Pastor meint, Eure Familie sollte das zu würdigen wissen. Weil doch dieser ..."

„Händel."

„... ein bedeutender Komponist ist und es also für alle, die Gemeinde, die Patronatsherren, den Pastor und die Orgel, etwas Besonderes wird beim Gottesdienst."

„Auch für die Orgel, soso."

Friederike gluckst, bis Hans Kaspar sie streng ansieht.

„Was gibt es da zu lachen?"

„Ach, Herr, der Herr Pastor hat noch etwas anders gesagt. Er meinte nämlich zu mir, lasse den Herrn auf Arpshagen und seine Familie wissen, dass mit einem Händel an der Orgel der Gottesdienst bestimmt länger als die gewohnte Stunde dauere. Er, Pas-

tor Pilgrim, wolle sich zwar schön kurz fassen in seiner Predigt. Aber er habe keinen Einfluss auf diesen Musiker oben auf der Orgelempore, wenn der erst einmal ins Trompetisieren kommt."
„Du meinst: ins Improvisieren?"
„Läuft das nicht auf dasselbe hinaus?"
An der Stelle erlebt Hans Kaspar jr. einen seiner überaus seltenen Anflüge von echter Heiterkeit. So wie er vorhin den Tränen seinen Lauf lassen musste vor Traurigkeit, wovon seine Augen immer noch etwas gerötet sind, wie er sehr wohl selbst fühlt, so muss er jetzt hell auflachen, bis Tränen des Vergnügens in seine Augen treten. Die blonde Friederike sieht auf und freut sich, dass Hans Kaspar jr. sich freut. So fasst sie Mut weiterzusprechen: „Pastor Pilgrim hat aber keine Lust, den Gottesdienst endlos zu verlängern. Er will doch noch rechtzeitig seinen Sonntagsbraten vorgesetzt bekommen, von mir vorgesetzt bekommen, und danach in das Theater gehen. Ihr wisst doch, Herr, dass eine Theatertruppe bei uns in Klütz spielt, morgen zum letzten Mal."
„Wir gehen da auch hin. Die Geschichte vom rasenden Roland, wenn ich mich recht erinnere. Meine Gattin kann es kaum erwarten."
„Oh, Herr, wenn es mir erlaubt ist, so etwas zu sagen: Es lohnt sich nicht. Für mich darf der Gottesdienst zwar auch nicht endlos dauern, sonst wird es nichts mit des Pastors Braten. Ich will nämlich einen Hahn schlachten. Ich besorge schließlich seine Küche, und er lobt sie auch immer. Aber in das Theater gehe ich nicht noch einmal. Lieber bleibe ich in meiner Küche und backe dem Herrn Pastor auch noch einen Kuchen. Die Hühner legen gerade so fröhlich, da habe ich genug Eier. Und Herr Pastor liebt Kuchen. Sonntagnachmittag muss immer Kuchen auf dem Tisch stehen. Ich habe es mir nämlich schon angeschaut, vorgestern. Und es war gar nicht richtig Theater."

Hans Kaspar jr. lacht abermals und muss den Kopf schütteln über diese merkwürdige kleine und hübsche Person mit einer etwas zu langen Nase, die beinahe buchstäblich zu ihm hereingeweht kam und nach Tabak riecht.

„Kein richtiges Theater?"

„Frau Pastor sieht Euch so gern. Dann kommt doch lieber ins Pfarrhaus als zum Theater zu gehen. Sie will auch nicht dorthin. Dann kann sie Euch von meinem Kuchen anbieten. Ach, was rede ich. Ich glaube, ich darf mich nicht länger verweilen."

„Du musst jetzt so lange bleiben, bis ich weiß, was dir an dem Theater missfällt. Die Truppe ist aus Hamburg herübergekommen, soweit ich weiß."

„Na ja", beginnt Friederike vorsichtig und hätte sich in diesem Moment zu gern ihre Tabakpfeife angezündet, um ihre Verlegenheit etwas zu tarnen. „Der Zauberer hat mir gefallen. Ein Zwerg spielt ihn. Und es passt ja auch: Ein kleiner Mensch, wenn er nur zaubern kann, ist uns anderen sogleich überlegen. Also, das hat mir gefallen. Das finde ich gerecht. Ein kleiner Mann mit großen Gaben. Aber der Roland!"

„Roland – wie das klingt. Orlando ist besser."

„Orlando, wie auch immer. Nicht mal eine Ritterrüstung trägt er. Er sieht aus, als habe er nur einmal kurz seinen Marktstand verlassen wie der Gottfried, wenn er in den Frät Kraug einkehrt. Und schön ist er auch nicht. Hat man je einen angeblich so strahlenden Helden derart struppig gesehen."

„Er ist rasend. Er ist verrückt."

„Freilich. Zum Anfang hat es mich auch nicht gestört. Da hat mich mehr gestört, dass er sich nicht nackt auszog. So heißt es doch in dem Buch: Er zog sich nackt aus und begann zu rasen. Hat der Pastor mal vorgelesen. Aber nachher, wenn alles sich glücklich fügt und er die Angelica vergisst – da sieht er immer noch so struppig aus. Wenn sich die Ritter schlagen oder besser: diese Pappnasen von Rittern, dann haben sie nicht mal ein richtiges Schild dabei. Und ihre Schwerter sind Besenstiele. Ach, da ist so gar nichts zum Träumen."

„Das ist traurig. Und Angelica?"

„In den Schminktopf gefallen ist sie. Das soll die schönste Frau der Welt sein, wegen der sich die Ritter die Köpfe einschlagen? Nie im Leben."

„Sie ist eine Schauspielerin, eine Gauklerin, vergiss das nicht. Angelica ist nur eine Rolle."

„Aber, Euer Gnaden, es ist doch so: Ich höre die Geschichten von Roland oder Orlando und all den fahrenden Rittern, schönen Frauen und bösen Drachen. Ich stelle sie mir vor, ich sehe sie vor mir. Angelica ist bei mir, ich meine, in meinem Kopf, schön, so schön wie keine Frau im Klützer Winkel. Orlando ist ein richtiger Held, strahlend, groß, kräftig, funkelnde Augen, energischer Mund, breite Brust ... Tausendmal schöner als jeder Mann in unserem Winkel."

„Dann war das Theater für dich enttäuschend, weil du dir die Geschichte in deinem Kopf anders vorgestellt hast, als sie auf der Bühne gezeigt wurde? Trifft da das Theater eine Schuld? Ich glaube nicht."

Friederike errötet. Sie redet und redet vor diesem Herrn, und er zeigt solche Geduld. Und jetzt spürt sie an seinen Fragen auch noch, für wie dumm er sie erachten muss. Hätte sie das mit dem Theater nur nicht erwähnt.

Trotzig sagt sie: „Aber fahrende Ritter schlagen sich nun einmal nicht mit Besenstielen."

Friederike, die am Ende doch noch zusammen mit den Pilgrims zum „Rasenden Roland" und der Feier danach im Frät Kraug gehen sollte, macht sich auf dem Rückweg von Arpshagen so ihre Gedanken. Sie findet es im Nachhinein peinlich, dass sie dem Herrn auf Arpshagen, der so gütig zu ihr gewesen ist, derart viel über ihre Leidenschaft für Ritterbücher erzählt hat.

Aber siehe da, auch der Herr hat sich als wohlvertraut mit Rüdiger und Bradamante, Madricard und Doralis, Astolfo auf dem Mond, dem Gral und Parsifal, selbst Don Quijote und Sancho gezeigt. Er bekannte sogar, sich die Welt gern einmal von oben, den Hippogryph reitend, ansehen zu wollen. Vor allem aber hatte es ihm das Netz des Caligorant angetan, von dem die Ritterbücher sagen, es sei eben jenes gewesen, das einst Vulkan geschmiedet, um seine Ehefrau Venus und ihren Buhlen Ares in flagranti ertappen zu können.

„Und wen man damit alles ertappen könnte", hatte sie gewagt zu sagen. Was sie freilich nicht sagte: Sie hätte gern gewusst, ob es stimmte, was im Frät Kraug über den Pastor und die Himmelreich erzählt wird. Gern hätte sie die beiden im Netz zappeln sehen.

Ihre Bemerkung hatte ihn keineswegs verdrossen. Im Gegenteil, offenbar sah auch er in seinen Gedanken schon jemanden, der im Netz zappelte und hatte seine Freude daran.

Von Orlando oder Roland jedenfalls halte er gar nichts, hatte er erzählt. Der sei nur ein Kraftprotz, der Liebe immerzu behaupte, aber von Liebe rein gar nichts wisse. Und dass Angelica am Ende den Medoro nimmt, erfreue ihn geradezu persönlich. Waffenstarrende Muskelprotzhelden seien doch lächerliche Figuren. Und ob Frauen das auch so sähen.

Da endlich – es war wohl schon eine halbe Stunde vergangen – hatte es Friederike gewagt, von dem zu sprechen, was ihr eigentlich das Herz bedrängte und was sie dazu gebracht hatte, den Auftrag des Pastors wegen der Gottesdienstdauer beinahe freudig und sogleich auszuführen, trotz des Regens.

„Es gefällt mir im schönen neuen Pfarrhaus. Aber es ist dort etwas langweilig. Viel lieber würde ich in dem großen neuen Schloss in Stellung sein." Was er, der hohe Herr, wohl dazu meine.

Der hohe Herr aber sagte: „Oh, das dürfte Frau Pilgrim nicht hören. Mir freilich gefiele es, denn es sind nicht meine schlechtesten Tage, wenn ich im Haus des Pastors zu Mittag essen darf. Dank deiner Kochkünste. Wenn ich das Vergnügen aber jeden Tag hätte ... Ich denke darüber nach, versprochen. Aber Frau Pilgrim wird enttäuscht sein."

Schon in der Tür, denn die Arbeit im Pastorenhaus drängte inzwischen wirklich, hatte Friederike lächelnd erwidert: „Seht Ihr, Herr, mit mir im Palast hättet Ihr nur noch gute Tage. Und weshalb sollte das Frau Pilgrim nicht auch freuen."

Rasch hatte sie hinter sich die Tür geschlossen. Mit ihrem letzten Satz, so sieht sie es, während sie mit raschen Schritten dem Pfarrhaus zueilt, ist sie womöglich ein wenig zu weit gegangen.

Friederikes Lächeln, so scheint es Hans Kaspar jr., verbleibt im Raum, wenn sie selbst verschwunden ist. Verblieben ist ebenso eine leichte nach Tabak duftende Wolke. Und die erspürt sogleich der Graf, als er kurz darauf eintritt. Er kommt allein. Und er hat nicht angeklopft.

„Rauchst du etwa?"

„Nein."

„Aha. Mein Freund Händel sitzt schon an der Orgel. Als hätte er es nötig, für den Gottesdienst zu üben. Er ist ganz aufgeregt, weil der Pastor es ihm großmütig gewährt, morgen zu spielen." Hans Kaspar lacht kratzig, wobei seine von Äderchen durchzogenen Wangen sich plustern. „Ich bin gekommen, dir, mein Sohn, zu sagen, dass der morgige Gottesdienst ein buchenswertes Ereignis sein dürfte. Hoffentlich weiß die Orgel es zu schätzen, von einem Meister wie Händel gespielt zu werden."

Der Graf nennt seinen Neffen der Einfachheit halber „meinen Sohn", und Hans Kaspar jr. lässt es sich gefallen. Er lässt sich alles gefallen.

„Habt Ihr Euch hierher bemüht, Oheim, um mir das mitzuteilen. Das mit dem Gottesdienst. Ich weiß es bereits aus dem Hause des Pastors."

„Das dachte ich mir, Sohn, ich sah die Botin noch davoneilen. Und ich rieche sie hier sogar, das Fräulein mit dem Tabakbeutel. Oder hat sie dir etwa eine ganz andere Nachricht überbracht?"

„Wie soll ich das verstehen, Oheim? Was für eine ganz andere Nachricht?"

Hans Kaspar sen. tritt neben seinen Neffen an das Fenster, streift seine Handschuhe ab und sieht zur Baustelle seines Palastes hinüber, die inzwischen wieder im Sonnenlicht liegt, in den letzten Regentropfen glitzernd, dampfend.

„Ich bin gekommen, mein Sohn, mit dir ein ernstes Wort zu sprechen. Ich habe lange gezögert. Und mein Zögern muss mit dieser Luft hier zu tun haben. So ganz anders als in London. London ist stickig gegen diesen Erdenwinkel hier im Küstenwind." Er brummt zufrieden über sein Bild vom Erdenwinkel im Küstenwind. „Es geht mir gut hier, Sohn. Ich finde auch, du schlägst dich tapfer. Und ich sehe da auf deinem Tisch einen Stapel Papiere, den du dir wohl eben vorzunehmen gedachtest. Ich vermute, Rechnungen, Pläne, Aufträge. So muss es sein. Ich bin zufrieden. Künnecke ist zufrieden. Christine Margarethe verliert kein böses Wort über dich, im Gegensatz zu dir."

Der junge Hans Kaspar will protestieren, aber der alte winkt nur ab. „Und Witwe Himmelreich, meine Wirtin" – hier gluckst der Graf in sich hinein – „wirkt fast ein bisschen verliebt, wenn sie von dir spricht. Nur Lob spricht sie. So zuvorkommend, so klug, sagt sie. So gelassen selbst in der größten Aufregung. So sagt sie. Und was ich bisher erlebte, bestätigt auch mir das."

„Oheim, Euer Lob ehrt mich. Aber es ist, so vermute ich, kein Selbstzweck. Ausgerechnet die Himmelreich ..."

„Du vermutest recht. Und über Frau Himmelreich solltest du nicht schlecht sprechen. Gerade du nicht. Sie verhilft dir schließlich zu manchem Stelldichein."

„Bitte?" Hans Kaspar jr. verliert schlagartig alle Farbe aus dem Gesicht.

„Stell dich nicht dumm, Sohn. Ich weiß zwar nicht, was genau dich mit Frau Pastor verbindet. Aber es läuft doch immer auf dasselbe hinaus. Die Liebe geht seltsame Wege, das ist bekannt."

„Liebe! Ich bitte Euch!"

„Was immer es ist oder wie immer du es nennen willst – man spricht davon in Klütz."

„Ich habe keine Geheimnisse", wirft Hans Kaspar jr. rasch ein.

Aber der Graf lässt sich nicht unterbrechen: „Und das mit Frau Pastor, Sohn, muss aufhören. Du darfst unser Haus nicht lächerlich machen. Uns gehört dieses Land. Dieser Winkel. Mir gehört dieses Land, und es wird dir gehören. Das setzt uns in die Pflicht, uns der Herrschaft würdig zu erweisen."

„Aber wovon redet Ihr?"

„Oh, du verstehst sehr wohl. Ich rede von Frau Pastor. Von Frau Pastor und dir. Von eurer Tändelei."

„Es gibt keine Tändelei."

„Das ist mir gleichgültig. Es ist mir gleichgültig, ob ihr euch schöne Augen macht oder nicht. Gleichgültig hingegen ist mir nicht, was darüber auf dem Markt oder im Krug gesprochen wird. Und es wird viel erzählt. Die Kleine, die eben hier war, diese wandelnde Rauchsäule, schlich sie zu dir nicht als Liebesbotin?"

„Oheim, wo denkt Ihr hin."
„Man redet viel in diesem Frät Kraug, wo sie alle sitzen. Ich selbst traue dir eine solche Liebschaft übrigens gar nicht zu. Aber, mein Lieber, du musst dich auch gar nicht erklären. Du würdest sowieso lügen. Verliebte lügen immer. Sie sind nicht bei Sinnen, sie sind im Rausch. Morgen werden wir dem verliebten Roland beim Rasen aus verschmähter Liebe ja zusehen. Lass also alle Erklärungen, mein Sohn. Gib mir nur das eine Versprechen, Frau Pastor Frau Pastor sein zu lassen. Gibst du es mir?"
„Graf, so lasst Euch sagen ..."
„Nichts von alledem. Solange ich mich des Lebens erfreue – und ich gedenke dies noch lange zu tun –, will ich niemals etwas kompromittierendes über dich hören. Sohn, wir haben hier eine Mission. Der Schweriner Herzog hat es verstanden, sonst wäre er nicht auf so geheimnisvolle Weise in Klütz umhergegeistert. Aber selbst sein Inkognito hat ihm nichts genützt. Alle wissen inzwischen von seinem Werben um Künnecke. Künnecke widerstand. Dessen sei gewiss. Und du widerstehe allem Liebeshändel und halte dich an deine Frau, wenn dich die Gelüste, du weißt schon, peinigen. Du bist schließlich noch jung. Ich verstehe, dass die Körpersäfte da noch ungehindert fließen wollen."
„Oheim!"
„Mein Sohn, die Meeresluft bekommt mir viel zu gut, um dir Vorwürfe machen zu wollen. Ich will nur dein Versprechen. Und ich verstehe nicht, was dich mit einer so reizlosen Frau verbinden kann wie der Frau Pastor. Aber das sage ich nur so unter uns."
„Sie hat eine bemerkenswerte Stimme."
Der Graf lacht laut. „Aha. Ich sehe, du bist tatsächlich von bothmerschem Blut. Denn du hast Witz." Er zieht die Handschuhe wieder über und wendet sich vom Fenster ab. „Denn eine Stimme dürfte beim Liebesleben das Nebensächlichste sein, nicht wahr?"

Abermals lacht er kratzig.

Hans Kaspar jr. staunt in diesem Augenblick, dass Witz zum bothmerschen Familienerbe gehören soll. An seinem Oheim jedenfalls hat er Witz noch nie bemerkt. An sich freilich auch nicht.

„Oder wenn es dich zu sehr plagt", fährt der Graf fort, die Hand schon auf der Türklinke, „dann halte dich an die kleine Botin. Oder raucht sie dir zu viel? Die ist glücklich, wenn du ihr deine Gunst gewährst. Aber Frau Pastor, Sohn, könnte uns gefährlich werden."

„Oheim!"

„Ich für meinen Teil beglückwünsche mich jeden Tag, den ich hier verlebe, diesen Winkel gekauft zu haben. Ich habe es für dich getan, für das Geschlecht der Bothmer. Aber ich will nicht leugnen, wie sehr es auch mir hier gefällt."

Damit entschwindet der Graf.

Die blonde Friederike hatte Hans Kaspar jr. in eine heitere Stimmung versetzt, in einen bei ihm selten anzutreffenden Zustand. Einen Zustand, der stets gefährdet ist. Schon geringere Anlässe als der Auftritt seines Oheims pflegen dem Neffen die gute Laune zu nehmen und ihn wieder dahin zu bringen, wo seine Seele zu Hause ist: in der Melancholie. Melancholie ist Hans Kaspar jr. eigentlicher Zustand. Er gibt sich ihm mit Vergnügen hin. Erlebt er eine kleine Fröhlichkeit, so kehrt er regelmäßig aus ihr zurück wie aus der Fremde oder von einer langen Reise. Er findet in sich keinen Widerstand gegen die Traurigkeit. Er spürt keinerlei Kraft, sich wie andere gegen die Widrigkeiten des Lebens zu stemmen und das Leben dennoch vergnüglich zu finden.

Dabei ist er alles in allem nicht ohne Gottvertrauen. Ja, Gott spricht zu ihm, durchaus auch aufmunternd. Im Gottesdienst spricht Gott aus dem Altarbild, aus dem Klang der Orgel, mitunter auch aus dem Wort des Pastors. Ganz besonders spricht er zu ihm beim Vaterunser. Manchmal setzt sich Hans Kaspar jr. auch ohne Anlass in die Kirche und verrichtet ein kleines Gebet. Aber es fehlt ihm an Selbstvertrauen, seinen festen Glauben auch zu leben. Schon die Gemeinschaft beim Gottesdienst quält ihn. Von den Klützern, die er kennt, mag er nur wenige. Und er weiß niemanden, den er dem Alleinsein vorziehen würde, von Lotte abgesehen, aber ganz sicher ist er sich auch bei ihr nicht.

Er leidet darunter. Er leidet vor allem, wenn er sich klarmacht, dass er einst die Herrschaft über diese Gemeinschaft ausüben soll. Er leidet darunter, dass ihm die Herrschaft aufgetragen worden ist, ohne dass er sich dafür oder dagegen hätte entscheiden können. Das Wort des Oheims gilt. Es gilt schon deshalb, weil dieser Oheim so erfolgreich ist und mit seinem Einfluss und seinem Reichtum auch seine Familie emporhebt. Indem er einen Familienstammsitz baut, den Hans Kaspar jr. einst als Wohnsitz zu nutzen verpflichtet ist. Auch da wurde er nie gefragt, ob er das überhaupt will.

Es genügt Hans Kaspar jr., diese finsteren Gedanken zu denken, um alle freundliche Seelenstimmung in sich im Augenblick wieder zu zerstreuen. Er kann in einem heiteren Moment gleichsam die finstersten Gedanken aufrufen wie andere ein Pferd aus dem Stall holen, um sich in seinen eigentlichen Zustand der Traurigkeit zurückzuversetzen. Die finsteren Gedanken stehen bei ihm immer im Stall des Lebens, jederzeit bereit auszureiten.

Was Hans Kaspar jr., wenn er sich bei geringen Anlässen seiner Finsternis hingibt, gewöhnlich als ein angenehmes Hineingleiten in die Traurigkeit empfindet, kann bei stärkeren Anlässen wie dem Auftritt des Oheims zu einem brachialen Sturz in die Tiefe werden. So brachial, dass er sich erst einmal setzen muss. Und siehe da, in ihm kommt sogar Empörung auf. Nicht so sehr, weil der Oheim ihm Vorhaltungen gemacht hat und weil der Alte offenbar überall seine Spione findet, die ihm hinterbringen, was er, der Neffen, so treibt. Ihn empört, dass ihm etwas vorgeworfen wird, was es doch gar nicht gibt. Es gibt keine Liebeshändel zwischen ihm und Charlotte. Sie zeigen jedem, der es sehen will, dass sie einander mögen und dass er sie gelegentlich besucht. Aber nichts liegt ihm ferner, seine Vertraute mit Anzüglichkeiten oder dergleichen zu behelligen, einem Kuss etwa. Erst durch seinen Oheim hat er eben erfahren, dass man sich manches in Klütz erzählt, was er nicht für möglich gehalten hat. Es macht ihn fassungslos. Denn er weiß auch, dass er seinen Oheim so wenig von der Wahrheit zu überzeugen vermag wie all die Klützer Klatschbasen, die er schon immer gehasst hat und jetzt noch viel mehr hasst. Oh, ja, Hans Kaspar jr. ist voller Menschenhass in diesem Augenblick.

Was er nach dem Besuch des Grafen zu tun hat, erscheint Hans Kaspar jr. nunmehr klar. Er würde Frau Pastor nicht mehr im Pfarrhaus und im Pfarrgarten aufsuchen. Er würde überhaupt zu meiden suchen, Frau Pastor zu treffen, wenn es nicht gerade auf dem Markt oder beim Gottesdienst in aller Öffentlichkeit unvermeidbar geschieht. Und träfe er sie doch einmal, er wollte es künftig bei einem freundlichen Nicken belassen.

Wie herrlich traurig dieser Gedanke macht. Hans Kaspar jr. ertappt sich schließlich dabei, dass er nicht recht weiß, was ihn jetzt mehr schmerzt: die Trennung von Lotte, seine Einsamkeit oder der Umstand, dass er künftig wohl vom Mittagstisch im Pfarrhaus ausgeschlossen bliebe.

Da fällt ihm wieder ein, was Friederike vorhin eigentlich gewollt hat. Er muss nur ja sagen, dann ist sie sein und er muss auf ihren Mittagstisch nie mehr verzichten. Aber würde das, was die Kleine so trefflich zuzubereiten versteht, ihm auch schmecken,

wenn statt Lotte seine Gemahlin ihm gegenübersitzt? Oder vielleicht Künnecke?
Hans Kaspar jr. kennt die traurige Antwort: nie im Leben.

SIEBTES KAPITEL – KLÜTZ, 16. / 17. JULI 1730

Graf Bothmer betrachtet zusammen mit einer alten Jugendliebe den Mond, schlummert dabei ein und wird von Christine Margarethe sanft geweckt

„Sieh nur, der Mond. Wie er leuchtet."
„Abnehmender Mond."
„So wie wir abnehmen auf unserer Lebensbahn, nicht wahr? Damals allerdings war es Vollmond. Und er stand leuchtend inmitten eines riesigen Rings am Himmel. Erinnerst du dich?"
„Ich erinnere mich", entgegnet Bothmer. „Schien uns unheimlich damals, die Sache mit dem Ring. Wie ein göttliches Zeichen."
„Unheimlich? Tatsächlich? Eher doch wie ein Heiligenschein für unsere Liebe. Sag es nur."
„Du meinst, wir haben das damals so empfunden? Als Liebe? Als etwas Heiliges?"
Sidonie Brachvogel antwortet: „Damals sagtest du, der Mond in seinem Heiligenschein habe ein Gesicht. Wir saßen auch so da. Berlin. Unter den Linden, so hieß die Straße, meine ich."
„Ein Gesicht der Güte. Ja, manchmal denke ich das auch heute noch. Der Mond hat das Gesicht der Güte."
„Mit deiner Güte freilich war es nicht weit her", lacht Sidonie. Es klingt, wie wir es von ihr schon einmal hörten, wie ein Bellen, halb traurig, halb amüsiert.

Er sieht sie kurz an. Sie sitzen nebeneinander auf einer kleinen Steinmauer. Hinter ihnen auf einem Hügel erhebt sich die Marienkirche. Vor ihnen liegt der Klützer Marktplatz.

Bothmer erwidert lächelnd: „Meine Liebe, du hast mich verlassen. Nicht ich dich. Bitte, vergiss das nicht."

„Wegen deines Mangels an Güte." Sie lacht abermals. Diesmal klingt es heiter.

„Dort oben auf dem Mond also ist gesammelt, was uns verlorenging auf Erden."

„Ja", entgegnet Sidonie, „Astolfo war mal dort. Und was fand er dort?"

„Rolands Verstand."

Jetzt ist es Sidonie, die Bothmer einen Augenblick lang von der Seite anblickt. Vom nahen Theaterzelt brandet im Licht vieler Fackeln immer wieder Beifall und Johlen auf. Die beiden auf dem Mäuerchen aber schweigen eine Weile, abermals versunken in die Betrachtung des Himmels und versunken in ihren Erinnerungen. Endlich sagt Sidonie: „Dort vorn steht der Junge, der so große Ähnlichkeit hat mit dir, wie du damals aussahst. Er sagt, er stehe in deinen Diensten. Ich traf ihn auf deiner Baustelle. Kennst du ihn? Er ist mein Gast heute."

„Wir sollten unseren Erinnerungen nie trauen", brummt der Graf. „Nein, ich kenne den Jungen nicht. Oder nur vom Sehen. Er scheint der Schatten meines Baumeisters zu sein. Er taucht immerzu hinter meinem Künnecke auf, und Künnecke hält viel von ihm, weshalb auch immer."

„Aber ist es nicht so, dass wir im Alter die Szenen unserer Jugend auf einmal wieder vor uns sehen? Als wäre es eben erst gewesen?"

„Wir können es nicht mehr vergleichen, meine Liebe."

Sidonie Brachvogel hat sich festlich gekleidet oder doch so, wie sie es für festlich hält. Die Aussicht, ihrem Liebhaber von einst am letzten Abend des Gastspiels ihrer Theatertruppe begegnen zu dürfen, hat sie belebt. Beinahe rosig sieht sie aus, soweit das im wenigen Licht aus Mond und Fackeln auszumachen ist. Aber natürlich ist sie eine alte Frau, die da neben einem alten Mann sitzt. Sie trägt ein schwarzes Kleid und das gelbe Tuch, das sie, wie wir es schon einmal an ihr sahen, wie einen Turban um den Kopf geschlungen hat.

Am Theaterzelt brandet abermals Beifall auf. Laute, begeisterte Rufe sind zu hören.

„Du hast Erfolg mit deiner Theatertruppe?", fragt Bothmer.

„Nun, Erfolg. Viel Beifall, wenig Geld. Ich war eine Zeit lang mit der Neuberin unterwegs. In der Theatertruppe der Neuberin in Leipzig. Ihr habt davon gehört?"

„Das nicht", brummt der Graf, „aber bleiben wir doch beim vertrauten Du."

„Wenn es Euch beliebt. Ich habe viel gelernt von der Neuberin. Und nun habe ich meine eigene Truppe. Gefällt es dir? Deinem dicken Freund jedenfalls scheint es zu gefallen."

„Händel? Er ist ganz aufgelöst vor Freude."

„Und schlägt wunderbar die Laute."

„Dein ‚Rasender Roland' war wirklich sehr rasend, und deine Dorinda ausnehmend hübsch. Und Angelica hat eine klingende Stimme. Ich weiß nicht recht, was Händel mehr angezogen hat, die beiden Damen oder der struppige Herr oder dieser Medoro, von dem ich nicht herausfinden konnte, ob Mann oder Weib. Und morgen zieht ihr weiter?"

„Zurück nach Hamburg. Roland, Dorinda und Angelica warten sehnsüchtig darauf, endlich wieder in einer richtigen Stadt zu sein." Wieder Sidonies bellendes Lachen.

„Ich glaube aber doch, du hast mich damals verlassen", sagt er. „War es wegen eines anderen? Einem der Gecken vom Hof?"

„Oh, nein. Wegen der Kunst, mein Freund. Die Neuberin rief, und ich ging zu ihr, von ihrer Bühne war viel zu lernen. Außerdem hatte ich Angst davor, dass du eines Tages sagen würdest: Meine Berliner Zeit ist um, adieu. Oder vielleicht hättest du nicht einmal Adieu gesagt. Ich glaubte, du würdest eines Tages einfach verschwunden sein. In die große weite Welt. Wie große Männer mit ihren kleinen Freundinnen umzugehen pflegen. Erst recht mit Gauklern wie ich einer bin."

Jetzt muss Bothmer lachen. Sein Gesicht hebt sich hinauf zum klaren Nachthimmel mit dem malerisch abnehmenden Mond: „Du hast mich einfach so in Berlin allein gelassen. Traurig, einsam, verloren. Ich erinnere mich. Ich will auch nicht leugnen, dass mir vor allem dein Busen unvergesslich war. Oder findest du es zu frech, wenn ich so etwas sage. Ich habe dann aber nie wieder etwas von dir gehört."

„Ich dafür manches von dir. Ist es nicht seltsam, dass man den Ruhm eines alten Freundes aus Jugendtagen nicht so recht ernst nehmen kann."

„Oh, ist das so?"

„Du bist eine Londoner Berühmtheit. Das weiß jeder. Aber für mich bist du der Junge von einst. So wie du dich an meinen Busen erinnerst, der freilich ... Na, lassen wir das. Und ich erinnere mich an deine Schüchternheit."

„Londoner Berühmtheit? Eine abnehmende, wie unser Mond hier", erwidert der Graf.

„Bothmer, alter Freund, wir können nicht erwarten, uns noch einmal in diesem irdischen Leben zu sehen. Deinen dicken Freund kannst du mir zufällig nicht abtreten, so als spätes Liebesgeschenk?"

„Händel? Sidonie, du machst Witze. Ganz London sucht ihn schon. Keiner weiß, dass er unbedingt mit mir in diesen gottverlassenen Winkel hatte reisen wollen. Man wird Freudenfeuerwerke abbrennen, wenn er wieder in London einreitet, und er wird die Musik dazu machen, viele Trompeten, mindestens zwei Pauken. Er unterhält da sein eigenes Theater, musst du wissen. Der König besucht es gern."

„Hörst du Zoroastro. Er heilt eben den rasenden Roland. Dann ist das Stück gleich zu Ende. Lass uns hinübergehen. Und denk an mich, wenn du künftig den Mond betrachtest."

Ihre Hände treffen sich wie zufällig, seine goldberingte, ihre mit billigem Tand geschmückte. Das bringt Bothmer auf eine Idee.

„Lass uns einen Ring tauschen. Zur Erinnerung. Zum Gedächtnis an diesen Mond und diesen Flecken Erde, er ist schon etwas Besonderes. Schon weil wir uns hier wiedergetroffen haben, findest du nicht auch?"

„Das ist nicht dein Ernst, das mit den Ringen. Ihre Werte sind zu unterschiedlich. Ich habe eigentlich nichts, was ich dir geben könnte."

„Eben deshalb. Mach schon."

„Danke. Du bist so gütig wie der Mond."

Es geschieht. Ihr Ring passt nur auf Bothmers kleinen Finger und sollte dort eine leicht drückende Erinnerung bleiben. Der seine findet Platz auf ihrem Daumen und würde ihr wohl helfen, wenigstens bis zum Ende des Jahres ein halbwegs unbeschwertes Leben zu führen, für ihre Truppe wie auch für sie selbst.

„Was kann dem Unhold Armor nicht gelingen mit einem Herzen, das nur ihn verehrt", spricht Bothmer leise vor sich hin und sieht unverwandt hinauf zum Himmel. Ihm wird dabei träumerisch zumute. Als würden Ort und Zeit verschwimmen und sich endlich auflösen. Bis ein Geräusch von rauschenden Röcken seinen Blick wieder auf Sidonie lenkt. Aber Sidonie Brachvogel ist verschwunden. Wie durch einen Verwandlungszauber sitzt jemand anderes neben ihm. Er braucht ein paar Sekunden, um zu

erkennen, in wen Sidonie sich verwandelt hat. Neben ihm und ihm mit fragendem Gesicht zugewandt sitzt Christine Margarethe, die Gattin seines unfähigen Neffen. Verstohlen befühlt er seinen eben in Empfang genommenen Ring. Doch, den gibt es wirklich. Er kann nicht geträumt haben. Die Stelle drückt tatsächlich. Bothmer fällt auf, dass er die junge Frau seit seiner Ankunft noch nicht einmal richtig betrachtet hat. Sie ist ihm unangenehm, weil er unerhörte Geschichten über sie vernommen hat. Dass sie frech dem Baumeister nachstellt. Dass sie frech ihren Verpflichtungen seinem Neffen gegenüber nicht nachzukommen gedenkt. Dass sie ihren eigenen Kopf hat und den auch meistens durchsetzt.
In dem wenigen Licht sieht er sie an. Hat sie tatsächlich zwei unterschiedlich grüne Augen? Bestimmt eine Täuschung. Er muss das bei Tage noch einmal ergründen, denkt er.
Christine Margarethe lächelt, wenn auch vorsichtig. Denn die eine Erfahrung hat sie schon mit dem berühmten und vermögenden Verwandten aus London gemacht: Man weiß nie, woran man bei ihm ist. Als das Beste scheint ihr, sich seinen Launen klaglos zu unterwerfen. Ich vergebe mir nichts, und er ist bald wieder weg, so denkt sie.
„Graf, Oheim, ich machte mir Sorgen, als ich Euch so zusammengesunken hier sitzen sah. Ihr spracht vor Euch hin. Ist etwas nicht nach Euren Wünschen?"
„Doch, doch", murmelt Bothmer, indem er sich erhebt. „Gehen wir."
Christine Margarethe stützt ihn ein wenig, vorsichtshalber. Er lässt es sich gefallen, obgleich er eine Stütze nicht nötig zu haben glaubt. Und an dieser Stelle, mitten im Schlussbeifall, der dem „Rasenden Roland" eben gespendet wird, mitten in das kleine Feuerwerk hinein, dass Bothmer, wovon außer ihm nur Sidonie und Händel wussten, dem Klützer Theaterabend gespendet hat, mitten hinein in den Blick des Mondes auf das ungleiche Paar,

das da über den Markt zur Theatertruppe hinstrebt, beginnt unser Roman eigentlich erst so richtig.

„Immerzu schielt er hinüber."
„Und wir sind Luft für ihn."
„Ich habe ihm sogar schon ein Bierchen spendiert. Kaum, dass er sich zu einem Dank aufraffen konnte", lacht der lange Heinrich.
„Nun wissen wir immerhin, in seinem Leben gibt es nicht nur Bäume. Linden, die in Reihen aufmarschieren wie die Soldaten. Ich glaubte immer, der Junge würde sich eines Tages für die Soldaten werben lassen." So spricht die scharfzüngige Friederike und erlaubt es sich, angesichts der fortgeschrittenen Stunde, ein, wie sie sagt, „Pfeifchen zu stopfen".
Fasziniert sehen ihr die anderen dabei zu. Nur der Gärtnerbursche Benno blickt schon wieder hinüber zum Nachbartisch und reibt sich in seiner Aufregung die Nase noch häufiger als sonst.
Es geht laut zu im Frät Kraug. Die Luft ist zum Schneiden dick. Nach Theater und Feuerwerk sind sie alle in den Krug geströmt. Männer und Frauen, Schauspieler und Publikum. Jung und alt, reich und arm, oben und unten. Alle sind auf einmal gleich, schwatzen und lachen, staunen und denken nicht an das Zubettgehen, obgleich Mitternacht nicht mehr weit entfernt sein kann. Jedoch: Im Frät Kraug stellen sich rasch die gewohnten Verhältnisse wieder her. Benno sitzt mit Heinrich, Friederike, Johann und Gottlieb an einem der Tische, so wie wir sie dort bei anderer Gelegenheit schon gesehen haben. Künnecke sitzt mit dem Pastor zusammen und dem Schulzen Swerin, inmitten der Klützer Honorationen. Und mit ihnen am Tisch sitzt doch tatsächlich die Himmelreich. Für sich sitzt die Theatertruppe der Brachvogel. Nur Händel hat sich zu ihr gesellt und steckt immer wieder den Kopf mit seiner Nachbarin zusammen. Es ist die kalte Sophie.

Manchmal aber auch spricht er etwas zur ganzen Truppe. Dann folgt regelmäßig schallendes Gelächter.
„Tja, Benno, der Umgang mit Bäumen macht stumm, was", neckt Gottlieb sein Gegenüber weiter.
„Und man fängt selbst an, Baum zu werden und Wurzeln zu schlagen." Wieder lacht der lange Heinrich auf Kosten des Gärtners.
Nur Johann schweigt, die Unterarme verschränkt auf dem Tisch, vor sich das Bier, mit dem Blick wie wachend alles im Raum erfassend. Johann fühlt, eigentlich gehört er nicht mehr an diesen Tisch mit all dem Geschwätz über Nebensachen. Aber zum Tisch des Baumeisters gehört er auch nicht, wo er doch bestimmt vieles an diesem Abend über das Bauen und den Baumeister lernen könnte. Ganz im Geheimen denkt er bei sich, wenn er zu Künnecke hinüberlugt: Was für ein Mann. Was für ein Vorbild.
„Was mögen sie zu reden haben?", lispelt Benno, der nicht zu bemerken scheint, wie er von seinen Freunden aufgezogen wird. Ihn ärgert es ja selbst, dass er hier sitzt und es nicht wagt, nicht wagen darf, zum Tisch der Schauspieler hinüberzugehen. Er ist an seinem Platz, am Stammtisch seiner Freunde im Frät Kraug, tatsächlich wie eine seiner in Bothmer gepflanzten Linden verwurzelt. Aber wie gern würde er die Seiten wechseln. Es ist etwas passiert mit Benno. Er hätte nicht zu sagen gewusst, was es ist. Nun, er hat die Macht der Kunst erfahren. Und die der Liebe gleich mit, obwohl beides wohl ohnehin zusammengehört. In Bennos Leben ist bis dahin alles überschaubar gewesen. Er ist Gärtner, weil sein Vater ihn zum Gärtner bestimmt und zu einem Baum-Gärtner in eine Lehre gegeben hat. Er hat Gefallen daran gefunden, Linden in schnurgeraden Alleen zu pflanzen. Und er lebt davon, mehr schlecht als recht, wie so viele. Aber er hätte es auch mit einem anderen Handwerk versuchen können, seinen Lebensunterhalt zu bestreiten. Anstellig nämlich ist er, genügsam und schweig-

sam auch. Er ist von untersetzter Gestalt, zeigt ein mildes Gesicht mit hohen Wangenknochen und einem Bartwuchs, der noch eher Bartflaum ist. Bestimmt hat er auch schon darüber nachgedacht, wie er einen eigenen Hausstand begründen und wer die Auserwählte sein könnte. Irgendeine junge Frau aus Klütz oder irgendwoher aus dem Klützer Winkel. Aber wer? Er neigt zum Träumen. So eine wie Friederike wäre ihm viel zu frech. Und zu verräuchert. Und zu stolz. Natürlich gibt es die eine oder andere, auf die sein schüchternes Auge gelegentlich gefallen ist. Aber jetzt ist das vergessen, alles in ihm hat der Orlando oder Roland verändert.

Die Macht der Kunst, wie gesagt. Noch nie zuvor hat Benno eine Theateraufführung gesehen. Wie auch. Er wusste bis dahin allenfalls vage, was ein Theater überhaupt ist. Jetzt hat er es erlebt, und ist davon tief getroffen. Es hat ihn in einem Maße verzaubert, wie es sich die Freunde am Tisch nicht ausmalen können in ihrem Spott. Seine Freunde nämlich haben sich zwar allesamt prächtig unterhalten, aber deswegen nicht gleich verändert.

Benno hat keine erfundene Geschichte gesehen wie die anderen. Dafür fehlt ihm die Phantasie. Er nimmt in seiner Einfalt für bare Münze, was vor ihm auf der Bühne passiert ist. Er ist hingerissen von den bunten Kostümen und den grell geschminkten Gesichtern, den großen Gesten und den träumerischen Gesängen. Er hat die Bäume, die Alleen hinter sich gelassen. Und nun tritt er hinaus auf den Platz, der vor dem Schloss des schönen Scheins liegt und begehrt Eintritt. Wie gern würde er am Tisch der Schauspieler sitzen. Wie gern würde er der kalten Sophie sagen, dass sie über sein Herz verfügen dürfe. Aber natürlich meint er nicht Sophie, sondern ihre Rolle, ihre Angelica. Ihm ist es wie Orlando oder Roland ergangen: Er hat sich in Angelica verliebt, und es hat ihn rasend gemacht. Und jetzt sitzt er da und versucht, den Anblick Sophies mit jener Angelica auf der Bühne in Übereinstimmung zu bringen. Nein, Sophie ist, wie sie da so sitzt, nicht annähernd so sehenswert wie ihre Angelica. Aber für Benno würde sie ewig Angelica sein. Angelica, die schönste Frau der Welt, die Prinzessin aus Cathay, wo immer das liegen mochte. Ein Land, das bestimmt so schön ist wie sie selbst. Wie gern würde er ihr nach Cathay folgen. Oder auch sonst überallhin.

Die Wucht des Theaters – Gottlieb, der Mann der Sprichwörter hätte von den Brettern, die die Welt bedeuten, gesprochen – gibt Benno sogleich jene größten Gefühle ein, wie es sie nur auf der Bühne geben kann. Große Liebe, rasende Eifersucht. Wie plagt unseren Benno die Eifersucht, da er den fremden dicken Musiker so vertraut mit Angelica sieht, seiner Angelica. Wenn er nur sein Astmesser mit dabei hätte, er würde aufspringen und den fetten Musiker fordern, auf Leben und Tod, und noch hier, mitten im Frät Kraug.

Aber dazu kommt es schon deshalb nicht, weil sich Händel auf einmal erhebt und Luitpold ihm die Laute reichen muss. Die kalte Sophie klettert auf den Tisch. Noch einmal singt sie ihr Lied auf Medoro, den Mann, den Angelica dem Helden Roland vorzieht. Und den übrigens gar kein Mann gespielt hat, sondern Aurelie, eine hochgewachsene, beinahe stämmige Frau, die zwar ebenfalls am Tisch der Schauspieler sitzt, aber ganz am Ende, fast so, als würde sie nicht dazugehören, nicht dazugehören wollen. Aber Sophie von ihrem erhöhten Standpunkt fasst sie jetzt fest ins Auge, fasst den Medoro ins Auge, während sie singt.

Von Aurelie haben wir noch gar nicht erzählt, weil sie neulich am Strand bei der Begegnung mit Bothmer und Händel nicht dabei war. Aurelie gehört seit vielen Jahren zur Truppe der Brachvogel und darf wegen ihrer herben Ausstrahlung immer nur männliche Rollen spielen. Sie wirkt von Traurigkeit erfüllt, wenn auch keineswegs wegen der Rollen. Sie lebt still und gedankenverloren

ganz für sich in der lauten Welt der Gaukler, meidet, so gut es in ihrem geselligen Beruf nur irgend geht, alle Geselligkeit und wird deshalb in der Truppe wenig gemocht. Andererseits aber achten die anderen sie wegen ihres robusten Talents, beinahe so wie Sidonie Brachvogel selbst. Dass Aurelie in jeder Rolle so verlässlich gut spielt, lässt natürlich auf komödiantisches Talent schließen, hat aber auch noch einen anderen Grund.
Aurelie stammt aus dem strelitzschen Teil von Mecklenburg. Sie war in ihrer frühen Jugend, schon damals wegen ihres schauspielerischen Talents, eine Favoritin der Mirower Herzoginwitwe Christiane Emilie gewesen. Die Herzogin hat sie ungern mit der Brachvogel-Theatertruppe ziehen lassen, als die ein Gastspiel im Mirower Schloss gab. Aurelie ist Schauspielerin geworden, weil sie sich auf der Bühne so herrlich selbst vergessen kann. Sie liebt es, ein anderer zu sein, weil sie ungern sie selbst ist. Ihre Rollen bieten unerschöpflich viele Gelegenheiten dazu, anders zu sein. Sie ist im selben Maße offenherzig auf der Bühne wie verschlossen im wirklichen Leben.
Sophie singt: „Unsere Grotte, unser Nest der Liebe, wie fühle ich deine Gegenwart, Liebster. Abgeschlossen von der Welt. Lass uns hierbleiben, der Welt entsagen, Liebster. Schönster, liebkose meine Brüste, meinen Mund. Die Nacht ist unser. Die Welt ist unser. Die Zeit ist unser. Komm, Liebster."
Wir fragen uns, ob Händel das kleine Lied mit seiner einfachen Melodie selbst improvisiert hat. Und wenn ja, wie es ihm gelungen sein mag, es Sophie in derart kurzer Zeit beizubringen.
Benno sind unsere Fragen egal. Ihn treffen abermals die Waffen der Kunst, noch schmerzhafter, noch beglückender. Denn statt sich auf Händel zu stürzen, wie es eben noch sein Plan gewesen, lauscht er verzückt dem schönen Sopran der kalten Sophie, die sich für ihn noch einmal in Angelica verwandelt.

Und als Sophie, nachdem sie geendet, wieder vom Tisch springt und Händel sie auffängt, so leicht, als käme eine Feder geschwebt, hält es Benno nicht länger aus. Er bricht, von so viel Schönheit angerührt, in Tränen aus, während alles um ihn herum wild Beifall klatscht.

Ausgerechnet Friederike nimmt sich für einen Augenblick des armen Jungen an und streicht ihm, zu ihm herübergebeugt, über das Haar: „Benno, höre, wer den Gauklern verfällt, kommt von ihnen nicht mehr los. Hat mir unser Pastor gesagt, als er neulich am Fenster stand und dem Einzug der bunten Truppe zusah. Mit den Gauklern zu gehen, sagte er, das sei, als würde einen der Teufel holen. Denn in der Mehrzahl der Fälle brauche der Teufel gar nicht Gewalt, sich einer menschlichen Seele zu bemächtigen, die Menschen verfielen ihm auch so. Sagt unser Pastor. Und der muss es schließlich wissen."

Davon fühlt Benno sich seltsam getröstet, wenigstens für den Moment. Dankbar blickt er zu Friederike auf und zieht die Nase hoch. Er sieht aber nur in eine Wolke, eine Wolke aus seinen Tränen und ihrem Tabakqualm. Und dann merkt er gar nicht, wie Friederike sich wieder von ihm abwendet, aufsteht und mit einem gegähnten „Gott, bin ich müde" Abschied vom Frät Kraug nimmt.

Friederike kommt nicht weit. Kaum ist sie die paar Schritte bis zum Markt gegangen, legt sich eine Hand von hinten auf ihre Schulter, dass sie zusammenfährt, an Diebe oder Mörder denkt. Sie will Zeter und Mordio schreien. Aber dann sagt eine sanfte weibliche Stimme irgendwie mit leichtem Akzent: „Oh, pardon. Ich bin kein Gespenst. Ich bin nur froh, noch jemandem zu begegnen zu dieser Stunde. In welche Richtung geht es nach Grundeshagen?"

Friederike will kurz antworten und ihren Weg zum Pfarrhaus fortsetzen, der so ziemlich in die entgegengesetzte Richtung von

Grundeshagen führt, aber dann dreht sie sich doch neugierig um. So sieht sie zum ersten Mal Agathe vor sich. Aber was heißt schon vor sich sehen. Es ist dunkel, nur der Mond und ein paar letzte Fackeln beleuchten die Straße. Sie sieht nicht das rötliche Haar, von dem ein paar Löckchen aus der Haube hervorlugen, nicht die Sommersprossen, die helle Haut, die grünen Katzenaugen. Sie sieht nichts von der irischen Erscheinung im Klützer Winkel. Sie sieht nur eine hochgewachsene Frau in einem so einfachen rotgestreiften Kleid wie sie selbst eines trägt, wenn auch mit gelben Streifen. So sieht der Sonntagsstaat eines Dienstmädchens aus.

„Du bist beim Graf in Stellung in Grundeshagen", ruft Friederike, als sie sich wieder gefangen hat. Sie muss es nicht fragen, sie ist sich, zu ihrer eigenen Überraschung, sicher. „Du machst den beiden Herren da den Haushalt. So wie ich den Haushalt unseres Pastors führe."

„Pastor? Was ist das?"

„Na, der von der Kirche, der da das Sagen hat, der Herr Pfarrer, Herr Pilgrim."

„Ah, ja." Ein kurzes Aufstrahlen bei Agathe, sichtbar auch in der Dunkelheit. „Ja, das stimmt, der Graf ist mein Herr. Ich habe vorhin das Theater gesehen und bin dann ein bisschen durch den Ort spaziert. Jetzt habe ich mich verlaufen. Weißt du, seit wir hier sind, habe ich das Haus in Grundeshagen noch nicht einmal verlassen. Wir wohnen doch da, links der Musiker, rechts der Graf und ich den beiden auf dem Kopf, im Dach." Sie kichert, es klingt munter und ein bisschen frech.

Friederike gefällt das. „Ja, ich wohne auch dem Pastor auf dem Kopf, genauer gesagt seiner Gemahlin. Ich kann mich nicht beschweren, es ist ein großes sonniges Zimmer. Das Pastorenhaus ist nämlich ganz neu. Das Spatengesicht hat es gebaut. Also der, der auch den Palast da hinten" – hier zeigt Friederike in die entsprechende Richtung – „baut."

„Spatengesicht?"

„Der Künnecke sieht ein bisschen so aus, der Baumeister, so zupackend und selbstbewusst. Das eckige Gesicht, das energische Kinn und so."

„Spatengesicht, das will ich mir merken. Manchmal war Spatengesicht schon bei uns. Ein bisschen kenne ich inzwischen seine Gewohnheiten, er mag nichts Kaltes. Aber meistens bekommt er sowieso Tee. Da ist er ganz drauf versessen. Englischer Tee aus England."

„Solche feinen Sachen haben wir hier sonst nicht. Dann kommst du tatsächlich aus London. Gibt es London wirklich? Oder ist das alles nur Märchen, was über London und den Grafen, das viele Geld und so erzählt wird? Ich heiße Friederike. Pass auf, ich gehe jetzt noch einmal in den Frät Kraug zurück ..."

„Frät Kraug?"

„Na, in den Krug da hinten. Das Gasthaus."

„Ach, das Inn."

„Ja, da drin, ich frage die Dame Himmelreich, ob sie dich mitnimmt. Sie ist mit ihrem Einspänner da, und ich glaube, sie wollte gerade aufbrechen. Ist auch schon spät, für uns hier eigentlich viel zu spät. Nach Grundeshagen laufen wäre etwas weit für dich."

„Agathe", erwidert Agathe, von Friederikes Wortschwall dem Gefühl nah, jemand würde einen Wassereimer in ihre Richtung entleeren. „Ja, Mrs. Himmelreich kenne ich, die mag mich, glaube ich. Sie hilft auch immer, wenn mir was fehlt im Haushalt."

Bei diesen Worten zwickt Friederike doch tatsächlich ein klein wenig die Eifersucht und sie sagt: „Die ist doch nur dankbar, weil sie sich durch deine Anwesenheit da draußen in Grundeshagen nicht um alles allein kümmern muss. Wenn du mich fragst, sie ist ein bisschen faul und denkt gern an was anderes als all die Arbeit in Haus und Hof. Sie denkt mehr an meinen Pastor. Aber warte jetzt hier." Schon ist Friederike verschwunden, schon ist sie wieder zurück und zieht Agathe, deren Arm schon ein wenig vertraut in den ihrigen nehmend, hinüber zu dem Mäuerchen, das im Rücken die Marienkirche weiß und wo vor ein paar Stunden der Graf und die Brachvogel im vertrauten Plaudern gesessen und Ringe getauscht haben.

„Die Himmelreich muss hier sowieso vorüber und nimmt dich mit. Hat sie versprochen. Lass uns hier noch ein bisschen was erzählen. Wir müssen zusammenhalten, weißt du. Sonst machen die hohen Herren mit uns, was sie wollen. Ich würde so gern in dem Palast da" – wieder zeigt sie in die Richtung – „eine Stellung bekommen."

„Gefällt es dir nicht beim Kirchenmann?"

„Beim Pastor, meinst du? Doch, doch, aber irgendwie will man doch auch etwas mehr aus sich machen. Rauchst du? Ich habe ein Pfeifchen dabei."

Agathe hat noch nie geraucht. Sie nickt. Und so geht die Pfeife zwischen den beiden jungen Frauen hin und her, schon sind sie in eine Nebelwand eingehüllt, hinter der Agathe ausgiebig tut, was beim ersten Pfeifchen nun einmal so ist: Sie hustet, reibt sich die Augen und lacht dabei.

Friederike sagt: „Wir sollten versuchen, uns dann und wann zu treffen. Du gefällst mir."

„Oh ja", hustet Agathe, „du mir auch."

„Jetzt finde ich es schade, dass da vorn die Himmelreich kommt."

„Ein Gig. Schau an."

„Ein Gig?"

„Ich meine ihren Wagen."

„Die alte Kiste? Das Holperding? Na, meinetwegen. Gig. Los, spring auf den Dienersitz. Sie winkt schon."

Bevor die beiden aus ihrem Rauchvorhang aber heraustreten, se-

hen sie sich für einen Moment an und nehmen für diesmal, nach diesem besonderen Abend, Abschied.
Ihre Gesichter neigen sich einander zu. Und dann gibt es einen Kuss mitten auf den Mund.

„Was für eine Stimme, eine beinahe vollkommene Stimme", ruft Händel. „Was ihr an Volumen fehlt, wäre ihr rasch beizubringen. Ich kenne einen Gesanglehrer in Hamburg, ein alter Freund aus meinen hanseatischen Tagen. Lang ist's her. Die Oper auf dem Gänsemarkt ... Na, egal."
„Was haltet Ihr von Christine, meiner Schwiegertochter?", fragt Bothmer.
Der Graf und der Musiker, Laternen rechts und links am Sattel, reiten eben durch die Nacht zurück nach Grundeshagen, vertieft in ein seltsames Gespräch, Bothmer halbwegs aufrecht und stolz, Händel in sehr schlechter Haltung.
Bothmer: „Christine Margarethe meine ich. Sie ist eine geborene Bülow."
Händel: „Und die Frau Pastor singt auch so wunderbar. Ich habe ihren Alt aus der Gemeinde heute herausgehört. Im Gottesdienst. Unter all den anderen Stimmen."
„Frau Pastor? Sie bezirzt meinen Neffen. Er kümmert sich deswegen zu wenig um die Baustelle. Immerzu sitzt er bei Frau Pastor. Und seine Ehefrau poussiert derweil mit dem Baumeister. Aber der Baumeister will davon gar nichts wissen, wenn ich mich nicht täusche. Verhältnisse sind das. Ein Pfuhl."
„Und diese Orlando-Roland-Geschichte, sie gefällt mir sehr. Oh, ja, ich wüsste schon, wie ich die Synkopen setzen müsste, wenn der rasende Roland rasend wird. Und bei der Arie der Angelica würde ich immer nur an sie denken und ihre Stimme ..."
„Sie saß vorhin einfach da. War es ein Traum? Wie unterhielten

uns noch ein bisschen. Sie ist verständig. Sie hat grüne Augen. Das eine ist grüner als das andere, scheint mir. Merkwürdig, was, Bär?"
„Der Stoff ist uralt. Ariost. Da muss eine Theatertruppe im Klützer Winkel mir erzählen, was für ein Stoff das ist. Senesino muss den Orlando singen. Ich höre es schon."
„Sie ist eine geborene Bülow. Sie hat ein schönes Gut in die Ehe eingebracht. Ich werde sie mitnehmen, wenn ich mir Brook ansehe. Sie wird mir helfen, Brook für einen guten Preis zu bekommen. Sie wird die Verwandtschaft überreden. Mir zuliebe. Und ihrem Reichtum zuliebe. Den verdankt sie schließlich mir. Mein Neffe, dieser Langweiler, hat sie nicht verdient."
„Und der gute Montagnana muss den Zoroastro geben. Kein anderer. Ich werde ihm solche Tiefen verpassen, dass er alles geben muss. Töne, die das Publikum noch nie gehört hat. Es wird ein Fest. Ihr müsst kommen, Graf."
„Sie ist ein wenig zu schmal. Der Wind fegt durch sie hindurch und pustet sie mir um bei erster Gelegenheit. Aber, Bär, sie hat zwei zauberhafte Nasenlöcher. Eine schmale Nase und darin zwei kleine kreisrunde Nasenlöcher. Dass es so etwas gibt, kreisrund im Schmalen. Und zwei freche Kinder, von wem auch immer. Von meinem Neffen? Oh, ich werde einfältig. Aber da vorn ist unser Quartier. Für heute ist es genug. Was bin ich müde."
„Da muss ich so weit reisen, um das Naheliegende zu sehen. In den Winkel, dessen Name mir nicht einmal mehr einfallen will. Ich muss mir den Ariost vornehmen. Gleich wenn ich wieder in London bin. Stoff ohne Ende. Musik ohne Ende. Aber, bei Gott, für heute ist es genug. Was bin ich müde."
So kommen der Graf und der Musiker schließlich in Grundeshagen an, beide herzhaft gähnend, während sie absitzen. Als sie in Klütz vor dem Krug aufgebrochen sind, hat die Glocke der Marienkirche gerade Mitternacht geschlagen. Eine Viertelstunde mag

das jetzt her sein. Keine zehn Minuten vor ihnen ist der Himmelreich Wagen in Grundeshagen angekommen. So kommt es, dass Agathe dienstbereit in der Tür steht, deren Kastenschloss sie eben erst aufgeschlossen hatte, als die beiden Herren das Haus betreten.
„Du hast auf uns gewartet?", staunt Händel.
Bothmer, sich die Hände reibend, fügt hinzu: „Lass gut sein, Jane oder wie immer du heißt. Geh zu Bett. Und genau das tun wir jetzt auch, was Bär?"

„Rache für die viel zu lange Predigt. Alles schlief schon, Herr Pastor. Ich übe Rache. Blutige Rache."
Luitpold wagt einen Ausfallschritt, aber Karl pariert.
„Ihr seid nicht besser. Ihr seid sogar viel schlimmer als ich. Was fiel Euch ein, so ewig vor Euch hin zu präludieren. Das nahm überhaupt kein Ende. Ich stand auf der Kanzel wie Moses vor dem gelobten Land und konnte mit meiner Predigt nicht beginnen."
Unter dieser Bemerkung stößt nun Karl zu. Aber Luitpold weicht geschickt aus. Es ist ihr täglicher Frühsport, sich im Fechten zu üben. Seit sie zu Sidonies Theatertruppe gehören, verbringen sie so die ersten Minuten des Morgens. Sie haben es sich dabei angewöhnt, in Rollen zu schlüpfen und ein wenig zu improvisieren. Einmal Gaukler, immer Gaukler.
An diesem Morgen nun, als sie im Hof des Frät Kraug fechten, spielt Karl den Klützer Pastor und Luitpold, ausgerechnet der kleinwüchsige Luitpold, den Riesen Händel. Der Gottesdienst in der Marienkirche gestern hatte fast zwei Stunden gedauert. Darauf spielen sie an. Obwohl nicht überliefert ist, ob sich der Pastor und der Musiker tatsächlich gestritten haben, weil der eine auf den anderen keine Rücksicht nehmen wollte und deshalb beide die Gemeinde quälten, die bei Musik, Gebet, Predigt und Kirchenkälte ausharren musste.

„Mir blieb gar keine Zeit, Eure trefflich gestimmte Orgel so recht nach Herzenslust zu traktieren."

„So, und warum habt Ihr so endlos vor jedem Lied präludiert? Sogar ‚Kuckuck, Kuckuck ruft's aus dem Wald' habt Ihr angespielt. Zum Gaudi der Gemeinde."

„Oh, das ist mir nur so passiert. Man muss die Leute doch in Stimmung bringen."

„Und meine Predigt? Auf die Hälfte habe ich sie kürzen müssen."

„Ach, deshalb erschien sie mir derart unverständlich."

„Ihr habt doch gar nicht zugehört. Und bei Eurer Schlussmusik, die auch nicht enden wollte, drängte die Gemeinde schon frech hinaus ins Freie. Ihr habt gar nicht bemerkt, wie sehr es die Gemeinde zum Sonntagsessen zog. Ihr spieltet einfach weiter. Habt Ihr wenigstens gemerkt, dass Ihr mit dem armen Blasebalg-Heinrich der Letzte in der Kirche gewesen seid? Ich glaube, selbst ich saß schon zu Tisch, da habt Ihr immer noch die Orgel traktiert. In einer leeren Kirche."

„Ihr übertreibt, Pastor. Eure verständige Frau war noch da und sagte mir, mein Spiel hätte die Engel herbeigerufen. Da sprach sie sehr recht über mein Spiel, das müsst Ihr zugeben. Und wer die Engel im Haus hat, sollte nicht an das Sonntagsessen denken, sondern besser an ..."

„... Gott den Herrn", ruft es da aus einem Fenster im oberen Stockwerk des Krugs. Und sogleich hinterher: „Frühstück, Jungs." Giulietta steht da oben. Sie beugt sich etwas vor und setzt hinzu: „Auf den Pastor hat doch sowieso keiner gehört, dafür spielte dieser Musiker, dieser Händel, zu himmlisch, meint ihr nicht auch?"

Karl schüttelt seine Faust in Richtung Fenster, lacht dabei aber über sein ganzes struppiges Gesicht.

Luitpold macht derweil einen Kratzfuß in Richtung Giulietta und ruft: „Da sprach der Herr Pastor immerzu vom brennenden

Dornbusch. Ich aber, Frau Pastor, habe auf der Orgel den Dornbusch derart brennen lassen, dass die Gemeinde unter mir sich schon fragte, ob sie besser nach der Spritze eilen sollten. So toll prasselten die Funken."
„Oh, Elias, lass dir das nicht gefallen", ruft da eine zweite weibliche Stimme. Die kalte Sophie ist eben neben Giulietta an das von der Morgensonne fröhlich beschienene Fenster getreten. „Oh, Elias, deine Funken schlugen viel höher. Deine Funken schlagen überhaupt höher als bei jedem anderen, der mich je hat berühren dürfen. Das Wort ist der Funke. Geist und Botschaft. Musik lohnt nur für das Herz. Die Predigt zählt, der Orgelklang lässt das Wort nur verwehen."
„Guten Morgen, Frau Himmelreich." Luitpold macht abermals einen Kratzfuß.
„Oh, lass mich Funken schlagen, damit du, Göttliche, hell brennst", ruft Karl und kann den letzten Teil des Satzes kaum noch hervorbringen, so wird er von Lachen geschüttelt. Den anderen ergeht es kaum anders. So wird beiläufig auf dem staubigen Hof des Klützer Kruges ein Geheimnis enthüllt, das der wirkliche Pastor und die wirkliche Himmelreich immer noch für ein Geheimnis halten. Aber die beiden sollten nie etwas von diesem Spiel der Gaukler erfahren. Das wird jetzt auch unterbrochen von der Prinzipalin, die plötzlich auf dem Hof steht, als wäre sie dem staubigen Boden entwachsen. Sidonie Brachvogel blickt streng.
„Schluss jetzt. Wir wollen bald aufbrechen. Beeilt Euch."
So sind die Gaukler. Da besuchen sie schon mal einen Gottesdienst, noch dazu einen denkwürdigen, weil Händel die Klützer Marienkirchenorgel spielte, und müssen alles, Gottesdienst, Kirche, Händel sogleich veralbern. Gaukler müssen alles veralbern. Sogar mehr zu ihrer eigenen Unterhaltung als zu der des Publikums.

Auch dieser Sommertag würde warm werden. Sidonie will reisen, solange die Bäume an den staubigen Wegen noch ein wenig Schatten spenden. Die Prinzipalin freut sich darauf, endlich wieder einem Gottesdienst im Hamburger Michel beizuwohnen. Und dort will sie auch beigesetzt sein. Nach ihrem Tod, den sie schon manchmal ahnt, manchmal fühlt. Sidonie Brachvogel hält sich für eine wichtige Hamburgerin, der ein Platz im Michel gebührt. Wie schade, dass die Theatertruppe Klütz und damit uns jetzt verlässt. Sie tut es unter viel Getöse und lautem Rufen. Ihr nächstes Ziel ist allerdings noch gar nicht Hamburg, erst geht es noch nach Grevesmühlen, dann nach Gadebusch. Das frische Backsteinrot von Schloss Bothmer leuchtet den beiden rumpelnden Planwagen der Gaukler noch über Hofzumfelde hinaus. Den ersten Wagen lenkt der Abenteurer Karl, den hinteren die kräftige Aurelie. In Klütz sollte noch lange Zeit vom „Rasenden Roland" gesprochen werden. Mit leuchtenden Augen. Und wie wahr es doch sei, dass die Liebe rasend mache.

Am meisten sollte der sonst so stumme Benno davon sprechen. Bis er ein paar Tage später gleichfalls nach Grevesmühlen gelangen und dort buchstäblich in die Welt der Gaukler hineinfallen wird. Aber davon später.

Auch Künnecke begegnet der Schauspielertruppe noch einmal. Er trifft sie auf dem Klützer Markt, reitet ein kurzes Stück hinter den Planwagen einher, um den Treck schließlich im Trab zu überholen und nach Bothmer abzubiegen. Vor dem Zwerg, der rücklings auf dem zweiten Wagen sitzt und seine Beine baumeln lässt, zieht er den Hut. Luitpold dankt lachend mit einem angedeuteten Kratzfuß, der ihn beinahe aus dem Gleichgewicht bringt. Dieser Umstand lenkt die Gedanken des Baumeisters in seltsame Bahnen. Wie flüchtig alles Theater doch sei, denkt er bei sich. Gesehen und schon vergessen. Und dabei der Aufwand. Ein Dichter muss einen Einfall haben und seine Feder spitzen. Jemand muss das Stück in Szene setzen. Dann die Proben, die Kostüme, die Bühnenprospekte, selbst wenn es wie beim „Rasenden Roland" nur ein paar alte Teppiche sind. Die Bühne überhaupt. Und dann das unstete Umherreisen.

Künnecke hat, im Gegensatz zu den Klützern, schon hin und wieder Theaterbauten gesehen, in Hannover, in Hamburg. Er hat die Säle bewundert, die so eingerichtet sind, dass man von allen Plätzen im Zuschauerrum gut sieht und gut hört. Und die Bühnen, die so ausgeklügelt sind, dass selbst das Flüstern der Schauspieler für die Zuschauer gut zu vernehmen ist. Er hat sogar darüber nachgedacht, ob nicht das bei Opern vor der Bühne spielende Orchester in eine Art Graben versenkt werden sollte, aus dem die Musik wohltemperiert aufsteigt und gleichzeitig die Stimmen auf der Bühne hörbar bleiben, selbst wenn alle Instrumente zusammen erklingen, was doch einen beträchtlichen Lärm verursacht. Er hat in seiner Zeit in Hannover darüber nachgedacht, wie der Schall gebändigt werden könnte.

Und doch ist es nur Schall. Schall und Rauch. Etwas sehr Vorübereilendes. Etwa Verwehendes. Jeder amüsiert sich, aber keiner liebt die Komödianten wirklich, ungehobelt und laut wie sie sich geben. Nicht einmal auf geweihter Erde werden sie bestattet, wenn sie sterben. Nein, denkt er bei sich, ein Theater zu bauen, das würde ihn nicht interessieren. Unterhaltung des Publikums erschien ihm als etwas, was eines Baumeisters unwürdig ist.

Weshalb der flatterhaften Kunst Tempel bauen, denkt er, während sein Pferd, ein Friese, wie von selbst den Weg zum Bauplatz einschlägt. Gestern noch hat auf dem Markt die Bühne gestanden. Heute ist davon nichts mehr zu ahnen. Und die Truppe zieht auf und davon. Heute hier, morgen da. Heute hier vergessen, morgen da. Gaukler. Komödianten. Späße zwischen dem Gackern von Gottliebs Geflügel auf der einen und den Schmerzensschreien beim zahnziehenden Barbier Bertram auf der anderen Seite. Mitten im Marktgeschrei.

Aber ist nicht alle Kunst derart flüchtig? Selbst wenn sie im Fall des Falles sogar aufgeschrieben war. Wie flüchtig ist der Klang, ist die Musik. Gehört und – fort. Was würde von diesem Händel bleiben, von dem Graf Bothmer voller für ihn ungewöhnlicher Verehrung spricht und der die Klützer mit seinem Orgel- und Lautespiel derart zu entzücken weiß. Niemand würde sich mehr an seine Musik erinnern, wenn ihn irgendwann der Schlagfluss trifft. Und seinem Aussehen nach, so denkt Künnecke weiter, müsste es wohl der Schlagfluss sein, der so einen Fettwanst streckt. Und zwar demnächst.

Gut, die Baukunst hielt ein bisschen länger als die Flüchtigkeit von Theater und Musik. Aber auch nicht ewig. Die Häuser konnten noch so gut gefügt sein, sie würden doch wieder verfallen. Sie sind der Mode unterworfen wie alles. Und was nicht verfällt, wird schon vorher abgerissen. Oder es versinkt, einfach so. Wie der bothmersche Westflügel, der Künnecke derart viel Kopfzerbrechen bereitet.

Nur die Malerei ist ewig, sagt sich Künnecke und denkt dabei wie so oft an Esther Denner. Wo sie nur bleibt?

Da hält Künneckes Friese, den er Herodes nennt, vor der Baustelle, schnaubt ein wenig und wendet den Kopf zu seinem Reiter. Als wollte er fragen, ob er es richtig gemacht habe, an dieser Stelle anzuhalten, da, wo sie auch sonst immer anhalten. Der Baumeister nickt seinem Pferd zu und sitzt ab.

ACHTES KAPITEL – BOTHMER, 17. JULI 1730

Die Idee für ein Baustellenfest wird geboren, der Stuckateur Mogia erzählt von seinen Kindern, und Bothmer denkt an den Hinterausgang von 10 Downing Street

Der Gedanke an Esther hält Künnecke noch immer gefangen, als er etwas unschlüssig im Festsaal steht, wo soeben der lange Heinrich damit beginnt, die ersten Teile der Holzvertäfelung in das Paneel einzufügen, hell und wundervoll duftend. Künnecke liebt den Geruch von Holz. Holz ist sein liebster Baustoff. Bisher hat er in die von ihm gebauten Räume nur halbhohe Holzpaneele einsetzen dürfen. Hier in Bothmer aber darf er die Wände hoch bis zur Decke verkleiden. Es gefällt ihm über die Maßen.
Jetzt fehlen wirklich nur noch die Gemälde, denkt der Baumeister. Und also denkt er wieder an Esther. So gibt er, ganz gefangen von seiner Träumerei, nicht acht auf die Schritte, die sich nähern. Erst als sie hinter ihm einhalten, dreht er sich um. Er hat Mogia, den Stuckateur, erwartet. Vor ihm aber steht der Hausherr. Graf Bothmer hat seinen Spazierstock unter den Arm geklemmt und reibt sich seine großen Hände, was ein seltsam trockenes Geräusch erzeugt.

Der Graf scheint in prächtiger Laune: „Ah, der Saal wird fertig. Welch ein Zauber."

„Fast fertig, an einer Stelle muss Mogia nacharbeiten, dort an der Decke, Graf. Und im Übrigen fehlen noch die Bildnisse Eurer Ahnen."

„Der alte Denner! Ich weiß, Ihr seid ungeduldig. Aber lasst ihm Zeit. Ein feiner Junge. Ein Hamburger Jung."

„Seine Tochter hilft ihm."

„Ja", lacht Bothmer, „sie hat das fette zweite Kinn Händels malen dürfen. Es ist ganz nach der Natur geraten, finde ich. Händel findet das übrigens auch. Händel kann nämlich etwas, was Ihr nicht so beherrscht, mein Lieber."

„Bitte?"

Bothmer schreitet, die Hände jetzt auf dem Rücken, den Stock noch immer unter den Arm geklemmt, den Saal einmal ab, bevor er zu antworten geruht: „Er nimmt es heiter. Er lacht über sich selbst. Ihr hingegen seid doch ein sehr ernster Mensch. Ich will mich darüber nicht beschweren, versteht mich recht. Ihr seid mir lieb und teuer. Teuer vor allem. Aber was ich Euch schon seit Tagen fragen will: Gibt es außer meiner mageren Schwiegertochter eigentlich noch eine andere Frau in Eurem Leben?"

Künnecke erblasst: „Graf, Ihr hört doch nicht auf das Geschwätz, das ..."

Bothmer stützt jetzt beide Hände auf seinen Stock und lacht derart, dass sein Grübchenkinn in gewaltige konvulsivische Bewegung gerät: „Ich bitte Euch nur, überlasst mir Christine Margarethe in den nächsten Tagen. Wir haben eine Reise vor. In die Nachbarschaft. An die Küste. Aber schweigt darüber. Christine Margarethe weiß noch gar nichts davon. Und das Ziel verrate ich Euch auch nicht."

„Aber, Graf", stammelt der Baumeister.

Der Graf winkt ab. Ihn freut Künneckes Verwirrung. Und er will sie noch steigern. Geschieht es doch so selten, dass sie, er und sein Baumeister, unter vier Augen, wie man so sagt, miteinander plaudern können. Bothmer hat sogar im Vorübergehen Mogia angewiesen, an seinem Arbeitsplatz im Gartensaal zu bleiben, obwohl doch Künnecke vorhin Johann losgeschickt hatte, den Meister zu sich in den Festsaal zu bitten.

„Mein Freund, da wir schon beim Klützer Klatsch sind. Ihr seid mir noch eine Auskunft schuldig, um nicht zu sagen: eine Erklärung. Ich bin ja wohl im rechten Augenblick von London herübergekommen, um Schlimmes zu verhindern. Kurzum, was will ich sagen? Wollte Euch dieser lächerliche Herzog von Mecklenburg abwerben? Er hatte sogar die Frechheit, in den heiligen Bezirk der alten Burg Eures Arpshagen einzudringen, hörte ich. In Eure Wohnung. Ungebeten natürlich. Das ist Hausfriedensbruch. Ich kenne übrigens nicht einmal seinen Namen. Hat er überhaupt einen?"

Künnecke braucht ein paar Augenblicke, um sich zu sammeln. Dann aber sagt er mit zurückgewonnener fester Stimme: „Graf, durch Eure Güte komme ich in eine Lage, die Ihr mir jetzt vorzuwerfen beliebt."

„Erklärt." Hans Kaspar von Bothmer spricht mit gütiger Stimme. Im Grunde vertraut er seinem Baumeister.

„Seine Durchlaucht reiste inkognito in unseren Winkel. Ich darf von ‚unserem Winkel' sprechen? Er ist längst auch mein Winkel geworden, denke ich. Durchlaucht gefiel sich in einem Angebot. Weshalb sollte ich es leugnen."

„Und?"

„‚Der Landesherr muss bescheidener wohnen als es dieser Bothmer tun wird.' Das waren die Worte Seiner Durchlaucht."

Bothmer lacht schallend, klemmt den Stock wieder unter den Arm und reibt sich freudig die Hände.

„Er sprach von einem Jagdschloss, das er sich bauen lassen wolle. Eine Antwort freilich musste ich Durchlaucht schuldig bleiben. Obwohl sie sich natürlich von selbst verstand."

„Weil?"

„Christine Margarethe tauchte auf. Durchlaucht empfahl sich daraufhin durch einen Fliederbusch."

Der Graf lacht noch lauter. Unter Tränen geradezu ruft er: „Christine Margarethe, wirklich? Durch einen Fliederbusch? Nein, so was." Und ernster: „Und die Antwort, Eure Antwort?"

„Graf, dieses Haus, in dem wir stehen, wird schon heute Bothmer genannt. Ich hörte es von den Handwerkern. Sie nennen es auch Schloss. Schloss Bothmer. Nehmt den Namen hin. Er wird die Zeiten überdauern. Aber was Euer Eigentum, ist mein Werk."

„Nun, auch Euer Name wird die Zeiten überdauern."

„Graf, das ist mir gleichgültig. Aber es ist mir nicht gleichgültig, was aus meinem Entwurf für Euer Haus wird. Ich bin der Baumeister, ich bleibe es, bis Ihr mich meiner Verantwortung enthebt."

„Und auszahlt."

„Und auszahlt."

„Ihr seid ein selbstbewusster Mann, Künnecke. Das gefällt mir. Ein Baumeister ganz nach meinem Geschmack. Ich reise bald zurück nach London. Und ich weiß jetzt, dass ich mich auf Euch verlassen kann. Mehr als auf meinen Neffen. Nun, ehrlich gesagt, ich wusste es auch schon vorher."

„Ihr solltet von Hans Kaspar nicht so reden. Ich darf ihn, wenn Ihr erlaubt, einen Freund nennen."

„Und die Geschichte mit Christine Margarethe?"

Künnecke schweigt.

Bothmer schlägt wartend den Knauf seines Stockes, eine versilberte Kugel, leicht gegen seine Brust. Aber er wirkt dabei nicht ungeduldig. Schließlich sagt er: „Künnecke, ich merke,

Ihr seid ein Mann von Takt und wollt über gewisse Verirrungen einer gewissen Dame nicht sprechen, was recht ist. Ich danke Euch."
„Christian Ludwig."
„Bitte?"
„Herzog Christian Ludwig."
„Ah, ja. Ich werde ihm meine Aufwartungen machen. Und Euch empfehlen."
Künnecke verbeugt sich und sieht sich für den Augenblick entlassen. Aber Bothmer hält ihn am Arm zurück, denn er hat doch noch eine Frage: „Dieser Pastor. Ist er seiner Klützer Herde ein guter Hirte? Die Spatzen pfeifen es von den Dächern, dass mein Neffe dauernd bei der Frau vom Pastor hockt. Was machen die da?"
Abermals schweigt Künnecke.
Der Graf bläst die Backen auf, sodass sein Grübchen am Kinn noch tiefer versinkt. Dann lässt er die Luft unter einem Pfeifen entweichen.
„Ich kann Euch nicht schelten, Künnecke, dass Ihr so verdammt taktvoll seid. Ich wünschte, alle wären so in diesem Nest. In diesem Winkel. Überhaupt in der Welt. Nun, ich werde Christine Margarethe fragen, wenn ich mit ihr in der Kutsche unterwegs bin. Über irgendetwas muss man sich schließlich unterhalten auf Reisen, nicht wahr?"
„Was mir größere Sorgen macht, Graf. Die Ahnengalerie ..."
„Der alte Denner, tja. Künstler! Aber seine Tochter malt doch nicht nur feiste Doppelkinne, wie ich hörte. Sie hat die dennersche Werkstatt so gut wie übernommen. Sie wird bald kommen und die Bilder bringen, nicht wahr?" Bothmer öffnet seine Arme, als wollte er den Saal umfassen. In der einen Hand den Stock, mit der anderen auf den Stuck an der Decke deutend. „Ich will diesen Saal noch fertig sehen, bevor ich abreise."

Über Künneckes Spatengesicht huscht ein Lächeln großer Erwartung und Erleichterung.

„Im Übrigen", fährt Bothmer fort, indem er die Arme senkt, unter den einen seinen Stock klemmt und wieder die Hände reibt, „würde Händel in diesem Saal gern musizieren, bevor wir nach London zurückreisen. Er wolle den Klang prüfen, sagt er. Die Frau des Pastors will er singen hören. Er findet ihre Stimme köstlich. Köstlich – so sagte er doch tatsächlich. Komisches Wort für eine Stimme, was? Aber für Händel ist alles Musik. Sogar das Rollen der Räder. Und das Marktgeschrei. Sogar die Kirchgemeinde, wenn der unselige Pastor in St. Marien ‚Eine feste Burg' anstimmt und alle einfallen als gelte es, den Fuchs vom Hühnerstall zu vertreiben. Halb Klütz soll hier auftreten, wenn es nach Händel geht."

„Baustellenkonzerte kommen ja in Mode."

„Baustellenkonzerte? Ist das so? Nun, umso besser. Machen wir ein Baustellenkonzert."

Unter diesen Worten verlassen Bauherr und Baumeister den Festsaal und wenden sich eine Treppe tiefer hin zum Gartensaal oder, wie Künnecke zu sagen pflegt, Sommersaal.

„Johann, komm aus deinem Versteck hervor. Graf von Bothmer wünscht deine Bekanntschaft zu machen."

Da hat Künnecke nun übertrieben, aber seine Worte wirken. Johann wollte sich nicht verstecken. Aber er hat auch nicht gewagt, den Gartensaal zu betreten, als er durch einen Türspalt den Graf neben Künnecke sah. Johann tritt gesenkten Hauptes aus seiner Nische hervor.

„Graf, ich habe mir erlaubt, diesen Jungen zu meiner rechten Hand zu erklären, wie man so sagt, obwohl meine rechte Hand gesund ist und sehr wohl zupacken kann." Künnecke lacht und der Graf stimmt ein. „Ihm kommt das Verdienst zu, mich auf die Setzun-

gen im Westflügel aufmerksam gemacht zu haben. Er hat ein gutes Auge und praktischen Sinn für eine so große Baustelle. Was vermutlich daher kommt, dass er bislang als Dachdecker alles Treiben von oben hat beobachten dürfen. Im Übrigen hoffen wir, dass der Westflügel inzwischen seine Festigkeit wiedererlangt."
„Und er heißt Johann?", fragt Bothmer. Ohne eine Antwort abzuwarten drückt er seinen Spazierstock auf Johanns Schulter, als wolle er ihm den Ritterschlag erteilen. Zu Künnecke gewandt sagt er: „Er erinnert mich an meine Jugend. Ich soll in meiner Jugend ausgesehen haben wie er. Das behauptet wenigstens eine alte Freundin von mir. Was ihm immerhin eine Freikarte für den ‚Rasenden Roland' eingebracht hat."
Künneckes Gesicht formt gleichsam ein großes Fragezeichen.
„Ja, die gute alte Sidonie", lächelt Bothmer, aber doch so, dass Künnecke nicht zu fragen wagt, wer Sidonie sei.
Johann jedoch fühlt sich ermutigt, ungefragt mit einer Verbeugung in Richtung des Grafen einzuwerfen: „Ich habe ihr die Baustelle gezeigt."
„Du hast was?", fährt Künnecke auf. „Du führst ohne meine Erlaubnis hier Leute durch das Haus?"
Bothmer lässt seinen Stock ein paarmal auf Johanns Schultern tanzen, ohne ihm freilich wehzutun, es ist wohlwollend gemeint. „Der Sidonie? Ach, das war recht, mein Junge. Es hat sie zwar nicht weiter beeindruckt, das Haus, meine ich. Fahrendes Volk weiß es nun einmal nicht zu schätzen, wie es ist, auf eigenem Grund und Boden zu stehen und dort gar zu bauen. Aber von dir hat sie mir erzählt. Es freut mich, dass unser hochverehrter Baumeister in dir eine Stütze findet – und der Westflügel gleich mit. Hat dir das Theater gefallen?"
In diesem Moment betritt Mogia den Raum, wie fast immer mürrisch blickend.

Johann antwortet: „Aus Liebe rasen? Ich hätte diesem Roland eine Schubkarre in die Hand gedrückt. Das heilt von allem Liebesleid. Wenn man ein paar Stunden lang Bauschutt über schmale Bretter in die Tiefen des Westflügels geschoben hat, denkt man zwar ans Bett, aber nicht wegen der Liebe, fürwahr."
Alles lacht, sogar Mogias faltenreiches Gesicht glättet sich kurz für ein Lächeln.
„Fürwahr", wiederholt Bothmer, indem er seinen Stock wieder an sich zieht, um sich mit beiden Händen auf den Silberknauf zu stützen. Dann wendet er sich an Mogia: „Nun, Meister, ein hübsches Gesicht habt Ihr der Dame dort über dem Kamin gegeben. Schwarze Augen. Glutaugen geradezu. Und sogar rote Lippen hat sie. Rote Lippen sollte man küssen, nicht wahr?"
Mogia verbeugt sich: „Meine Tochter stand Modell, meine mittlere, Josefine."

Joseph Mogia entstammt einer jener Tessiner Künstlerfamilien, denen Europa eine Reihe von Bildhauern und Stuckateuren verdankt. Jene Familien ziehen von Herrscherhaus zu Herrscherhaus, werden von einem dem anderen empfohlen. Mogia, in Arogno geboren, hat sich allerdings irgendwann, des Umherreisens müde, in Altona niedergelassen. Dort erfreut sich seine Werkstatt eines bedeutenden Rufes. Die Gottorfer Herzöge aus Schleswig haben sich seiner Kunst versichert wie auch die Plöner aus Holstein. Mogia zählt jetzt sechsundsechzig Jahre. Sein zwar rundes, aber von Falten des Missmuts durchzogenes Gesicht zeigt eine ins Gelbliche spielende Färbung der Haut. Früher war er sicherlich sonnengebräunt und sicher auch fröhlicher. Jetzt aber hat das kalte Norddeutschland die Haut des Meisters erblassen lassen. Vom einst üppigen Haar sind nur ein paar Strähnen übrig, welche die Glatze mehr betonen als bedecken. Das Alter hat den Meister gebeugt. Mühselig schlurft er durch die bothmerschen Räume. Nur das stechende Blau seiner Augen, die alles scharf und kalt zu mustern pflegen, steht im Gegensatz zu seiner müden Erscheinung. Und natürlich seine Kunst selbst, all diese zart geformten Muscheln, Vasen, Blumen, Ranken, Vogelschwingen und Girlanden aus Stuck, mit denen Mogia die Decken der Räume in Bothmer, aber auch die Wände über den Kaminen schmückt. Oder die bizarren kleinen Teufelinnen mit den besonders plastisch geformten, gleichsam von der Decke herabhängenden Brüsten in einem der kleinen Kabinette, die Bothmer so besonders gefallen, von denen Künnecke jedoch denkt, Mogia habe sich so etwas nur im Weinrausch ausdenken können. Dies und die allegorischen Porträts im Gartensaal, die Frau, Tochter Josefine, mit dem roten Mund auf der einen, der Mann auf der anderen Seite, für den Mogias Sohn Modell gesessen hat, sind mit einer Leichtigkeit hergestellt, die man dem trüben Mann nicht zutrauen mag.

Freilich scheint der Gegensatz zwischen seiner leichten Kunst und seinem schweren Wesen nur auf den ersten Blick ein Widerspruch. Mogia ist viel zu routiniert, in seiner Kunst genau wie im Umgang mit seinen Auftraggebern. Routine – das Wort passt für Mogia so besonders, meint es doch sowohl Erfahrung und Gewohnheit als auch Zaubertricks. Mogia zaubert. Er tut es in einer Art gelassener Gewohnheit, fast wie etwas Beiläufiges. Der einzige, den seine Zauberkunst nicht in Staunen versetzt, ist er selbst. Er weiß, was von ihm erwartet wird, und das liefert er mit gleichsam erlesener Promptheit und kunstvoller Gleichgültigkeit. Er hätte unmöglich noch sagen können, welche Ideen er in welchem der von ihm ausgestatteten Häuser verwirklicht hat. Vermutlich wären ihm nicht einmal mehr alle Häuser eingefallen, in der er seine Kunst hinterlassen hat. Und was seine Ideen anbelangt wie die Teufelinnen, die ihre kleinen Brüste von der Decke hängen lassen und dabei grinsen, so muss er nicht lange angestrengt nach ihnen suchen. Sie fallen ihm einfach zu, sobald er sich an die Arbeit macht. Auch das vermutlich aus Routine.

Gewiss, er hat Graf Bothmer oder genauer gesagt dessen Neffen in der Altonaer Werkstatt davon gesprochen, wie sehr er es sich zur Ehre anrechnen würde, an der Ausgestaltung des gräflichen Palastes, von dem man schon so viel hörte, mitwirken zu dürfen. Er hat, als er zum ersten Mal in den Klützer Winkel reiste, die Ausmaße des Hauses tatsächlich auch bestaunt. Aber nur für einen Augenblick und still für sich. Dann machte er sich an die Arbeit. Denn rasch wollte er fertigwerden. Ihn reizte in Wahrheit weder der bothmersche Auftrag noch Bothmers Verrücktheit und schon gar nicht der Klützer Winkel, auch wenn er Speckwinkel genannt wird. Ihn reizte am Speckwinkel allein der Speck, will sagen: das viele Geld, welches es hier zu verdienen gab.

„Meine Tochter Josefine, die mittlere", sagt er also vor dem Porträt im Gartensaal zu seinem Bauherrn. „Als sie sechzehn war. Ihre Schönheit hat am schwedischen Hof viel Eindruck gemacht. Ich darf das doch erwähnen, ganz unbescheiden? Auch Friedrich IV., der schwedische Dänenkönig, hätte sie gern an seinem Hof gehalten. Er hatte sich in sie verliebt, glaube ich. Aber da hat sie lieber Fersengeld gegeben, das gute und sittliche Kind. Man weiß ja, Friedrich … Nun … Leider zog es Josefine nicht nach Hause, sondern weiter nach Norden."

„Hm", brummt Bothmer nur.

„Mein Sohn", sagt Mogia und zeigt mit der Hand auf das Männerporträt gegenüber. „Heißt wie ich Joseph. Er reist durch Frankreich. Er war lange in Versailles. Er war in Österreich. Er spricht ein halbes Dutzend Sprachen."

Ob er alle seine Kinder porträtiert habe, fragt Bothmer, während Künnecke in seinem Rücken die Augen verdreht. Denn Künnecke weiß, was nun kommen würde: Allein, wenn er über seine Kinder sprechen darf, belebt sich der sonst so mürrische Mogia. Und so geschieht es. „Meine Älteste ist bodenständig", erzählt er, tatsächlich lebhaft werdend. „Ich glaube, jeder in Altona kennt Pauline. Kein Wunder, wenn man zum Hofstaat des Stadtpräsidenten gehört. Und dann ist sie ja auch so ein Sonnenschein. Etwas träge, aber immer in guter Laune. Das gefällt dem Reventlow, dem Präsidenten. Aber der ist ein Scheusal, mit dem es bestimmt kein gutes Ende nimmt, Graf. Seine Frau Benedikta hält ihre schützende Hand über meine Pauline."

Bothmer hüstelt.

Pauline habe ihm noch nie Modell gesessen, fährt Mogia unbeirrt fort. Das käme wohl daher, dass er sie zu Hause in Altona immer in seiner Nähe habe und nicht so vermissen müsse wie die anderen Kinder. Aber in Wirklichkeit sehe man sich kaum. Altona sei schließlich eine große Stadt. „Graf, ich muss Pauline doch einmal bitten, mir Modell zu sitzen. Ein so schönes Kind. Sie ist so anders als ihre beiden Schwestern, sie ruht in sich. Sie spricht auch ganz langsam, aber stets klug."

„So, so", meint Bothmer und unternimmt ein paar Schritte in Richtung Gartenpforte. Hier auf dem Steinfußboden ist sein Spazierstock auf einmal zu hören, wie er bei jedem Schritt aufstößt. Alle im Raum folgen dem Grafen.

„Und seht Ihr, Graf, meine Agnes, meine jüngste, staunte, als sie mich hier auf der Baustelle einmal besuchte. Sie staunte über diese Tür. Die Tür hat die Gartenpforte im St.-James-Palast zum Vorbild, sagte sie mir. Stimmt das? Sie kennt London wie ihre eigene Kleidersammlung. Sie hat mir auch von Downing Street erzählt. Sie will gar nicht mehr weg aus London. Und doch soll sie es sein, die meine Werkstatt fortführt. Sie ist viel geschickter als Joseph. Und rühriger. Sie hat Geschäftssinn. Sie hat in St. James gearbeitet."

„Einer Frau wollt Ihr Eure Geschäfte anvertrauen?", fragt Bothmer mit zweifelnder Stimme. Aber dann besinnt er sich und setzt hinzu: „Nun, sie ist Eure Tochter, Ihr werdet ihr ein strenger Mentor sein, nicht wahr? Ich wünsche Euch Glück dabei." Mit diesen Worten öffnet der Graf endlich die Gartenpforte und tritt hinaus auf die Steintreppe, die in den Park führt. Dort scheint er sich jedoch auf etwas zu besinnen und dreht sich noch einmal um. „Aber mir kommt es so vor, als wolle es zur Mode werden, Frauen in allem vorzuziehen. Es würde mich nicht wundern, wenn der nächste britische König wieder eine Königin würde, gar eine aus Mecklenburg, wer weiß. Und bei Eurer Hamburger Malerin, Künnecke, ist es doch auch so, nicht wahr? Auch sie soll die väterlichen Angelegenheiten übernehmen, wenn der alte Herr sich auf das Altenteil begibt, was hoffentlich nicht allzu bald der Fall sein mag. Nun, ob das wohl gut geht, das mit den Frauen?"

Eine Antwort erwartet er nicht, wie auch. Er schwingt seinen Spazierstock wie einen Marschallstab, während er jetzt die wenigen Steinstufen hinabsteigt. Was er nicht ahnen kann, als er dort unten von den Gärtnern mit tiefer Verbeugung in Empfang genommen wird, er lässt in seinem Rücken drei Glückliche in ebenso tiefer Verbeugung auf dem Treppenabsatz zurück. Mogia, der vor dem Grafen von seinen Kindern hat sprechen dürfen und nun sogar zu hoffen wagt, bei nächster Gelegenheit werde der Graf seine, Mogias Tochter Agnes, dem englischen König Georg vorstellen. Künnecke, dem Bothmers „Eure Malerin" ein Gefühl voller Süße eingegeben hat, größer noch als jenes, das ihn vorhin im Festsaal befallen hatte. Und Johann, der das alles still miterleben durfte und den der Stock des Grafen geadelt hat, wenn auch nur im übertragenen Sinn.

Eine Stunde später sitzt Hans Kaspar Graf Bothmer in einer der Fensternischen mit Blick auf den künftigen Ehrenhof, also der

Seite nach Mittag hin, und dahinter auf die künftige Festonallee nach Hofzumfelde hinaus. Er sitzt dort allein. Seine Hände ruhen auf dem Silberknauf des Stockes. In allen Fensternischen des Corps de logis gibt es solche Sitzgelegenheiten aus Holz. Künnecke, der Holz so liebt, hat sie entworfen, und sie sind, findet der Graf, unbequem hart.

Aber das stört Bothmer im Moment nicht. Er ist froh, einen Augenblick lang nur dasitzen zu dürfen. Er fühlt sich vom Rundgang durch den künftigen Garten mit seinen hunderten holländischen Linden erschöpft. Er hat die Gärtner angewiesen, nach und nach die Orangeriepflanzen zu erwerben. Er denkt an Nelken, Primeln, Kakteen, Zitrus- und Lorbeerbäume. Die Hitze draußen macht Bothmer zu schaffen. Noch ist kaum Schatten zu finden in seinem künftigen Garten. Jetzt sitzt er da, um kurz auszuruhen. Er fühlt ein Stechen in der Brust. Das Herz, bestimmt das Herz. Es schlägt ja auch schon seit dreiundsiebzig Jahren.

Nein, er würde den Einzug in sein Haus, das sie nun schon Schloss Bothmer nennen, nicht mehr erleben. Da gibt er sich keiner Illusion hin. Er hat sich in seinem Leben noch nie einer Illusion hingegeben. Aber er würde nicht vergessen werden, da ist er sich sicher. Meine Unsterblichkeit liegt in diesem fast vollendeten Bau, denkt er. Der viel größer ist als die Häuser von Hattdorf und Bernstorff, den Herren, die mit ihm in der Deutschen Kanzlei gesessen und die ihm derart von ihren fürstlichen Wohnsitzen vorgeschwärmt hatten, dass er, Bothmer, zu dem Entschluss gekommen war, es ihnen nicht nur gleich zu tun, sondern sie zu übertreffen. Und sein Haus sieht so aus, wie man in England, inspiriert vom seligen Palladio, neuerdings zu bauen pflegt. Und wie man es hier in Mecklenburg noch nie gesehen hat. Hampton Court Palace – oh ja, dort hat er alles genau studiert. Buckingham House in London, seiner Wohnung in Downing Street genau gegenüber,

Schlossen bei Hannover, Het Loo und Huis de Voorst in Holland. So sollte es auch im Klützer Winkel aussehen.

Und es ist ihm gelungen. Der Gedanke erfrischt ihn. Die Erschöpfung und das Stechen in der Brust lassen nach. Bothmer grunzt zufrieden und hebt den Blick. Erst jetzt bemerkt er, dass er vor einem der Kabinette sitzt, wo Handwerker gerade dabei sind, etwas einzurichten, was für den Klützer Winkel, ja für Mecklenburg gleichfalls völlig neu ist, eine Sensation geradezu, in den Londoner Verhältnissen, jedenfalls in den besseren, aber schon als etwas Selbstverständliches gilt: ein Wasserklosett. Das Wasser dafür soll aus einem Artesischen Brunnen fließen. Wasser gibt es schließlich ringsum mehr als genug, überirdisch und unterirdisch.

In seinem Grundeshagener Quartier vermisst der Graf die Annehmlichkeit eines Wasserklosetts doch sehr. Wie leicht man sich an Annehmlichkeiten gewöhnt, denkt Bothmer. Und wie rasch man sie als selbstverständlich hinnimmt. Bei diesem Gedanken angekommen, muss der Graf lächeln. In diesem mecklenburgischen Winkel gilt so gar nichts als selbstverständlich, was er bisher, an London gewöhnt und von London verwöhnt, für selbstverständlich hielt. Hier ist das Ende der Welt. Und ausgerechnet hier will er, wenn schon nicht leben, dann zumindest doch begraben sein.

„Was zieht Euch ausgerechnet in den Klützer Winkel, Graf?", hatte Künnecke gefragt, damals, als sie sich zum ersten Mal über die Pläne beugten. Jahre liegt es zurück. Es war in Hannover.

„Die Neugier, Künnecke. Ihr kennt den Landstrich so wenig wie ich. Er soll fruchtbar sein."

Das war eine ausweichende Antwort gewesen und eine herablassende dazu. Denn Künnecke hatte natürlich gespürt, dass der Graf ihm nicht die Wahrheit sagte. Aber Bothmer fragte sich, weshalb so kluge Leute wie Künnecke nicht selbst begriffen, was ihm, dem Londoner Grafen, am Klützer Winkel so viel bedeutete.

Händel war es gleich aufgefallen: „Ihr habt Euch da ein kleines Reich zusammengekauft, was? Ein eigenes Herzogtum, in dem künftighin Euer Geschlecht regieren wird, und das in Gottes Namen bis in alle Ewigkeit."
„In England wäre ich niemals zu einem solchen Besitz gekommen, schon weil ich kein Engländer bin."
„Und in Eurer hannoverschen Heimat hätte vermutlich nicht einmal das Vermögen des englischen Königs gereicht, um einen derart großen Besitz zusammenzubringen. Um nicht zu sagen zusammenzuraffen." Händel grinste.
Bothmer nahm es nicht übel. „Und vergesst nicht, Bär, dass ich in Mecklenburg ganz im Stillen handeln konnte. Dort gibt es nicht einmal Zeitungen, deren Nachrichten nach London oder Hannover dringen könnten. Hier ist es still, sehr still. Ich weiß Verschwiegenheit überaus zu schätzen."
„Oh, ich sehe schon die Neider vor mir, mit denen Ihr es zu tun bekommt, wenn erst alle Welt erfährt ..."
„Aber von Euch kein Wort. Vor allem nicht in London. Versprecht es mir."
„Oh, das Wort ist mir nicht so gegeben, wie Ihr wisst, Graf. So etwas diplomatisch Gedrechseltes, worauf Ihr Euch so gut versteht, wäre nichts für mich. Ich sage nichts, versprochen. Ich erzähle nicht einmal herum, dass sogar ich hier gewesen bin. Aber ich könnte mir eine Hymne auf Euer Schloss einfallen lassen."
Und Händel summte sogleich eine Melodie, brach ab und setzte hinzu: „Wenn Ihr es angemessen bezahlt."
Beide lachten. Sie konnten da noch nicht ahnen, dass Bothmer schließlich ein ganzes Konzert bei Händel in Auftrag geben sollte. Es war das „Oboenkonzert Nr. 3 g-Moll". Da waren sie schon wieder seit einigen Wochen zurück in London. Händel sollte einige der in Grundeshagen notierten Motive verwenden. Es ist jenes

schöne Konzert, das erst mehr als hundert Jahre später veröffentlich werden sollte, 1863 nämlich, gewidmet jenem Instrument, dass Graf Bothmer aus Händels Sicht „ganz passabel" spielte.

Bothmer im Refugium seiner Fensternische glaubt sich nun wieder hergestellt. Johann bringt ihm eben ein Glas Wasser. Die Schmerzen verlieren sich. Nunmehr vergnügt beobachtet Bothmer das emsige Treiben hunderter Bauleute auf dem staubigen Platz, welcher ein wenig schon als Ehrenhof zu erkennen ist. Wenn Bernstorff und Hattorf das sehen könnten, neidisch würden sie werden, denkt Bothmer. Grün vor Neid, blau vor Missgunst, rot vor Zorn.

Pferdefuhrwerke rollen hin und her. Überall stapeln sich die fertigen Steine, die nur wenige hundert Meter von der Baustelle entfernt, in Hofzumfelde, gebrannt und mit denen gerade die Verbindungsbauten links und rechts vom Corps de logis errichtet werden. Auch sie sind so eine Idee aus Hampton Court. Ründungen – so nennt sie Bothmer. Cornichen – so nennt sie Künnecke. Was, wie der Graf zugeben muss, vornehmer und deshalb schöner klingt.

Abermals grunzt Bothmer auf seinem harten Rastplatz. Er hat, seit er mit Händel von Hamburg aus in den Speckwinkel herübergekommen ist, an sich verblüfft einige Veränderungen bemerkt. Einmal in der Woche treffen Boten aus Hannover oder London in Grundeshagen ein, im Gepäck Berge von Post. Die Akten stapeln sich auf Bothmers provisorischem Schreibtisch und auf den Sesseln und Stühlen ringsum. Aber Bothmer sieht es gleichgültig. Er hat die Post noch nicht einmal angerührt. London und Hannover erscheinen ihm so fern wie sie ja auch tatsächlich entfernt liegen. Der Hof, die Kanzlei, sein Haus, Downing Street – wenn er daran denkt, kommt ihm das alles vor wie aus einem vorigen Leben, das nach und nach verblasst, als würde es im Londoner Nebel versinken. Er weiß natürlich, dass dem keineswegs so ist und er besser daran täte, all die Akten so gründlich zu lesen, wie er das in London zu tun pflegte. Dass man in London von der Hanoverian Junta spricht oder von Hanoverian London, ist schließlich vor allem sein Verdienst. Und dieses Verdienst beruht darauf, alles zu wissen und jeden zu kennen. Die Feinde lauern überall, man muss stets schneller sein als sie.

Aber Bothmer findet nicht die Kraft, im Klützer Winkel so zu sein wie in London. Zu hoch und zu blau ist hier der Himmel. Zu beruhigend die Seeluft, die leise und sanft von Osten herüberstreicht. Zu still und lau die Nächte, da er mit Händel im Garten sitzt und vom mitgebrachten Wein mehr trinkt, als er in London hätte vertragen können und es überhaupt seiner Gesundheit zuträglich sein mag. Egal.

Und zu merkwürdig kommen ihm die Menschen vor, die er hier trifft und die keine Ahnung haben von dem, was er im fernen London darstellt und was in der großen weiten Welt vor sich geht. Die ihren Winkel für die Welt halten und fleißig ihre kleinen Äcker bestellen. Wie gut ihm das tut. Dass man hier von anderem spricht als den Intrigen am Hof, den Launen des Königs und dem dauernden Argwohn der Briten gegen die Deutsche Kanzlei, der er vorsteht, was ihn zwangsläufig zum Mittelpunkt allen Argwohns macht. Er hat das Ohr des Königs, aber er weiß auch, wie schnell ein Mann wie er in Ungnade fallen kann. So gesehen ist es geradezu gefährlich, seine Zeit im Mecklenburger Sommer zu vertändeln und die Post nicht zu lesen. Aber er wünscht nichts anderes. Mehr als all seine Londoner Feinde oder all die aus London eingetroffenen Akten beschäftigt ihn die Frage, wieso er die Frau seines Neffen, immerhin die Frau seines Erbens und damit selbst die Erbin seines gewaltigen Vermögens, bislang nicht wahrgenommen hat. Die Frau, die neulich am Theaterabend so freundlich und mitfühlend bei ihm gesessen und mit ihm gesprochen hat. Freundlich und fast ein bisschen frech, wie er findet. Und ihn ansah mit ihren grünen Augen, das eine dunkler als das andere.

Vor seiner Reise in den Speckwinkel hatte er sie nur einmal gesehen, bei der Hochzeit seines Neffen in Kiel. Er hatte die Ehe arrangiert, ohne von Christine Margarethe mehr gewusst zu haben als das für ihn wichtige: Dass sie bülowsche Erbin im Speckwinkel ist und dank der Nachbarschaft durch die Heirat seinen Besitz vergrößerte. Selbst auf der Hochzeit hatte er sie kaum wahrgenommen. Ein blasses, mageres und in jeder Hinsicht unschönes Wesen ist ihm in Erinnerung geblieben. Aber er hätte selbst eine solche Erinnerung nicht beschwören können. Sie war ihm einfach zu unbedeutend erschienen, um ihr auch nur eine Minute seiner Aufmerksamkeit schenken zu wollen, die schließlich so viele in Anspruch zu nehmen wünschten. Wäre er ihr später zufällig irgendwo begegnet, er hätte sie nicht einmal mehr erkannt. Als er auf der langen Reise von London nach Klütz Händel von seinen Bauplänen und auch von seinem Neffen erzählte, war ihm nicht einmal ihr Name mehr eingefallen. Er hatte nicht nur ihren Namen vergessen, sondern eigentlich auch die Person, die ihn trug. In Arpshagen hat er sie nun wiedergesehen oder, genau genommen, eigentlich überhaupt erst gesehen. Auch das hat nichts an seiner Gleichgültigkeit seiner Erbin gegenüber geändert, zunächst jedenfalls. Aber nun in seiner Nische erfüllt ihn der erschütternde Gedanke, dass er seit jenem seltsamen Theaterabend immerzu an sie denken muss. Zwei unterschiedlich grüne Augen. Das es das gibt.

Er musste auf der kleinen Klützer Mauer eingeschlafen sein, nachdem Sidonie ihn verlassen hatte. Denn unmöglich konnte sich Sidonie einfach in Christine Margarethe verwandelt haben. Auch wenn es eine milde Sommernacht voller Zauber gewesen ist, so weit ging auch der beste Zauber nicht. Das Alter macht ihn mitunter müde. Das hat Bothmer schon in London hin und wieder bemerkt. Auch jetzt in der Nische überkommt ihn eine sanfte Müdigkeit. Freilich darf er sich vor all den Bauleuten weder Schwäche noch Müdigkeit anmerken lassen. Weshalb er sich jetzt mithilfe seines Silberstocks emporstemmt. Künnecke und Johann, die den Grafen, wenn auch etwas versteckt, nicht aus den Augen gelassen haben, laufen herbei. Aber Bothmer winkt ab, schreitet die weitläufige Treppe hinunter und tritt schließlich allein auf den Ehrenhof, wo, wie er erleichtert feststellt, die Hitze schon etwas nachgelassen hat.

Man bringt auf Künneckes Wink hin das Pferd des Grafen. Er sitzt ächzend auf und fühlt doch in diesem Augenblick etwas ähnliches wie neulich Sidonie, als sie den Ehrenhof überquerte. Er reitet langsam dahin, aber in seinem Inneren stiebt er im Galopp davon. Und er erinnert sich dabei nicht nur an die Sidonie von früher, sondern an all die schönen Frauen, die ihm das Leben versüßt haben.

Seine Ehefrau Gisela Erdmuthe hatte er in Dresden kennengelernt. Er nannte sie Täubchen, denn sie war eine verwitwete Gräfin von Taube. Nach Den Haag hatte sie ihn noch begleitet, aber nach London wollte sie ihm nicht mehr folgen, und so lebte man sich auseinander. Das Täubchen hat sich längst auf seine sächsischen Güter zurückgezogen. Die Gräfin ist sehr reich und ihre Heirat mit Bothmer lag unter ihrem Stand, denn damals galt Bothmer zwar als ein Mann mit Zukunft, war aber noch lange kein Graf.

Bothmer hat sein Täubchen in London nie vermisst. 10 Downing Street kennt einen unscheinbaren Hintereingang, durch den immer wieder Damen in das Haus hinein- und hinausschlüpfen können. Alle sehr weit unter seinem Stand, wie sich denken lässt. Bevorzugt Schauspielerinnen, auch Sängerinnen. Aber mit denen ließ sich wenigstens feiern und genießen. Bothmer liebte an den

Frauen das Runde. „Rund wie die ganze Welt", pflegte er zu sagen, wenn seine Hände im Dunkel seines Himmelbetts etwas Fülliges erfühlten und etwas zu tun bekamen.

Wir erwähnen diese Intimität, weil die Frau seines Neffen, die jetzt auf einmal in seiner Gunst steht, eine vergleichsweise magere Erscheinung mit faltigem Gesicht ist. Und doch muss der Graf an sie denken, als er, fröhlich im Herzen, auf seinem Pferd die Brücke über den Wasserlauf um das Schloss herum passiert und einen Augenblick lang überlegt, in welche Richtung er weiterreiten sollte. Nach Haus, entscheidet er. Grundeshagen, so wenig es seinen verwöhnten Ansprüchen genügt, ist ihm tatsächlich ein Zuhause geworden.

„Baustellenfest", brummt er, während er rüstig dahinreitet. „Muss ich dem Bär gleich erzählen. Da muss er ran, kein Fest ohne Musik."

NEUNTES KAPITEL – HOFZUMFELDE, 22. JULI 1730

Gottlieb neckt seine Mutter, wird dabei aber unterbrochen, als der Gärtnerbursche Benno auftaucht und vom Theater schwärmt, bevor ein sanfter Regen fällt

„Mit den Hühnern zu Bett, mit den Hühnern wieder auf. Das ist der rechte Lebenslauf", sagt Gottlieb. Gottlieb und die Sprichwörter. Die Hühner sind von ihm soeben in ihren Verschlag zur Nachtruhe geschickt worden. Gottlieb lässt seinen Worten aber weiter keine Taten folgen, er meint sie ja auch nicht ernst. Er geht nicht zu Bett. Vielmehr bleibt er sitzen auf der selbstgezimmerten und bei jeder Bewegung knarrenden Bank, dem einzigen Schmuck des Katens, neben dessen niedriger Eingangstür sie steht. Und neben Gottlieb auf der Bank sitzt seine Mutter. „Einen Augenblick noch", sagt seine Mutter, eine von lebenslanger harter Arbeit gekrümmte Frau mit schönen, regelmäßigen, wenn auch etwas altersschlaffen Gesichtszügen und aschgrauem Haar. „Der Abend ist so schön. Ich kann sowieso nicht schlafen, ich weiß es."
„Aber Vollmond liegt lange zurück", entgegnet Sohn Gottlieb und lächelt, denn er weiß, was nun kommt.
Und da kommt es auch schon: „Vollmond, du Schelm. Als würde mir Vollmond den Schlaf rauben können. Es ist nur ... Alles ist so durcheinander. Seit dieser Graf hier ist, kommt alles durcheinander. Ein Markttag reicht gar nicht mehr aus, um alle Neuigkei-

ten zu bewispern. Es sind derer einfach zu viele. Ganz erschöpft bin ich davon. Weißt du schon, dass die Himmelreich dem Pastor den Laufpass gegeben haben soll?"

„Was ist ein Laufpass?"

„Du Schelm, tu nicht so. Ja, früher war es ja das Einzige, was hier passierte: Dass ausgerechnet unser Pastor derart sündigt. Ausgerechnet der, welcher davon predigt, wie unbekömmlich die Sünde ist. Also vor Gott, meine ich. Ihm selbst bekommt sie augenscheinlich gut."

„Es heißt doch im Vaterunser, dass Gott uns sehr wohl in Versuchung führen kann. Gott persönlich. Wir bitten ihn, es nicht zu tun. Führe uns nicht in Versuchung. Aber es ist ihm ein Leichtes. Der Pastor versteht Gott nun einmal besser als wir, seine Schäfchen."

„Was redest du da, Gottlieb. Schäfchen? Sprich nicht so. Weder über mich, weder über Gott noch unseren Pastor."

„Des Menschen Wille ist sein Himmelreich. Und die Himmelreich hat dem alten Zausel Pilgrim bislang nicht geschadet, wie du sagst. Er ist ein geachteter Mann, unser Pastor. Und die Himmelreich eine schöne Frau. Lass Gnade walten, Mutter. Der Herr tut es auch."

Was Letzteres anbelangt, ist Gottlieb sich allerdings keineswegs sicher. Vorsichtshalber sieht er in den Himmel über sich. Der sendet keine Botschaft, sondern gefällt sich, fast ein wenig eitel, in einem vollkommenen, wenn auch rasch dunkelnden Blau.

„Wie auch sollte es ihm geschadet haben?", ruft da die Mutter mit einem entzückten Blick, der ihr Gesicht aufstrahlen lässt, als käme die Jugend noch einmal über sie. „Wenn wir das nicht hätten, diesen sündigenden Pastor, was hätten wir dann schon? In unserem stillen Winkel. Was hätte Senta erzählen sollen auf dem Markt oder Anna und Mariechen, die Reschke, die Sieglinde und

all die anderen. Was hätte die Leute in den Frät Kraug gezogen? Er war wieder bei ihr, heißt es. Oder: Heute war er nicht bei ihr. Oder: Der Pastor und Frau Pastor sind Arm in Arm spaziergengegangen. Oder: Der Pastor geht wieder nach Grundeshagen. Die Himmelreich wurde in Klütz gesehen und ist in die Kirche gegangen. Am Markttag. Es war doch zu interessant."
„Und du vor allem, was hättest du plaudern sollen ohne des Pfarrers Sündhaftigkeit."
„Ja, du, Sohn, ziehst mich auf. Aber du selbst pflegst zu schweigen, ich weiß. Am Pfarrhaus interessiert dich allein dieses verruchte Fräulein, diese Friederike."
„Verrauchte, Mutter, verrauchte."
„Oh, glaubst du, ich wüsste nicht, was dich immerzu in den Frät Kraug zieht? Und wenn ich es nicht ohnehin wüsste, die Senta hätte es mir schon gesteckt, mein Lieber. Aber das ist nicht gut für das Geschäft. Ich meine, dass du immer schweigst. Und dass du diesem Tabakbeutel hinterherstarrst statt dich der Anna und des Mariechens anzunehmen. Der Tabakbeutel kauft nie bei uns. Anna und Mariechen schon."
„Bei uns gibt es ja auch keinen Tabak." Gottlieb lacht fröhlich in den Abendhimmel. Er liebt seine Mutter. Und was tut er nicht alles, damit auf dem Markt genug Groschen und Taler zusammenkommen, um seiner Mutter das Leben im Alter etwas bequemer zu machen. Den Katen, vor dem sie sitzen, hat er für sie gekauft. Auch die Möbel, die Kleider, von denen seine Mutter bestimmt mehr besitzt als Senta, Anna und Mariechen. Am liebsten kauft er in Grevesmühlen, wo es so viele bunte Geschäfte gibt. Eines nicht mehr fernen Tages will er so viele Taler beiseitegelegt haben, dass seine Mutter nicht länger mehr im lauten Gackern der Hühner und den weißen Wolken aus gerupftem Gefieder auf ihren von Krampfadern durchzogenen Beinen auf dem Markt stehen muss. Aber, so denkt

er manchmal, würden ihr dann nicht die Leute und der Klatsch und Tratsch vom Marktstand fehlen? Sie erzählt so gern davon.
„Jetzt trennt sich die Himmelreich vom Pastor, stell dir vor. Und stell dir vor, niemanden interessiert das. Wir leben in ganz anderen Aufregungen. Unsere Durchlaucht taucht auf aus Schwerin und reitet am frühen Morgen durch die Straßen von Klütz, als wäre das schon immer so gewesen. Der große Herr Bothmer kommt aus seinem London zu uns, ein Midas, dem alles zu Gold werden will, was er berührt. Und dann dieser dicke Musiker. Was der schon alles angestellt hat. Spielt auf der Orgel ‚Kuckuck, Kuckuck ruft's aus dem Wald'. Mitten im Gottesdienst. Na, so was. Er soll des Pastors Nachfolge bei der Himmelreich angetreten haben. Sagt man. Sie soll sich wegen seiner vom Pastor getrennt haben."
„Soso, sagt man das?" Gottlieb klingt belustigt.
„Und Bothmer ist flugs zu uns in den Winkel gekommen, weil sein unverschämter Protzpalast im Morast zu versinken droht."
„Erzählt man sich das auch?"
„Geschieht ihm recht. Und dem hochnäsigen Künnecke geschieht es auch recht. Wenn der Protzpalast endlich versinkt, finden wir wieder Ruhe hier. Künnecke kauft auch nie bei uns."
Gottlieb freut sich daran, wenn seine Mutter so dahinplappert. Sie erbringt in seinen Augen immerzu den Beweis dafür, dass, wer immerzu plappert, selten wirklich etwas weiß, weil er vor lauter Plappern nie zuhört.
„Ich würde nicht so über Bothmers Palast reden, Mutter. Er könnte dir noch nützlich sein. Uns beiden. Unserem Dorf, dem ganzen Winkel. Lieber die Taube in der Hand als den Spatz auf dem Dach."
„Ist das nicht umgekehrt mit der Taube und dem Spatz?"
„Eben. Aber hier trifft es so rum."
Der Mutter ist solche Verdrehung zu anstrengend, da wechselt sie lieber das Thema. „Und dann diese Theatertruppe, die allen den

Kopf verdreht hat. Welches Glück für meine Sittsamkeit, dass ich mich fern von alledem halte. Senta war entsetzt, wie laut und bunt es die Truppe trieb, als gehörte ihr unser Marktplatz. Und wie die bunten Weiber den Männern den Kopf ..."
„Oh, da hast du etwas verpasst mit dem Theater."
„Es ist nicht christlich, Junge, solchem Blendwerk zu erliegen. Solchem Teufelszeug. Du weißt, dass das Teufelszeug ist."
„Aber du siehst, das Blendwerk ist allen in Erinnerung, als wäre es gestern gewesen. Alle reden noch davon. Und überhaupt ist der Teufel doch alles in allem sehr beliebt."
„Gottlieb, das ist nicht christlich, was du da sagst. Wenn der Herr das hörte."
„Er hört es, Mutter. Er hört alles. Er wird sich an seinem Leben in der Ewigkeit manchmal auch erfreuen wollen, unser Herr, meinst du nicht? Von Sittsamkeit wird das Leben nicht schöner. Im Gegenteil. Vielleicht hat er sogar ein innigeres Verhältnis zu unserem Pastor, als du es dir in deiner Frömmigkeit vorstellen kannst. Vielleicht spielt unser Herr den Teufel gleich mit. Das wäre doch praktisch, dann brauchte es eines Teufels gar nicht. Und wenn Herr Pastor in die Hölle kommt, ist er auch bei seinem Herrn, und die beiden können fachsimpeln über die Seligkeit. Über das Vaterunser, dass die Versuchung durch Gott fernhalten soll. Über Frauen oder was weiß ich."
„Gottlieb, was ist in dich gefahren?"
„Der Teufel, so scheint's."
„Also, da kannst du sagen, was du willst, das Paradies ist der Hölle allemal vorzuziehen."
„Nun, es ehrt dich, Mutter, dass du unserem Herrn so treu bist und an seine Unschuld glaubst."
„Du sollst mich nicht veralbern. Seine Mutter nicht zu achten ist, wie du weißt, auch eine Sünde. Eine Todsünde sogar, glaube ich."

Gottlieb lacht abermals gutmütig: „Vielleicht neidet der Herr im Grunde seines Herzens unserem Pastor die Himmelreich."

„Gottlieb, ich habe dir doch gesagt: Die Himmelreich hat ihn verlassen."

„Glaube nicht alles, Mutter. Johann hat neulich die beiden fast in flagranti ... In Grundeshagen ..."

„Nein, wirklich?"

„Wenn ich es dir doch sage. Glaube keinen Gerüchten, liebe Mutter, die du nicht selbst in die Welt gesetzt hast. Den dicken Musiker würde an der Himmelreich bestenfalls die Stimme interessieren. Aber gerade die ist so üppig ja nicht. Ich meine, tadellos üppig wie alles andere an ihr. Ich glaube, der dicke Musiker hat für Frauen nicht so viel übrig."

Nun muss auch die Mutter lachen. Dann schweigen sie, wohl einige Minuten lang, die allein mit Grillenzirpen ausgefüllt sind, bevor sie wieder anhebt: „Ob die beiden immer noch glauben, niemand wisse von ihrem Verhältnis?"

„Wer soll ihnen sagen, dass es alle wissen? Und wenn es ihnen einer sagte? Sie würden vermutlich vorsichtiger sein, die beiden, und du, liebste Mutter, hättest nichts mehr zu schwätzen. Aber nein, es gibt, wie du sagst, genug anderes zum Schwatzen. Die Theatertruppe ..."

„... ist jedenfalls fort. Gott sei gedankt. Und dieser Graf wird sich auch bald wieder aus dem Staub machen, zurück in sein schreckliches London. Dann kehrt endlich wieder Ruhe ein."

„Und du wirst dich langweilen und mit Senta wieder nur über das Wetter und die Ernte sprechen."

„Scheusal", sagt die Mutter, viel Liebe in der Stimme.

„Schau, vom bothmerschen Erben, diesem komischen dürren Kerl, und seinen vielen Besuchen bei Frau Pastor sprichst du gar nicht."

„Ja, das ist etwas anderes. Die beiden verstecken sich nicht. Das ist ganz ohne Sünde. Sie reden über die Herrlichkeit Gottes. Und ich fürchte, über nichts anderes. Ich fürchte, es geht zwischen den beiden ganz langweilig zu."

„Oh, Mutter, das fürchtest du? Da schau her. Nur die Sünde verhindert uns die Langeweile?"

Die Mutter fühlt sich ertappt. Sie bewundert die Klugheit ihres Sohnes und fragt sich, woher er die haben mochte. Vom Vater bestimmt nicht, der längst tot ist und den er kaum gekannt hat. Und von ihr nun schon gar nicht. Da ist sie sich sicher, sie hält sich für eine einfache Frau.

„Es ist nicht gottgefällig, was du da schwatzt", erwidert sie. Überzeugt jedoch klingt es nicht. Sie erhebt sich mit einem Seufzen. „Lass uns schlafen gehen."

„Ach, übrigens, Mutter. Der Graf gibt ein Fest. In der nächsten Woche schon. Ein Baustellenkonzert, wie er es nennt. In dem schrecklichen Protz, wie du es nennst, seinem Palast. Und der dicke Musiker soll schon eifrig komponieren und mit einigen Damen aus unserer Kirchgemeinde proben."

„Was du nicht sagst. Nun, wir können nicht singen und werden von der erlauchten Hoheit bestimmt nicht eingeladen in sein Protzding."

„Doch, meine Liebe, in gewisser Weise schon. Wir sollen die Hühner liefern. Stell dir vor. Für die Festtafel nach dem Konzert. Im Gartensaal. Der Wirt vom Kraug hat es Frau Pastor gesteckt, dass wir die besten Hühner haben. Und Frau Pastor hat es dem komischen Kerl, ihrem Freund Bothmer, dem Junior, weitererzählt. Und der dem Londoner Grafen."

„Tatsächlich? Und das erwähnst du so nebenbei? Dann sprich nicht vom komischen Kerl. Wir wollen doch unsere Kundschaft nicht ..."

Die Mutter setzt sich nun doch wieder und nimmt den Arm ihres Sohnes. „Aber, Lieber, wir haben doch niemals so viele Hühner, wie die für ihren Schmaus brauchen. Wir können doch nicht allen Hühnern hier auf dem Hof den Hals umdrehen, dann besitzen wir gar nichts mehr."

Wie zur Antwort kräht der Hahn, wo es doch noch nicht einmal Nacht ist.

Gottlieb lacht wieder, tätschelt die Hand seiner Mutter und sagt, dass er morgen nach Grevesmühlen fahren wolle, um Hühner zu kaufen.

„Und, liebe Mutter, wir werden die Viecher selbst an die Spieße stecken und knusprig braten, das gibt ein schönes Geschäft. Und wenn es Graf Bothmer schmeckt, werden wir noch zu Hoflieferanten." Und beinahe übergangslos sagt er: „Mit den sittenlosen Theaterleuten übrigens ist es auch noch nicht vorbei, fürchte ich. Da kommt Benno. Neuerdings macht er Abendspaziergänge, der Arme, durch seine Lindenalleen. Seit das mit dem Theater war. Was sind das für Moden?"

„Vielleicht trifft er zwischen den Linden ein Liebchen. Lindenblätter gleichen doch Herzen."

Gottliebs Mutter hat es damit getroffen, wenngleich ganz anders, als sie denkt.

Tatsächlich, der Gärtnerbursche Benno tritt, wie jetzt fast jeden Abend, aus dem Schatten der von ihm gepflanzten Allee von Linden, die Schloss Bothmer mit dem Dorf Hofzumfelde verbindet. Es ist, für Benno unbewusst, ein Auftritt von Format, denn es sieht so aus, als würde er die Dämmerung hinter sich herziehen wie die wehenden Schöße eines Justaucorps.

Gottlieb ist nicht verborgen geblieben, wie sehr sich der Junge verändert hat seit jenem Tag, als die Brachvogel-Truppe ihre letzte Vorstellung in Klütz gab und sie alle, Gottlieb, Benno, Johann, der lange Heinrich sich das ansahen. An jenem Abend im Frät Kraug hat er, Gottlieb, wie alle anderen am Tisch Benno noch geneckt, weil er so verstört war. Inzwischen aber sorgt er sich ein wenig um seinen jungen Freund. Der hat seine plötzliche Theaterliebe nicht einfach im Frät Kraug herunterspülen können.

Seit jenem Tag nämlich spricht Benno nur noch wenig und wirkt abwesend. Dafür geht er des Abends zwischen seinen Linden auf und ab, ohne den Bäumen allerdings große Aufmerksamkeit zu schenken. Sein Gesicht zeigt eine merkwürdige Mischung aus Missmut und Verklärtheit. Gottlieb glaubt inzwischen sogar, immer wenn er Benno trifft, sehe der ihn besonders verdrossen an. Vielleicht hat Benno es ihm übelgenommen, wie er ihn neckte nach dem Rasen des Rolands. Auch wenn sich Gottlieb beim besten Willen nicht daran erinnern kann, sich beim Necken gegenüber den anderen hervorgetan zu haben. Manchmal glaubt er auch schon, es müsse etwas zwischen seiner Mutter und Benno vorgefallen sein. Aber sie hat ihm nichts dergleichen erzählt. Und sie erzählt, wie er nur zu gut weiß, allen alles.

Mit solchen Gedanken verfehlt Gottlieb die Wahrheit, wie es so oft im Leben vorkommt, auf selbstsüchtige Weise. Denn Bennos Veränderungen haben so gar nichts mit Gottlieb zu tun, sondern allein mit ihm, Benno, selbst und seinem, wir können es nicht anders sagen, wie neuen Blick auf die Welt. Vielleicht ist es sogar so, dass er überhaupt zum ersten Mal in seinem Leben einen Blick auf die Welt bekommen hat. Vorher ist er stumpf gewesen und in seiner Stumpfheit zufrieden. Jetzt sieht er einen Grund, weshalb das Leben lohnt und weshalb es ein Fehler sein muss, sich, wie er es gewohnt gewesen, einfach nur treiben zu lassen und dabei noch zufrieden zu sein, so alles in allem.

Aber mit wem könnte er über diese Veränderung in seinem Inneren sprechen? Sie ist ihm doch selbst nicht recht klar. Benno fühlt sich viel zu ungebildet, um seiner inneren Wandlung Worte geben zu können. Er kann nur notdürftig schreiben und rechnen, so wie die meisten Bewohner des Klützer Winkels. Er hat noch nie in

sein Inneres geschaut, er weiß nichts von den Abgründen der Seele. Vermutlich nicht einmal der Pastor könnte ihn verstehen, sagte er ihm etwas über das Neue, Unbekannte, das er in sich fühlt. Wie erst sollte er da seinem Freund Gottlieb etwas vorlispeln von alledem. So behält Benno seinen unsagbaren Grund wie eine Kostbarkeit in sich eingeschlossen und lebt ihn allein auf seinen Abendspaziergängen durch die auf Bothmer zuführenden Lindenalleen aus. Im Gespräch mit den Bäumen, sich dabei seine platte Nase reibend. Wir wollen ihm hier beistehen und sagen, was er nicht zu sagen vermag: Benno weiß seit seinem Theatererlebnis, dass es nicht auf Stellung und Reichtum ankommt im Leben, wie er bislang gedacht haben mag in seiner Einfalt, auch nicht auf Gottgefälligkeit, wie der Pastor zu predigen pflegt, sondern auf etwas vollkommen anderes, etwas Ungewöhnliches oder auch Verrücktes. Auf die Schönheit der Illusion. Die Illusion ist des Lebens Reiz. Und dass es sich folgerichtig vielleicht auch für ihn, Benno, lohnen würde, künftig mit und für solche Illusion zu leben. Was für ihn sogleich heißt, er muss fort. Fort aus dem Klützer Winkel, je früher, je besser. Im Klützer Winkel gibt es keine Illusion. Die Illusion lebt anderswo. Am nächsten bei der Brachvogel-Truppe. Ja, Bennos Sehnen richtet sich seit dem Theaterspiel auf etwas Fernes, Luftiges. Dem will er folgen. Und weil das sein kostbares Geheimnis ist, welches er fest in seinem Herzen bewahrt, würde ihn auch niemand abhalten können von dem, was da kommen würde, kommen musste und ihn über kurz oder lang seiner Heimat entfremden sollte.
Benno wartet darauf. Er hätte gleich mit der Theatertruppe mitziehen sollen, sagt er sich manchmal. Leider, antworten ihm die Linden, ist es dafür zu spät.

Gottlieb jedenfalls, der von all dem Aufruhr in Bennos Seele nichts wissen kann, verwundert sich, als der Gärtnerbursche jetzt unbefangen auf sie zutritt und sich auf dem Hackklotz niederlässt, der, von einem Zufall gleich neben die Bank gestellt, schon seit Jahren den Gesprächen zwischen Sohn und Mutter lauscht, wenn nicht gerade das Nagen von Käfern und Würmern im Holz lauter ist als die Stimmen auf der Bank.

„Je später der Abend, desto schöner die Gäste." Gottlieb, wer sonst.

„Nun, was heißt schön", erwidert Benno. „Schön ist etwas anderes. Des Grafen Paradies, das würde ich schön nennen."

„Des Grafen Paradies. Nun höre man sich das an. Was sagst du dazu, Mutter?"

Die Mutter dreht sich zu Benno und legt ihm, als müsse sie ihn beruhigen, die Hand auf den Unterarm: „Gottlieb will anderes hören, wenn vom Paradies gesprochen wird. Etwas über sein Häuschen nämlich. Wer zu Eigentum gekommen, hält es für den Mittelpunkt der Welt. Aber das ist nicht recht."

„Ich glaube, ich werde fortgehen", sagt Benno wie beiläufig und stark lispelnd.

„Wohin?", lautet die überraschte Frage, die so naheliegend ist, dass Gottlieb und seine Mutter sie zugleich stellen.

Da scheint Benno aus einem Traum zu erwachen: „Ich meine ... Nein, nein, ich fahre nach Grevesmühlen. Morgen schon. Uns sind schon wieder Linden eingegangen. Ich soll neue holen."

„Warst du je in Grevesmühlen?", fragt Gottlieb.

Benno schüttelt den Kopf und reibt sich die Nase. „Nie. Man gibt mir hoffentlich einen Zweispänner. Vielleicht muss ich aber auch laufen und mir die Setzlinge auf dem Weg zurück auf den Rücken binden." Vor allem die Wörter Zweispänner und Setzlinge machen seinem Lispeln alle Mühe.

Woraufhin Gottlieb ruft: „Und siehe, ich hole Hühnernachschub. Wir sollen nämlich die Brathühner zum Fest des Grafen liefern. Dann lass uns zusammen fahren, mit meinem Gefährt, gleich wenn es tagt. Du kannst hier über Nacht bleiben, und eine Frühstückssuppe haben wir auch für dich. Kannst du überhaupt ein Gespann lenken?"

„Fest des Grafen?", fragt Benno.

„Ein Baustellenkonzert", wirft die Mutter ein, als sei ihr das Wort schon immer vertraut gewesen. „Und danach Feté im Gartensaal, den ich gern einmal sehen würde. Aber ich werde auch diesmal nicht hinkommen. Ich werde nicht zum Fest eingeladen. Ich bestimmt nicht. Ich liefere nur die knusprigen Hühnchen."

„Schuster, bleib bei deinen Leisten", lacht Gottlieb. „Oder ich sollte wohl besser sagen: Hühnerfrau, bleib in deinem Stall."

„Ist auch besser so", erwidert die Mutter. „Gott hat es so gewollt, wie es ist. Und wir fügen uns im Glauben an Gott. Es ist gut so."

„Wir haben es aber heute Abend mit unserem Herrn", sagt Gottlieb. Doch Benno gibt ernst zu bedenken: „Aber auch der Graf und sein verrückter Musiker sind Gott bestimmt treu und wagen so seltsame Sachen wie ein Baustellenkonzert. Sie kommen herum in der Welt, und unser Herr da oben muss das wohl richtig finden, denn er lässt sie ja nicht umkommen in der Fremde. Ich würde auch gern durch die Welt reisen. Des Grafen London muss großartig sein. Und erst Hannover."

„Hohe Herren sind sie", gibt die Mutter zu bedenken. „Die dürfen das."

Und weil in diesem Moment ihr an Sprichwörtern so reicher Sohn keines findet, welches passen könnte, erfindet er kurzerhand eines: „Wo Gott dich hingestellt, da verharre."

Benno schüttelt den Kopf. „Gott hat uns die Welt gegeben, damit wir seine Schöpfung bewundern. Dazu müssten wir sie aber erst einmal kennen, meint ihr nicht auch?"

„Krude Gedanken, Benno. Lass sie fahren. Ich denke, unser Winkel ist der schlechteste Teil der Schöpfung nicht." Gottlieb legt seinen

Arm um Bennos Schultern. „Aber morgen wirst du schon mal das große Grevesmühlen sehen, mein Freund. Das ist schon fast die halbe Welt. Also, bleib hier. Lasst uns zu Bett gehen. Denn wisset: Morgenstund hat Gold im Mund. Und der frühe Vogel fängt den Wurm." Gottlieb schon wieder mit seinen Sprüchen, aber nun wirklich zum letzten Mal für heute.
„Erst recht, wenn man so weit zu reisen gedenkt. Gute Nacht." Gottliebs Mutter erhebt sich ächzend.
Benno nickt, fügt sich und folgt. Seit er vom Theater träumen kann, von den Illusionen, schläft er überall gut und fest, und ein Nachtquartier nimmt er sowieso, wo es sich gerade bietet. Bis auf ein paar Geldstücke, die er in einem Ledersäckchen immer bei sich trägt, ist Benno ganz ohne Besitz.
Die ersten Fledermäuse taumeln durch den Abendhimmel, in den sich langsam der Mond schiebt. Eine schmale, tiefgoldene Sichel. Es duftet nach Getreide und Ernte. Es würde eine gute Ernte werden im Speckwinkel.
Benno, Gottlieb, Gottliebs Mutter – schon bald schlafen sie fest und traumlos. Wackere Leute. Sie bekommen auch nicht mehr mit, dass sich mit der Nacht ein feiner Regen über den Klützer Winkel legt. Er kommt so wohltuend und sanft, dass er selbst jenen, die an nervösen Schlafstörungen leiden, für diesmal gnädig in den Schlaf hilft. Welche Stille über dem Land liegt. Nur das sanfte Rauschen des Regens.
Auch Hans Kaspar Graf von Bothmer hört es nicht. Er pflegt stets gut zu schlafen, egal wo und unter welchen Umständen. Er denkt nicht einmal darüber nach. Aber wir dürfen nicht zu Unrecht vermuten, dass sein guter Schlaf einen der Gründe seines Erfolges ausmacht. Sein Schlaf des Nachts – sechs Stunden muss er währen, aber dann auch nicht länger – erfrischt ihn verlässlich, die Tage sehen ihn hellwach und energiegeladen. Freilich

müssen wir hier auch anmerken, dass sich in seinen Einschlafgewohnheiten neuerdings etwas verändert hat. Ließ er in London im Einschlafen seinen Tag Revue passieren, zumeist zufrieden, manchmal verärgert, so verliert er sich in Grundeshagen neuerdings in zwei grüne Augen, eines dunkler als das andere, bülowsches Erbmaterial.

Auch Händel in seinem Gebäudeflügel schläft voller Zufriedenheit in dieser Nacht. Denn er weiß jetzt, dass er Frau Pastor dahin bringen wird, Falter um das Licht schwirren zu lassen. Der Graf hat ihn auf das Lied gebracht, er spricht oft davon. Sie wehrt sich zwar noch, aber eine erste Probe seiner Lieblingsnummer aus der Oper „Partenope" ist zu Händels Zufriedenheit verlaufen, einschließlich eines zarten Zitterns seiner Perücke. Man würde noch viel üben müssen, sicherlich, aber die Dame hat Stimme und Leidenschaft. Und das Stück ist bewährt. Er würde sie ermutigend am Cembalo begleiten bei jenem Baustellenkonzert, auf das er sich schon jetzt so freut, wie er sich neulich gefreut hat, der Theatertruppe die Laute zu schlagen und im Gottesdienst die Orgel zu spielen.

Auch in der alten Burg von Arpshagen schläft alles. Christine Margarethe hat sich eingerollt und bläst im Schlummer etwas Luft über die Lippe. Noch beim Zubettgehen hat es sie ein wenig erzürnt, dass der alte Bothmer sie am nächsten Tag unbedingt nach Brook mitnehmen will, nur damit sie seine Interessen bei den Plessens, ihrer Verwandtschaft, wenn auch weitläufig, vertritt. Seit sie ihm aufgeholfen hat an der kleinen Mauer auf dem Klützer Marktplatz, scheint er sie in sein Herz geschlossen zu haben. Sie weiß nicht, ob ihr das gefallen soll oder nicht. Aber der Schlaf ist schließlich schneller gewesen als eine Antwort.

Ihr Gatte, Hans Kaspar jr., verfügt ungewollt über ein besonderes Schlafmittel. Er malt sich aus, was er der Frau Pastor sagen würde, um ihr klarzumachen, dass an ein Zusammensein künftig nicht mehr zu denken ist. Vielleicht schon morgen. Aber seine eigene Rede, die er in sich erwägt, gerät ihm derart umständlich, dass er gelangweilt nicht bis an ihr Ende gelangt und entschlummert.

Künnecke schließlich, der Baumeister, hat ohnehin die Angewohnheit, sich erst dann das Bett zu gönnen, wenn er glaubt, vor Müdigkeit umfallen zu müssen. So sinkt er, nachdem sein Gehilfe Johann, mit dem er noch einiges zu besprechen hatte, in die Nacht entlassen ist, wie immer gleichsam schon schlafend auf seine harte Lagerstätte.

Und in Klütz? Dort wird Friederike aufgeschreckt von ungewöhnlichen Geräuschen im Pfarrhaus, die sie im ersten Moment an einen Einbrecher glauben lässt. Sie springt auf und öffnet das Fenster. Draußen aber scheint alles friedlich wie immer. Friederike holt unter ihrem Strohsack den Tabakbeutel hervor und stopft sich noch ein letztes Pfeifchen. Still und die Insekten mit ihrem Rauch vertreibend sieht sie in den sommerlich duftenden Garten, in dem nun auch die Grillen schweigen. Und da hört sie es wieder, das Geräusch. Oder genauer die Geräusche. Der Alt der Frau Pastor zunächst, der in einem etwas schrillen unschönen Ton endet. Dann der Bariton des Pastors. Friederike grinst. Da werden doch tatsächlich eine Geliebte aus Grundeshagen und ein Herzensfreund aus Arpshagen zugleich betrogen, denkt sie. Wobei das mit dem Betrug an letzterem etwas ist, worüber Friederike später, wieder auf ihrem Strohsack liegend, noch etwas nachdenken will. Zu merkwürdig ist es doch mit Hans Kaspar jr. und der Frau Pastor. Die liebten sich bestimmt nicht so lauthals, wenn sie sich denn überhaupt liebten. Wir aber ziehen den Vorhang der Diskretion über die intime Szene einer Ehe.

In Rehna schläft erschöpft Esther Denner. Vor zwei Tagen hat sie ihren Reisekoffer gepackt, alles aufgeladen und festgeschnürt. Seitdem schlägt sie sich mutig durch die mecklenburgische Weite, quält sich über die mecklenburgischen Straßen und durch den mecklenburgischen Sand. Im alten Kloster Rehna hat sie Quartier für sich und die Pferde gefunden. Morgen, so früh wie möglich, will sie in den Klützer Winkel aufbrechen.

Als letzter von unseren Klützer Helden erreicht in dieser schönen Sommernacht Johann seine Schlafstätte und verwundert sich, weil er über den mit platter Nase seltsam schnarchenden Benno hinwegsteigen muss, um die Stiege hinauf zu seiner Kammer auf Gottliebs Hof erklimmen zu können.

Wie spät es wieder geworden ist bei Künnecke, der ihn seit einiger Zeit nach Feierabend gelegentlich mitnimmt in die Burg von Arpshagen, die von außen wie eine Scheune aussieht und von innen, wie Johann enttäuscht feststellen musste, nicht besser. Johann spürt, Künnecke freut sich, einen so anstelligen Lehrling gefunden zu haben. Er hat an diesem Abend Johann die Pläne für den bothmerschen Palast gezeigt. Er zeigte auch die, welche der Graf selbst gezeichnet hat. Er sprach von Palladio und erzählte von seinen Reisen durch Holland, auf die der Graf ihn geschickt hatte, um die Backsteinpaläste dort kennenzulernen.

Johann ist beeindruckt, wie schön der Graf zeichnen kann. Und wie genau. Schöner und genauer sogar als Künnecke.

„Meine ersten Skizzen hat er dem Kamin überantwortet", erzählte Künnecke. „Dann hat er selbst gezeichnet. Erst da konnte ich verstehen, worauf er hinauswollte."

„Auf das ganz Große", sagte Johann, den alles gleichermaßen verwirrte und erstaunte. Dass Künnecke ihn so heraushebt aus der Hundertschaft von Bauleuten. Dass er ihn nach Arpshagen mitnimmt, ihm die Pläne zeigt und ihn über Baukunst belehrt. Nie spricht Künnecke bei diesen Gelegenheiten von dem, was ihn den ganzen Tag über beschäftigt, die Schwierigkeiten an jeder Ecke, die Klagen allenthalben, wenn sich ein Gewerk über das andere beschwert und es wieder einmal an Material fehlt, weil irgendein Transport noch immer nicht angekommen ist. Auch von dem versinkenden Westflügel spricht Künnecke an solchen Abenden in Arpshagen nie. Er spricht nur über Ideen und begeistert sich an Plänen. Was er bislang gebaut hat und was er noch zu bauen gedenkt. Und freut sich, jemanden gefunden zu haben, der ihn versteht und womöglich künftig begleiten könnte. Der ihn mit Respekt sieht und die Gelehrigkeit eines eifrigen Schülers zeigt. Johann staunt und schweigt zumeist in Arpshagen. Was soll er auch zu all den hochfliegenden Plänen sagen? Den Klützer Winkel zu verlassen, daran hat er zwar auch schon manchmal gedacht. Aber dann sah er sich in Grevesmühlen oder vielleicht noch Gadebusch. Künnecke jedoch spricht von Schwerin, Hamburg, Hannover, von England gar.

Manchmal, wenn sie so zusammensitzen, pocht es an die Tür und die Gattin von Hans Kaspar jr. steckt ihren Kopf herein. Ihre Augen funkeln, so verärgert scheint sie, wenn Johann dasitzt. Aber Künnecke pflegt dann unwirsch zu sagen, sie sehe doch, dass er beschäftigt sei. Und Christine Margarethe zieht sich zurück. Unter einem Fauchen, wie Johann dachte, als er es zum ersten Mal gehört hat. Einem zischenden Geräusch, von dem er nicht begreift, wie sie es wohl erzeugen mag. Künnecke grinst, wenn sich die Tür wieder geschlossen hat. Johann hat irgendwann bei einem der Besuche verstanden, weshalb ihn der Baumeister dann und wann nach Arpshagen mitnimmt: Damit Künnecke vor seiner Herrin Tätigkeit, wichtige Tätigkeit, vorschützen kann. Johann hat aber auch noch etwas anderes begriffen bei der Gelegenheit, nämlich dass er solche Geschichten besser nicht im Frät

Kraug zum Besten geben sollte. Er fürchtet ohnehin, dass sie im Frät Kaug nicht mehr gut auf ihn zu sprechen sein werden, erfahren sie, dass er, der kleine Dachdecker, inzwischen ein Vertrauter des großen Baumeisters geworden ist und sogar abends bei ihm auf der Burg hockt.

Was würde Gottlieb sagen, sein Vermieter, wenn er davon erführe? Oder die blonde Friederike mit ihrem Schandmaul? Der lange Heinrich, der Johann bislang fast so etwas wie ein väterlicher Freund gewesen ist? Johann schwindelt manchmal, wenn er darüber nachdenkt, wie sich sein Leben in so kurzer Zeit verändert hat.

Merkwürdig in Arpshagen ist in Johanns Augen aber nicht nur, dass Christine Margarethe, die er zuvor noch nie von Nahem hat erblicken dürfen, derart häufig in der Tür steht. Merkwürdig findet er auch, dass er den Hausherrn Hans Kaspar jr. nie sieht. Und merkwürdig muss es ihm schließlich vorkommen, wie Künnecke die belehrenden Abende, so wie auch heute wieder, abrupt enden lässt und ihn, Johann, umstandslos, fast unfreundlich auf den Heimweg schickt. Johann fragt sich in solchen Fällen naturgemäß, ob er etwas falsch gemacht haben mag. Wie sollte er auch den schlichten Grund kennen, der überhaupt nichts mit ihm zu tun hat und von dem wir schon wissen: Künneckes plötzlich einsetzende Müdigkeit und sein Verlangen, sich sogleich auf das Bett zu werfen.

Beschwingt und vom Baumeister mit einer brennenden Fackel ausgerüstet ist Johann zurück nach Hofzumfelde gelaufen. Fast hüpfte er. Und alle Bäume und Büsche, welche das Licht der Fackel traf, schließlich die in ihrer Wucht wie ein Ungeheuer dunkel daliegende Baustelle, an der er vorüberkam, und schließlich das letzte Stück des Weges, die junge Lindenallee zu seinem Quartier – all das kam ihm schon so vor, als würde es sich von ihm verabschieden wollen. Denn bald schon würde er in die Welt ziehen.

In Gedanken war er schon fort. Zuerst, wenn er den Baumeister richtig verstanden hat, nach Schwerin. So lief er und bemerkte gar nicht, wie der Regen einsetzte.

Wie er ankommt in seinem armseligen Quartier, sind die Träume Schäume und seine Kleidung feucht. Und er ist schon froh, wenn das erhebende Gefühl, das ihn eben noch erfüllte, wenigstens ausreicht, um leichthin über den im Weg liegenden Benno hinwegzuhüpfen. Die Stiege knarrt ernüchternd und sie führt auch nicht in den Himmel, obwohl Gottlieb und seine Mutter sie Himmelsleiter zu nennen pflegen.

Christine Margarethe, die künftige Gräfin, fällt Johann noch einmal ein. Irgendetwas ist mit ihren Augen, wenn sie so funkeln. Aber was?

Oben angekommen ist auch das schon wieder vergessen. Sein großes Gebiss öffnet sich zu einem Gähnen, das es ordentlich knacken lässt. Er braucht wie sein Bauherr keine fünf Minuten, sich zu entkleiden, seine Sachen zum Trocknen auszubreiten und in einen tiefen Schlaf zu sinken.

ZEHNTES KAPITEL – BROOK, 23. JULI 1730

Graf Bothmer unternimmt mit Christine Margarethe einen Ausflug, erfährt von einem Marzipanbäcker, kommt aber nicht dazu, von dessen Köstlichkeiten zu probieren

Bis Elmenhorst bleibt es still in der Kutsche, einer Carrosse coupé. Man hört nur dann und wann den Kutscher auf seinem Bock, wenn er von oben herab den Pferden freundlich zuredet. Der Kutscher heißt Ernst und steht in gräflichen Diensten, seit Hans Kaspar seinen Blick auf den Klützer Winkel geworfen hat. In der Kutsche aber hängen die beiden Reisenden ihren Gedanken nach, während im schmalen Fenster die weite, in Sonne getauchte Landschaft vorüberzieht. Es ist noch Morgen, aber schon warm. Weil unbeaufsichtigt, gehen die Gedanken ihre eigenen, etwas seltsamen Wege.

Graf Bothmer denkt darüber nach, dass er hier im Klützer Winkel wie selbstverständlich nur zweispännig unterwegs ist. Er muss darüber schmunzeln. In London wäre so etwas undenkbar. Mindestens vierspännig hat er vorzufahren, beim König sechsspännig. Das ist er seinem Rang schuldig. Und seinem Reichtum. Die High Society in London erwartet solche Auftritte von ihm. Sie staunt nicht darüber, es gilt als selbstverständlich. Staunen würde sie, sähe sie ihn hier im Klützer Winkel. In einer schlichten Kutsche, mehr Kasten als Kalesche, mehr Bauernwagen als Staatskarosse. Ohne Wappen an den Türen und mit zwei Pferden, die bestimmt nicht aus seiner eigenen berühmten Zucht stammen, sondern wenig edle Kaltblüter sind. Immerhin kennt er sogar schon ihre Namen, weil sich der Kutscher ihrer immerzu vom Bock herunter bedient: Max und Lisa. Und nicht nur die Kutsche und die Pferde würden in London bestaunt und belächelt. Auch sein eigener Aufzug. Der Graf ist schlicht und in Grau gekleidet, dezent, geschmackvoll, aber weit entfernt von seiner Londoner Seidenpracht und den Schäumereien aus weißer Spitze.

Er trägt nicht einmal Perücke und freut sich in seiner Sommerfrische, wenn der Seewind über die Haarstoppeln auf seinem Kopf streicht. Bothmer denkt darüber nach, ob er für das Konzert in seinem Palast, das Baustellenkonzert, wie Künnecke es genannt hat, wenigstens eines seiner Staatskleider hervorholen sollte. In einer der Truhen in Grundeshagen müsste eines liegen. Er hat es seit Reisebeginn nicht einmal vermisst. Womöglich haben sich seiner schon die Motten bemächtigt, wer weiß.

Aber nein, das Staatskleid mit seinem Silber und Gold und dem Glitzerkram der Orden passt auch nicht für das Konzert. Alles würde ihn bestaunen wie ein exotisches Tier. Und dann könnte vor Staunen und Wispern niemand mehr dem Pastor lauschen und, was viel schlimmer wöge, der Musik Händels. Eitel würde man ihn nennen, denkt der Graf. Gockel, würde man sagen. Und gehört Eitelkeit nicht zu den Todsünden? Pastor Pilgrim würde ihn scheel ansehen, ein zugleich furchtbarer wie erheiternder Gedanke.

Händel übrigens hat sich mehr noch als Bothmer längst in die Verhältnisse gefunden. Er genießt seine, wie er es nennt, Verwahrlosung. Er läuft im bekleckerten Rock umher und wird nur sehr selten noch mit Perücke gesehen. Eigentlich nur, wenn er hin und wieder Damen empfängt, um deren Stimmen zu schulen. Der Graf will seinen Freund nicht schelten deswegen. Er ist schließlich der Einzige, dem das auffällt, weil er weiß, wie viel Wert Händel in London auf sein Äußeres legt und sich außerhalb seiner Wohnung in der Brookstreet niemals so sehen lassen würde wie hier im Mecklenburgischen. Er muss in London schließlich seinem Publikum in jeder Hinsicht zu gefallen suchen, damit es weiter in sein Opernhaus strömt und mit ihm auch das Geld, dessen Händel dringend bedarf, um das teure Theater mit seinen Stars, besonders den kaum noch zu bezahlenden Kastraten, am Leben zu erhalten.

Manchmal beim Frühstück auf der Terrasse von Grundeshagen müssen sie laut lachen, wie sie beide dasitzen, Londoner von hohem Rang, notdürftig bekleidet und derben Tischsitten frönend, bei der sich in London so manche edle Augenbraue ungläubig heben und manche fein gepuderte Nase rümpfen würde.

Und dann sitzt er, der Graf, auch noch entgegen der Fahrtrichtung in diesem Rumpelkasten von Kutsche, also auf dem Platz des im Rang tiefer Stehenden. Auch so etwas würde man in London für unmöglich ansehen. Er hat der Frau seines Neffen den Ehrenplatz überlassen, ohne zu zögern, ja ohne es zunächst überhaupt recht zu bemerken. Jetzt erst fällt es ihm auf, weil ein kräftiger Stoß ihn um Haaresbreite in die Arme Christine Margarethes geschleudert hätte. An den Straßen hier ist viel auszubessern, denkt er. Sehr viel. Eigentlich alles.

Soweit ist es mit mir gekommen, sagt sich Bothmer, und der Gedanke befriedigt ihn. Und er dankt still Gott und dem Speckwinkel dafür. Er findet, seine vielen tausend Reichstaler sind in der feuchten Senke zwischen Hofzumfelde und Arpshagen bestens angelegt.

Und Christine Margarethe? Deren Gedanken gehen ganz andere Wege. Um ihren Rang und ihre Fortbewegungsmittel hat sie sich noch nie Gedanken gemacht. Ihre Gedanken drehen sich um ihrer Lust. Das passiert ihr oft, denn sie leidet da entschieden Mangel. Dass sie sich ihrer körperliche Lust hinzugeben vermag, geschieht so selten, wie es hohe Feiertage im Festkreis des Jahres gibt. Und sie sieht auch keine andere Möglichkeit, als diese Lust mit sich selbst zu erzeugen, wobei sie darunter leidet, dass nicht jeder ihrer Versuche der Selbstbefriedigung auch von dem gekrönt ist, was sie in ihrer Einsamkeit einen Erfolg nennt. Dass es so selten gelingt, schiebt sie auf ihre Scham, die sie nicht loswird und die ihre Erkundungen des eigenen Körpers bremsen. Sie würde so gern schamlos sein. Schamlosigkeit, Lust, Glück – darin sieht sie eines. Sie denkt viel daran. Sie denkt an Männer, denen sie sich gern hingeben würde. An so einen wie Künnecke. Ihr Ehemann jedoch kommt in diesen Gedanken gar nicht erst vor. Von dem ist Lust nicht zu bekommen, Schamlosigkeit nicht und schon gar kein Glück.

Sie hatte es vom ersten Tag ihrer Ehe an als unangenehm empfunden, wenn er zu ihr kam des Nachts und sie ihn schon hörte auf dem Gang, seine tapsenden Schritte, sein Hüsteln immerzu. Sie empfindet Ekel vor ihrem Mann. Vor seiner Nacktheit, seiner sommersprossigen faltigen Haut und der Halbglatze, die selbst in der Dunkelheit einen matten Schimmer in ihrem Schlafzimmer zu verbreiten scheint. Dass in den Romanen, die sie insgeheim liest, als Liebe bezeichnet wird, was in ihren Augen einer Vergewaltigung gleicht, vermag die sonst so lebenslustige junge Frau in Abgründe der Melancholie zu stürzen. Es ekelt sie, wenn sein Samen in ihren Schoß fließt. Zum Glück geschieht es selten und in letzter Zeit noch seltener. Eigentlich kommt es gar nicht mehr vor. Dabei hatte sie der Hochzeit mit Freude entgegengesehen. Endlich konnte sie ihren traurigen Verhältnissen in Rolofshagen entfliehen. Die Bülows bewahren zwar den Anschein eines ihrem

Stand angemessenen Lebens, aber die wirtschaftliche Lage entspricht dem herrschaftlichen Auftreten schon lange nicht mehr. Alles nur noch Fassade. Zu ihren Gütern waren sie gekommen, als nach dem Dreißigjährigen Krieg, den alle hier nur den Teutschen Krieg nennen, die mecklenburgischen Landstriche brach dalagen und menschenleer. Sie hatten billig gekauft damals und alle freien Bauern, so es sie überhaupt noch gab, in die Abhängigkeit gebracht. Das Land erholte und bevölkerte sich wieder, die Landwirtschaft wurde gebraucht, um all die vielen zu ernähren, die nun nachwuchsen. So ging es Jahrzehnte gut in der Abgeschiedenheit des Klützer Winkels. Aber als die Hannoveraner das Land besetzten und es vorbei war mit der Abgeschiedenheit einer in all den Jahrzehnten nie veränderten mecklenburgischen Gutswirtschaft, begann der Niedergang der Bülows und der Plessens, rasch, unaufhaltsam. Was waren ihre Eltern deshalb erleichtert, als eines Tages Bothmers Advokaten auftauchten. Elmenhorst war das erste Gut, das sie an den Grafen verkauften, vor sechs Jahren. Und sie, Christine Margarethe, hatte den Bothmer-Erben zu heiraten mit zwei heruntergekommenen Gütern als Mitgift, Parin und Rolofshagen. Da war auch sie erleichtert. Endlich ein eigener Hausstand. Endlich so etwas wie Unabhängigkeit, Hoffnung auf ein gutes oder wenigstens doch besseres Leben, als sie es bis dahin geführt hatte.

Die unzureichende Hochzeitsnacht nahm sie noch hin, froh, als es vorüber war. Aber dann entdeckte sie zufällig die Lust an sich selbst. Erst machte sie noch den halbherzigen Versuch, Lust auch von ihrem Ehemann zu erlangen. Aber es wollte nicht gelingen, und der Halbherzigkeit gab sie schon gar keine Schuld mehr daran. Wer außer sie selbst könnte ihr die Lust verschaffen, fragt sie sich seitdem. Die Frage hat vollständig von ihr Besitz ergriffen. Sie denkt daran, wann immer sie Zeit findet. Selbst in der

Kirche beim Gottesdienst. Und eben auch jetzt in der Kutsche. Sie hört begierig zu, wenn sie gelegentlich irgendwo in der Nachbarschaft auf einem der Güter ihrer Verwandten zur Tafel geladen ist und man dort von manchem Liebeshändel schwatzt, unstandesgemäßen bevorzugt. Skandal, Skandal, sagen die Verwandten. Wie beneidenswert, denkt Christine Margarethe. Sie hört – und es erregt sie – von der Herzogin aus dem fernen Mecklenburg-Strelitz. Dorothea Sophie nimmt sich, wenn man dem Klatsch an der Tafel glauben darf, zum Liebhaber, wer immer ihr über den Weg läuft und gefällt. Eine Zeit lang den viel gerühmten Abenteurer Chasot, der einst Lübeck gerettet hatte, toll aussieht und jetzt in Neustrelitz wie zu ihrer Verfügung lebt. Oder zur Not auch den Stallburschen, wenn es ganz dringend ist. So wird erzählt.
Zur Not den Stallburschen. Ja, so denkt Christine Margarethe auch. Sie empfindet Not, kann sich aber, anders als die ferne Herzogin, unmöglich einfach so bei irgendwem bedienen. Die Herzogin in Strelitz hat gerade ein neues Schloss zusammen mit einer neuen Stadt bauen lassen. Nicht der Herzog sei es gewesen, erzählt man sich hinter vorgehaltener Hand. Denn der sei viel zu träge, zu blöde und in allem zu abhängig von seiner Frau. Seine Frau sei die treibende Kraft, wegen der man wieder von Strelitz spricht, selbst an den Tafeln im Speckwinkel. Und von der Christine Margarethe gern noch mehr hören würde, aus diesem seltsamen Herzogtum irgendwo hinter den sieben Hügeln.
Wie Christine Margarethe solche Geschichten gefielen. Und dann denkt sie: Künnecke mit seinem Spatengesicht ist so ein Chasot, den sie zu gern bei sich haben würde, nachts, wenn es sie nach Liebe dürstet. Sie muss nur an Künneckes männliche Gestalt denken, dann dämmert schon die Lust in ihr herauf, leider nur sehr fern. Wie müsste es erst sein, wenn sie wirklich in seinen Armen

läge? Auch jetzt in der Kutsche spürt die junge Frau, kaum denkt sie an Künnecke, wie es sie erregt.

Aber Künnecke entzieht sich. Aus Ergebenheit den Bothmers gegenüber, dachte sie bislang und hat dennoch in ihren Nachstellungen nicht nachgelassen. Neuerdings jedoch sitzt immerzu einer von den Dachdeckern bei ihm. Der jüngste natürlich, der schönste, wie Christine Margarethe meint. Muskulös, braungebrannt, kurzes dunkles Haar, dunkle Augen, kräftiger Mund. Und in ihr regt sich ein grauenhafter Verdacht. Man hört so viel von der Liebe unter Männern. Sie scheint geradezu in Mode gekommen. Will Künnecke von ihr nichts wissen, weil er Männer bevorzugt? Nun, er mag tun, was er nicht lassen kann. Aber sie? Ihre Enttäuschung? Besteht das Leben allein aus verlorener Hoffnung, enttäuschter Erwartung, unerfüllter Liebe? Aus Mangel an Lust? Ist Leben glücklos?

Nicht nur das Missverhältnis zwischen dem tristen wirklichen Leben und den zumeist glücklich ausgehenden Romanen, die Christine Margarethe verschlingt, stürzen sie in Traurigkeit. Es passiert ihr auch, wenn sie manchmal ihre Zukunft vor sich sieht, stets überschattet von düsteren Wolken. Immer nur dieser scheußliche Ehemann, immer nur vergebliches Sehnen, unbefriedigte Lust, einsames Herz, immer nur Fassade und Trümmer dahinter. Wenn Gott ihr doch ein Zeichen senden wollte, dass es nicht ewig so bleiben muss, würde ihr das schon genügen, denkt sie. Hoffnung haben. Nur ein klein wenig Hoffnung. Sie wollte Gott dann so wie früher ihre Fröhlichkeit schenken, alle Aufmerksamkeit im Gottesdienst und dem von Gott gesandten Mann – denn darauf läuft es bei ihr hinaus – ihre ganze heiße Liebe.

So denkt Christine Margarethe vor sich hin, in der zweispännigen Kutsche sitzend auf der Fahrt nach Brook.

Hinter Elmenhorst sehen sie das Meer, blau und träge, ein wolkenloser Himmel in einem etwas anderen Blau darüber. Das Meer begleitet sie jetzt auf ihrem Weg, eine leichte Brise kühlt angenehm. Es ist nicht mehr weit bis Brook.

Da endlich räuspert sich Bothmer, reibt sich die Hände in einem trocknen Geräusch und murmelt mit Blick aus dem Fenster: „Schön, nicht wahr?"

Christine Margarethe, jetzt auf der Hut, nachdem sie sich in ihren Gedanken eben noch hat weit hinaustreiben lassen, antwortet nicht und blickt ihr Gegenüber misstrauisch an.

„Hat dich Händel auch schon zum Gesangsunterricht verpflichtet, so wie die Frau Pastor? Sie habe eine so schöne Altstimme, sagt er."

Christine Margarethe antwortet nach einigem Zögern: „Ich hingegen nur einen schrillen Sopran. Er ist so schrill, dass ich mich im Gottesdienst besser zurückhalte, obwohl ich unseren Herrn sehr gern ansinge."

„Ansinge?"

„Nun, ist das Singen nicht wie ein Anbeten? Besser sogar als ein Gebet, schöner. Ich bitte den Herrn, mir seinen Schutz zu gewähren. Und seine Liebe. Wenn ich es singe, stimmt es ihn vielleicht gnädig. Vielleicht erfüllt er meine Wünsche, denke ich dann. Kann freilich auch sein, er hält sich die Ohren zu, weil ich so schrill singe und die Melodie nicht zu halten vermag. Ich bin vollkommen unmusikalisch. Was weiß man schon, erst recht von den himmlischen Mächten."

Bothmer sieht seine Nichte überrascht an. „Sprich mir von deinen Wünschen, Kind. Oder, meinetwegen, singe."

„Die sind, Herr, gottbefohlen. Denn ich weiß nicht einmal, ob sie überhaupt irdisch sind."

„Aber du kannst den da oben doch nicht mit deinen Wünschen bedrängen." Und Bothmer hebt den Blick zum Plafond des Kutsch-

kastens, als könnte er Gott dort entdecken. „Du kannst seine Gnade erflehen. Seine Hilfe. Sein Wohlwollen. Aber Wünsche? Kann ich sie dir nicht erfüllen?"
„Nein, Herr."
„Betrifft es Hans Kaspar? Ich habe ihm gesagt, er soll das unterlassen mit der Frau Pastor. Sie hat jetzt wohl auch anderes zu tun. Wo sie doch bestimmt eine große Sängerin wird." Der Graf lacht kratzig und muss dann tatsächlich husten. Und als er wieder sprechen kann, fährt er fort: „Und sollten deine Wünsche auf Künnecke gerichtet sein – wie könnte Gott da Segen spenden? Du siehst, ich weiß alles. Lass Künnecke in Frieden. Solche Sachen tun der Ehre unserer Familie nicht gut. Von der Ehe ganz zu schweigen."
Bothmer hat mit freundlicher Stimme gesprochen, doch Christine Margarethe erwidert gereizt: „Ihr droht mir?"
Abermals reibt sich der Graf seine Hände, das trockene Geräusch. „Oh, nein, nein. Ich meine nur, es lohnt nicht, es lohnt niemals, sein Wünschen an Unerfüllbares zu hängen wie Ostereier an den Strauch. Das eine sieht so albern aus wie das andere. Gott nimmt Wünsche nicht entgegen. Da bin ich mir sicher."
„Ihr habt es leicht, Herr, wenn Ihr so sprecht. Ihr wünscht Brook, und Ihr werdet es bekommen. Ganz einfach. Ganz irdisch, ohne Gebet, ohne Singen. Eure Reichstaler regeln das."
„Mein Advocatus hat es bestens vorbereitet, das stimmt. Ich muss, hoffe ich, nur noch die Feder zur Unterschrift ansetzen. Ich will auch gar nicht davon reden, Brook sei mein Wunsch. Brook steht zum Verkauf und passt wunderbar zu unserem kleinen Reich, meinem und natürlich auch deinem, wenn Hans Kaspar das alles nach meinem Tod erbt. Brook grenzt an Elmenhorst. Vermutlich überfahren wir just in diesem Augenblick die Grenze."
„Mein Wünschen ..."

„... ist weiblich", fällt Bothmer, immer noch mit Güte in der Stimme ein. „Also unaussprechlich, ich verstehe. Obwohl ich natürlich gar nichts verstehe. Und nun lass das endlich mit Herr und Sie. Du bist meine Nichte, meine Erbin."
„Oh, ich danke Euch. Ich meine: dir."
„Ich würde es Händel auch gar nicht erlauben, dich zu einer Sängerin machen zu wollen. Für das Baustellenkonzert, was er unbedingt haben will und was ich ihm gewähre. Du gehörst nun einmal nicht auf die Bühne, wo kommen wir da hin. Du gehörst in die erste Reihe des Publikums. Du bist nun einmal die Gastgeberin. Du bist die Herrschaft. Vergiss das nicht. Vergiss das nie, Kind. Mach dich nirgendwo gemein."
„Ich hörte von dem Konzert. Hans Kaspar sagte so etwas."
„Und Künnecke hat es dir nicht erzählt?"
„Nein. Weshalb sollte er. Er ist froh, wenn er sich mir entziehen kann. Ich habe ihn seit Tagen nicht gesehen. Eure Vorwürfe wegen Künnecke sind nicht gerecht."
„Nun, Vorwürfe! Gerecht! Aber was ich dich schon lange fragen wollte: An dem Abend mit dem Theater, du erinnerst dich, hast du mich da schlafend auf dem Mäuerchen gefunden? War ich tatsächlich eingeschlummert? War jemand bei mir? Mir fehlt, ehrlich gesagt, ein Stück Erinnerung."
Christine Margarethe sieht den Grafen jetzt offen an. Ihr schmaler, sonst so verkniffener Mund öffnete sich zu einem Lächeln, welches die Fältchen um ihn herum weitertragen. Über das gesamte, auf einmal hübsche kleine Gesicht hinweg. Auch die Augen lächeln mit, eines grüner als das andere. Bothmer kann es jetzt naturgemäß besser sehen als seinerzeit auf dem Mäuerchen. Sie beugt sich etwas vor.
„Ihr habt sogar geschnarcht", erwidert sie leise, als dürfte es Kutscher Ernst nicht hören, obwohl er ohnehin nichts von dem zu

hören vermag, was in der Kutsche gesprochen wird. „Ein bisschen jedenfalls. Ich wollte du sagen. Du hast ein bisschen geschnarcht. Und es war niemand weiter da."

Der Graf errötet. Aber dann denkt er, das sei doch gar nicht so schlimm, dass mit dem Schlummern und Schnarchen. Und weiter denkt er: Vielleicht sollte ich mich gar nicht so krampfhaft festhalten, wenn diesem Rumpelkasten so ein Stoß versetzt wird wie vorhin. Vielleicht sollte ich mich einfach in die Arme meiner Nichte fallen lassen, einfach loslassen. Wie sie da so lächelnd sitzt, fragt er sich doch tatsächlich, ob er je eine so bemerkenswerte Frau gesehen habe.

Aber die Kutsche bekommt keinen Stoß mehr. Bis zu ihrem Ziel rollt sie ruhig dahin. Endlich hält sie. Bothmer reicht seiner Nichte die Hand, um ihr beim Ausstieg behilflich zu sein. Dabei kann er sich einen Blick auf ihr Dekolleté nicht verkneifen, das üppigste an ihr.

„Und nun habe ich dich gar nichts über Brook gefragt. Dabei hatte ich dich deswegen mitgenommen, Kind."

Graf Bothmer weiß, kaum dass er der Plessens ansichtig wird und die ersten Worte mit ihnen wechselt, dass er noch am selben Abend in seinem Tagebuch davon ausführlich erzählen muss. Schon der Anblick des Paares: Ludwig von Plessen überragt seine Gemahlin um einen Kopf und ist ein in die Jahre gekommener, aber immer noch sehenswerter Beau. Aber seine Stattlichkeit verblasst doch neben der ungeheuren Fülle seiner Gemahlin Elisabeth, die wie Christine Margarethe eine geborene Bülow ist, wenn auch aus einem anderen Zweig. Der Zweige gibt es bei den Bülows so viele wie goldene Kugeln im Wappen der Familie: vierzehn. Vielleicht wäre dem Grafen die Fülle der Dame nicht einmal so sehr ins Auge gefallen, würde sie nicht, noch an der Kutsche stehend, klarstellen, dass sie hier das Sagen hat.

Denn die Dicke nimmt sogleich das Wort: „Graf, willkommen auf Brook. Wie reizend, dass Ihr meine Nichte mitgebracht habt."

„Nichte mitgebracht habt, reizend", echot Ehemann Ludwig.

Christine Margarethe knickst, Bothmer beugt sich über der Dicken fleischige Hand.

„Ich darf in die Veranda bitten. Ich habe ein paar Erfrischungen vorbereiten lassen. Euch wird es dürsten nach so einer Weltreise", sagt Elisabeth und macht eine einladende Handbewegung. Wegen ihrer Fülle ist das für sie offenbar schon eine gewaltige Anstrengung, denn sie keucht dabei.

„Oh, ja, Weltreise", sagt ihr Gatte derweil.

Der Platz in der Veranda gefällt Bothmer. Das Dach spendet etwas Schatten, dazu die Linden vor dem Haus. Zugleich erlaubt die Veranda einen Blick über die gewaltige Hofanlage. Das Gut besteht aus großen backsteinernen Ställen und Scheunen. Das Gutshaus hingegen wirkt klein dagegen, beinahe zierlich. Brook zeigt mehr Ähnlichkeit mit einem Gut in Schleswig-Holstein als einem mecklenburgischen. Die Nähe zum Holsteinischen hat sich offenbar als stilbildend erwiesen. Freilich wirkt alles ein wenig heruntergekommen. An einer der Scheunen ist das Dach zusammengebrochen, ein Sturmschaden, wie Elisabeth sagt.

„Sturmschaden", wiederholt Ludwig.

„Dauert es Euch nicht, das hier alles aufzugeben?", fragt Bothmer.

Hier setzt Ludwig zu einer Antwort an, wird aber von seiner Frau mit einer unwirschen Handbewegung zum Schweigen gebracht, bevor er hätte sprechen können.

Dann sagt sie: „Brook stand schon länger zum Verkauf, Graf. Aber der rechte Käufer wollte sich nicht einstellen. Wir wollten nicht, dass womöglich irgendein Pfeffersack aus der Lübecker Stadtgesellschaft zugreift. Sie haben da ja Geld ohne Ende. Aber es wäre uns doch unerträglich, Brook an Leute zu geben, die nicht zu uns gehören, Graf. Und die noch dazu keinen Schimmer von Landwirtschaft haben."

„Nichts wissen sie über Landwirtschaft." Ludwig.

Welch dreiste Lüge, denkt Bothmer. Er kann sich eben noch die Frage verkneifen, ob er in den Augen der Bülows zu dem „Uns" gehört. Sein noch so junger Grafentitel kann sich nicht messen mit dem uralten der Bülows und ihren vierzehn Kugeln. Und wie ihn die Dame Elisabeth das eben hat spüren lassen, das ärgert ihn. Diese Herablassung, dieser Stolz, der allein auf einen Stammbaum gründet. Und weil der Graf durchaus auch einen cholerischen Zug besitzt, sinnt er auf Rache.

Das ist ihm wohl anzusehen. Denn auf einmal spürt er, wie zwei schmale Hände sich unter dem Tisch um die seine, auf seinem Schenkel ruhende schließen. Christine Margarethe sieht ihn von der Seite an mit einem flehenden Gesichtsausdruck, getarnt von einem Lächeln.

„Oh, Graf", ruft Christine Margarethe, so leichthin wie ein Vogel zwitschert, „atmet doch nur einmal aus voller Lunge. Diese Seeluft. Sie ist noch viel stärker als bei uns, nicht wahr?"

„Die See liegt gerade einmal fünfhundert Meter von hier entfernt", schnauft die dicke Plessen. „Nicht immer liegt sie so still da, als wollte sie zum Bade einladen. Manchmal stürmt es hier ordentlich, das will ich nicht verschweigen."

„Oh, ja, Stürme, ordentliche." Wer wohl?

„Die Luft hier befördert die Gesundheit", sagt Christine Margarethe. „Oheim, Ihr solltet häufiger nach dem Rechten sehen, wenn Euch das alles gehört. Es wird Euch bekommen. Schon die Reise, und dann die Luft hier."

Elisabeth sieht die junge Frau erstaunt an und ärgert Bothmer dann abermals, indem sie erwidert: „Nun, der Graf, mein Kind, beliebt, wie alle hier im Winkel sehr wohl wissen, ein eigenes Zuhause zu bauen, mit dem sich Brook niemals zu messen vermag."
„Nein, Brook kann sich da nicht messen." Das Echo.
Jetzt liegt eine Hand Christine Margarethes doch tatsächlich unter dem Tisch auf dem Oberschenkel Bothmers. Ein Versuch, beruhigend auf den Grafen einzuwirken. Er gelingt. Und wie wohl das dem Grafen tut.
Sie merkt, dass es in mir zu brausen beginnt, denkt er. Aber die Dicke würde fortan keine Ruhe geben, wehrte er sich nicht wenigstens einmal. Eine solch impertinente Person ist ihm in diesem Winkel noch nicht begegnet. Und dazu dieses Echo, dieser Beau unterm Pantoffel.
„Mehr als die Luft beschäftigt mich, wie Boden und Vieh beschaffen sind", sagt Bothmer schließlich. „Ich kaufe kein Lustschloss."
„Nun, das Lustschloss baut Ihr ja selbst, ich verstehe. Was die Ökonomie von Brook anbelangt – sie ist nicht die schlechteste, bei dem Klima und den Böden hier."
Der Graf wartet auf das Echo, aber diesmal bleibt es aus. Christine Margarethe hat das auch bemerkt. Sie gluckst und zieht die Hand von ihrem Onkel fort. Denn sie bedarf ihrer in diesem Augenblick selbst und hält sie sich vor den Mund, weil sie befürchtet, gleich loszuprusten.
Bothmer antwortet kühl: „Klima und Boden, sehr wohl. Aber was nützt es, versteht man nicht, damit umzugehen."
„Ludwig", ruft die Dicke daraufhin und lässt Empörung in ihrer Stimme vibrieren, „zeige dem Grafen die Bücher." Und sich wegen ihrer Fülle aufwendig und schwer atmend zu Christine Margarete wendend setzt sie hinzu, wieder in den normalen Ton fallend:

„Kind, ich zeige dir derweil den Park. Er ist wundervoll." Woraufhin sie sich ächzend erhebt, Widerspruch gar nicht erst zulassend. Schon zieht sie Christine Margarethe am Arm mit sich fort.

„Den Kaffee hätten wir aber noch bei ihnen nehmen können. Der Park ist zwar klein, aber recht hübsch. Und die Terrasse herrlich beschattet. Und dort hätte die Hausherrin bestimmt servieren lassen. Nicht wieder in der ollen Veranda." So mault Christine Margarethe, während die Kutsche schon wieder parallel zur Küste dahinrollt, zurück nach Klütz.

Bothmer lacht, fröhlich wie seit Jahren nicht mehr. Für die Rückfahrt hat er sich in der Carrosse coupé kurzerhand neben seine Nichte gesetzt. Und siehe da, es ist gar nicht so eng, wie er befürchtete, in diesem mecklenburgischen Rumpelkasten.

Christine Margarethe plaudert: „Sie haben in Brook auch einen vorzüglichen Bäcker. Er kommt aus Lübeck und versteht sich auf Marzipan. Es hätte bestimmt Marzipanküchlein gegeben. Vor Jahren war ich schon mal bei meiner Tante, und da gab es diese wundervollen Küchlein. Ich erinnere mich. Ich erinnere mich auch, dass die Gnädige damals noch nicht so umfangreich war."

„Sie sollte nicht so viel Kuchen essen. Das macht dick."

„Vielleicht essen sie ja keinen, wenn keine Gäste da sind."

„Ich glaube nicht, Kind, dass wir deine Tante um ein Vergnügen gebracht haben, als wir den Kaffee ablehnten. Ich glaube, ihr Vergnügen war, dass wir abzwitscherten. Da konnte sie zwei Stücke essen, mindestens."

„Mag sein. Gehört Euch Brook denn nun? Ich meine: dir, Oheim."

„Oh, ja, es wurde nur leider etwas teurer als gedacht."

„Das tut mir leid."

„Dein Oheim Ludwig kann geschickt verhandeln."

„Nicht möglich. Mein Oheim? Ohne seinen Vormund?"

„Seinen Vormund? Wie sprichst du von seiner Gattin? Du sprichst doch von seiner Gattin?"

Nun muss auch Christine Margarethe lachen, und wieder schieben ihre Fältchen nach und nach das Lachen über das ganze Gesicht, so wie ein Vorhang sich öffnet und Licht hereinlässt.

Jetzt ist es der Graf, der die eine Hand seiner angeheirateten Nichte in seine Hände nimmt, als er berichtet: „Das muss ich dir erzählen. Ludwig zog mich in sein Bureau, schloss die Tür, lehnte sich mit dem Rücken dagegen und atmete tief durch. Er schloss sogar die Augen. Dann öffnete er sie wieder – und schien wie verwandelt. Ein Zauber. Ohne dass ich nur eine Frage gestellt hatte, ja ohne überhaupt zu Wort gekommen zu sein, referierte er mir die wirtschaftliche Lage des Gutes. Jede Zahl hatte er im Gedächtnis. Zwischendurch lächelte er, wohl weil er meine Verblüffung bemerkte. Dein Oheim Ludwig ist ein außerordentlich kluger, weit- und umsichtiger Mann. Brook würde glanzvoll dastehen und bestimmt nicht zum Verkauf, würde Elisabeth nicht dauernd Wünsche in ihrer unmissverständlichen Art vorbringen, an denen mein Freund Ludwig zwar Einfallsreichtum und Geschmack bewundert, nicht jedoch die Kosten. Zu Recht übrigens, wie die Bücher zeigen. Aber sein kameralistischer Einfluss ist gering. Es geht ihm da wie vielen Männern, den Ehemännern jedenfalls: Er steht unter dem Pantoffel."

„Hat er Euch das so gesagt? Dir, meine ich."

„Er konnte mit Witz davon erzählen."

„Und weshalb lässt er sich es dann gefallen?"

„Ein Naturgesetz, mein Kind", seufzt der Graf. „Unsere Zeit hat sich aufgemacht, in der Welt jene Gesetze zu erkennen, die sie zusammenhält. Gottes Gesetze, sozusagen, wir luchsen sie ihm ab. Und zwischen Mann und Frau ist es nun einmal so, wie es Gott gesetzt hat. Nämlich: Dem Mann geht der häusliche Friede über alles, und im Hause regiert sie unmissverständlich, die züchtige Hausfrau, wie ein Dichter mal sagte."

„Elisabeth als züchtige Hausfrau zu bezeichnen, schon das zeugt von Witz."

„Wäre sie eine züchtige Hausfrau geblieben oder vielleicht überhaupt erst eine geworden, stünde Brook bedeutend da, hoher Profit, keine Schulden. Ich sagte es wohl schon. Aber nun muss Brook verkauft werden, damit die Plessens ein anderes Gut so herrichten können, dass es auch Elisabeth gefällt. Es scheint ziemlich heruntergekommen. Schlimmer als Brook."

„Damshagen", ruft Christine Margarethe. „Unsere Nachbarschaft."

„Ah, ja, Damshagen, stimmt. Dorthin jedenfalls drängt es sie. Um ihren Lebensabend dort zu verbringen, wie Ludwig, dieser Spötter vor dem Herrn, meinte. So alt sind sie doch noch gar nicht."

„Damshagen ist das Stammgut der Plessens."

„Ich habe nichts dagegen, auch wenn es Nachbarn sind. Haben wir da nicht sogar das Patronat für die Kirche?"

„Richtig, Graf. Neuerdings erst."

„Gut so. Aber Ludwig meinte, es spuke dort in Damshagen."

„Es spukt?"

„Und stell dir vor, Kind, ich war es, der den Geist heraufbeschwor. Das hat mich fünfhundert Taler gekostet."

Christine Margarethe bleibt nur, den Grafen fragend von der Seite anzusehen und ihm die Hand zu entziehen. Es fehlt nicht viel und sie hätte ihm einen Vogel gezeigt.

Bothmer lacht kurz auf, als er das bemerkt. „Nun, ich habe rundheraus gefragt, wer eigentlich Hein von Plessen war. Ludwig hörte die Frage und erblich."

„Hein von Plessen?"

„In unserem liebenswerten, wenngleich nicht sehr komfortablen Quartier in Grundeshagen – du musst mich da mal besuchen, Kind

– hat man in Erwartung unserer Ankunft aufgeräumt und unter dem Dielenfußboden ein Versteck gefunden. Es enthielt eine uralte rostige Pistole und ein mehrfach eingewickeltes Päckchen."
„Liebesbriefe", ruft Christine Margarethe, gleich ganz begeistert. „Liebesbriefe an eine verheiratete Frau." Und vor Begeisterung blähen sich ihre Nasenflügel über den kreisrunden Nasenlöchern, wir ahnen, weshalb.
Bothmer macht eine abwehrende Handbewegung: „Nein, nein, schlimmer. Gedichte. Offensichtlich von der Familie versteckt, damit nie jemand davon erführe."
„Hein von Plessen. Nie gehört. Und Gedichte?"
„Es war vor deiner Zeit, Kind. Ich habe damals Briefe von einem Advokaten Hein von Plessen bekommen, vor vielen Jahren. Er wollte verhindern, dass ich den Plessens das Land abkaufte. Und nun wollte ich von dem klugen Ludwig wissen, ob mein Advokat Hein auch der mit den Gedichten sei."
„Ja, und?"
„Er ist es. Vielmehr, er war es. Erst war er Advokat in Hamburg, Bureau mit Alsterblick. Dann starb sein Vater, Hein zog sich nach Damshagen zurück, überließ es aber mehr oder weniger dem Ruin, weil er sich seinen Gedichten widmete statt der Wirtschaft. Es passierte, was in solchen Fällen passieren muss, auch wenn Ursache und Wirkung vermutlich nie zu klären sind."
„Was klären?"
„Er wurde kindisch. Es verrückte ihm die Sinne. Schrieb er nun seine Gedichte, weil er verrückt war, oder wurde er an seinen Gedichten verrückt? Egal, am Ende erschoss er sich. Auf dem Familienstammsitz! Und genau das ist der Familie peinlich wie kaum sonst etwas. Und ausgerechnet ich frage den guten Ludwig danach."
„Und da wollte er gleich mehr Geld? Was für ein Schlitzohr."

„Nein, das nicht. Ich schlug vor, ihm die Gedichte abzukaufen. Ich fand das fair, schließlich haben Händel und ich sie ja schon in unserem Besitz, jetzt könnten sie auch unser Eigentum werden. Wir mussten eigentlich niemandem davon erzählen, schon gar nicht den Plessens. Aber nun war ich so geschwätzig und trage die Folgen."
„Fünfhundert Reichstaler."
„Fünfhundert Taler für den Besitz der Gedichte und das Recht, bei Bedarf das eine oder andere zu vertonen. Eine Zeile ist mir im Gedächtnis verblieben. ‚Inseln des Lichts, Glitzerschübe im Teich.' Das gefiel Händel so gut, dass er gleich eine Arie darauf machen wollte. Oder was auch immer."
„Und weshalb spukt Gevatter Hein in Damshagen?"
„Weil er sich dort im Haus erschossen hat. Im Festsaal, mit großem Auftritt sozusagen. Weshalb auch gleich noch ein paar Fensterscheiben draufgegangen sind. Seitdem möchte kein Plessen mehr auf Damshagen leben. Behaupten sie jedenfalls. Aber wahrscheinlich ist das Gut nur zu heruntergekommen, und die Fensterscheiben wären so oder so kaputt. Aber dein Oheim Ludwig wird ihm aufhelfen, mit meinem Geld, versteht sich. Und auch nur unter der Bedingung, dass Elisabeth nicht ein Sofa für dreihundert Taler haben will. Oder Teppiche aus dem Orient. Oder ein Wasserklosett, wie es dies in unserem künftigen Haus geben wird, deinem und meinem. ‚Zeigt ihr niemals Euren Palast', hat Freund Ludwig zu mir gesagt, und er meinte seine anstrengende Frau. ‚Sie würde das alles, was Ihr habt, auch haben wollen.'"
„Ich sehe, Ludwig führt ein Doppelleben – hier braver Ehemann, dort ein auf den Taler bedachter Gutsherr", meint Christine Margarethe. „Hoffentlich endet er nicht wie der Hein."
„Da bin ich ohne Sorge."
Und da Christine Margarethe weiter nichts sagt, sinnt Hans Kaspar über sein eigentlich nur so dahingesagtes „ohne Sorge"

nach. Wäre das nicht der rechte Name für seine mecklenburgische Residenz, denkt er. Sans souci. Ja, ohne Sorgen ist er hier. Er fühlte es. Die Londoner Last ist von ihm abgefallen. Er genießt die Tage in diesem fernen Erdenwinkel, der den Vorzug hat, ihm zu gehören. Aber, nein, sans souci – das entspricht ihm nicht. Er hat Urlaub genommen für ein paar Wochen. Aber seine Residenz ist kein Lustschloss, kein Ort ohne Sorge. Er hat Pläne damit, große Pläne für seine Familie. Er will sich und die Bothmers unsterblich machen. Sans souci ist albern.

Also lasse ich es bei meinem Respice finem, so denkt der Graf. Bedenke das Ende. Das ist ein großes Wort, und es ist auch schon immer sein Wahlspruch gewesen. Bedenke, was du erreichen willst, und dann finde deinen Weg. Respice finem – so soll es an seinem Haus stehen, hoch über dem Eingang, weithin sichtbar, in Goldbuchstaben.

Laut sagt er: „Mir hat dein Oheim Ludwig viel Spaß gemacht, ich werde ihn zu meinem Baustellenfest einladen, und die Alte natürlich mit, auch wenn sich Ludwig deswegen die Haare rauft. Meinetwegen kann sie sich bei uns umsehen. Und gern kann sie später noch einmal kommen, wenn alles fertig ist und vor ihrem Blick keinen Bestand haben wird. Gönnen wir uns den Spaß eines solchen Besuches."

„Ihr lachtet unverschämt laut, Ludwig und du, als ich mit Elisabeth aus dem Park zurückkehrte. Elisabeth wurde richtig böse, weil in ihrem Haus gelacht wurde."

„Nun, alles Lachen erstarb, als sie in der Tür stand. Ich konnte zusehen, wie unser Ludwig schrumpfte. Wie Tithonos, der trojanische Prinz, dem seine Liebhaberin, die herrliche Eos, zwar Unsterblichkeit verschafft, die ewige Jugend aber bei den hohen Göttern zu bestellen vergessen hatte."

„Dann vergleichst du die immer gut aufgelegt Eos mit dem Drachen Elisabeth?"

„Drachen – das hast du gesagt, Kind."

So geht die Unterhaltung hin. Aber als der Wagen sich bald darauf wieder von der Ostsee wegbewegt, schweigen sie, genau wie auf der Hinfahrt. Der Graf ärgert sich jetzt im Stillen über die fünfhundert Reichstaler. Christine Margarethe hingegen fragt sich, ob auch ihr Gatte, der aus ihrer Sicht missratene Hans Kaspar jr., unter dem Pantoffel steht, ihrem Pantoffel. Nein, denkt sie, es könnten nur die Pantoffeln der Frau Pastor sein. Als sie sich graue Pantoffeln der Pilgrim aus Filz vorstellt, riesige bunte Bommeln drauf, geschieht es schon im Traum. Das Schaukeln der Kutsche hat sie in den Schlaf gewiegt.

Und Graf Bothmer sieht ihr von der Seite aus dabei zu. Lächelt er sogar? Er hätte es selbst nicht zu sagen gewusst. Der Kopf der jungen Frau fällt auf seine Schulter, und ihm ist das nicht nur recht, sondern willkommen. Erst in Arpshagen weckt er sie sanft wieder auf.

„Wir sind da. Neulich schlief ich, heute du, wir sind quitt, mein Schatz. Adieu. Danke für den schönen Ausflug."

ELFTES KAPITEL – KLÜTZ, 23. JULI 1730

Hans Kaspar jr. besucht seine Freundin im Pfarrhaus, trifft dort auch Händel und staunt darüber, wie der Musiker drei Portionen rote Grütze vertilgt

Welcher Mensch vermag es, sich selbst zu besiegen. Von Hans Kaspar jr. würden wir es, nach allem, was wir nun schon über ihn gehört haben, am wenigsten erwarten. Und richtig: An jenem Tag, als sein Oheim mit Christine Margarethe den mehr oder weniger geschäftlichen Ausflug nach Brook unternimmt, macht sich Hans Kaspar jr., kaum ist die Kutsche des Grafen den Arpshagener Blicken entschwunden, zu Fuß auf nach Klütz. Er geht in Richtung Pfarrhaus. Er geht bepackt mit schlechtem Gewissen. Auf dem ersten Teil des Weges beruhigt ihn der Gedanke, dass er jederzeit umkehren und niemand ahnen kann, dass er zum Pfarrhaus will. Er hofft, das Gehen würde ihn zur Vernunft bringen. Und mit Vernunft meint er: zurück nach Hause, nach Arpshagen. Die Ermahnungen des Oheims, nicht mehr ins Pfarrhaus zu gehen, haben in den Augen seines Neffen sehr wohl ihre Berechtigung. Und ist es nicht auch seltsam, dass der öffentliche Klatsch ihm, Hans Kaspar jr., Taten nachsagt, die er nie begangen hat. Denn es gibt keine Liebschaft mit der Frau Pastor, er hat an so etwas nicht einmal gedacht.

Aber gegen Gerede ist kein Kraut gewachsen. Er kann sich nicht wehren gegen einen Vorwurf, der ihm offenbar schon seit Längerem gemacht wird, aber nie direkt ins Gesicht. Über den allein sein Oheim bislang mit ihm gesprochen hat. Ein Vorwurf noch dazu, wie gesagt, der nicht zutrifft. Im entscheidenden Punkt jedenfalls nicht zutrifft. Leider nicht zutrifft, oder? Da ist sich Hans Kaspar jr., der sich selbst für eine lächerliche und unattraktive Erscheinung hält, selbst nicht schlüssig. Er ist sich ja nie schlüssig. Seitdem der Graf ihn gemahnt hat wegen der Frau Pastor, kann Hans Kaspar jr. an nichts anderes mehr denken als an Frau Pastor, mal empört, mal bedrückt, mal erleichtert. Und dann wieder voller Sehnsucht.

Er hat ungefähr die Hälfte des Weges bewältigt, als ihm der Gedanke kommt, dass gegen das Gerede nicht einmal hülfe, wenn er Lotte und das Pfarrhaus mied. Das Gerede ist in der Welt und wird nicht verstummen, was immer er tut. Ob er ins Pfarrhaus geht oder nicht. Also kann er auch hingehen. Ja, musste es den Schwätzern umgekehrt nicht sogar als Schuldeingeständnis erscheinen, wenn er jetzt das Pfarrhaus mied?

Unter diesen mäandernden Gedanken ist er, ohne dass es ihm recht auffällt, kräftiger ausgeschritten. Klütz ist erreicht. Hans Kaspar jr. fühlt sich nun dem Nachdenken enthoben, ob er doch noch umkehren sollte. Er ist schon viel zu weit gegangen.

Schon muss er hierhin und dorthin grüßen, sodass sein Besuch in Klütz sich bald herumsprechen dürfte. Schon kommt das Pfarrhaus in Sicht, Künneckes wirklich schöner Bau, wie Hans Kaspar jr. denkt. Und dann denkt er: Jetzt gibt es kein Zurück mehr.

Als er an der Gartenpforte steht, die Klinke schon in der Hand, überkommen ihn allerdings abermals Zweifel, ob es recht ist, was er hier tut. Aber dann hilft ihm der Gedanke, dass er womöglich aus einem der Fenster heraus schon erspäht worden ist. Entschlossen tritt er in den Garten, geht auf die Haustür zu und – bleibt wie angewurzelt stehen, ohne die dort angebrachte kleine Glocke zu betätigen.

Aus dem sonst so stillen Haus dringen laut Stimmen. Erst hört es sich wie Streit an. Eine männliche Stimme, ihm unbekannt, dröhnt. Es setzt Widerworte, Lottes Stimme. Dann wird ein Cembalo traktiert. Lotte beginnt zu singen, setzt aber gleich wieder ab. Die männliche Stimme spricht auf sie ein, offenbar erregt, denn sie verfällt in ein überschnappendes Falsett.

„Und noch einmal", vernimmt Hans Kaspar jr. jetzt deutlich. Ein Fenster ist geöffnet, was er jetzt erst bemerkt. Charlotte Pilgrims Stimme setzt wieder ein. Und bricht abermals ab, denn jetzt hat Hans Kaspar jr. die Hausglocke doch betätigt und tritt ins Haus, ohne eine Aufforderung abzuwarten. Welche Entschlossenheit!

Er trifft Händel an, wie der eben seine dicken Finger auf die Tasten des Cembalos senken will und dabei mit seinem schweren Kopf nickt, Charlotte den Einsatz zu geben. Aber der Einsatz, sehr zu seinem Unwillen, bleibt aus. Die Hände landen auf dem Instrument, jedoch nur für einen Akkord. Hans Kaspar jr. sieht deutlich, wie Händels Perücke zittert. Aber vielleicht liegt es auch nur daran, dass Händel ruckartig seinen Kopf dem Eintretenden zuwendet, sichtlich verärgert über die Störung. Zusammengezogene Brauen, verkniffener Mund. Die Augen funkeln, der Mund öffnet sich und entlässt einen zischenden Laut.

Und Charlotte? Tut etwas nie Dagewesenes. Springt auf Hans Kaspar jr. zu und fällt ihm um den Hals: „Hans. Oh, Ihr seid es. Welche Freude."

„Wir proben", bemerkt Händel vorwurfsvoll.

„Das Baustellenkonzert", lacht Charlotte, der es mit einem Male fröhlich um das Herz wird, denn sie hat glauben müssen, Hans

Kaspar habe sich von ihr abgewandt, da er doch schon so lange nicht mehr zu ihr gekommen war. „Setzt Euch dort auf das Sofa, Hans. Und passt auf, dass Ihr nicht auch noch dem Meister vorsingen müsst."

Händel wendet sich wieder dem Cembalo zu, findet zu einer schlichten Melodie und singt vor sich hin: „Qual farfalletta giro a quel lume." Die Arie aus „Partenope", die er selbst so sehr mag. Das Lied von den Faltern, die das Licht umschwirren. „Gnädige, jetzt Ihr. Es klappte vorhin doch schon recht nett."

Händel präludiert. Und auf sein Nicken hin setzt Charlottes herrliche, volltönende und nun auch noch so fröhliche Stimme ein. Da werden sie abermals gestört.

Friederike tritt ein, und es ist ein großer Auftritt. Zuerst öffnen sich die beiden Flügel der Tür wie von Geisterhand. Dann hat das Publikum einen Augenblick zu warten, was die Tür hervorbringen würde, bevor Friederike erscheint, ein Tablett mit Teekanne und Tassen vor sich hertragend. Leise lächelnd, ihrer Wirkung gewiss. Ihr Blond bleibt zwar von einer spitzenbesetzten rosa Haube versteckt, aber wie die Farbe ihres Haares ist ihr Caraco, über dem sie eine frisch gestärkte, blütenweiße Schürze trägt, unter der wiederum ein Rock in den Grau-Farben des Reihers hervorlugt. Hochaufgerichtet schreitet sie bis zu einem kleinen Tisch in der Fensternische, wo sie das Teegeschirr abstellt. Mit einem Knicksen will sie den Rückweg antreten, immer noch lächelnd und, wie Lotte und sogar Hans nicht umhin kommen zu denken, hübsch wie nie zuvor.

Da entfährt dem ebenfalls entzückten Händel ein „Halleluja". Schon bewegen sich seine Finger wieder über die Cembalotasten. „Halleluja", singt er. Und wieder: „Halleluja." Er singt es immer wieder anders. Mal betont er jede Silbe: „Hal le lu ja." Dann wieder verkürzt er es auf ein „Halluja."

„Halleluja. Halleluja. Halluja" Dann sieht er Lotte, Hans und Friederike auffordernd an. „Und alle."
„Halleluja, Halleluja."
„Mehr Stimme. Forte, forte."
„Halleluja. Halleluja."
„Schön, das muss ich mir merken, halleluja." Auch den Satz singt Händel noch in seiner Begeisterung, springt auf und will zum Tisch eilen, wo Feder und Papier bereitliegen. Aber dann überlegt er es sich anders, ergreift ziemlich roh den zart aus ihrem blonden Jäckchen herausschauenden schmalen Arm Friederikes und hält so das Dienstmädchen auf.
„Einen Augenblick. Lass uns zusammen etwas singen."
Erst als er wieder am Cembalo sitzt, lässt er Friederike los. Sie reibt sich verstohlen den Arm. Charlotte Pilgrim, die Friederike eigentlich in ihrer Not beizustehen gedachte, fängt rechtzeitig genug deren blitzenden, triumphierenden Blick auf und wandelt augenblicklich ihr Verhältnis zu ihrem Dienstmädchen. Jetzt kommt sie das Bedürfnis an, die junge Frau sogleich aus dem Haus zu jagen. Was für eine falsche Schlange. Was für ein Luder. Und der ewige Tabakgeruch hat sie ohnehin schon immer gestört.
Was für ein Auftritt der Hinterlist, denkt Charlotte, die nicht nach Tee verlangt hat. Alles geplant. Man darf dem Mädchen nicht eine Sekunde über den Weg trauen.
Zum Rauswurf kommt es indes nicht. Denn Friederike singt sehr schön, ein perlender Sopran. Auch ein von Händel sogleich improvisiertes einfaches Duett der Damen gelingt. Es ist alles andere als vollkommen, aber die Perücke des Meisters zittert doch ein wenig. Hans Kaspar jr. muss sich eine Träne der Rührung aus dem Auge wischen, so schön findet er die Musik. Und dieser Umstand versöhnt die Herrin dann wieder mit ihrer Magd. Zumal diese, auch

ohne erst gemahnt werden zu müssen, sich nach ihrem Auftritt sogleich wieder in Richtung Küche entfernt.

Dann endlich schwirren die Falter um das Licht. Und wie! Und gleich ein paar Mal. Viele Falter, viel Licht. Charlotte singt, Händel summt selbstvergessen mit, während er auf dem Cembalo begleitet. Und Hans Kaspar jr. staunt über seine Freundin, während er die Zeit nutzt, leise Tee einzuschenken und jedem eine Tasse hinzustellen.

Händel ruft: „Wundervoll, Gnädige. Ich kann kaum einen Unterschied zu meinen Londoner Sängerinnen ausmachen. Weder in Stimme noch in Ausstrahlung."

„Ihr übertreibt schamlos, Meister."

„Keineswegs. Ich hab Euch beim Gottesdienst oben auf meiner Orgelempore herausgehört. Aus der ganzen Gemeinde. Ich wusste zwar nicht, wer es war, der da unten so herrlich ‚Befiehl du deiner Wege' sang. Aber ich habe den langen Heinrich gefragt, der zu meinen Füßen saß und geschickt den Blasebalg trat. Und der sagte: Das kann nur unsere Frau Pastor sein. Der lange Heinrich bewundert Euch, wusstet Ihr das?" Händel nimmt die Hände vom Cembalo, ergreift den an die Wand gelehnten Deckel und bedeckt damit vorsichtig die Tasten.

„Oh, der lange Heinrich bewundert mehr als mich unsere Friederike. Sie ist umschwirrt von Bewunderern wie das Laternenlicht von den Faltern."

„Sie hat auch eine schöne Stimme", meint Händel.

„Oh, ihre Stimme dürfte für ihre Verehrer eine bestenfalls untergeordnete Rolle spielen. Eher schon zählt für die Verehrer ihre blonde Eva-Gestalt und ihr stets wohlgefüllter Tabakbeutel." Und giftig fügt sie hinzu: „Beides Dinge, die auch meinen Elias nicht gleichgültig lassen."

„Lotte", sagt Hans Kaspar jr. begütigend.

Händel sieht etwas verdutzt drein. „Ihr seid ihr nicht so wohlgesinnt? Nun, wie auch immer. Aber Ihr gewährt mir, sie in den Chor einzureihen?"

„Einen Chor? Was für einen Chor? Beim Baustellenkonzert? Da soll es einen Chor geben? Nur zu. Sie ist eigensinnig, unsere Friederike, aber sie kocht wie Ihr musiziert, wenn ich das so vergleichen darf." Händel lacht dröhnend: „Ich fühle mich erhoben. Ich fühle mich überhaupt hier erhoben, in diesem Winkel, in dieser Stadt, in diesem Haus, bei Ihnen, Charlotte." Dann schlürft er geräuschvoll seinen Tee. „Es ist doch eine Stadt?", fragt er vorsichtig, als er die Tasse wieder abstellt.

„Ich würde mich jedenfalls freuen, Meister, wenn Ihr zu Tische bliebet."

„Mit Freuden, Gnädige. Das trifft sich. Unser Graf ist nämlich ausgefahren, da bleibt die Küche in Grundeshagen kalt. Jedenfalls bis zum Abend. Ich war schon in Sorge, ob ich am Ende verhungern müsste. Ich habe schließlich an mir einige Pfunde zu versorgen, wie Ihr seht."

Diese Künstler, denkt Hans Kaspar jr., immer müssen sie übertreiben. Ihn verstimmt, wie Charlotte mit diesem merkwürdigen Musiker umgeht, beinahe schon privat. Der macht ihr ein paar Komplimente über ihren Gesang, die er vermutlich einfach nur so dahinspricht, tausendfach erprobt. Nennt man es im Englischen nicht Smalltalk? Das aber genügt schon, um ihre Zuneigung und einen Freitisch zu erlangen.

Aber nein, fällt Hans Kaspar jr. sich gleichsam selbst in die Gedanken, sie singt wirklich wunderbar. Und sie ist überhaupt wunderbar. Einer wie dieser Händel merkt das sofort. Künstler merken das. Und dich mag sie. Welches Geschenk. Und du Trottel hast angefangen, sie zu meiden. Nur wegen deines reichen Oheims. Wie lächerlich.

Und als ahnte Händel etwas von diesen Gedanken, singt er noch einmal: „Halleluja." Dann stemmt er seine Masse empor und geht endlich zum Tisch, um den Einfall zu notieren. Die Feder kratzt über das Papier.

So entsteht im Sommer 1730 kurz vor dem Mittagessen – es gibt gebratene Knödel mit Kraut und Rüben – im Hause Pilgrim zu Klütz eine erste Idee jenes berühmten „Halleluja", das Händel, zurück in London, in seinen „Messias" einfügen wird. Jenes berühmte „Halleluja", bei dem sich bis heute das Publikum erhebt, selbst der König, wenn es in seiner ganzen Wucht erklingt. Jetzt erhebt man sich im Hause Pilgrim ebenfalls, allerdings nicht zum „Halleluja", sondern um draußen im Garten zu Mittag zu essen. Zu lunchen, wie Händel es voller Erwartungen nennt.

„Eure Tabatiere, wenn ich sie so nennen darf, vermag einem entschieden den Eindruck zu vermitteln, die Kochkunst sei die höchste der Künste", sagt Händel, wischt sich mit einem weißen Tuch die dicken Lippen, die vom Fett noch triefen, und stößt dabei etwas auf. „Ich danke Euch sehr, Gnädige."

Hans Kaspar jr. sieht überrascht auf, wobei ein Sonnenstrahl seine Nasenspitze trifft wie die Gnade des Herrn: „Es gibt eine Rangfolge der Künste? Dann darf ich leicht schlussfolgern, gleich nach einem guten Essen ist die höchste Kunst die der Musik?"

„Oh, die Welt liebt das Ranking", antwortet Händel und lehnt sich zurück. „Übrigens auch Euer Oheim liebt es. Aber bei den Künsten gibt er sich liberal, so wenig liberal er doch im Grunde seines Herzens ist. Er will allen Künsten den gleichen Rang zuerkennen. Fast jedenfalls. Nur die Dichtkunst nimmt er aus. Die gilt ihm gar nichts."

„Er billigt der Kunst einen Rang zu?", staunt Hans Kaspar jr.

„Einen niederen freilich, jedenfalls im Vergleich zur Politik, was einen nicht verwundern muss, denn er, der selbst der Politik obliegt, genießt es, sich selbst damit zu erhöhen. Wer könnte das nicht verstehen, so rein menschlich, nicht wahr. Die Politik steht bei ihm über allem, und die Künste stehen tief, sehr tief darunter. Sie nehmen es mir doch nicht übel, wenn ich so von Eurem Oheim rede, Hans Kaspar?"

„Ich denke, mein Oheim, spricht da so obenhin. Was weiß er von den Künsten, mit Verlaub?"

„Oh, unterschätzt ihn nicht, Freund. Er weiß viel davon. Er billigt den Künsten zu, dass sie Einfluss auf die Sinne haben. Die niederen Sinne, würde er wohl gern hinzufügen. Politik hingegen ist in seinen Augen etwas für den höheren Sinn, also den Geist, der in seinen Augen überhaupt das Höhere darstellt. Musik ist nur was fürs Ohr, das Theater etwas fürs Auge. Wie auch die Bilder. Und die Dichtkunst wiederum sieht er nur als Magd für Musik und Theater. Als eine Friederike, die Verse für die Musik, Stücke für das Theater zu liefern hat und Bildunterschriften für die Gemälde. Nichts Eigenständiges. Etwas Lächerliches, wenn ich ihn recht verstehe."

„Von meinem Oheim ist nichts anderes zu erwarten", sagt Hans Kaspar jr. Lotte sieht ihn bewundernd von der Seite an, wie er da so offen spricht. So mutig und unverdrossen.

Aber Händel scheint das gar nicht gehört zu haben. „Dabei haben wir ausgerechnet unter einer knarrenden Diele in unserem Ferienquartier von Grundeshagen, wonderful, ein sorgfältig eingewickeltes Konvolut an Dichtung entdeckt. Die Werke eines Hein von Plessen. Handschriftlich, nichts Gedrucktes. Also eine Art Geheimnis. Wir werden es lüften. Ich werde dieses und jenes vertonen und zu Gehör bringen, wenn der Graf beliebt, sein Fest abzuhalten. Wir singen es im Chor, habe ich mir gedacht. Ge-

nauer gesagt möchte ich gern einen Damenchor damit erleben."
„Da seht Ihr, wie recht der Graf hat", wirft die Pilgrim ein. „Ihr macht die Verse erst zu einem Werk durch Eure Musik. Vermutlich sind sie zu Recht ungedruckt geblieben. Und Eure Musik wiederum erhebt der Graf erst durch sein Fest."
„Die Literatur ist völlig heruntergekommen", murmelt Hans Kaspar jr. Er sagt das nur, um überhaupt etwas zu sagen. Aber das fällt nicht weiter auf.
„Ich weiß nicht recht", spricht Händel, bricht aber sogleich ab. Denn unter einem behaglichen Grunzen sieht er eben den Nachtisch heranschweben. Auf einem Tablett, das auf Friederikes nach hinten gebeugter flacher Hand ruht. Händels Gesicht leuchtet auf: „Oh, welch Spiel der Farben, Rot und Weiß. Etwas Polnisches? Etwas von der Festtafel Augusts des Starken, der doch auch polnischer König ist? Wie komme ich da jetzt drauf? Wegen der polnischen Farben. Weiß wie das Eis des Peipussees und rot wie das dort vergossene Blut? Oh je, was rede ich? Was ist das?" Händel lacht.
„Rote Grütze", sagt Friederike und knickst.
„Rote Grütze, Halleluja."
Charlotte legt sanft ihre Hand auf den Unterarm des Musikers und flüstert ihm zu: „Es ist die mecklenburgische Variante. Ob Ihr die mögen werdet?"
„Mecklenburgische Variante?"
„Die mit dem besoffenen Brot", wirft Friederike etwas vorlaut ein und verschwindet in Richtung Küche.
Ehe Händel, dem sichtlich das Wasser im Munde zusammenläuft, weiter fragen könnte, erklärt die Frau Pastor: „Es sind Brotstücke darin. Die werden vorher in etwas Rum getunkt."
„Besoffenes Brot", lacht Händel und zieht eines der Schälchen dichter an sich heran, um es sich aus der Nähe zu besehen. Dann beginnt er zu löffeln. Er braucht nicht lange dafür.

„Wie aber sieht Euer Ranking aus, Meister?", wirft die Pfarrersfrau ein. „Ich wette, die Musik steht bei Euch oben an."
Händel aber vermag nicht zu antworten, er ist mit der roten Grütze beschäftigt. Er murmelt vor sich hin: „herrlich diese Grütze, besoffenes Brot, herrlich." Endlich endet sein mit lustvollem Stöhnen verbundenes Schmatzen. Händel stößt abermals auf und wendet sich, die Serviette noch vor dem Mund, Hans Kaspar jr. zu. Dessen Schälchen steht noch unberührt, so sehr hat ihn verblüfft, wie Händel den Inhalt des seinen verdrückt hat. Jetzt schiebt er das eigentlich ihm zugedachte Schälchen dem Musiker zu.
„Ergebensten Dank."
Charlotte sagt mit träumerischem Blick: „Ich selbst muss aber doch die Dichtung über alles stellen, überhaupt das Wort. Auch das Wort Gottes natürlich, die Heilige Schrift. Musik spricht unseren Gehörsinn an, Bilder die Augen. Das Wort aber dringt in unsere Seele. Die Musik adelt sich, wenn sie auf ihren Flügeln das Wort trägt. Unsere Kirchenlieder sind deshalb so unübertroffen. Und bestimmt auch die Lieder, die Ihr, Meister, aus den Versen dieses Gevatters Hein oder wie immer er hieß, entspringen lasst wie die Blüten der Blume."
„Wie die Blüten der Blume", wiederholt anerkennend Hans Kaspar jr., wird aber rüde unterbrochen, obwohl er so gern noch ein Wort der Bewunderung an seine Lotte gerichtet hätte.
Denn Händel poltert, das zweite Schälchen, leer natürlich, weit von sich stoßend, los: „Falsch, ganz falsch, Gnädige. Ihr müsst mir meinen Widerspruch erlauben, er ist hier unumgänglich, notwendig gar, bevor Schlimmes passiert."
„Schlimmes passiert?", staunen Lotte und Hans. Und Lotte setzt hinzu: „Was soll Schlimmes mit der Kunst passieren?"
„Ihr nehmt da – und wer kann es Euch verdenken – die Sicht des Künstlers ein. Und das ist eitel, eitel, furchtbar eitel."

Charlotte lacht auf: „Und Ihr nehmt vielleicht noch dies ein."
Auch sie schiebt nun ihr Schälchen dem Musiker zu, und der nimmt dankend an. Wenn später die Hausherrin, Hans Kaspar jr. und selbst Friederike in der Kirche die drei erhobenen Finger des Christus sehen, denken sie weniger an die Dreieinigkeit von Vater, Sohn und Heiligem Geist. Sie denken vor allem an die drei Portionen rote Grütze für Händel. Sie sehen Christus und müssen lächeln.

Schließlich kann Händel, satt und zufrieden, weitersprechen: „Wenn wir nur einmal diese rote Grütze mit dem besoffenen Brot nehmen. Man kann sie von zwei Seiten betrachten."
Oder drei Portionen verspeisen, sagt sich Hans Kaspar jr. und sieht, dass seine Freundin Ähnliches gedacht haben muss. Sie sucht seinen Blick und lächelt mit einem kleinen Kopfnicken in Richtung Händel, amüsiert und nachsichtig zugleich.

„Ich meine", fährt Händel, der nichts davon bemerkt, fort, indem er die drei leeren Schälchen vor sich hin und her schiebt, mal in eine Reihe ordnet, mal in ein Dreieck versetzt, „unsere Grütze wird von Eurer Köchin und mir sehr unterschiedlich betrachtet."
„Mein Mädchen bereitet sie zu, Ihr verputzt sie", lacht Lotte.
„Der umgekehrte Fall wäre lächerlich, das stimmt wohl."
„Da müsstet Ihr schon Tabak anbauen, Meister, um bei Friederike Eindruck zu machen", wirft Hans Kaspar jr. ein.
„Seht, meine Freunde, genauso verhält es sich auch mit der Kunst."
Auf diese Bemerkung hin tritt Friederike mit dem Kaffee in den Garten. Sie hat es sich erlaubt, ohne die Pfarrersfrau zu fragen, sonntäglich zu servieren, was meint: mit Nachtisch und Kaffee. Obwohl es ein Mittwoch ist. Sie hat für sich entschieden, dass der Besuch eines so großen Musikers im Pfarrhaus, der sie womöglich auch noch zur Sängerin macht, den Mittwoch zu einem Sonntag werden lässt. Wie wir schon hörten, findet Lotte Pilgrim viele

Gründe, ihrer Friederike immer wieder manchen Vorwurf zu machen. Aber das mit dem Nachtisch und dem Kaffee lobt sie still für sich und genießt den Duft, der aus den zierlichen Tassen aufsteigt.
„Wo waren wir stehengeblieben?" Händel schlürft vorsichtig den heißen Türkentrank, bevor er sich selbst antwortet: „Bei der Kunst, natürlich. Ein Ranking in der Kunst, so etwas kann nur dem Künstler einfallen, weil er seine Kunst für die einzig wahre hält und auf die anderen gar nichts gibt. Naturgemäß steht für mich die Musik auf Platz eins. Und für den Grafen, Euren Oheim, Hans Kaspar, wäre es die Politik."
„Politik ist keine Kunst", ruft Frau Pastor, eine leichte Empörung in der Stimme.
„Oder die Baukunst, meinetwegen, schon wegen seines Palastes, den er einzigartig findet. Und Ihr, Charlotte – ich darf Euch doch so nennen? – seht das Wort und die Dichtung an der Tete. So habe ich Euch eben verstanden. Ich vermute, Ihr sagt das, weil Ihr selbst mit dem Wort guten Umgang pflegt."
Hans Kaspar jr. denkt: Sie schreibt ihrem Gatten die Sonntagspredigten.
„Vollkommen richtig", wirft Charlotte ein, jetzt etwas Ungeduld in der Stimme. Worauf um alles in der Welt will der Musiker hinaus?
„Aber was soll so ein Ranking dem Musiker, dem Baumeister oder dem Wortkünstler? Oder was nützte es Eurem Mädchen, wenn es seiner – zugegeben köstlichen – roten Grütze den ersten Platz unter all den anderen Köstlichkeiten zuerkennt, auf die es sich versteht?"
Worauf Lotte meint: „Ich kann mir vorstellen, dass sie sich gern selbst schmeichelt. Sie neigt, wie Ihr sicher schon bemerkt habt, Meister, zu einer Frechheit, die aus der Eitelkeit kommt."
Händel aber macht eine unwirsche Handbewegung, sodass die drei Schälchen vor ihm klirrend aneinanderstoßen. Leise zittert die Perücke. „Was ich sagen will: Der Künstler sieht nur sein Werk

und hält es für vollkommen. Aber ist das auch so? Das kann nur das Publikum wissen. Ja, Hochverehrte, der einzige Maßstab für Vollkommenheit ist die Gunst des Publikums. Nur der erfolglose Künstler sagt, ihm sei es egal, was das Publikum darüber denke, denn nur er wisse um die Vollkommenheit seines Werkes. Oh, Nachtigall, ick hör dir trapsen. Oh, die sauren Trauben, die dem Fuchs zu hoch hängen. Nein, der Künstler findet nur sein Glück, sein hart erkämpftes Glück, wie ich aus eigener Erfahrung sagen kann, wenn er dem Publikum gefällt. Nur der Applaus des Publikums zählt. Und es stürzt den Künstler in die Hölle, wenn er ausbleibt, der Applaus. Erst durch mich wird die rote Grütze, die uns Euer Mädchen vorgesetzt hat, vollkommen, weil sie mir so schmeckt und ich sie so lobe. Die Köchin kann es nicht wissen, aber ich weiß es – und habe der Grütze auch ein bisschen reichlich zugesprochen, wie ich gern zugeben will. Wir müssen sie unbedingt loben, Eure Köchin, Hochverehrte. Wir sollten es nicht allein aus Höflichkeit tun, ich jedenfalls tue es auch aus voller Überzeugung. Vielleicht schmeichelt es ihrer Eitelkeit, mag sein. Aber es hilft nichts, denn ohne uns kann sie nicht wissen, dass ihre Grütze vollkommen ist. Aber sie muss es erfahren. Aus einem schlichten Grund." Händel lacht keckernd wie eine Elster. „Damit sie genau solche Grütze uns demnächst wieder serviert."
„Sie ist eitel", ruft Charlotte Pilgrim entschieden und beweist damit leider, dass sie von den Worten Händels nicht viel verstanden hat. Vielleicht hat sie auch gar nicht zugehört.
Nun ist auch der Kaffee ausgetrunken. Man plaudert noch etwas im Garten, der die Mittagshitze angenehm zurückhält. Schließlich empfiehlt sich Händel, beschwingt und dankbar. Wenn ihm vorhin schon so etwas wie das „Halleluja" eingekommen ist, würde ihm nachher in Grundeshagen vielleicht auch noch eine hübsche Melodie auf die Verse dieses Heins von sowieso einfallen. Viel-

leicht auf die Zeile „Inseln des Lichts, Glitzerschübe im Teich". Händel klettert mühevoll und unter viel Schnaufen auf sein Pferd, was, wie wir wissen, nicht allein dem reichlichen Mahl anzulasten ist. Als es endlich geschafft ist, reitet er, leise vor sich hinsingend, in schlechter Haltung vergnügt von dannen.

Auch Hans Kaspar jr. empfiehlt sich bald nach Händel. Charlotte umarmt ihn zwar nicht noch einmal, hält aber lange seine Hand beim Hinausgehen.
„Ich rechne jetzt wieder fest mit Euren Besuchen, Hans. Am liebsten schon morgen. Unser Pfarrer reist nach Grevesmühlen. Er stört also nicht, wenn wir uns aussprechen. Was nur hat Euch so lange abgehalten, mich zu besuchen? Oh, ich weiß es ja, Euer Oheim ..."
Und er? Antwortet ausweichend: „Ich will versuchen, dass ich mich morgen freimachen kann. Es ist nicht mein Oheim, der mich hindern könnte. Er ist die Güte selbst. Lebt wohl, Lotte."
Und sie? Streichelt ihm dann doch noch kurz die Wange. Mit der Rückseite ihres Zeigefingers. Ungeheuerlich. Zur Begrüßung die Umarmung, jetzt diese kleine Zärtlichkeit.
Und sie hat tatsächlich gesagt: „Er stört also nicht." Sie erwähnt auch noch, dass Friederike einen freien Tag habe, denn sie, Charlotte, brauche niemanden, der ihr zur Hand gehe, wenn sie doch nur allein im Haus sei.
Jetzt ist Hans Kaspar jr. auf dem Heimweg von Klütz nach Arpshagen und macht eine Entdeckung. Er neigt zur Selbstbeobachtung oder zum Selbstmitleid. Die Entdeckung auf seinem Heimweg ist, dass die Zuversicht in ihm abnimmt, je weiter er sich vom Klützer Pfarrhaus entfernt. Am Vormittag war sie immer weiter gewachsen, je näher er dem Pfarrhaus kam. Jetzt ist es umgekehrt. Also muss es eine Art Gesetzmäßigkeit sein, denkt er. Das Pfarrhaus ist der Ort, wo er sich am wenigsten unglücklich fühlt. Außerhalb

des Pfarrhauses fühlt er sich in jedem Fall unglücklich, und je weiter vom Pfarrhaus entfernt, desto unglücklicher.

Eben noch dachte er beim Ausschreiten, es seien doch recht angenehme Stunden im Pfarrhaus gewesen mit dem Musiker Händel und seinen Einlassungen über die Kunst, angeregt von einer Trinität mecklenburgischer Grütze mit besoffenem Brot. Je näher er aber Arpshagen kommt, desto mehr fällt Hans Kaspar jr. auf, wie wenig er selbst gesagt hat. Er denkt sogar: Es war anregend, weil ich nichts gesagt habe. Nichts zu sagen wusste. Und hatte Lotte nicht diesem Händel ihre ganze Aufmerksamkeit geschenkt? Ohne ihn, ihren Freund, ihren wiedergefunden Freund, weiter zu beachten? Im Grunde hatte er auch kaum etwas verstanden von dem, was Händel sagte. Zuerst denkt Hans Kaspar jr. noch, es habe viel mit Eitelkeit zu tun gehabt, was Händel da von sich gegeben habe. Aber je weiter er sich vom Pfarrhaus entfernt, desto deutlicher wird ihm seine eigene Unzulänglichkeit. Ich habe nichts davon verstanden, sagt er sich. Das ist es. Wie weit über mir steht dieser Händel. Ein Gigant. Ein Gott.

Die Leute, die ihm auf seinem Heimweg begegnen, grüßen ihn ehrerbietig. Er grüßt kaum zurück, so sehr ist er in seine Gedanken verloren, die immer finsterer werden. Wie so oft. Wie neulich, als der Regen den Burghof flutete. Wie eigentlich immer. Über Dichtkunst hatte er etwas gesagt, fällt ihm auf einmal wieder ein. Die Literatur sei heruntergekommen. Aber was weiß er von Literatur? Und was weiß er überhaupt? Dass er als der künftige Herr von Bothmer gilt, wie die Besitzung im Klützer Winkel inzwischen genannt wird. Er hat es sich nicht ausgesucht. Er ist Opfer dessen, was Graf Bothmer in seiner Widerspruch nicht duldenden Art festgelegt hat: „Immer der älteste Nachkomme aus der Familie wird Herr in meiner neuen Besitzung. Immer der männliche älteste Nachkomme, versteht sich. Und immer für den ganzen Besitz. Der Besitz ist unteilbar."

Dieser älteste männliche Nachkomme ist er, Hans Kaspar jr., und deshalb muss er auch nach seinem Oheim heißen, diesem brillanten, willensstarken, skrupellosen und reichen Herrn aus London, den er kaum kennt. Und deshalb hat er sich in allem seinem Oheim zu unterwerfen. Deshalb muss er in dem zugigen Bau der alten Burg Arpshagen hausen und Ehemann einer Bülow sein, die es vorzieht, anderen Männern nachzustellen, am liebsten solchen mit energischem Kinn und Spatengesicht. Und die, was viel schlimmer wiegt, seine Unvollkommenheit in jeder Hinsicht kennt. Sie allein weiß, welche Mühen es ihm in ihrem breiten Himmelbett bereitet hat, mit ihr wenigstens die beiden Kinder zu zeugen, die sie haben. Und sehr viel mehr ist nicht gewesen zwischen ihnen. Er fühlt, wie sehr sie ihn verachtet, auch deswegen. Auch Künnecke verachtet mich, denkt Hans Kaspar jr., als er für einen Augenblick stehenbleibt, um dieses durchaus schöne Bild in sich aufzunehmen: Die späte Nachmittagssonne, unter welcher der Backsteinbau dort mitten auf der Wiese gerade aufglüht. Sie verachten mich alle, denkt er, auch Händel hat mich heute verachtet, weil ich nur ein paar Dummheiten von mir gegeben habe. Auch Lotte verachtet mich. Da ist er sich jetzt sicher, als er vor der Burg von Arpshagen oder jener hässlichen Scheune, die mal die Burg Arpshagen gewesen ist, steht. Vielleicht hat sie ihn früher gemocht. Aber dann ist er einige Tage lang nicht mehr zu ihr gekommen, und deshalb muss sie ihn verachten. Zumal er nun doch wieder erschienen ist. Wie einer, der nicht weiß, was er will. Auf den kein Verlass ist. Der langweilt, weil er keine Zuversicht kennt. Keinen Willen. Keine Lebensfreude.

Sie alle brauchen mich nur, weil ich der Erbe bin. Der einzige männliche Erbe. So denkt Hans Kaspar jr. Mir wird ein Land, eine

Art Grafschaft gegeben, die ich nicht will. Aber was, so fragt er sich weiter, hätte ich gewollt? Gutsherr sein wie mein Vater, irgendwo im stillen Holsteinischen? Vielleicht das. Herr der Überschaubarkeit. Bequemer Wohnsitz. Der Londoner Oheim weit weg. Christine Margarethe, die geborene Bülow mit dem halben Klützer Winkel als Mitgift, wäre nie in sein Leben getreten.

Überhaupt: Niemals hätten ihn seine Wege in den Klützer Winkel geführt, den Speckwinkel, wie sie hier sagen. Schon das Wort ekelt ihn, denn ihn ekelt auch der Speck, zumindest wenn er als Speckschwarte in die Suppe kommt. Einmal hatte er auf so einem Stück Speck lange herumgekaut. Er konnte es nicht herunterbekommen. Wie auch? Es erwies sich, als er es schließlich ausspie, als ein Stück Sackleinen.

Hans Kaspar jr. ist froh, dass, als er auf den Hof der Burg Arpshagen kommt, weder des Grafen Kutsche noch Künneckes Pferd zu sehen sind. Der Graf ist also noch nicht zurück aus Brook und Künnecke bestimmt auf dem Bauplatz.

Wie alle Menschen, die nur das Dunkle wahrnehmen, kann Hans Kaspar jr. sich mit Lust aus einem schwarzen Höllenschlund in einen noch schwärzeren Höllenschlund hineindenken. Er sitzt noch ein paar Augenblicke vor dem Haus auf einer von Künnecke gezimmerten Bank. Sie steht im Halbschatten, die späte Hitze des Hochsommertages lässt sich dort gut aushalten.

Ganz gegen seinen Widerstand ergreifen Hans Kaspar dort allerdings zwei helle Gedanken. Er würde Lotte wiedersehen, schon bald, und vielleicht würden sie sich diesmal zur Begrüßung sogar noch näherkommen. Und er würde endlich mit seinem Oheim über Friederike reden. Die junge Frau gehört nicht in das stille Pfarrhaus und unter die eifersüchtigen Blick Lottes. Sie gehört in den Backsteinpalast, wenn der erst fertig ist. Wegen ihrer Kochkunst und weil sie mit Schürze und Häubchen so hübsch aussieht. Vielleicht auch, weil sie ihm dann dankbar sein müsste. Dann hätte er wenigstens dieser kleinen Person einmal genützt, wo er sonst doch so gänzlich unnütz ist. Seit heute würde selbst Händel ein Verbündeter sein, wenn es galt, den alten Grafen von der Notwendigkeit zu überzeugen, die junge Frau in das Schloss zu holen. Der roten Grütze sei Dank.

Vergeblich kämpft Hans Kaspar gegen seine Fröhlichkeit, eine stille Helligkeit und Heiterkeit, das Licht einer einzelnen Kerze in seiner finsteren Seele, das nicht weichen will. Erst als des Grafen Kutsche über die kleine Brücke rollt, löst sich der lichte Spuk in ihm schlagartig in der gewohnten Finsternis wieder auf.

ZWÖLFTES KAPITEL – GREVESMÜHLEN, 23. / 24. JULI 1730

Drei Kutschen stoßen zusammen, aber alles endet dank Greve-Creme und einer neuen Liebe glimpflich, woraufhin Gottlieb einen Stieglitz kauft

„He, he, pass doch auf."
„Halte die Pferde zurück. Du fährst ja alles zuschanden."
„Vorsicht, die Bude da vorn ..."
„Zurück, zurück."
„Aus dem Weg, Leute."
„Die Pferde. Himmelsakrament."
„Herr im Himmel, hilf. Hilfe."

Aber der Herr im Himmel hilft nicht. Und alles Schreien und Fluchen nützt nichts. Vielleicht wären die beiden Pferdewagen in der engen Gasse noch aneinander vorbeigekommen, der eine, ein Leiterwagen, aus dem Kuhhirtengang einbiegend, der andere, ein Planwagen, aus dem Ziegenhorn. Aber dann taucht aus dem Ochsenweg noch ein drittes Gefährt auf, ein Kastenwagen, nichtsahnend und mit leichtem Gepäck sehr schnell unterwegs. Jetzt versuchen die beiden ersten, so schnell wie möglich fortzukommen, um einem Zusammenstoß auszuweichen. Aber gerade das führt das Unglück herbei, denn sie tun es zugleich. Der Herr im

Himmel kann nur noch zusehen, wie sich die Achsen hohe Wagenräder im Rollen krachend berühren, Eisen auf Eisen schlägt, Holz an Holz splittert.

Auch die Leute auf dem Markt, von dem plötzlichen Lärm aufgeschreckt, können nur noch zusehen, wie der Leiterwagen infolge dieser Berührung nach links schießt, sich dabei plötzlich dreht und quer zur Straße stellt, dabei dem Planwagen einen regelrechten Tritt versetzend, was dazu führt, dass der mitten in eine der Marktbuden, die nächststehende, hineinrauscht, wobei eines der Pferde stürzt. Beide Wagen stehen schließlich wie verkeilt da. Das dritte Pferdegespann wird vom Kutscher zwar noch herumgerissen, aber der hintere Teil des Kastenwagens, von der Fliehkraft holpernd aus der Bahn geworfen, schrammt mit unschönem Geräusch gegen das querstehende Gefährt und schiebt es dabei noch ein weiteres Stück in den Planwagen hinein. Was für ein Durcheinander!

Entsprechend durcheinander schreit auch alles. Ein paar beherzte Männer laufen herbei, die Pferde zu beruhigen, die zum Glück einfach schnaubend stehengeblieben sind, als sie hinter sich ein Hindernis spürten.

„Ruhig, ruhig, brr."

„Steh, Brauner. So ist es gut."

„Feines Tier. Ist ja gut. Ruhig."

Das hilft, keines der Pferde geht durch, und auch das gestürzte, ein rechter Ackergaul, breit und gutmütig, steht wieder auf, schüttelt sich, als hätte es eben nur ein Sandbad genommen, und äpfelt in lohnenswerter Menge. Seine Haut sieht an einigen Stellen abgeschürft aus, aber ernsthafte Verletzungen scheint es nicht zu geben. Die Geschirre werden gelöst, überhaupt werden alle Pferde befreit und zur Seite gebracht. Irgendwer bringt sogar zwei Eimer Hafer, auch ein Trog mit Brunnenwasser zum Saufen steht da. Essen und Trinken lenkt Pferde immer ab, selbst vom eigenen Schmerz. Die Marktbude jedoch, in ihrem Innern viel zu klein für einen hochbeladenen Planwagen, zerfällt durch den Aufprall in ihre ohnehin nur grob gezimmerten Einzelteile. Sie tut es ganz langsam. Ein Teil nach dem anderen fällt ab, es ist wie ein Entkleiden. Und nur durch ein Wunder – ist der Herr im Himmel doch im Spiel? – kommt dabei niemand zu schaden. Allerdings ergießt sich endlich ein gelber Schwall über das Kopfsteinpflaster des Marktplatzes, als müssten sich die Trümmer übergeben. Die junge Frau, welcher der Stand gehört, hatte ihren Platz eben für ein paar Minuten verlassen. Das wird ihr Leben womöglich gerettet haben. Einerseits. Andererseits spürt sie darüber keine Freude. Im Gegenteil kommt sie jetzt fassungslos und aufgelöst herbeigelaufen: „Die Eier, die vielen Eier. Meine Eier. Das könnt ihr doch nicht machen." Sie bricht in Tränen aus. „Ihr verdammten Gaukler."

Sie mag um die zwanzig Jahre alt sein, ein dralles Bauernmädchen mit einem kreisrunden hübschen Gesicht, umwallt von viel Blond, eine schmale Nase genau in der Mitte. Das Haar ist nur deshalb zu sehen, weil das Mädchen zwei Buden weiter eben ihr züchtiges Kopftuch abgenommen und eine hölzerne Haarspange ausprobiert hat. Sie sah dabei in den kleinen Spiegel, der am Balken angebracht ist, um sich und ihre Schönheit mit Spange zu prüfen, musste nun aber sozusagen im Rückblick miterleben, wie unaufhaltsam das Unglück sich vollzog, Balken um Balken, Brett um Brett.

Gottlieb sollte später sagen, er habe sich in diesem Augenblick, sozusagen im Angesicht der Katastrophe, in das blonde Mädchen verliebt. Das ist allerdings eine Übertreibung, ganz typisch für das Verliebtsein. Denn Verliebtheit ist immer eine Übertreibung. Er war zuvor schon in Hedwig Stippekohl verliebt, ein bisschen jedenfalls. Das Mädchen fiel ihm jedes Mal auf, wenn er auf den Grevesmühlener Markttag zog. Schon wegen Hedwig zog er möglichst oft hin. Er musste Hedwig immer wieder ansehen, wie sie da vergnügt die Eier verkauft, und die Leute kaufen gern bei ihr, jung und hübsch und freundlich wie sie ist.

Aber er selbst hat nie mehr als ein „Grüß Gott" bei Hedwig gewagt, war sie doch die Konkurrenz auf diesem Markt, und gegen die Konkurrenz denkt man nun einmal nicht so gut. Sie gingen beide, Hedwig wie Gottlieb, demselben Geschäft nach: dem Verkauf von Geflügel und Eiern. Noch dazu hat das Mädchen sogar so etwas wie Hausrecht hier, denn Hedwig, überhaupt die Stippekohls stammen aus Grevesmühlen. Seit Generationen, heißt es. Sie sind darauf derart stolz, dass ihnen nie auch nur der Gedanke gekommen wäre, anderswo als in ihrer Heimatstadt ihre Waren anzubieten, schon gar nicht im fernen Klütz. Die Stippekohls wussten bis zu diesem Tag im Juli gar nichts von den guten Geschäften im Speckwinkel. Gottlieb staunte zwar darüber, aber natürlich konnte es ihm nur recht sein. In Klütz hat er Hausrecht. Jetzt nach dem Unfall und nachdem er selbst seinen eigenen Schreck überwunden hat, der ihn schon mal nah ans Paradies führen sollte, wie wir gleich noch hören, wird es Gottlieb naturgemäß nicht mehr bei einem Gruß belassen. Er würde das verstörte Mädchen in den Arm nehmen und ihm verstohlen über den Kopf streichen. Hedwig würde solche Zärtlichkeit nicht einmal bemerken. Zu groß ist ihr Unglück just zu dem Zeitpunkt, wo es gleich in Glück umschlagen will und aus dem geträumten Paradies ein irdisches wird. Mehr oder weniger jedenfalls, Leben an sich ist nie vollkommen paradiesisch.

Benno ergeht es bei dem Unglück der Pferdegespanne noch übler, als es Eierfrau Hedwig ergeht. Er wird von dem querstehenden Wagen, wo er neben Gottlieb auf dem Bock gesessen hat, beim Anprall des Kastens in die Luft geschleudert und wäre hart, sehr hart irgendwo aufgeschlagen, hätte die stämmige Aurelie im Planwagen, dem nun die Plane zerrissen ist, nicht geistesgegenwärtig ihre kräftigen Arme weit geöffnet, um aufzufangen, was sich da Seltsames auf sie zubewegte und ihr für einen Moment die Sonne nahm. Und als hätte es nur noch Bennos Gewicht in Aurelies Armen bedurft, kracht bei seinem Aufschlag die Hinterachse des Gefährts zusammen. Die Schauspieltruppe der Sidonie Brachvogel stößt einen einzigen gellenden Schrei aus, als sie derart unsanft auf die Straße gesetzt wird, mitten hinein in einen See aus Eidotter. Gottlieb wiederum, dem sein Mitreisender Benno so unsanft verlorengegangen ist, sitzt zuerst noch wie versteinert auf seinem Kutschbock. Er glaubt sich gestorben. Er sieht einen Engel auf sich zukommen. Das muss der Hüter der Himmelspforte sein, denkt Gottlieb. Petrus. Und dieser Petrus sagt mit erstaunlich weiblicher Stimme: „Ich glaube, wir müssen hier einiges aufräumen. Nun komm Er schon von seinem Bock herunter und halte Er nicht Maulaffenfeil. Sehe Er sich das Unglück an und tu Er was." Gottlieb bleibt versteinert, aber Petrus schnipst mit dem Finger, und als das nichts hilft, versetzt er ihm eine Maulschelle. Endlich tut Gottlieb, wie ihm geheißen. Aber er denkt: So also fühlt es sich an, vor der Pforte zu stehen, die in das Paradies führt. Oder vielleicht doch in die Hölle? Fast wie das Leben fühlt es sich an. Den tief gläubigen Gottlieb enttäuscht das, nebenbei bemerkt.

Später wird Esther Denner – denn sie war es, die dem Gottlieb erschien – von allen bewundert, wie kaltblütig sie ihr Gefährt gelenkt habe, wie sie, indem sie, auf dem Bock stehend, ihre Pferde mit festem Zügelgriff nach links ziehend, das Schlimmste verhindert habe, dann ruhig abgestiegen sei und Gottlieb durch Zuspruch und, als das nichts half, durch Fingerschnipsen vor seinem Gesicht und schließlich mittels einer Maulschelle dazu gebracht habe, dass er endlich vorsichtig sein Fuhrwerk so an die Seite lenkt, dass es nicht mehr wie eine Barrikade im Weg steht.

Der Leiterwagenaufbau ist an der einen Seite beim Aufprall von Esther Denners Kutsche gesplittert, an der anderen durch den Planwagen eingedrückt, aber Räder und Achsen haben ausgehalten.

Überhaupt ist alles nicht so schlimm, wie es im ersten Moment des Unglücks ausgesehen hat. Grevesmühlen hat dennoch sein Ereignis, von dem noch viele Jahre später erzählt werden sollte und über das sogar in den „Gelehrten Rostockschen Sachen" berichtet wurde. Aber auch dort kann nicht geklärt werden, wer Schuld trägt an diesem Unfall, ob es überhaupt einen Schuldigen gibt oder der Herr im Himmel zu seiner Unterhaltung nur eine Kette unglücklicher Umstände herbeigeführt hat.

Der dennersche Kastenwagen, seit einem Jahrzehnt im Besitz der Familie, sah schon vor dem Zusammenprall lädiert aus. Man braucht bei den Wegen im Mecklenburgischen und nicht nur dort ein robustes Gefährt, zumal es zu des Malers Denner erfolgreichem Geschäftsmodell gehört, seine Bilder den Auftraggebern zu liefern, frei Haus sozusagen. Das bringt nämlich regelmäßig zum ohnehin üppigen Preis ein schönes Trinkgeld, vor allem wenn die Tochter bei den zumeist älteren Auftraggebern vorfährt. Ein Geschäftsmodel des weiblichen Charmes, ähnlich dem der blonden Hedwig an ihrem Eierstand.

Jetzt gibt es ein paar Schrammen mehr am dennerschen Wagen, aber die Hauptsache ist doch, dass die Ware unbeschadet blieb. Vier Porträts bothmerscher Ahnen liegen im Fond auf abgeschabten Samtpolstern, dick in Leinen verpackt und verschnürt. Aber das muss auf dem Marktplatz von Grevesmühlen keiner wissen. Schon gar nicht der Marktgendarm, der eben herbeieilt.

„Habt Ihr das angerichtet, Frau?" Der Gendarm ist ein vierschrötiger Kerl, der in seiner Uniform schwitzt und sich mit seinem

Dreimaster Luft zufächelt. Er heißt Holk, leidet an Bluthochdruck und muss zu Hause viele Mäuler stopfen. Er ist gutmütig und wohl deshalb schon so lange Marktgendarm, weil auf dem Markt nie etwas passiert, außer den üblichen, schnell zu schlichtenden Streitigkeiten unter den Weibern oder einem Taschendiebstahl hier und da. Jetzt aber scheint etwas passiert zu sein, etwas Ernsthaftes.

Holk ist kein allzu heller Kopf, aber er weiß, dass er jetzt zwar handeln muss, dass er aber andererseits handeln mag, wie er will, in jedem Falle würden ihn seine Obrigkeit für sein Handeln schelten. Denn auch die mag es nicht, wenn irgendwo etwas passiert, und weiß sowieso immer alles besser. Unfälle mit Pferdewagen kommen dann und wann vor, das ist nicht zu verhindern. Aber gleich mit dreien, das gab es noch nie.

Holk, wie er so vor Esther steht und drohend zu wirken sucht, weil er das für einen Gendarmen angemessen hält, überragt die Denner um einen ganzen Kopf. Aber gerade das scheint ihn einzuschüchtern. Er ist es gewohnt, auf seinem Markt mit Weibern aller Art umzugehen, wenn sie keifend untereinander in Streit geraten oder mit der Kundschaft streiten, von der sie sich bestohlen wähnen. Marktweiber eben. Jetzt aber steht vor ihm eine kleine, schmächtige Person in einem zwar staubigen, aber bei näherem Hinsehen doch sehr aparten Reisekleid, das nichts davon verrät, welchem Stand die Dame angehören mag. Sie sieht unbefangen zu ihm auf. Er aber, der es gewohnt ist, dass die Leute vor ihm ängstlich den Blick senken, bemerkt, dass das Blau ihrer Augen ziemlich genau dem Blau ihres Anzuges entspricht, ein Eisblau, das ihn völlig verwirrt.

„Seid Ihr allein unterwegs?", stottert er.

„Nein", antwortet sie. „Ansgar, unser Hausvogt, begleitet mich. Er ist nur leider eben irgendwo in der Stadt, um Heu zu besorgen."

Ansgar einen Hausvogt zu nennen, ist eine tolle Übertreibung, aber das weiß ja nur sie.

„Er ist nicht hier? Habt Ihr allein auf dem Kutschbock gesessen? Euren Namen. Wo kommt Ihr her? Ihr seid nicht aus der Stadt. Bestimmt nicht, sonst würde ich Euch ja kennen."

Holk ist es unangenehm, wie die Leute auf dem Markt zusammenströmen und ihn und das kleine Fräulein immer dichter umringen. Immer mehr drängen sie heran, um ja nichts zu verpassen von dem, was da gesprochen wird. Und was tut die junge Frau? Sie hebt die Hand und schnipst mit den Fingern genau vor Holks Gesicht, sodass der Arme zusammenfährt.

„Ich kutschiere gern", sagt sie dabei. „Ich bin Esther Denner. Meine Heimat ist Hamburg, falls Ihr schon von dieser Stadt gehört haben solltet. Sie ist ja nicht ganz klein. Ich will hinüber nach Klütz. Ist es noch weit bis dahin?"

„Wer erlaubt Euch, allein herumzukutschieren? Das ist nichts für Weiber. Und lasst das Schnipsen."

„Ihr seid noch so ganz alte Schule, wie?" Esther schnipst noch einmal mit den Fingern und lässt den Gendarmen dann einfach stehen. Denn eben wird von irgendwo ihr Name gerufen, das muss Ansgar sein.

Holk könnte sie mit langem Arm und festen Griff daran hindern, sich einfach so davonzumachen. Aber er kommt nicht dazu, ja er kommt nicht einmal auf den Gedanken, weil auf einmal zwei andere Leute vor ihn hingestellt werden, zwei Männer, ein ganz kleiner und ein im Vergleich dazu hochgewachsener.

„Die waren es, die haben ein Wettrennen veranstaltet auf dem Ziegenhorn", ruft irgendwer.

„Unsinn", ruft der kleine Mann. Er ruft es mit erstaunlich volltönender Stimme.

„Es sind Gaukler, lass sie in Ruhe, Holk", ruft ein anderer der Umstehenden.

„Aber sie haben der Hedwig alle Eier zerhauen. Das müssen sie bezahlen, Holk."

„Wir sind da hineingeraten", zischt der Kleine, und selbst sein Zischen ist für die Umstehenden gut zu hören. „Schlechtes Timing, aber so etwas ist auch Gottes Wille."

„Holk, der Kleine gehört zu den Gauklern. Und sieh nur, der andere ist der Gottlieb, der Hühner-Gottlieb. Aus Klütz, den kennst du doch. Frag den mal, was passiert ist."

Holk schwirrt der Kopf. Und jetzt sticht auch noch die Sonne. Er setzt den Dreimaster auf. Er findet es ungerecht, etwas ordnen zu müssen, was andere durcheinandergebracht haben. Ihm scheint noch nie aufgefallen, dass genau das seinen Beruf ausmacht.

„Auseinander", ruft er auf einmal, wütend über die Welt und ihre Ungerechtigkeit. Ein bisschen wütend auch auf sich selbst. „Geht Euer Wege. Los, los. Wird's bald? Auseinander, sage ich."

Die Leute folgen zwar, aber langsam und mürrisch. Und es ist wohl auch weniger Holks Befehlen als die Hitze, die sie vertreibt. Erst einmal irgendwohin in den Schatten, am besten gleich in den Schatten des Marktkrugs.

Da fasst Gottlieb den Gendarm am Arm und erklärt, was es zu erklären gibt: „Hört, Herr Holk, es war so: Die Gaukler kamen vom Markt, ich aus der Gasse dahinten."

„Wir sind keine Gaukler, wir sind Schauspieler, ich darf doch bitten", wirft der kleine Mann ein, aber niemand nimmt davon Notiz. Auch Gottlieb lässt sich nicht unterbrechen: „Der eine konnte den anderen nicht sehen, so sind wir beide gleichzeitig auf den Ziegenhorn gekommen und nebeneinander hergefahren. Ich wollte schnell vorbei, aber der Kleine hier hatte dasselbe vor. Das war zu dumm. Und als dann noch das Gefährt der Dame von der Seite he-

ranpreschte, haben sich die ohnehin nervösen Pferde noch mehr erschrocken. Da ist es dann passiert."
„Ja, und nun?" Holk sieht Gottlieb streng an.
Gottlieb grinst. Wir müssen ihn uns überhaupt in diesem Augenblick als glücklichen Menschen vorstellen. Zwar ist ihm ein Unglück passiert, und er hat auch einen Schock erlitten und sich schon an der Himmelstür gewähnt. Aber aus dem Schock hatte ihn eine rotblonde Schönheit erweckt, und als er wieder bei sich war, durfte er ein blondes Mädchen in den Arm nehmen und tröstend über dessen Getreideblondhaar streichen. Dagegen sind die Schäden an den Fuhrwerken doch fast schon ein Nichts. Gottlieb weiß, dass gleich am Anfang des Kuhhirtenganges Stellmacher Labskaus seine Werkstatt hat, ein Freund aus Kindertagen. Der würde helfen, rasch helfen. Womöglich hat irgendwer Labskaus schon berichtet, was auf dem Markt passiert ist, womöglich ist er schon unterwegs in Richtung Markt.
„Wir sind alle glimpflich davongekommen, also solltet auch Ihr mit uns glimpflich umgehen, zumal ich nicht wüsste, wen Ihr als Schuldigen in Euer Verlies werfen könntet."
„Schuld sind natürlich immer die anderen", meint der Zwerg. Er sieht zu Gottlieb auf: „Also du."
„Und du hattest doch deine Freude daran, mich zu jagen", gibt Gottlieb zurück.
„Ich und jagen. Ich obliege der Kunst, nicht dem Wettsport."
Gottlieb muss über die Bemerkung lachen. „Ihr seht, Holk, wir scherzen schon wieder. Und wo gelacht wird, muss kein Gendarm stehen, was?"
Holk hätte sich nun empören können, ja müssen, wie wenig Respekt ihm, der Amtsperson, entgegengebracht wird. Aber da er in den Augen seiner Obrigkeit sowieso immer alles falsch macht,

ob er es so oder so anpackt, kann er die verunglückten Fuhrleute auch gleich laufen lassen. Vielleicht, so denkt er, ist es überhaupt das Vernünftigste, die ohnehin müden Augen ein bisschen zuzudrücken statt lustlos strenge Verhöre zu führen. Bei dieser Hitze! Und da kommt mit raschem Schritt doch tatsächlich schon Labskaus, die dunkle Lederschürze umgebunden mit ihren vielen Taschen für sein Werkzeug. Er kommt über den Markt geradewegs auf Gottlieb, Luitpold und Holk zu. Er läuft so schnell, wie es die schwere und lange Schürze erlaubt.

„Na, hier sieht es ja aus", ruft er schon von weitem. „Wünsche übrigens allen einen schönen Tag." Und zu den Umstehenden gewandt setzt er hinzu, indem er ein paarmal in die Hände klatscht: „Jetzt mal alle anfassen, damit wir den bunten Wagen da aus den Trümmern der Bude kriegen. Na, los, Kinder."

Und so geschieht es. „Hauruck, Kinder", ruft Labskaus. Holk macht einfach mit.

„Wie ist es, wenn du deine Linden pflanzt? Du weißt doch, dass du längst tot bist, wenn sie einen ersten richtigen Schatten spenden", bemerkt die kalte Sophie.

„Gerade an solchen heißen Tagen wie heute", setzt die praktische Aurelie hinzu. Sie ist heiser, ihre Stimme nur ein geflüstertes Krächzen. Sie hat in Gadebusch beim Auftritt im Kampf gegen einen Zugwind, der um die Kirche herumstrich, ihre Stimme überanstrengt.

„Linden, immer nur Linden", stöhnt Giulietta und legt Benno ein nasses Tuch auf seine Beule, die gerade violett auf seiner Stirn erblüht. Giulietta hat das Tuch zuvor mit kaltem Brunnenwasser getränkt. Benno stöhnt auf, mehr aus Wonne als aus Schmerz.

„Aber die Blätter der Linden sind Herzen", ruft Sophie. „An den Linden treffen sich die Liebenden."

„Oder die Toten", wirft Giulietta ein.

Und Aurelie krächzt: „Ein Lindenblatt war es, was dem Siegfried beim Drachenblutbaden zum Verhängnis wurde."

„Lindenblüten geben einen schönen Tee", bemerkt Sophie.

„Pfui, den mag ich gar nicht", sagt der struppige Karl, der eben hinzutritt.

Endlich gelingt es Benno, Sophies Frage zu beantworten: „Deswegen wird man doch Gärtner. Für morgen. Für die Zukunft. Was ich tue, verschwindet nicht so rasch."

„Für die Zukunft! Nun hört euch an, was der Kleine so daherredet", lacht Sophie. „Unter der Ewigkeit macht er es wahrscheinlich nicht, was?"

„Und doch will er weg von seinen Linden", meint Giulietta. „Hat er uns doch eben erzählt."

„Was hat er erzählt?", fragt Karl.

„Dass er uns bei sich zu Hause gesehen und seitdem nach uns gesucht hat. Dass er mit uns ziehen will. Sollen die Linden doch ohne ihn auskommen, hat er gesagt", sagt Sophie.

„Soll doch die ganze Zukunft ohne ihn auskommen", krächzt Aurelie und sieht Benno dabei freundlich an, seinen lädierten Kopf auf ihrem Schoß. „Fort mit der Ewigkeit, ins Heute geschaut, das Heute genossen, was morgen auch graut."

„Oh, Aurelie geht unter die Dichter, hört, hört."

Die brachvogelschen Schauspieler und Benno sitzen im Schatten eines der großen Marktbäume, keiner Linde, sondern einer Kastanie, aber egal, Hauptsache Schatten. Es sieht aus, als halten sie farbenfroh Picknick und als wäre Benno der Handleser, zu dem sich alle neugierig neigen, besonders die Damen. Dabei plaudern sie nur mit ihrem merkwürdigen Neuzugang und vertreiben sich so die Zeit. Denn sie warten auf den Abend. Gerade ist beschlossen worden, dass sie am Abend auftreten wollen, einmalig, Sondergastspiel in Grevesmühlen. Und mit Benno.

„Wir brauchen das Geld, um unseren Wagen wieder flottzukriegen", hat Sidonie Brachvogel gesagt. Sie war ob der Verzögerung am meisten verärgert. Sie sehnt sich nach Hamburg, für dieses Mal sogar noch mehr als Karl, der sonst so viel von Hamburg sprach. Sie sehnt sich nach Gott, den sie nur im Michel glaubt treffen zu können. Aber darüber spricht sie mit niemandem. Seit sie mit dem alten Bothmer, dem Geliebten von einst, zusammengesessen hat, denkt sie dauernd an Endlichkeit und Ewigkeit. Sie fühlt, dass sie ihre Seele reinigen müsse für die Ewigkeit und dafür nicht mehr viel Zeit haben würde. Im Michel würde sie den Pastor mit seinem Mühlsteinkragen aus gefältetem Weiß aufsuchen, noch an dem Tag, da sie endlich wieder zu Hause sind.

„Und was spielen wir?", fragt Giulietta.

Die Antwort besteht teils aus Stöhnen, teils aus Lachen: „Na, was wohl? Den rasenden Kerl, den Roland."

Jetzt kommt auch Luitpold heran, der sich mit Labskaus und Gottlieb die Schäden am Fuhrwerk der Truppe besehen und besprochen hat, wie alles rasch wieder flott zu bekommen sei.

„Wir machen nachher eine Sondervorstellung", empfängt ihn die kalte Sophie. „Wegen des Geldes für den netten Stellmacher."

„Ach, der Mann sagt, er liebe es, wenn die Gaukler auf dem Markt herumtobten. Herumtoben nennt er unsere Auftritte. Aber er sagt auch, wir müssen nur die Hälfte zahlen, und bis morgen kriegt er das hin mit der Achse." Dann zieht sich das Gesicht des kleinen Mannes, das eben noch erleichtert wirkte, merkwürdig zusammen, sodass es aussieht, als bestünde es allein aus einer einzigen Falte. „Aurelie kann aber unmöglich auftreten", sagt er. „Mit der Stimme. Oder genauer: ohne diese Stimme."

„Auftreten schon, aber das Publikum wird sie nicht hören." Auch Giulietta blickt sorgenvoll. „Sie ruiniert sich die Stimme sonst endgültig."

„Sprichst du manchmal mit deinen Linden?", fragt Aurelie den Kopf auf ihrem Schoß.

Der lispelt: „Und ob."

Das ist nun aber eine glatte Lüge. Dass man mit Bäumen reden könnte, der Gedanke ist Benno nie gekommen. Aber er gefällt ihm. Vielleicht auch nur, weil Aurelie gefragt hat und weil sie ihn dabei aus Augen ansieht, die so traurig blicken, dass er das Gesicht über ihm nicht enttäuschen will.

„Er befehligt eine ganze Armee aus Lindenbäumen", sagt Giulietta. „Nun ja, keine Regimenter, keine Kompanien, aber doch Alleen."

Benno versteht das nicht recht, aber die anderen lachen herzlich.

„Also ist seine Stimme laut genug. Und befehlsgewohnt. Das meinst du doch, Aurelie?", fährt Giulietta fort. „Aber er lispelt."

Benno versteht noch immer nicht, aber alle anderen nicken.

Die kalte Sophie fragt: „Wie heißt du eigentlich?"

„Benno."

„Benno kommt von Bär. Gut, du hast Bärenkräfte. Habe ich gesehen, als du uns geholfen hast, alles Gepäck vom eingeknickten Wagen zu nehmen. Und wie du mit dem anderen Bären da" – sie nickt in Richtung von Stellmacher Labskaus – „die kaputte Achse aufgehoben hast, alle Achtung. Aber kannst du auch brüllen wie ein Bär?"

Benno findet die Frage albern, aber alle aus der Schauspielertruppe sehen ihn an, als wären sie tatsächlich neugierig auf seine Antwort.

„Du willst mit uns ziehen, hast du vorhin gesagt. Das müssen wir uns allerdings erst überlegen. Zu einem Vertrag gehören immer mindestens zwei. Wenn du nicht brüllen kannst, brauchen wir dich nicht. Bäume pflanzen ist bei uns eher selten gefragt, so als Arbeit, meine ich." Sophie sieht ihre Gefährten Beifall heischend an, amüsiert über ihre eigene Bemerkung.

„Wir schicken ihn zurück in sein Klütz, das ist das Beste", wirft Luitpold ein. „Auf, Kinder, wir müssen jetzt mit der Bühne anfangen. Benno, du könntest uns dabei helfen, mit den Brettern da." Und er beugt sich vor, um Bennos Armmuskeln zu befühlen. Wieder lachen alle, und Benno merkt endlich, dass man ihn aufzieht.

Aurelie nimmt seinen Kopf, zieht ihn zu sich heran und gibt ihm einen Kuss. Dann muss er sich, gänzlich verwirrt vom ersten Kuss seit seiner Kindheit, erheben, weil auch Aurelie sich erhebt. Er steht mit seinem etwas brummenden Kopf da, während er sieht, dass die Theaterdirektorin ihre Schauspieler zu sich heranwinkt. Sie stecken die Köpfe zusammen und tuscheln eine Weile. Einmal sehen sie sich nach ihm um. Aber sie rufen ihn nicht.

Benno sieht sich nach Gottlieb um. Es ist Zeit, mahnt er sich, mich endlich um die neuen Lindenbäume zu kümmern. Wegen der bin ich doch nach Grevesmühlen geschickt worden, oder?

Aber er sieht Gottlieb nirgendwo im bunten Markttreiben. Wo mag er sein? Die Frage scheint Benno auf einmal dringend, dabei hat er, in Aureliens Schoss gebettet, überhaupt nicht mehr an seinen Freund gedacht. Er fand es nur schade, nicht in Sophies Schoss gelandet zu sein.

Auch Gottlieb hat den Gärtnerburschen vergessen. Und auch bei ihm sind die Augen einer Frau schuld daran. Erst hilft er zusammen mit anderen kräftigen Männern, die kleine stippekohlsche Marktbude wieder so aufzurichten, dass Labskaus die Teile zusammennageln kann.

„Drum baue auf und reiße nieder, so hast du Arbeit immer wieder", ruft Gottlieb dabei. Hedwig Stippekohls Gegenwart macht aus dem Freund von Sprichwörtern nun sogar noch einen, der reimt.

All die Arbeiten gehen rascher von der Hand als gedacht. Einige der Marktfrauen helfen Hedwig derweil, den Eidotterschlamm mit viel Brunnenwasser zu verdünnen und mit Reisigbesen in den Rinnstein zu befördern. Es muss schnell gehen, denn eine Pfütze aus Ei würde bei der Hitze nicht nur bald trocknen und dann fest wie Stein sein, sondern auch die Nasen aller beleidigen, die ohnehin mit der wilden Mischung der Marktgerüche zu kämpfen haben: Gewürze und Kräuter, Brot und Käse, Fleisch und Wurst, Schweine und Ziegen, Pferde und Geflügel, Schweiß und Urin.

Als alles erledigt ist, kommt für Hedwig aber das, wovor sie sich am meisten fürchtet. Sie muss ihrem Vater erzählen, was passiert ist. Es ihm beichten, wie sie sagt, obgleich sie selbst doch gar keine Schuld trifft. Aber nun würde wohl auch herauskommen, dass sie sich im entscheidenden Augenblick am Nachbarstand verabsäumt hatte, wegen einer albernen Haarnadel.

Gottlieb bemerkt, wie die eben noch so redselige Hedwig immer schweigsamer wird.

„Was ist mit dir?"

„Sie werden mich böse schelten daheim. Es ist Markt, und ich bringe nur ein paar Groschen nach Hause. Und alles hin. Nur weil die Tochter zum ersten Mal ganz allein auf den Markt fahren durfte, ohne Papa."

„Unsinn", entgegnet Gottlieb. Allerdings kennt auch er den alten Stippekohl, und er hat Furcht vor ihm. Alle haben Furcht vor Stippekohl, weil der als unberechenbar gilt, ein rechter Choleriker. „Ich komme mit", sagt Gottlieb schließlich und findet sich ritterlich dabei.

Hedwig hebt abwehrend beide Hände. „Wenn ich dann noch mit der Konkurrenz ankomme, die außerdem noch mit ihrem Wagen einen anderen in meinen Stand bohrt – du, Gottlieb, da ist alles aus. Er schlachtet dich wie einen seiner Hähne."
„Wenn ich wie ein Hahn auch noch ohne Kopf ein Stück flattern kann, flatterte ich in deine Arme."
„Lass das, Gottlieb, ich gehe jetzt."
„Und ich komme mit. Ich weiß, wie ich deinen Vater packe."
„Packe?"
„Ich meine: Für meinen Einfall begeistere."
„Meinst du den Einfall, ausgerechnet eine Gauklertruppe in meine Eier sausen zu lassen." Sie schreitet kräftig aus in Richtung Westen, Gottlieb folgt wie ein treuer Hund und schaut auch so. Der Hof der Stippekohls liegt nach Abend zu am Rande der Stadt. Auf einmal bleibt Hedwig kurz stehen, lässt Gottlieb aufschließen und hakt sich bei ihm ein. Die weibliche Neugierde hat gesiegt.
„Was meinst du mit Einfall?"
Und nun erzählt Gottlieb eine Geschichte, die Hedwig seltsam klingt und die sie auch nicht recht versteht. Von einem großen Schloss ist darin die Rede, einem reichen Grafen aus London, einem Baustellenkonzert und vor allem von Hähnchen am Spieß.
„Und was hat mein Vater damit zu tun? Außer, dass er vor Neid platzt, wenn das stimmt, was du da erzählst. Aber bestimmt ist es nur Flunkerei. Das sieht dir ähnlich."
„Er hat nichts damit zu tun. Aber du. Ich nehme dich mit. Jede Hand wird gebraucht, es kommen bestimmt an die hundert Gäste."
Gottlieb hat freilich keine rechte Vorstellung, was hundert sein könnte, es steht bei ihm für viel, sehr viel. „Und du weißt, wie ein Hahn am Spieß knusprig wird und saftig." Du bist ja selbst ganz knusprig und saftig, setzt Gottlieb bei sich hinzu, erschrocken und erfreut zugleich über die Unsittlichkeit seiner Gedanken.

Da haben sie den stippekohlschen Hof auch schon erreicht. Der erlebt nun, an seiner hinteren Seite gleich neben dem Misthaufen, eine denkwürdige Szene. Denkwürdig in mehrfacher Hinsicht. Denn Gottlieb spricht tatsächlich von seinem Einfall, Hedwig mit nach Klütz zu nehmen. Er spricht von dem Fest und wie es vorbereitet werden soll. Und dass er Hedwig gut bezahlen wolle, um den auf dem Markt erlittenen Schaden auszugleichen, auch wenn er sich nicht eigentlich schuldig daran fühle. Aber er wisse natürlich, was es bedeute, all seine Ware zu verlieren, nur weil andere unachtsam seien. Auch würde er für das Fest eine gehörige Zahl von stippekohlschen Hähnen kaufen, denn er, Gottlieb, brauchte ohnehin viel mehr, als er je vorrätig haben könnte.

„Wie man in den Wald ruft, so schallt es heraus", schließt er die für seine Verhältnisse außergewöhnlich lange Rede. Er sagt das nur so, weil sonst kein Sprichwort in seiner Rede vorgekommen ist. Vielleicht meint er, wenn er freundlich spricht, dürften Vater und Mutter Stippekohl ihn nicht schelten. Wegen der Tochter, der Bude auf dem Markt, den Eiern, wegen der Hühner. Gottlieb hat in ruhigem Ton gesprochen, als rede er nur zu sich. Es klingt auch alles vernünftig. Aber, natürlich, eigentlich spricht er überhaupt nicht von dem Unfall, dem Fest, den Hühnern und Hedwigs Hilfe. Als er geendet hat, meint er vielmehr, um die Hand der stippekohlschen Tochter angehalten zu haben.

Nun, auch Hedwigs Eltern verstehen ihn so. Hedwig wirft einen verliebten Blick auf Gottlieb, der nicht nur freundlich, sondern eigentlich auch ein ganz stattliches Mannsbild ist, wie sie findet. Die Mutter bekommt sogar feuchte Augen, nur der alte Stippekohl brummt unzufrieden. Aber unzufrieden zu brummen gehört bei ihm einfach dazu. Immerhin bricht er nicht, wie von Hedwig befürchtet, wegen der zerstörten Marktbude und den im Dottermeer weggeschwommenen Einnahmen in sein cholerisches Gebrüll aus, wie sie es so oft schon hat erleben müssen, wenn etwas nicht in seinem Sinne geschieht.

Ja, er ist Choleriker, neigt überhaupt zu Missmut und Fluchen. Er ist klein, hat einen quadratischen Körperbau, und seine Arme sind so lang, dass die Hände, wenn er geht, auf dem Boden zu schleifen scheinen.

Mit so einem Kerl hält es nur eine Frau aus, die noch übellauniger sein muss als er selbst und sein Fluchen durch Keifen zu übertönen weiß. So eine Frau hat er gefunden, Hedwigs Mutter, deren schmaler langer Oberkörper auf einem gewaltigen Unterbau aus Gesäß, Hüften und Beinen sitzt. Im Gesicht sehen sich Mutter und Tochter sehr ähnlich, nur dass das mütterliche eine Landschaft im Novembergrau zeigt, das der Tochter hingegen die gleiche Landschaft im Frühlingslicht zur Zeit der Fliederblüte. Noch blüht Hedwig, aber was einmal daraus werden würde, werden musste, könnte Gottlieb, vor dem stippekohlschen Misthaufen stehend, sehen, wenn er wollte. Er übersieht es lieber.

Auf dem Weg zurück zum Markt ergreift Gottlieb jedenfalls eine fröhliche Stimmung. Er tut etwas, was ihm nicht einmal die eigene Mutter zugetraut haben würde. Er bleibt beim Vogelhändler stehen.

„Na, Gottlieb, mal was anderes als immer nur Hühner?", sagt der, ein schlanker, irgendwie lustig in einer Art Federmantel gehüllte Kerl, um einiges jünger als Gottlieb. „Suchst du selbst aus, oder soll ich raten."

„Wie wolltest du mir raten?"

Der Vogelfänger lacht. „Hier, der Stieglitz, der Distelfink, nimm den."

„Schön bunt ist er ja."

„Wurde auch mal von einem Holländer gemalt, einem ganz be-

rühmten, unglaubliches Bild. War aber nicht der Kleine hier."
„Wegen eines Bildes soll ich ihn nehmen?"
Wieder lacht der Vogelfänger, dann beugt er sich zu Gottlieb vor: „Nimm den, wegen ihr. Die Stippekohl ist ganz närrisch nach ihm. Und für die soll er doch sein, oder?"
Gottlieb belässt es bei einem Nicken. Er zahlt, schamrot im Gesicht, und nimmt den kleinen Bauer an sich. Der Stieglitz lässt sich den Besitzerwechsel still gefallen. Nun, Gottlieb sieht eigentlich auch vertrauenswürdig aus. Allemal vertrauenswürdiger als der Vogelhändler. Erst jetzt fällt Gottlieb Freund Benno mit seinen Lindenbäumen wieder ein. Wo um alles in der Welt mag Benno abgeblieben sein?

Benno treibt über den Markt. Die brachvogelsche Truppe scheint nicht einmal bemerkt zu haben, wie er einfach wegging. Er findet sich im Recht, ohne Abschied, ohne Dank zu gehen. Sie haben ihn veralbert, die Gaukler. Aureliens bequemer, weitläufiger Schoss, ihr Kuss, das brunnenkühle Tuch, das gute Zureden – alles nur Albernheiten. Torheiten. Gaukler eben. Spötter, die nichts ernst nehmen. Für die das ganze Leben Spiel ist und jeder Tag ein Bühnenauftritt. Und die sich damit unterhalten, einen kleinen Gärtner lächerlich zu machen. Wir merken, Benno ist enttäuscht. Wenn sie ihn aber schon nicht zurückrufen haben, die Schauspieler, so denkt er jetzt, bleibt mir nichts anders übrig, als meine Träume zu vergessen und mich daran zu erinnern, weshalb ich überhaupt hier bin. Der Bäume wegen. Die sollen in der lippeltschen Gärtnerei bereitliegen. Aber wo liegt die lippeltsche Gärtnerei? Wo ist Gottlieb, wo das Fuhrwerk und die Pferde?
Weil Benno in seiner Sacktasche ein paar Münzen erfühlt und in seinem Selbstmitleid meint, er bedürfe jetzt eines Trostes, bum-

melt er hinüber zur Marktbude des Waffelbäckers. Je näher er kommt, desto süßer und verführerischer duftet es.

„Heiße Waffeln. Greve-Creme. Heiße Waffeln."

„Greve-Creme?", hört Benno eine Frau fragen.

Der Waffelbäcker trägt auf dem Kopf eine irrwitzig hohe Mütze. Frisch gestärkt sieht sie aus und fast noch weiß, obwohl so ein Markttag alles in allem eine schmutzige Angelegenheit ist, nicht nur, wenn sich Eidotter über den Platz ergießt. Schon der Staub, den die vielen Menschen und Tiere aufwirbeln, besonders in der Hitze.

„Grevesmühlener Creme", lacht der Waffelbäcker. „Meine Erfindung, probiert, gute Frau."

Der Bäcker hat vor seiner Bude ein paar umgedrehte leere Kisten und Fässer hingestellt, alle schon ein bisschen wacklig. Benno setzt sich mit seiner mit Greve-Creme gefüllten Waffel dorthin. Die Creme, eine rosa Masse, knisterte im Mund, ist süß und fruchtig zugleich. Benno schließt die Augen, um besser genießen zu können.

„Oh, wie herrlich." Das ist wieder die Stimme der Frau, jetzt dicht neben seinem Ohr. „Nicht dass ich mich noch bekleckere, wäre schade für meinen Anzug, aber noch mehr für die Creme."

Benno sieht auf – und direkt in zwei blaue Augen, die ihn vergnügt mustern.

„Da haben wir es heute so richtig krachen lassen, was?", sagt Esther Denner. „Hast du dir sehr weh getan, Junge? Bei unserer kleinen Rempelei vorhin?"

„Rempelei?"

„Na, ich nenne es so. Jetzt jedenfalls kann ich es so nennen. Als es passierte, habe ich gottlos geflucht, gebe ich zu. Aber jetzt ist alles wieder schick. Meine Kutsche steht da hinten und wartet nur darauf, dass ich mit diesem Waffelungetüm fertig werde und aufsitze. Wie lange braucht es bis Klütz? Aber so eine feine Creme habe ich noch nie gegessen, ehrlich. Und ich komme aus Hamburg, wo ich manchmal die unvergleichlichen Biskuits kaufe, auch mit so einer Creme drin. Eclairs werden sie genannt oder, was ich viel schöner finde, Liebesknochen. Kennst du so was? Was hältst du von Liebesknochen? Allein das Wort."

„Bei Trab so zwei Stunden", antwortet Benno.

Esther Denner versucht zu schnipsen, aber ihre Finger sind vom Zucker verklebt. Sie lacht. „Du kommst doch aus Klütz, hörte ich. Du kannst für deine Heimfahrt bei meinem Kasten hinten aufsteigen, wenn du willst."

„Nicht nötig, der Junge bleibt hier." Eine andere Frauenstimme. „Und Ihr, Gnädige, bleibt vielleicht auch noch. Es wird ein Theater gegeben, in zwei Stunden, ein rechtes Spektakel, schlimme Geschichten, über die Raserei der Liebe. Bei halbem Eintritt." Die Stimme der kalten Sophie. Die wendet sich jetzt Benno zu: „Wir haben dich überall gesucht. Und wo finden wir dich, beim Süßkram. Bist noch ein Kind, oder?"

Benno will protestieren, aber Esther Denner kommt ihm zuvor und sagt zu Sophie: „Was für eine Schlussfolgerung. Ich nasche schließlich auch. Und ich wette, der halbe Markt hier hat sich heute mit Greve-Creme zugeklebt. Sie ist aber auch zu köstlich."

„Das stimmt. Ich habe sie auch schon probiert. Eigentlich komisch, dass sie keine Sünde ist. Wie alles, was Spaß macht. Ich hoffe aber, Gnädige, Ihr klebt jetzt nicht zu sehr an diesem Jungen hier. Ich will ihn nämlich entführen."

„Entführen?"

Sophie legt den Arm um Benno: „Hör mal, die Aurelie kann nur noch krächzen. Das hast du ja selbst mitbekommen. Ganz verliebt ist sie in dich, konnte es dir nur nicht sagen, wegen der Stimme." Sophie kichert. „Pass auf, Aurelie spielt nachher den Medoro, und jetzt kommt es: Du stehst versteckt am Bühnenrand mit dem Textbuch und sprichst für sie. Kannst du lesen? Gut. Sie macht

den Mund auf und zu, Rhabarber, Rhabarber. So sagen wir Gaukler, wenn es nur darum geht, den Mund zu bewegen. Und deine Stimme erklingt. Wie findest du das? Wir finden es großartig. Du wolltest doch mit uns ziehen. Dein erster Auftritt. Und gleich als Liebhaber. Sogar als mein Liebhaber! So halb jedenfalls."
Benno hätte sich bestimmt gewehrt, ist er in Gedanken doch eigentlich schon wieder zu Hause und bei seinen Linden. Sein Schicksal entscheidet Esther Denner.
„Was höre ich? Zum Theater? Und schon heute Abend Auftritt. Junge, das ist schön. Spektakel ist immer schön. Kunst ist immer schön. Ich bin Malerin. Ich verstehe davon etwas. Viele Porträts, auch Schauspieler und Musiker. Der berühmte Händel ..."
„Der bei uns die Laute geschlagen hat, in diesem komischen Klütz?", fragt Sophie ungläubig.
„Wie? Hat er das? Das ist ja ..."
Weiter kommen sie nicht. Auf einmal, wie aus dem Erdboden gesprossen, sind auch die anderen aus der Theatertruppe da, und sogar Gottlieb findet sich ein. Alle Unfallgegner, wie man heutzutage sagen würde, und alle inzwischen wieder guter Dinge.
Der Waffelbäcker ruft: „Wenn ihr euch schon alle auf meine Plätze setzt, müsst ihr auch eine Waffel nehmen." Und laut über das Markttreiben hinweg. „Waffeln mit Greve-Creme. Nur in Grevesmühlen. Leute, kauft Waffeln. Rosa Greve-Creme. Grevesmühlen-Waffeln. Die gibt es nur in Grevesmühlen." Er beugt sich vor, stößt mit seiner Mütze prompt gegen einen Balken, sodass sie herunterfällt und durch den Staub kullert. Das milde Abendlicht trifft statt der Mütze eine spiegelnde Glatze.
Am nächsten Morgen, kaum hat der Hahn gekräht, macht sich ein seltsamer Treck in Richtung Norden auf. Ein Leiterwagen, bei dem jede Strebe aus einem anderen Holz zu bestehen scheint, beladen mit jungen Linden und vielen Hühnern in einem gro-

ßen Käfig. Gottlieb allein auf dem Kutschbock und an der Seitenwand ein kleiner Bauer mit einem Distelfink darin, dahinter eine richtige Kutsche, wenn auch schon etwas abgeschabt. Ansgar sitzt auf dem Bock. Hinter ihm auf dem Kutschdach sind ebenfalls Linden festgebunden, was aussieht, als wären dem Gefährt struppige Haare gewachsen.

Esther Denner hat es vorgezogen, nach einer schlimmen Herbergsnacht mit vielen Wanzen sich in den Kasten zu verfügen und noch etwas zu schlummern. In Damshagen wird sie unsanft geweckt, als der Weg seinen engen Bogen um die Kirche herum nimmt und sie, Esther, dabei durch die Fliehkraft aus den Polstern geschleudert wird. So kommt sie noch rechtzeitig dazu, unter einem langen Gähnen die kleine Tüllgardine an der Tür aufzuziehen und hinter Damshagen in einiger Entfernung das imposante Ziel ihrer Reise zu sehen. Da liegt es im strahlenden Vormittagslicht, ein roter Bau von gewaltigen Ausmaßen inmitten von Wiesen und Feldern. Esther Denner staunt. Bislang hat sie die Reise in den Speckwinkel nur gereizt wegen der Bilder, der Familienporträts, deren Herstellung Vater Denner ihr fast gänzlich überlassen hatte. Jetzt aber wird sie neugierig auf das Haus, seinen Besitzer, den Festsaal und das Baustellenkonzert, von dem sie inzwischen auch schon gehört hat. Schon biegt der seltsame Treck in eine Lindenallee mit ganz jungen Bäumen ein, die seitwärts auf den Palast zuführt. Das Werk des kleinen Benno mit dem klebrigen Mund, denkt Esther und muss lächeln. An was sie so denkt. An Künnecke denkt sie nicht.

Zur selben Zeit sitzt eben jener kleine Benno auf dem Kutschbock der Schauspielertruppe und lenkt die beiden schwerfälligen Gäule. Er schämt sich noch, während der Wagen langsam in Richtung Westen schaukelt, in Richtung Hamburg. Er schämt sich für den gestrigen Abend. Sein erster Auftritt, wenn auch nur halb.

Wie hatte er auch wissen können, wann genau Aurelie als Medoro den Mund öffnen und schließen würde. Zwar hat ihn die Brachvogel neben ihm jedes Mal gezwickt, wenn er dran war. Aber er war zu verwirrt, um dann gleich loszureden. Er konnte seine Blicke nicht von der Bühne lassen, wo er doch besser auf die Textseiten in seiner Hand geschaut hätte. So fand er nicht gleich die Stelle, wenn die Brachvogel zwickte. Gut, eine kurze Probe hatte es zwar gegeben und viele gute Ratschläge von Karl und Luitpold. Dann aber hatte sich der provisorische Vorhang schon geöffnet. Benno staunte – und vergaß das Reden.
Medoro öffnete den Mund, um Angelica seine Liebe zu schwören, aber kein Wort entrang sich ihm. Kaum aber hatte er seinen Mund wieder geschlossen, dröhnte seine Stimme, Bennos Stimme. Der halbe Markt hatte sich den „Rasenden Roland" nicht entgehen lassen wollen. Benno wurde übel, denn nun musste das Publikum doch protestieren über so viel Ungereimtheit zwischen Mundbewegung und Stimme. Aber nein, die Leute lachten. Sie lachten immer lauter, je grotesker es wurde mit Aureliens Mundbewegungen und Bennos verspätetem Reden. Und als Bennos Stimme zu hören war, während Medoro und Angelica sich schon heftig küssten, tobte das Publikum derart, dass man unterbrechen musste und sich mehrfach verbeugte.
„Du bist ein Schatz, Junge", flüsterte die Brachvogel noch während der Vorstellung. Das mit dem Zwicken hatte sie bald aufgegeben, als sie merkte, wie es den Leuten gefiel, dass Bennos Stimme immerzu völlig überraschend einsetzte. „Wie gut, dass wir dieses Grevesmühlen nicht haben links liegen lassen. Unsere Einnahmen heute sind superb. Vielleicht zahlen die Leute aus Mitleid wegen des Wagens, aber egal. Es lohnt, es lohnt sehr."
Schließlich Beifall und Gejohle ohne Ende. In den Kulissen fühlte Benno auf einmal Aurelie neben sich. Erst zog sie ihm das Ohr

lang, wirkte dabei aber heiter wie seit Langem nicht mehr: „Ein seltsamer Fall von Synchronisation, findest du nicht auch?" Ehe Benno wagte zu fragen, was das sei, Synchronisation, küsste sie ihn noch einmal. Das war Bennos erste Gage. Immerhin: Er hatte, obwohl aufgeregt wie noch nie in seinem Leben, nicht einmal gelispelt.

Und nun schaukelt er sich und seine neuen Freunde in eine neue Welt. Schon in Rhena, wo sie im Schatten der alten Klosteranlage Rast machen, hat Benno Klütz und den Klützer Winkel, die Linden und die Alleen, ja sogar Grevesmühlen so gut vergessen. Und die Brachvogel-Truppe sieht ihn als einen der Ihren an, als hätte er schon immer dazugehört. Besonders aber Aurelie.

DREIZEHNTES KAPITEL – BOTHMER, 25. JULI 1730

Der Pastor begegnet Gott, das Holz im Festsaal duftet, und Baumeister Künnecke muss erfahren, dass er nicht so geliebt wird, wie er meinte

Klack, klack. Ah, der Herr Pastor.
Pilgrim mit seinem messingbeschlagenen Stock tritt aus dem Treppenhaus des bothmerschen Palastes, räuspert sich und schreitet ohne Aufenthalt, ja ohne jeden Blick, denn er geht in Gedanken versunken dahin, hinein in den Saal. Wo er sich unvermutet jemandem gegenübersieht, aufblickt und einen Moment lang braucht, um den langen Heinrich zu erkennen.
Pilgrim schiebt seine Gedanken beiseite, lächelt und ruft: „Ah, der glückliche Heinrich."
„Wieso glücklich?", wagt der Tischler leise zu fragen.
„Schon wieder sehe ich ihn, wie er vollendet. Macht das nicht besonders glücklich, Heinrich? Das Vollenden, meine ich. Die Vollendung. Ach, was frage ich. Albernes Zeug."
In St. Marien neulich hatte Heinrich, just als der Pastor hinzutrat, den letzten Teil des Altaraufbaus eingefügt. Hier im Saal ist er eben dabei, das letzte Teil der raumhohen Holzpaneele einzusetzen. Er quält sich sehr dabei und schwitzt.

„Oh, Herr Pastor", ächzt Heinrich. „Ich hatte schon gedacht, der Graf würde erscheinen. Er wird auch noch erscheinen. Künnecke hat ihm gesagt, dass wir hier heute fertig werden mit den Paneelen. Oder vollenden, wie Ihr es sagt. Und der Graf will es sogleich sehen."

„Das frische helle Holz, wie eingefangene Sonnenstrahlen. Und der Duft, berauschend wie ein heißer Sommertag, wenn man irgendwo im Schatten ausruht, im Schatten eines Baumes, und das Licht in den Blättern über einem flirrt. Wenn leise rauschend ein Wind geht oder die Wellen der Ostsee, ganz aus der Ferne." Der Pastor ist offenbar in selbstvergessener Stimmung.

Der lange Heinrich hat gar nicht recht hingehört. „Uff, passt, wackelt und hat Luft", ruft er. So hatte er auch in der Kirche gesprochen, damals. Eine unpoetische Natur, wie er es uns auch schon beim poetischen Dielenfund in Grundeshagen bewies. Er tritt einen Schritt zurück. Dann streichen seine schweren Hände leicht über das Holz. „Schöne Arbeit." Steckt in ihm doch etwas Poetisches?

Oder trifft es der Pastor besser, als der sagt: „Du streichelst das Holz wie eine Geliebte."

„Herr Pastor, wie kommt Ihr auf so etwas. Aber das hier mit den Paneelen war schon einer, der sein Handwerk versteht. Der das gemacht hat, meine ich. Ich musste es ja nur einpassen. Na, was heißt nur. Die Teile sind verdammt schwer, morgen ist mein Kreuz krumm."

„So schnell verbiegt sich nichts, und schon gar nicht das Kreuz", erwidert Pilgrim, ein bisschen hoheitsvoll, das Kreuz ist gewissermaßen seine Angelegenheit.

„Aber wie Ihr das so sagt vom Kreuz und von der Geliebten, da ist was dran, Herr Pastor. Holz ist etwas Wunderbares. Aber hier wurde es mir jetzt zum Schluss sauer. Künnecke hat alle Gehilfen

weggeschickt. Nach unten in den Hof. Das Haus soll nicht von Handwerksleuten wimmeln, wenn der Graf zu erscheinen geruht. Hat Künnecke gesagt. Oder vielmehr der Johann. Ist inzwischen so etwas wie die rechte Hand vom Künnecke. Kennt Ihr den Johann, den Dachdecker? War dabei, als das Pfarrhaus eingedeckt wurde, damals. Aber jetzt: Ein Aufstieg in so kurzer Zeit. Hat das Befehlen schnell gelernt, der Junge."
Pilgrim überlegt einen Augenblick lang, was er antworten soll. Ob er überhaupt etwas antworten soll. Die Spitze seines Stockes beschreibt einen Kreis auf den Dielen. Eine Fliege summt quer durch den Saal. Pilgrim stößt den Stock schließlich zweimal auf den Boden, als wäre er Zeremonienmeister und müsse eine hohe Person ausrufen. Aber er sagt nur: „Du bist neidisch, Heinrich? Neidisch auf den kleinen Dachdecker? Lass den Neid, mein Sohn. Genügsamkeit ist ein Geschenk Gottes. Es ist ein Geschenk, wenn uns Gott vor Neid und falschem Begehren bewahrt. Oder befreit, je nachdem."
Begehren! Wie kommt er nur auf Begehren, der Pastor, wie er da auf seinen Stock gestützt steht mit der Ente als Knauf? Und siehe, was das nun wieder anrichtet. Unfassbar: Beide Männer werden doch tatsächlich rot. Jeder freilich aus seinem ganz eigenen Grund. Denn beide hängen in diesem Augenblick ihren Gedanken nach, sehr eigenwilligen Gedanken, die zum Gesagten und erst recht zu Johann und Künnecke nur in einer ungefähren Beziehung stehen. Heinrich hat das Wort Begehren noch nie gehört. Aber jetzt, da es einmal ausgesprochen ist, erfüllt es bei ihm gleichsam seinen sündigen Zweck. Der lange Heinrich fängt sogleich an zu begehren. Und sein Begehren ist, wir ahnen es schon, auf die blonde Friederike gerichtet. Auf einmal weiß er es ganz genau. Bis dahin ist es nur ein ungefähres, ein sorgloses Gefühl gewesen. Jetzt, nach dem Satz des Pastors, ist es ernst damit. Und sein Begehren, wie

vom Pastor gesagt, bringt auch sogleich den Neid hervor. Nicht auf Johann, natürlich, auf den Pastor selbst. Pilgrim, der darf Friederike jeden Tag sehen, in seinem Haus, an seinem Tisch, im schönen Pfarrgarten und wer weiß wo noch. Mit ihr sprechen, sie auf Besorgungen schicken, ihr etwas befehlen. Und dann erzählt man sich auch so viel über den Pastor und die Frauen. Friederike selbst nannte den Pastor im Frät Kraug einen Schwerenöter. Sie kennt solche Wörter. Sie kennt sicher auch das Wort Begehren. Aber Friederike ist abhängig von Pilgrim, fast so etwas wie leibeigen. Und er, Heinrich? Ein Handwerker, der nichts besitzt, nur sein Geschick, mit Holz umzugehen. Gut, es bringt ihm so viel ein, dass er davon ohne Weiteres leben kann. Aber es ist, wie er jetzt in seinem Begehren und seinem Neid denkt, bestimmt zu wenig, sich ein Weib nehmen zu können. Und dann auch noch so eine wie Friederike. Klug ist die. Und so schrecklich verraucht. Allein was der Tabak kosten muss. Und noch schlimmer: Kaffee liebt sie auch.

Des Pastors Röte bei dem Wort Begehren kommt zwar gleichfalls daher, dass er an jemanden denkt. An jemanden, der ihm vorhin, auf dem Weg nach Bothmer, begegnet ist. Oder vielmehr erschienen ist. Es war allerdings keine Frau, wie bei seinem Schwerenötertum zu vermuten. Pilgrim hatte, weil es ein so schöner Tag war, auf seiner Wanderschaft einen Bogen um Klütz gemacht und war durch die Felder hinüber nach Bothmer gelaufen. Da hatte er unversehens Gott getroffen. Gott war ihm erschienen.

Natürlich hatte sich Gott nicht zu ihm heruntergebeugt aus dem gewaltigen Himmel, der über dem Pastor sein Blau ungeheuer verschwendete. Es war vielmehr so, dass Pilgrim auf einmal stehenbleiben musste, zwanghaft geradezu, wie plötzlich verwurzelt. Weil ihn die Schönheit der goldreifen Felder und das ungeheure Blau darüber in einem Maße ergriff, dass er die Gegenwart des Schöpfers körperlich zu spüren meinte. Es war ein so starkes Gefühl, dass der Pastor am Feldrain auf die Knie ging – seine Beinkleider sind noch jetzt etwas staubig davon – und betete. Das Gefühl war allerdings nicht überwältigend genug, um nicht zuvor nach links und rechts zu lugen. Niemand sollte ihn bei seinem merkwürdigen Tun beobachten. Er wollte sichergehen, dass er allein war. Allein mit dem Herrn. Ausgerechnet ihm passiert so etwas, dem das Gotteslob zwar Beruf, aber kein aufrichtiges Bedürfnis ist. Der ohne seine Frau keine Predigt zustande bringt, wie die Gemeinde sie von ihm erwartet. Der im Gottesdienst an alles Mögliche denkt, selten aber aufrichtig an Gott. Ausgerechnet der Mann, von dessen unsittlichem Lebenswandel ganz Klütz spricht oder eigentlich schon nicht mehr spricht, weil sowieso alle wissen, wie es um ihn bestellt ist. Wie kann das sein, das der Herr ausgerechnet mit ihm redet, einer armen Seele auf verlorenem Posten? Aber Pilgrim ist Theologe genug und hat nicht umsonst in Rostock auf Kosten des Landesherrn einige Jahre lang studiert, um eine theologische Antwort darauf zu finden. Und die spricht er im bothmerschen Saal vor dem langen Heinrich unvermittelt und zu seiner eigenen Überraschung aus.

„Gott offenbart sich seinen größten Sündern. Nicht dem tadellos Gottesfürchtigen. So steht es in der Heiligen Schrift. Immer wieder ist davon die Rede. Saulus musste viele Sünden auf sich laden, bevor er zum Paulus werden durfte. Vielleicht hatte er am Ende nur gesündigt, um zum Paulus werden zu können? Na, Heinrich davon verstehst du nichts. Dafür muss man auf der Universität gewesen sein."

„Und wer ist der Sünder, von dem Ihr da sprecht?", fragt der lange Heinrich vorsichtig. Er hätte den Pastor für verrückt halten können, weil der so plötzlich von Sünde redet. Aber Heinrich hält es mit dem Gegenteil: Er fühlt sich vom Pastor in seinen geheimen

Gedanken ertappt. Er ist der Sünder, von dem der Pastor spricht. Wie kann der Pastor wissen, was in ihm, in dem schlichten Heinrich, vorgeht? Wie kann er davon wissen, dass er, Heinrich, so gern mit Friederike sündigen würde? „Ist schon Sünder, wem sündige Gedanken einkommen?", fragt Heinrich, vorsichtshalber.

„Hast du sündige Gedanken? Gott vergibt dir. Darf ich dir ein Geheimnis anvertrauen? Aber du wirst es nicht verstehen. Du hast mit Holz Umgang, sehr innigen, wie ich eben sah. Aber von höheren Mächten weißt du nichts. Ich sage dir, was ich schon lange denke. Gott geht es nicht anders als seinen sündigen und unvollkommenen Geschöpfen, als uns. Er hat uns nach seinem Ebenbild gemacht. Und wie wir uns nicht langweilen wollen, so will auch er sich nicht langweilen. Zu viel Vollkommenheit aber langweilt. Eine kleine Missbildung muss sein. Sie erst, die Abweichung, macht das Vollkommene wirklich vollkommen. Und jetzt sage ich es dir: So ist die Sünde in die Welt gekommen. Genau so. Als Abweichung vom Vollkommenen. Sie ist ein Gottesgeschenk."

Der Pastor meint natürlich, das seien seine eigenen Gedanken. Aber haben wir so etwas ähnliches nicht auch schon von seiner Frau gehört? Von ihrer Neigung zum Unvollkommenen, besonders bei Hans Kaspar jr.? Hat sie ihm nicht irgendwann auch schon mal eine Predigt geschrieben, die in dieser Art klang?

Wie auch immer, Heinrich, der in der Tat nur ungefähr folgen kann und überhaupt mit seinen eigenen Gedanken beschäftigt ist, entgegnet: „Ihr sagt es, Pastor. Dass Ihr Gedanken lesen könnt! Lernt man das auch auf der Universität? Also die Friederike ist so ein Geschenk. Und unvollkommen ist sie auch. Diese Raucherei muss man ihr austreiben. Sie ist doch keine Esse. Sie ist ganz hübsch und nett, aber sie qualmt zu viel."

„Welche Friederike?", fragt der Pastor verwirrt und verstimmt, weil Heinrich seinen Vortrag unterbrochen hat, und dann auch noch auf so banale Weise.

Einen Augenblick lang ist allein die Fliege zu hören. Dann stößt Pilgrim seinen Stock abermals auf die Dielen. Ihm geht endlich auf, was Heinrich sagen will. Und er muss laut lachen.

„Sapperment", ruft er, „da rede ich von Gott und du kommst auf eine Friederike. Du meinst mein Dienstmädchen? Ja, was ist mit ihm? Ein rauchender Schlot, fürwahr, eine Esse, wie du sagst, ein Schornstein, ein Kamin. Sie müsste einen Schornsteinfeger zum Manne nehmen."

„Ihr habt von der Sünde geredet, Herr Pastor."

„Ja, es war Gerede. Da hast du recht. Lassen wir das. Und was ist nun mit unserer Friederike? Ist sie voller Sünde? Oh, Heinrich davon bin ich überzeugt." Der Pastor kichert, ermahnte sich dann aber, indem er noch einmal seinen Stock auf den Dielenboden stößt.

Und Heinrich, dieser kräftige Kerl, der alle überragt, was ihm mitunter die Leiter erspart, und der so geschickt mit Holz umzugehen versteht, ein Kerl von einem Mann, er wird zur Antwort abermals rot.

„Mein lieber Heinrich, ich ahne die Sünde in deinen Gedanken. Von Mann zu Mann sozusagen. Aber wenn du meinst, ich könnte dir in deiner Not – ist es Not? – helfen, so muss ich dir sagen, ich kann dir weder helfen noch etwas vergeben, falls du gleich auch danach fragst. Ich kann sie dir nicht überlassen, wenn du das meinst. Ich habe kein Recht mehr darauf, sozusagen. Unsere Friederike will uns nämlich verlassen. Sie nimmt Stellung beim Grafen, hier im Haus. Vermutlich leidet er zu arg unter der Küche, die man ihm hier vorsetzt. Friederike wird kommen und ihn erlösen. Aber still, ich glaube, ich höre Schritte."

Der letzten Bemerkung des Pastors hätte es nicht bedurft, denn unüberhörbar nähern sich vom Treppenhaus her viele Schritte, es wird laut, fröhlich und durcheinander gesprochen. Des Grafen Stimme ist zu vernehmen, volltönend und befehlsgewohnt. Sein kratziges Lachen. Aber auch die Stimme seines Gastes, Händels Stimme, die im Vergleich zu dessen massigen Gestalt hoch wie die seiner Countertenöre erscheint. Hans Kaspers jr. trauriger, etwas brummender Ton. Mogias sich wie im Überdruss dahinschleppende Stimme. Aber auch Frauen mussten dabei sein. Und richtig, da treten sie alle auch schon in den Saal, bleiben aber unter der Flügeltür stehen. Alles laute Sprachgewirr sammelt sich in einem Ausruf des Staunens und der Bewunderung. In ein lautes Ah. Der lange Heinrich wächst noch etwas und lächelt, wenn auch vorsichtig abwartend. Der Pastor jedoch tut das Gegenteil und versinkt in eine tiefe Verbeugung, seinen Stock dabei wie einen Degen haltend, damit er ihn nicht behindere.

Auch von der gegenüberliegenden Seite, der zum Garten gewandten, tritt noch wer in den Saal. Es ist Künnecke und mit ihm, wenn auch einen Schritt hinter ihm, Johann, sein Trabant. Auch sie bleiben sogleich stehen und verbeugen sich.

Bothmer, auch er mit seinem Spazierstock, silberbeschlagen, ausgerüstet, räuspert sich: „Schön, schön. Ich wusste, wie schön dieser Saal wird. Aber es ist nicht der Moment, sich der Beglückung hinzugeben. Kommen wir doch zur Sache."

Die Erstarrung löst sich und alle gehen, obwohl vom Grafen eigentlich zu anderem aufgefordert, staunend umher. Nur Künnecke steht wie versteinert.

Denn ihm geschieht in diesem Augenblick Furchtbares. Esther! Da hat er wochenlang den Augenblick erwartet, ja ersehnt, in dem das Fräulein Denner, die schöne Esther, aus dem fernen Hamburg zu ihm kommen würde. Wie oft hatte er sich, nachts schlaflos und doch freudig erregt, die Szene ausgemalt. Was er sagen würde, was er ihr zeigen würde. Wie er ihre Hand nehmen würde, um sie zu küssen, ach was, mit Küssen zu bedecken. Was sie sagen würde. Wie er mit ihr durch sein Werk schreiten würde, langsam von Raum zu Raum, von Stockwerk zu Stockwerk, ihr den Weg genau in der Mitte überlassend, den er sonst als den seinen ansieht. Wie sie durch den noch so jungen Park wandeln würden und er von jenen Blumen, die es immerhin schon gab, ihr eine pflücken würde. Was sie reden würden dabei und wie sie sich, gleichsam Wange an Wange, über die Kisten beugten, um Esthers Porträtbilder auszupacken. Wie er diese zu bewundern sich vorgenommen hatte. Ja, sogar die Worte dafür hatte er sich so oft schon zurechtgelegt. Und nun steht zu seiner Überraschung Esther Denner im Saal, in seinem Saal, und scheint ihn nicht einmal zu sehen. Angeregt schwatzt sie ausgerechnet mit Christine Margarethe, die dabei jedoch nicht versäumt, dem Baumeister zuzulächeln, verschwörerisch geradezu, und verstohlen zu winken. Niemand hat Künnecke die Ankunft Esthers gemeldet. Und da steht sie nun, schon vertraut mit den Bothmers, wie es scheint. Sich eben an Händel wendend, als wäre auch der schon ein guter Bekannter. Sich von Händel den Pastor vorstellen lassend. Selbst diesen Tischler, dessen Namen Künnecke nicht einfällt im Moment, aber der zuletzt an den Paneelen gearbeitet hat, vorzüglich übrigens, scheint sie schon zu kennen.

Alles ist gut geworden in diesem Saal, der Tischler versteht sein Handwerk. Soviel kann Künnecke noch wahrnehmen. Aber dann löst er sich aus seiner Erstarrung und schleicht aus dem Saal, ein geschlagener Ritter. Niemand scheint ihn zu beachten oder zu vermissen. Nicht einmal Johann, der mit Staunen beschäftigt ist wie alle anderen. Niemand ruft Künnecke zurück. Er läuft zu jenem Treppenhaus auf der anderen Seite des Palais, das den Be-

diensteten vorbehalten sein wird. In seinem Schmerz möchte er nicht gesehen werden. Er eilt die enge Treppe hinunter, eilt unten durch den Gartensaal, öffnet die dem St.-James-Palast nachempfundene Tür hinaus ins Freie. Er bleibt auch dort ungesehen. Dann steht er auf der Terrasse und atmet tief.
Esther Denner ist da und würdigt ihn keines Blickes. Wozu, so fragt er sich, habe ich dieses Bothmer gebaut. Herr, lass es doch endgültig im Morast versinken. Am besten gleich. Und mich mit. Und er sieht hinauf in den weiten, gleichförmig himmelblauen Himmel über sich, als würde er auf Nachricht von da oben warten, ein Zeichen, das seinem Schmerz entspricht.
Schon wieder ein Zwiegespräch mit Gott, wenn auch diesmal ein vergebliches. Was nur ist los im Klützer Winkel, auch Speckwinkel genannt?

„Es ist aus Wien auf uns gekommen", sagt Mogia derweil im Festsaal. „Man nennt es Bandelwerk, weil sich alles verbandelt und zur Girlande wird." Sein weißbeschmutzter Zeigefinger weist zur Stuckdecke und bewegt sich, als würde er das Bandelwerk da oben nachzeichnen wollen. Wehende, flatternde, verschlungene und verflochtene Bänder. Neumodischer Kram, wie Mogia bei sich denkt. Die Gesellschaft folgt dem Fingerzeig.
„Oh, Wien, nur die besten Erinnerungen", murmelt der Graf und stützt sich mit beiden Händen auf seinen Stock. „Sechs Jahre lang dort gelebt. Gleich nach der Berliner Zeit, als ich ... Aber lassen wir das. Ihr seid zufrieden, Meister Mogia?"
„Die Zufriedenheit von Euch, Graf, wäre auch die meine."
„Wo ist Künnecke?", fragt Bothmer in die Runde, wendet sich aber sogleich wieder Mogia zu. „Nun, es ist etwas kühl und kahl, wenn ich zur Decke hinaufschaue. Muss man dem Wiener Kram, diesen seltsamen Moden von dort immer folgen? Nun, sie haben

da eine vorzügliche Torte, Marillenmarmelade unter einer Schokoschicht. Und Eierkuchen mit einer Sahne, die sie aufschlagen, bis die Luft sie fest werden lässt. Schlagobers nennen sie es. Vergeblich habe ich es in meinem London einzuführen versucht. Da kennen sie nur klebriges Zuckerwerk, entsetzlich süß."

„Nun ja, entsetzlich, Graf, das ist zu arg, wie Ihr das sagt", wirft Händel ein. „Ich habe es ganz gern." Mit diesen Worten macht er sich zu einem kurzen Rundgang durch den Saal auf, die Hände auf dem Rücken, schlendernd.

Mogia lässt Hand und Finger sinken. „Meine Kinder säumen nicht, mir von neuen Moden zu schwatzen. Mein Sohn Joseph, der so lange in Österreich war, brachte das Bandelwerk mit. In Wien arbeite man nur noch so, erzählte er. Er ist ein fleißiger Junge. Sehr verlässlich. Er hatte auch gleich Skizzen mitgebracht, damit ich es mir besser vorstellen konnte. Er kann sehr gut zeichnen."

„Aber gefällt es Euch denn selbst?", fragt der Graf und reibt sich unter trockenem Geräusch die Hände, seinen Stock in die Achselhöhle geklemmt.

„Euer Palast, Graf, ist so en vogue, alles so schick und modern. Wie könnte ich es da wagen, im alten Stil …"

„Immer up to date, wie wir in London sagen, was?", lacht der Graf.

„Immer mit der Zeit gehen", erwidert Mogia. „Heute so, morgen so, so ist es mit der Kunst, und am Ende wird alles wieder so, wie es schon einmal war. Ein ewiger Kreislauf. Und wenn man so alt ist wie ich, hat man auch mindestens einmal den Kreislauf durchschritten."

Der Graf hat seine Bemerkung ironisch gemeint, Mogia hingegen spricht tiefernst. Er meint es immer ernst. Wer weiß, wohin es noch gekommen wäre mit diesem verdrehten Gespräch, wenn Händel nicht eben wieder zu ihnen treten würde. Bothmer ergreift des Musikers Ärmel, er muss dabei nach oben fassen, sich sogar

etwas strecken: „Bär, wir sprechen eben über die Kunst und die Mode. Was sagt Ihr dazu? Unser Mogia hier meint, seine Kunst müsse immer mit der Mode gehen. Da habe ich Euch doch recht verstanden, Meister? Und in Mode seien gerade diese Girlanden, die den Saal wirken lassen, als wäre hier immerzu Sommerfest."
„Gefällt es Euch nicht, Graf?", fragt Händel.
„Doch, doch, ich habe die Entwürfe schließlich für gut befunden und meinen Wilhelm drunter gesetzt. Auch wenn Entwurf und Wirklichkeit immer ein wenig auseinanderfallen, wie ich zugeben will. Manchmal sogar sehr, aber wenn ich das so sage, denke ich, man sehe es mir nach, mehr an den englischen Königshof als hier an mein bescheidendes neues Haus. Lassen wir das. Nein, Bär, mich interessiert nur Eure Ansicht. Ihr sprecht mir auch sonst so viel von der Kunst, da werdet Ihr doch eine Ansicht haben, was die Moden anbelangt."
Händel denkt nach, es sieht etwas schwerfällig aus. „Tja, was ist Mode?", antwortet er schließlich. „Es gibt so viel Schnickschnack und Papperlapapp, es kommt etwas auf und ist so rasch verglüht, wie es gekommen ist. Wie Sternschnuppen. Aber eines bleibt doch immer." Händel sieht etwas unschlüssig zur Decke hinauf.
„Jetzt macht Ihr es aber spannend", ruft der Graf, seinen Stock auf den Musiker richtend, als würde er ihm mit Schlägen drohen wollen. „Raus mit der Sprache."
„Die Gunst des Publikums", antwortet Händel, noch immer nach oben blickend. „Solange ich der Gunst des Publikums gewiss sein kann, ist alles bestens mit der Kunst, meine ich. Aber Gnade Gott, wenn nicht."
„Ach, Freund, jetzt drückt Euch schon wieder, dass zu Hause nicht mehr jede Eure Opernaufführungen ausverkauft ist. Dass die Leute so etwas dann gern herumerzählen, zeigt nur Neid. London, mein Lieber, ist so neidisch. Neidisch und gehässig. Da gebt

nichts drauf. Und Ihr wisst doch auch, dass Ihr nichts darauf geben dürft. Außerdem hatten wir uns vorgenommen, in unserer Speckwinkel-Sommerfrische von London nicht zu sprechen, vergesst das nicht, Bär."

Händel sieht immer noch zur Decke hinauf. „Nein, Graf, mich drückt nichts. Dafür ist es hier viel zu schön. Aber alle Kunst ist nun einmal ohne Wert, wenn das Publikum sie nicht mag. Kunst ist der lebendige Funke der überspringen muss in die Seele derer, die sie aufnehmen. Der Funke, der dann zurückkehrt zum Künstler als neue Inspiration. Ein Geben und Nehmen. Ich weiß es, und ich lasse mir etwas einfallen, damit das Publikum entzückt sein kann, damit mich wiederum der Beifall des Publikums trägt. Ich lasse mir auch etwas einfallen, wenn meine Opern tatsächlich einmal ..." Nun, wir kennen seine diesbezüglichen Ansichten bereits aus dem Pfarrhaus. An dieser Stelle mischt sich Esther Denner in das Gespräch, und sie sieht besonders gut dabei aus, weil die Erregung, ja nachgerade der Zorn ihre an sich sanften, etwas blassen rotblonden Züge überaus belebt, mehr rot als blond sozusagen. „Ich muss protestieren, meine Herren." Meine Herren! Was für eine Anrede! Die Herren, Bothmer, Händel, Mogia, aber auch der Pastor, der dem Grafen nicht von der Seite weicht, und selbst Heinrich sehen die Malerin neugierig an. Die fährt fort: „Es gibt nicht das Moderne, nach dem man sich zu richten hat, nur weil es eben modern ist. Oder wenn es aus Wien kommt, was ja eigentlich nichts anderes bedeutet als Mode. Alles was aus Wien kommt, ist nur Mode. Aber es ist gleichgültig mit der Mode, wenn es Kunst sein soll, nein, Kunst ist. Und wenn das Publikum mit seinem wetterwendischen Beifall alles zu entscheiden hätte, oh je. Nein, meine Herren, nur das Wahre gilt. Nicht einmal das Gute und das Schöne. Nur das Wahre. Das Wahrhaftige, um genau zu sein. Es fällt selten zusammen, das

Schöne, Gute und Wahre oder Wahrhaftige und die Begeisterung des Publikums. Leider. Oder vielleicht doch zum Glück."

Die Herren sehen Esther etwas betreten an. Ein bisschen wie Schüler nach der Standpauke des Lehrers. „Wetterwendischer Beifall", murmelt der Graf, durchaus anerkennend.

Wir aber, rundheraus sei es gesagt, wundern uns, dass ausgerechnet die Tochter des vielgerühmten Balthasar Denner so spricht, dem noch nie etwas anderes galt als die Zufriedenheit seiner Auftraggeber, Porträts von größtmöglicher Ähnlichkeit von seiner Hand zu bekommen. Und noch mehr wundern wir uns über die Unverfrorenheit der Denner. Soeben erst in Klütz angekommen, wendet sie sich umstandslos und ungefragt gegen zwei Künstler, deren Ruhm, deren Alter und Erfahrung sie eigentlich hätten einschüchtern müssen. Und gegen den eigenen Vater gleich mit. Aber der eine, der berühmte Händel, Bär genannt, räuspert sich nur, indem er einen Handrücken vor den Mund hält. „Hm", macht er, „soso, na ja." Und der andere, der berühmte Mogia, hätte sich solche Belehrung vielleicht noch von seiner Tochter Agnes, der besonders geliebten Jüngsten, gefallen lassen. Aber von einer Denner? Wo er doch schon ihren Vater, mit dem er in Hamburg durchaus bekannt ist, nicht recht leiden kann, diesen peniblen Warzen- und Pickelmaler, wie er ihn für sich nennt. Hier musste gegen den Hochmut der Tochter ein Zeichen gesetzt werden. Hochrot im Gesicht wendet sich Mogia ab und verlässt unter einer unverständlich gemurmelten Entschuldigung doch tatsächlich trotz Anwesenheit des Grafen den Saal. Dieser humorlose Grantler. Da hat die junge, blühende Esther schon bei ihrem ersten Klützer Auftritt gleich zwei in die Flucht geschlagen, erst den Baumeister, jetzt den Meister des Stucks. Grandios.

Nun kommt alles auf den Grafen an. Wie stellt der sich zu diesem vorlauten Ding? Bothmer grinst breit, sodass die Locken seiner Allonge in Bewegung geraten. Ein Grinsen, das in London unmöglich an ihm zu sehen gewesen wäre, weil es seiner Würde im Wege gestanden hätte. Es ist ein Grinsen, das er sich im Speckwinkel zugelegt hat, ein Grinsen nur für diesen einen Sommer, sozusagen ein Klützer Grinsen. Er sieht die junge Frau, „dieses Feuer auf Sparflamme", wie er später zu Künnecke einmal sagen sollte, mit Wohlgefallen an und meint gleichsam zischend aus dem Mundwinkel heraus zu Händel: „Das ist die Frische der Jugend. Da habt Ihr es aber tüchtig abbekommen, was?" Und Händel? Nickt, wie schuldbewusst. Und zu allen gewandt sagt der Graf laut: „Fräulein Denner, dieser Punkt geht an Euch. Und jetzt wollen wir hören, wie unser Fest hier ablaufen soll. Unser Baustellenkonzert. Pastor, wir beginnen natürlich mit einer Andacht. Ich danke meinem Gott, dass er mich hier so gewähren lässt und in diesen seltsamen Winkel geleitet hat. Ich hoffe, dass Ihr das irgendwie unterbringt. Händel, Ihr macht etwas Musik. Aber nicht zu lange, wenn ich bitten darf. Nicht wie beim Gottesdienst mit dem endlosen Präludieren. Keine Volkslieder bitte. Christine Margarethe, Teure, dir obliegt die Aufsicht beim Barbecue. Es gibt Broiler und noch ein paar andere Leckereien. Ich denke, wir lassen auch die Wiener Torte kommen, eben plagt mich Appetit darauf, nur weil ich davon erzählte." Der Stock trumpft auf, gleichsam als Punkt der langen Rede.

„Und Greve-Creme sollte es auch geben." Schon wieder die freche Denner. „Grevesmühlener Creme, herrlich süß und von um die Ecke."

Der Graf will die eben noch so Gelobte nun nicht schelten. So fährt er fort, ohne recht hingehört zu haben: „Meinetwegen auch das. Aber ich schätze Wiener Moden, manchmal jedenfalls, besonders die im Kaffeehaus. Hans Kaspar, du musst – nun, einfach da sein. Ich hoffe, das schaffst du. Smalltalk, wenn ich bitten darf.

Du weißt, was das ist? Und Künnecke, Ihr ... Ja, Herr im Himmel, wo ist denn unser Baumeister?"
Christine Margarethe sagt, mehr zu sich: „Der hat sich verzogen. Neulich ist er mal in einem Fliederbusch verschwunden, um mir zu entfliehen, diese zartbesaitete Daphne. Vielleicht hat Daphne sich heute in die Paneele verfügt, als wir ankamen. Gleich zwei Frauen dabei, da bekam er es mit der Angst. Wenn das Holz zu sprechen beginnt, dann ist er es. Dann wissen wir: Die Verwandlung ist geglückt. Dieser Schelm."
Der Graf lacht und droht Christine Margarethe mit dem Finger. Esther Denner jedoch knickst rasch: „Erlaubt, Graf, dass ich ihn herbeihole."
Bothmer wedelt nur beiläufig mit der linken Hand, die rechte hält den Stock. Das aber macht bei den Umstehenden Effekt, denn das strahlende Weiß seiner mit Spitze besetzten gewaltigen Manschette bauscht sich wie zu einer besonders üppigen Blüte. Und die teuren Steine der vielen Ringe an seinen Fingern sprühen Funken im Sonnenlicht. Der eine wertlose brachvogelsche Ring fällt da gar nicht auf.

Johann aber, der alles mit angehört hat, ohne von irgendwem beachtet worden zu sein, ist schneller als die Malerin. Er kennt sich ja auch besser aus und findet seinen Herrn dort, wo er ihn auch vermutet hat, am Fuß der Gartenterrasse, in schlechter Verfassung zwar, aber doch so dienstbeflissen, dass er Johann sogleich mit raschen Schritten zurück in den Saal folgt, als er hört, der Grafe rufe nach ihm.
Esther aber irrt durch das Haus. Als sie merkt, dass sie Künnecke nicht so rasch finden würde, geht sie langsamer und sieht sich neugierig um. Prächtige Bauten hat sie schon viele gesehen, in Hamburg, in Lübeck, in Bremen, aber hier auf dem traurigen

Land, am Ende der Welt, in diesem Winkel wirkt alles auf sie wie ein Wunder.

Wir müssen an dieser Stelle etwa für Künnecke noch Furchtbareres mitteilen. Nicht nur dass Esther Denner ihn so gut wie vergessen hatte. Sie ist inzwischen auch anderweitig vergeben, demnächst würde Hochzeit sein. Erst als Esther vorhin an der Seite von Christine Margarethe, mit der sie gleich nach dem ersten Händedruck ins Plaudern gekommen war, den Saal betrat, erinnerte sie sich wieder Künneckes, des jungen Mannes, mit dem sie ein lustiges Stündchen in Hamburg verbracht hatte und der, ja richtig, der Baumeister dieses Hauses ist. Erst jetzt fällt ihr wieder ein, wie er damals länger als schicklich ihre Hand gehalten und geküsst hatte. Und wie sie über Malerei und Seele, über Baukunst und Seele gesprochen hatten. Punkt, Punkt, Komma, Strich, fertig ist das Mondgesicht. Ein schöner Mann, muss sie zugeben. Und so klug. Viel klüger als sie. Dieses Kinn, woran erinnert es sie nur? Es spricht jedenfalls von Wille und Energie. Und das Haus ist schon fesch, das muss sie zugeben. Prächtig und groß. Eben ein Wunder in dieser Landschaft. Wie vom Himmel gefallen. Ja, denkt sie, wie eine Himmelserscheinung.

Unter solchen Gedanken hüpft sie fröhlich die bequeme Treppe hinunter, findet sich im Gartensaal wieder und schließlich im Garten. Wie warm es ist. Nur von dem Wasserarm, der Palast und Garten umgibt als wäre hier Holland, weht etwas Kühlung herüber. Esther schreitet leise singend dahin. Achtzehneinhalb Jahre alt ist sie jetzt, stolz auf ihre erste große Reise allein, die Porträts im Gepäck, an denen sie erstmals mehr als ihr Vater gemalt hat und die sie nachher noch auspacken würde aus der großen Kiste, um sie dem Grafen zu präsentieren.

Sie schlendert durch die Lindenallee. Ach, wenn sie doch schon Schatten spenden könnten, die Linden. Aber sie sind gerade erst

gepflanzt. Näher zum Palast sind die Wege schon mit Kies bestreut, weiter hinein in den Garten staubt noch der reine Sand. Esther bleibt stehen, dreht sich mit einem Ruck, ja geradezu mit einem Sprung der Lebensfreude um und staunt, wie sich leuchtend in der Sonne das rote Panorama der vielen Gebäude vor ihr auffächert, das Corps logis prachtvoll in der Mitte thronend, rechts und links die Nebengebäude, nach links und rechts immer kleiner werdend, bevor die Reihe an beiden Seiten symmetrisch in Türmen oder besser Türmchen endet. In so einem Turm ein Atelier, das wäre es, denkt sie.
Johann Christian heißt er, ihr Bräutigam. Johann Christian Verpoorten. Und Esther fragt sich jetzt, den Baumeister schon wieder vergessend, ob Johann Christian ihr ein Atelier einrichten würde. In Neustrelitz, wo er Arzt bei Hofe ist und nebenbei auch Baumeister. In Neustrelitz würden sie schon bald zusammenleben. Ob dort wohl Platz für ein Atelier sein würde? Ob er ihr eines baute? Wenn sie sich in einigen Tagen sähen, wollte sie ihn fragen. Nein, nicht fragen, sie würde es fordern. Ein Leben ohne Atelier – unvorstellbar. Sie ist Malerin. Sie würde das Malen nicht aufgeben wollen, nur weil sie verheiratet ist. In Neustrelitz ist sie noch nie gewesen. Verpoorten hat ihr versprochen, sie in ein paar Tagen von Schwerin aus abzuholen und „heimzuführen", wie er sich ausdrückte. Sie freut sich auf das Wiedersehen, sie freut sich auf die gemeinsame Reise. Das Leben ist ein Abenteuer, findet sie, aber ein lustiges. Sie hat viele Skizzenblätter eingepackt, um bei jeder Gelegenheit zeichnen zu können. Esther Denner schlendert zurück zum roten Backsteinfächer. Als sie die Treppe zur Terrasse wieder erreicht, sieht sie nach oben zu den Fenstern des Saales. Da steht Künnecke. Vielleicht hat er sie schon eine Weile beobachtet. Vielleicht hat er gesehen, wie sie aus Freude herumhüpfte. Der Baumeister steht zwischen Both-

mer und Händel. Die beiden sind nur im Profil zu sehen, der eine links, der andere rechts. Gestenreich reden sie aufeinander ein, wobei der Graf einmal mehr seine prachtvolle Manschette erblühen und die Steine funkeln lässt und des Musikers Perücke zu zittern scheint. Künnecke hat die Arme am Fensterbrett aufgestützt. Sein Blick, etwas hündisch, wie Esther findet, sagt ihr alles. Sie schnipst mit ihren Fingern hinauf zum Fenster und lacht. Künnecke lächelt gequält zurück und wendet sich dem Grafen zu, der offenbar gerade eine Frage an ihn zu richteten beliebte.

Was für ein Drama! Und nur sie beide wissen davon, Esther und Künnecke. Eine kurze Szene, eine Szene mit Fenster. Szenen mit Fenster eignen sich immer für Sehnsucht und Entsagen. Das große Drama. Ewiges Spiel, immer gleich. Liebe, die nicht erwidert wird. Die von der Frau nicht erwidert wird, was es so besonders schlimm macht. Esther kann nicht einmal Mitleid mit dem Baumeister empfinden, der da so leidet. Wegen ihr leidet. Wie alle Frauen kein Mitleid empfinden mit den Männern, die sie unglücklich machen, geliebt, aber unfähig, zurücklieben zu können. Weshalb auch sollten sie fehlende Liebe ausgerechnet durch Mitleid ersetzen? Albern. Ein vergeblich liebender Mann ist ein lächerlicher, und ein lächerlicher Mann ein wirklicher Graus. Schon dieser Blick eines Hundes. Was macht sich der Baumeister lächerlich in ihren Augen. Hier das große Werk, da die lächerliche Figur. Ich kann ihn nicht ernst nehmen, denkt die Malerin. Unterhaltsam finde ich ihn, aber richtig ernst nehmen – nein. Und dann schnipst sie noch einmal mit den Fingern, nur für sich. Jetzt gehe ich zu ihm hinauf, beschließt sie, mache meinen Knicks, lobe sein rotes backsteinernes Palais und will versuchen, ihn meiner Freundschaft zu würdigen.

Gesicht wie ein Spaten. Jetzt fällt es ihr wieder ein. Der Baumeister hat ein Gesicht, der an einen Spaten erinnert, so kantig und kraftvoll. Sie durchschreitet die Tür zum Gartensaal, durchquert ihn und erreicht das Treppenhaus. Es ist so viel Freude in ihr, dass sie auch die Treppen hinauf zu hüpfen beginnt. Bis sie einmal, auf halber Treppe, auf ihren Rocksaum tritt und beinahe gestürzt wäre.

Wenn sie still für sich glauben mochte, sie habe den Baumeister besiegt, indem sie seine Liebe zu ihr als lächerlich empfindet, so irrt sie allerdings. Aber wir wollen ihr auch nichts unterstellen. Vielleicht sieht sie die Situation ganz gleichmütig. Denn wo nicht geliebt wird, da ist Gleichgültigkeit. Oder Hass. Aber von einem Gefühl wie Hass kann bei ihr nun ganz und gar nicht die Rede sein. Es ist ja eher Sympathie. Gleichgültige Sympathie, nette Erinnerung. Aber so etwas genügt, sich dem anderen überlegen zu fühlen. Denn der, der geliebt wird, ist nun einmal dem überlegen, der liebt, unglücklich liebt.

Aber egal, ob Esther Denner es denkt oder nur unbewusst fühlt, wir müssen sagen: Sie irrt. Sie ist nicht überlegen. Denn oben im Saal hat Künnecke sich inzwischen wieder unter Kontrolle. Er beißt seine kerngesunden Zähne in seinem Spatengesicht zusammen, als er erkennt, er müsse sich seiner Liebe entledigen. Sie ist eine theoretische gewesen, es gibt sie nicht in der Wirklichkeit. Und da bewährt sich der Mann mit dem energischen Kinn, seine Entschlossenheit, sein Wille auch gegen sich selbst. Esther ist noch nicht alle Stufen bis zum Saal hinaufgehüpft, da strafft Künnecke sich innerlich und reißt sich mit einem Ruck seine Liebe aus. Das aber vermag nur, wer irrtümlich für Liebe hält, was etwas anderes ist. Was ist es bei Esther Denner? Ihre Jugend, ihre Art zu schnipsen, die sonst so seltene Möglichkeit, mit jemand über das zu plaudern, was ihn wirklich interessiert: die Kunst. Mit wem schon kann man reden über das, was einem wirklich wichtig ist? Über das, wo man empfindlich ist, angreifbar und verletzlich? Und was einen durch das Reden erst so richtig angreifbar und verletzlich macht?

Ob all das Künnecke in diesem Augenblick bewusst ist? Wohl kaum. Aber er sagt sich, als die Malerin wieder im Saal erscheint, es wäre ein lohnenswertes Ziel, ihre Freundschaft zu erringen. Dieser Künnecke!

So treten sie aufeinander zu. Er küsst ihr die Hand, sie knickst.

„Was für ein schöner Saal", haucht sie und wird doch tatsächlich rot.

„Ohne Eure Bilder ein Nichts", brummt er zurück und verbeugte sich noch einmal.

„Das will ich gern zugestehen, wenn Ihr mir zugesteht, Vollendung als etwas zu sehen, was man niemals allein zu erzielen vermag, sondern wozu es anregender Gemeinschaft bedarf."

„Gemeinschaft?" Künnecke fällt jetzt auf, dass ihr Gesicht nicht ebenmäßig ist und das Grübchen am Kinn sich zu wichtig nimmt. Er registriert es mit Genugtuung.

Sie antwortet vorsichtig: „Ja, Gemeinschaft. Gemeinschaft heißt nicht unbedingt gemeinsam. Ich meine, dass man einander erkennt. Nicht im biblischen Sinne natürlich, im künstlerischen."

„Ihr meint, nur durch Eure Bilder werde dieser Saal vollendet? Dann zeigt sie mir." Wie er das so sagt, hat der Baumeister entschieden die Empfindung, auch ohne Bilder sei der Saal vollendet. Und wirkt ihre Nase nicht doch viel zu wuchtig und ihr Busen zu unbedeutend, um ein Dekolleté zu rechtfertigen? „Zeigt Ihr mir Eure Bilder, gleich jetzt? Auch der Graf kann es kaum erwarten, in die Kiste zu schauen. Und Ihr meint, wir erkennen einander? Künstlerisch?" Wie sie ihre Füße stellt, das sieht doch etwas plump aus, findet er.

„Macht Euch nicht lustig, Freund. Ich darf doch Freund sagen? Gott hat uns Talent gegeben. Euch. Mir. Das ist doch wie ein

Wunder. Und Wunder sind selten. Das solltet Ihr wissen. Das wisst Ihr auch. Ganz ohne mich. Aber wenn wir uns schon über den Weg laufen ..."

„... erfahre ich wundersame weiblich Belehrung, die ich gar nicht nötig habe, wie ich sogleich hinzufügen möchte", lacht Künnecke. Aber ihr Mund ist doch sehr schön, ein herrlicher Amorbogen, denkt er. Dagegen die Hände. Wie von harter Arbeit geformt. Nun, Malen ist harte Arbeit, klar. Kleine, aber männliche Hände, denkt der Baumeister.

Esther Denner hebt die eine und schnipst mit den Fingern. „Erinnert Ihr Euch noch? Punkt, Punkt, Komma, Strich?"

„Fertig ist das Mondgesicht. Aber so habt Ihr doch die Bothmerschen nicht gemalt, will ich hoffen?"

Da lachen sie beide. Der Graf und Händel treten hinzu.

Händel singt vor sich hin: „Inseln des Lichts, Glitzerschübe im Teich."

Und weil die Denner merkt, wie in ihr die gute Laune sich unbezwingbar immer weiter ausbreitet, singt sie einfach nach: „Inseln des Lichts, Glitzerschübe im Teich." Und schnipst im Takt mit den Fingern.

„Nochmal, junge Dame", sagt da Händel und beugt seinen gewaltigen Kopf etwas zu ihr herunter.

„Vorsicht", ruft Bothmer lachend.

Aber die Denner lässt sich nicht abhalten: „Inseln des Lichts. Glitzerschübe im Teich. – Was ist das?"

„Gekauft, gekauft", grunzt Händel. „Ihr müsst beim Damenchor mitmachen. Entweder Ihr macht es mir zuliebe oder auf des Grafen Befehl. Es läuft aufs Gleiche hinaus, und Ihr werdet Eure Freude daran haben. Das wenigstens kann ich versprechen, guten Gewissens sogar."

„Ich verstehe nicht."

„Ich erkläre es Euch nachher", sagt Künnecke und nimmt leicht ihren Arm.
Und nun endlich wird die große Kiste aus Esther Denners Gepäck in den Saal hineingetragen und unter vielen Oh und Ah geöffnet. Bis zum Baustellenfest sollen die Bilder gehängt sein.

Beim Abgang der Gesellschaft aus dem Festsaal trifft es sich, dass der Graf und der Pastor nebeneinander gehen, beide im Rhythmus des Gehens ihre Stöcke schwingend. Der Pastor hat fast die ganze Zeit über seinen Platz neben dem Grafen nicht aufgegeben. Sie betreten das Treppenhaus, und auf halber Treppe bleibt Bothmer stehen und hält auch den Pastor zurück, indem er den Knauf seines Stockes leicht auf Pilgrims Brust drückt.
„Ein schönes Stück habt Ihr da", sagt er und deutet auf des Pastors Gehstock. „Ist er bei Euch nur Zierde oder braucht Ihr ihn beim Laufen?"
„Ich brauchte ihn, als vor Jahren ein Pferd sich in einer Laune gefiel, mir in die Hüfte zu treten. Das sah erst ganz übel aus. Ohne Stock war kein Schritt mehr zu machen. Aber das ist vorbei, der Stock mir eine Gewohnheit geblieben. Und Ihr, Graf, wenn ich mir die Frage erlauben darf."
„Ach, mein Stock ist mehr Tarnung. In London dürfte kein Herr in gewisser Position ohne Stock unterwegs sein. Dafür bin ich dankbar, weil manchmal eben doch schon das Alter zwackt, dann ist mir eine solche Stütze hochwillkommen. Aber zeigt doch mal den Euren? Das ist ja eine Ente am Knauf. Eine Ente wird zum Derbygriff. Wer hat Euch das gemacht? Zauberhaft."
„Derbygriff?"
Bothmer lacht: „So nennt man diese geschwungene Form. Seht, ich habe nur einen Knauf."
„Nur, Graf, Ihr spaßt. Nur. Das ist Silber."

„Sehr wohl, Pastor, ich sehe, Ihr kennt Euch aus. Eine Silberzinnbeschichtung. Die habe ich auch am Fuß des Stockes, schaut, und dazu einen Kautschukring, teuer übrigens, damit ich mit dem Ding leise daherkommen kann, wenn ich es denn will."

Sie gehen weiter. Wie zur Antwort sagt der Stock des Pastors klack, klack auf dem Stein.

Am Ende der Treppe hält der Graf den Pastor abermals zurück und sagt: „Heute aber ist zum Glück nichts mit dem Zwacken des Alters, ich bin so übermütig, ich hätte nicht übel Lust, dass wir unsere Stöcke kreuzen wie Klingen."

„Wäre es nicht besser, wenn wir schon übermütig sind, sie zu tauschen?", wagt Pilgrim, der Mann der geistlichen Friedensbotschaft, zu sagen.

„Glänzende Idee. Ich habe hier schon Ringe getauscht und für meinen mit einem Rubin besetzten einen billigen Metallreif bekommen. Schaut hier."

„Aber, Graf, wollt Ihr damit sagen, dass mein Stock ..."

„Oh, nein, lieber Pilgrim. Nichts gegen Euren Stock. Er sieht sehr angenehm aus."

Der Pastor präsentiert seinen Gehstock wie ein Soldat sein Gewehr: „Lübecker Werkstatt, messingbeschlagen, das Holz von der Kastanie."

Der Graf tut es ihm gleich: „Londoner Werkstatt, silberbeschlagen, das Holz von der Kirsche. Schaut, sehr edel gearbeitet. Also, tauschen wird? Nur für ein paar Tage. Sagen wir: bis zum Baustellenfest. Beim Fest kehrt jeder zu dem seinem zurück."

Der Pastor verneigt sich, und die Gehstöcke werden tatsächlich getauscht.

So ausgerüstet schreiten sie auf den künftigen Ehrenhof. Bothmer hält den Pastor noch einmal zurück, betätigt an dem eben verborg-

ten Stock einen winzigen Knopf, der mitten auf dem Kugelknauf sitzt. Heraus springt an der Seite ein Papier, das im Stock aufgerollt war, festgehalten in einem kleinen beweglichen Holzrahmen. Der Graf sagt: „Eine Zeichnung von Künnecke, immer dabei." Das Blatt zeigt eine grob gezeichnete Karte, auf der alle bothmerschen Güter im Klützer Winkel zu sehen sind. „Fama und Minerva beugen sich darüber, seht Ihr, Pastor. Hübsch, oder?"
Der Pastor antwortet: „Der Ruhm und die Weisheit über Euren Besitz geneigt. Das nenne ich Anspruch. Gott mit Euch."
Bothmer winkt nur ab. „Per Federmechanismus, schaut, befördern wir das Ganze wieder zurück in den Stock."
„Aber so etwas Wertvolles könnt Ihr doch nicht mir anvertrauen."
„Papperlapapp. Hat Euer Stock auch ein Geheimnis? Doch wohl nicht eine kleine Bibel unter der Ente?"
Pilgrim lächelt. Er nimmt seinen Stock dem Grafen noch einmal ab, schraubt den Entenkopf ab, zieht eine Glasröhre und zwei Becher, groß wie Fingerhüte, hervor. „Leider gerade nicht mit einem Seelentröster, welcher Art auch immer, gefüllt, Graf."
„Großartig", ruft Bothmer. „Ich darf doch gelegentlich nachfüllen?"
So gutgelaunt trennen sich die beiden Herren. Der Rest der Gesellschaft wartet schon in der Mitte des Ehrenhofs. Händel sagt in die Runde: „Kinder, nie im Leben hätte sich der Graf in London von seinem Gehstock getrennt. Ich glaube, er hat in dem Ding auch noch ein Messer versteckt, falls ihm jemand übelwill und der bloße Stock zum Prügeln nicht mehr ausreicht. Aber das wird er der Geistlichkeit natürlich nicht präsentieren."
Die Runde zweifelt noch, ob Händel sich soeben in einem Scherz gefiel oder nicht. Aber Esther Denner lacht laut prustend. Das klingt so fröhlich, dass alle anderen einfallen.

VIERZEHNTES KAPITEL – GRUNDESHAGEN, 29. JULI 1730

Der Damenchor übt und bewirft Händel mit Versen, der Pastor trifft seine Geliebte, der Graf seine Nichte, und Sinnlichkeit bricht sich mächtig Bahn

Ein Chor der Weiber. Singen für das Baustellenfest. Der Einfall, der Händel neulich auf dem Klützer Markt gekommen war. Am Abend hatte er dem Grafen gleich davon erzählt.
Bothmer blickte dabei skeptisch: „Weiberchor? Bär, wie das klingt. Damenchor, wenn schon. Wenn die Frau Pastor dabei ist und diese Malerin, die Denner. Weiber, nein." Er dachte einen Augenblick lang nach, um dann hinzuzusetzen: „Warum habt Ihr Euch auf dem Markt herumgetrieben? Wo es so laut ist und entsetzlich stinkt."
„Oh, ich wollte die Zeit totschlagen. Und mal etwas anderes sehen. Einen Ausgleich zu der Stille, die uns hier immerzu umgibt. Und zu unseren Wohlgerüchen, die von Euch und mir ausgehen, nicht zu vergessen. Unseren Vorräten aus London sei Dank."
„Bär, Ihr veralbert mich. Stille? Hier? Ich höre Euch doch immerzu laut auf das Cembalo einhämmern, und manchmal, entsetzlich genug, singen. Ich komme gar nicht zu der Ruhe, die Ihr einem alten

Mann eigentlich zubilligen solltet. Und von den Düften schweigen wir lieber. Noch nie ist es mir in meiner Laufbahn untergekommen, einen Misthaufen dulden zu müssen, der so gut wie unter meinem Fenster dampft. Meine Laufbahn war stets eine hin zu besserem Geruch, und nun so etwas. Aber egal, der ländliche Duft ganz allgemein ist natürlich immer noch besser als der auf Londons Straßen, das will ich zugeben. Was war nun auf dem Markt?"
Händel grinste: „Tja, ich bewunderte eben den Stieglitz, den der Hühnerhändler jetzt immer an seinem Stand hat, aus Liebe, wie man erzählt. Ich meine, aus Liebe zu einer Frau, nicht zum Stieglitz. Der Kleine in seinem Käfig sang sogar ein bisschen. Ich dachte noch so bei mir, ich müsste ein Liedchen schreiben, das den Kleinen, närrisch vor Wonnen, tot von der Stange fallen lässt. Aber er kam nicht an gegen den Lärm, den man fünf Schritte weiter hörte – schon bevor ich seine Ursache ausmachen konnte. Ein Gekeife! Ich war sicher, ein Streit. Und eilte gleich um die Ecke, dorthin, von wo die Stimmen kamen. Aus Neugier. Und dann war es gar kein Streit. Im Gegenteil. Weiber in bester Stimmung."
„Da seht Ihr es. Kein Unterschied, ob Weiber keifen oder in guter Stimmung sind. Jedenfalls was die Lautstärke anbelangt."
„Es waren vier. Am Stand der Karotten-Else."
„Karotten-Else? Was für ein Name."
„Besser als Mohrrüben-Else, oder? Die unterlegte das Gekeife jedenfalls mit ihrem Bass, gänzlich unhübsch, aber, wenn ich so sagen darf, die anderen Stimmen grundierend, ordnend, dirigierend. Ein Mannweib. Und eher Kohlrabi als Möhre."
„Namen sind Schall und Rauch", lachte der Graf, sich behaglich im wurmstichigen Sessel zurücklehnend. „Nehmt noch von dieser köstlichen Pastete."
„Danke", erwiderte Händel und bediente sich. Er saß etwas vorsichtig vorneübergebeugt auf einem wackligen Stuhl, zwischen

ihm und dem Grafen ein kleiner Tisch, der nicht einmal ein Tischtuch trug, aber doch als für das Abendbrot gedeckt bezeichnet werden konnte. „Auf den Bass gesetzt waren jedenfalls ein sehr heller Sopran, ein dunklerer Sopran und eine Altstimme, alles sehr abgewogen. Und alle Stimmen keiften gleichzeitig, sehr ordinär. Ich meine, ordinär war, was sie sich zu erzählen hatten. Soweit ich überhaupt etwas verstehen konnte, sie reden ja meistens dieses schauerliche Platt. Ich meine verstanden zu haben, dass es mal wieder um den Herrn Pastor ging und dass die Marienverehrung, die er hier in Klütz in seiner Marienkirche betreibe, nichts weiter sei als ein Weiberkult. Und dass seine Gattin von all dem häuslichen Elend, seiner Untreue und überhaupt schon ganz vertrocknet sein. Aber vertrocknet sei sie auch vom Geiz."
Wieder lachte der Graf: „Hoho. Marienkult. Davon kann beim Pastor keine Rede sein, da bin ich mir sicher. Vom Weiberkult schon eher. Und die Weiber stehen mehr auf unseren Herrn Jesus, vermute ich, ja ich wette drauf, Bär. Der göttliche Sohn als fescher Mann. Haben wir da nun ein theologisches Problem oder nur ein menschliches? Himmel oder Erde? Müssen wir den Herrn Pastor beim Superintendenten anschwärzen? Oder eine gelehrte Debatte einberufen?"
„Was heißt nur, Graf. Das Menschliche steht doch wohl immer über allem Theologischen, oder? Der Himmel weit weg, die Erde nah. Und der Pastor ist fast zu verstehen, wenn ihm ein ordentlicher Weiberhintern mehr bedeutet als die wundervolle Stimme seiner angeblich zu Geiz und Trockenheit neigenden Gattin. Das mit der Gattin ist Quatsch, sie hält auf sich. Sie ist toll."
„Bär, Ihr seid frivol. Als würden Euch Weiberhintern interessieren. Da sind die Marktweiber doch besser, die regen sich immerhin auf, dass ihr Glaube am Ende durch zu viel Marienverehrung bei den Männern befleckt wird. Da vermuten sie dann gleich was Katho-

lisches. Herrje. Wenigstens inspirieren sie unseren hochverehrten Musikus. Jetzt lasst aber auch mir noch etwas von der Pastete."

„Ihr sagt es, Graf, wenn auch zu schmeichelhaft. Mit meiner Inspiration war es nicht sehr weit her. Aber der Zusammenklang der Stimmen gefiel mir, sehr harmonisch. Worüber sie sprachen, das hörte ich nur ganz nebenbei."

„Wie bei Euren Opern. Da sind die Texte ja auch nur das Beiläufige. Ich weiß zwar manchen Vers auswendig, aber doch nur, weil ich ihn dann immer vor mich hinsinge. Qual farfalletta giro a quel lume."

„Oh, Ihr erwähntet es schon dann und wann. Frau Pastor wird das Liedchen auf unserem Fest singen, wenn ich es bis dahin ihr beigebracht habe." Händel verzog kurz die Augenbrauen.

„Sehr schön. Herrlich, göttlich, auch wenn ich es mir nur so halb und halb übersetzen kann. Irgendetwas von Faltern, die um das Licht flattern, richtig? Aber das ist ja egal. Ja, Bär, da staunt Ihr, was? Ich will es jetzt nicht wirklich singen, das könnte ich wohl erst nach der dritten Flasche Rheinwein. Und den haben wir leider nicht mehr ausreichend da. Wir sind arm dran, in unserem Speckwinkel, nicht wahr? Aber nein, ich falle mir selbst ins Wort. Unsere Londoner Tafel mag üppiger sein, der Wein dort der beste. Aber hier haben wir die unvergleichliche Luft, keifende Marktweiber, stinkende Misthaufen und einen Pastor mit Marienverehrung, die freilich eine Himmelreich-Verehrung ist. Nicht Spiritualität, sondern ein schöner Weiberarsch. Ich bin angetan von alledem."

„Graf! Ich muss doch bitten. Jetzt seid Ihr frivol. Arsch!"

„Bär, das ist doch hier alles Opernstoff ohne Ende. Dass es uns an Rheinwein mangelt, nehmen wir von der heiteren Seite, weil uns so viel anderes gegen diesen einen Mangel geboten wird. Aber was ist nun mit dem Damenchor? Ihr hörtet das Gekeife und wusstet, daraus kann man etwas machen, so beim Tönesetzen?"

„Oh, ich glaube, ich wäre weitergegangen und hätte die Szene vergessen, wenn nicht ..."

„Wenn nicht? Herrgott, Ihr macht es aber spannend."

„Wenn nicht – sich eine weitere Dame, wie Ihr sie nennt, hinzugesellt hätte. Dieser seltsame Tabakbeutel, die Friederike, trat heran."

„Die Friederike? Nein, wirklich? Der Tabakbeutel wird von übernächster Woche an meinem Haus dienen. Der Pastor hat sie mir überlassen. Und ich glaube, noch mehr die Frau Pastor."

„Ich hörte davon. Künnecke erzählte so etwas."

„Künnecke? Ein Schwätzer, dieser Künnecke. Das kommt nur daher, weil er über beide Ohren verliebt ist. Und sie nicht will. Tragische Liebe, auch so ein Opernstoff, der immer geht. Bär, jetzt gebt die Pastete heraus. Oh je, der Topf ist ja so gut wie leer."

„Verliebt? In den Tabakbeutel?"

„Ach was, Tabakbeutel. In die kleine Denner, die Malerin. Habt Ihr es nicht bemerkt? Ach, Euch ist das ja egal mit den Weibern. Sie hat ihm aber einen Korb gegeben. Ich weiß das von meiner Nichte, die wiederum in den Künnecke ganz vernarrt ist. Nein, dieser Künnecke! Liebe erniedrigt. Schon an sich, aber erst recht unerwiderte Liebe. Armer Künnecke. Wir sollten ihn retten und nach London mitnehmen."

„Von der Denner weiß ich nur, dass sie auch ganz passabel singt, ein etwas wackliger Mittelsopran, aber unserem Chor wird sie guttun. Sie singt gern."

„Schön. Aber was war nun mit dem Tabakbeutel?"

„Eigentlich nicht viel. Aber ich merkte, dass sich die Stimmlagen der Weiber veränderten, als der Tabakbeutel zwischen sie trat."

„Sie können ihn nicht ausstehen?"

„Das kann man so nicht sagen. Bei der Karotten-Else war es, als würde ihr schrecklicher Bass auf einmal ins Liebliche gleiten. Kein Wunder, Friederike kommt fast jeden Tag Gemüse kaufen,

Stammkundin also, verärgert man ungern. Und dann bringt sie bestimmt immer viel Klatsch und Tratsch mit. Der Halbsopran jener Alten, die sie Senta nennen, wurde hingegen brummend, ungnädig geradezu, als würde er knarren wie damals diese Diele mit den Versen und der Pistole darunter, bevor wir hier einzogen. Senta kann den Tabakbeutel tatsächlich nicht leiden, ich hörte es sofort. Und dann war da noch eine Magdalena, die auf dem Markt auch einen Stand hat, eine Art Suppenküche. Ich hoffe, ich erinnere den Namen richtig, Magdalena, eine Sopranstimme. Und diese Stimme wurde, wie soll ich sagen, festlich, noch heller, himmlischer. Halb bewundernd, halb neidisch – so könnte man sagen. Nur der Alt des großen Milchmädchens blieb wie vordem schon gewesen. Wisst Ihr, wen ich meine? Das Milchmädchen überragt ja fast alle, nur ich kann ihm in die Augen schauen. Eigentlich wäre das was für unseren Dobbin, Ihr erinnert Euch? Der ist auch so ein Riese. Wie auch immer, ich schloss jedenfalls aus den Stimmlagen, dass die beiden Weiber, die Friederike und das Milchmädchen, sich einigermaßen mögen und sich dauernd sehen, wahrscheinlich jeden Morgen, wenn der Alt die Milch zum Tabakbeutel bringt."

„Was Ihr so alles heraushört, Bär. Ganze Dramen, wo sich ein paar Weiber nur auf dem Markt unterhalten. Respekt, Respekt."

„Das Milchmädchen war mir schon in der Kirche aufgefallen, als es sang. Ich habe es neulich aufgefordert, morgen zur Probe zu kommen. Und jetzt, da es ein Weiber- oder Damenchor werden soll, muss ich auch noch diese Magdalena bitten. Und dann habe ich noch eine bemerkenswerte Stimme gefunden, eine junge Frau, deren Name mir aber partout nicht einfallen will."

„An der Karotte und an der Senta ist der Kelch des Chorgesangs vorübergegangen? Da haben die aber Glück gehabt." Der Graf lächelte, amüsiert von seinen eigenen Worten. Dann setzte er, sich etwas vorbeugend, hinzu: „Findet Ihr nicht, Bär, dass wir es hier etwas übertreiben mit dem niederen Volk?"

Händel nahm schon wieder von der Pastete, die letzten Krümel, und goss vom sauren mecklenburgischen Wein nach. „Graf, das fragt noch einmal, wenn Ihr den Kanon gehört habt." Und Händel sang: „Inseln der Lichts, Glitzerschübe im Teich." Dreimal sang er es, immer in verschiedenen Stimmlagen.

Bothmer winkte ab, seine Manschette blinkte: „Klingt schaurig."
In diesem Augenblick trat Agathe herein, um abzutragen.
„Jane, liebe irische Fee, sing mit", forderte Händel sie auf. „Inseln des Lichts, Glitzerschübe im Teich."

Agathe, an die seltsamen Grundeshagener Launen ihrer beiden Herren längst gewöhnt, tat wie ihr geheißen, während sie gleichzeitig mit dem Geschirr klapperte.

Händel fasste das Mädchen kurz am Arm: „Graf, darf ich vorstellen, das siebte Mädel aus unserem Chor. Stimme mit Unreinheiten, aber das treibe ich dir noch aus, Jane."

„Agathe", wagte Agathe für diesmal zu sagen, knickste und verließ mit ihrem Tablett den Raum. Eine Reaktion zeigte sie erst, als sie die Tür mit dem Ellenbogen hinter sich geschlossen hatte. Sie verdrehte doch tatsächlich ihre grünen irischen Augen und stöhnte: „Diese Kerle. Mannsbilder!"

Bevor wir der ersten Probe Georg Friedrich Händels mit seinem neugegründeten Klützer Damenchor lauschen, müssen wir noch jene vom Musiker erwähnten Sängerinnen vorstellen, denen wir bisher weder bei unseren Besuchen im Frät Kraug noch beim Gottesdienst in der Kirche begegnet sind. Die drei Frauen, von denen wir jetzt reden, wussten bis vor wenigen Tagen selbst nichts von ihren Talenten. Von ihren Stimmen, die jenem seltsame Musiker aus dem Gefolge des Grafen gefallen sollten.

Sie fühlen sich geschmeichelt von Händels Werben, würden das aber nie zugegeben. Händel musste jede Einzelne lange bitten, beim Baustellenfest aufzutreten. Wie sie sich zierten. Dabei wünschten sie sich nichts sehnlicher, jedenfalls seitdem sie davon gehört hatten, dass es ein solches Fest geben würde, von dem sie Märchenhaftes erwarteten. Und sie dabei! Wunderbar! Aber sie tun in Gegenwart Händels gleichgültig, ja gelangweilt. Sie machen einen Freudensprung, dreht ihnen der Musiker einmal den Rücken zu. Sehr menschlich oder um genau zu sein sehr weiblich.

Fangen wir an beim fast alle überragenden Klützer Milchmädchen. Dass wir ihm bisher nur immer kurz begegnet sind, hängt wohl damit zusammen, dass sein großer Klützer Auftritt in sehr frühen Morgenstunden liegt, wenn sonst noch alles schläft. Das Mädchen heißt Sieglinde Fahrenkrog. Sieglinde trägt die Milch, die frisch von der Weide kommt, in großen Kannen aus, eine körperlich anstrengende Arbeit, die ihr jedoch wenig ausmacht, denn sie ist von kräftiger Natur. Neuerdings pflegt sie außerdem noch den Garten des Schulzen Swerin, den dieser schon deshalb nicht allein bewirtschaften kann, weil es in seinen Augen ein Mustergarten sein soll, der intensiver Pflege bedarf. Sieglinde kommt also, wenn die Milch ausgetragen ist, und bleibt ein, zwei Stunden im Garten. Manchmal auch länger, denn sie sitzt – natürlich mit Erlaubnis Swerins – bei schönem Wetter gern in der Gartenlaube und liest. Besonders gern liest sie englische Romane, wenn auch nicht im Original. Manchmal sitzt sie auch schwatzend mit des Schulzen Frau zusammen, Dorothea, jene Frau, auf deren Name Händel nicht gekommen war. Die Frauen sind befreundet, beide sind sie seltsame Außenseiter im Klützer Leben. Und durch diese Freundschaft ist Sieglinde auch zu ihrem Zweitberuf Gärtner gekommen. Sie ist in allen praktischen Dingen geschickt.

Sieglinde ist „unser Klützer Sonnenaufgang", wie der Pastor einmal sagte. Und sie sei eine prachtvoll hochgewachsene Athene, wie der Pastor auch gelegentlich sagte, der sich auf solche Dinge schließlich versteht. Alles an ihr wirkt, als hätte der Schöpfer einmal recht Lust gehabt, eines seiner Geschöpfe mit vollen Händen und viel Material zu schaffen, kräftig knetend, üppig formend, nicht so knausrig wie bei den anderen. Ihr großer Busen bietet den Resonanzraum für eine kräftige Altstimme, Händels Interesse. Stolz schreitet sie einher auf zwei langen, dabei schlanken Beinen. Eindrucksvoll wirken die vollen Lippen und der großen Mund, die großen Nase, über der wie klare Seen in der Landschaft die großen grauen Augen liegen. Wie Segel am Boot stehen die Ohren ab. Kräftig ist ihr aschblondes Haar, bräunlich die Haut, muskulös, dabei schlank ihre Arme und Hände.

Der Schöpfer hat dieser großen Frau noch etwas mitgegeben, was zu ihrer Üppigkeit passt, etwas, was tief in ihrer Seele sitzt: Die Welt scheint ihr zu klein. Wenigstens der Speckwinkel ist ihr zu klein. Sie will hinaus, es dürstet sie nach Abwechslung und Abenteuer. So lange sie die im wirklichen Leben nicht findet, sucht sie die in Romanen. Sie liest wirklich viel und bei jeder Gelegenheit. In Klütz ist für sie alles zu klein auch im wörtlichen Sinne. Die viel zu niedrig angebrachten Türbalken, die engen Fenster und tiefen Decken der einfachen Häuser. Händel hatte keine Mühe, sie aus der großen Gemeinde von St. Marien beim Gottesdienst herauszufinden, denn wenn alles sich erhebt, überragt sie die Gemeinde und singt mit weitgeöffnetem Mund voller Inbrunst, sehr laut, nicht weil sie ihre Stimme für besonders hielte, sondern fest im Glauben. „Da ist uns zwischen unsere slawischen Winzigkeiten eine Wikingerin geraten." Noch so ein Satz von Pastor Pilgrim.

Auch Dorothea Swerin, des Milchmädchens Freundin, weiß aus schöner Brust singend Töne „auf Engelsflügeln zu entsenden", wie Händel meint, der in seiner Klützer Wohlgestimmtheit gern übertreibt. Samtig weich und etwas dunkel ist diese Stimme. Als würde sie von nichts anderem singen können als von Traurigkeit. Und tatsächlich umgibt die Swerin eine gewisse stille fortwährende Traurigkeit. Vielleicht ist es aber auch mehr Entrücktheit. Dabei singt sie tatsächlich gern. Händel hörte sie, als er einmal an ihrem Haus vorüberging. Es war das Haus des Schulzen Swerin, mit dem Dorothea, von allen nur Doro genannt, vor einigen Jahren verheiratet worden war. Man hatte sie aus dem fernen Neubrandenburg dem Schulzen zugeführt. Zu gern würde der Klützer Klatsch und Tratsch die näheren Umstände erfahren. Aber niemand wagt, Doro selbst zu fragen, denn sie wirkt in ihrer dunklen Traurigkeit oder Entrücktheit unerreichbar für die Niederungen des Lebens, erst recht für Klatsch und Tratsch. Dabei ist sie freundlich und übrigens auch hübsch, und manchmal, ganz selten, gewinnt sogar eine laute Fröhlichkeit Macht über sie, die freilich nie aus dem Herzen fröhlich ist, sondern nur so tut. Dann wieder geht sie seufzend umher mit einem Gesicht, als wäre sie eben vom Teufel versucht worden oder gleich vom Tod. Und dann wieder singt sie laut bei offenem Fenster, ohne sich daran zu stören, ob es ein Publikum gibt oder nicht. Sie scheint zufrieden mit ihrem Klützer Leben, obwohl sie auch nach all den Jahren als eine Fremde gilt und wenig tut, ihre Fremdheit abzulegen. Zufrieden scheint sie auch mit ihrem Gemahl, fast zwei Jahrzehnte älter als sie selbst und zweifacher Witwer. Er nimmt ihre Launen hin mit dem Gleichmut des Alters. Die öffentlichen Angelegenheiten beanspruchen ihn mehr als seine Frau.

Man munkelt, Doro sei das Produkt eines gräflichen Fehltritts gewesen. Ein Ihlenfelder wird verdächtigt, sind doch die Ihlenfelder, ein altes Raubrittergeschlecht, bekannt dafür, dass sie sich noch immer so ruppig benehmen wie Jahrhunderte früher im alten Be-

ruf. So kommt es, dass selbst im Speckwinkel der Name Ihlenfeld Klang hat. Doro habe eine unfreundliche Kindheit bei einer unglücklichen Mutter gehabt, heißt es unbestimmt, und sei, kaum sechzehn Jahre alt, bei erster Gelegenheit in die Fremde gegeben worden. Es sei bestimmt keine Liebesgeschichte zwischen dem Schulzen und Doro gewesen, meinen die Klützer, aber es habe sich gefügt. Eifersüchtig jedenfalls ist der Schulze auf seine junge Frau. Dieser Umstand nun hätte um ein Haar schlimme Folgen für die europäische Musikgeschichte gehabt. Denn Händel blieb vor Swerins Haus so verzückt unter dem offenen Fenster stehen, hinter dem Doro selbstvergessen sang, dass ihr Gemahl, der freilich nicht mehr so gut sieht, misstrauisch wurde. Stand da ein Galan und machte seiner Frau Avancen, frech am hellen Tag und direkt vor seinem Haus? Und weil sich der Schulze keineswegs sicher war, wie es ausgehen würde, wenn man die Treue seiner Frau derart prüfte, wollte er das amouröse Feld nicht kampflos dem anderen überlassen, auch wenn der in seiner Ausstrahlung und in seiner Kleidung nicht so wirkte, als sei er auf Abenteuer mit einer verheirateten Frau aus. Der Schulze sieht so schlecht, dass er Händel nicht erkannte, obwohl inzwischen doch jeder diesen dicken und großen Gockel kennt, der so gern in der Stadt umherstolziert, dabei vor sich hin kräht und in Grundeshagen eine Wohnung genommen hat, aus der oft Musik erklingt.
Nun ist Swerin kein Wirrkopf und alles Aufbrausen ihm fremd. Aber vorsichtshalber lud er seine Pistole und trat wieder an das Fenster, um anzulegen. Da aber entdeckte ihn der fremde Mann und stapfte freundlich winkend heran wie ein Parlamentär mit weißer Fahne. Im Gegensatz zum Parlamentär allerdings rettete Händel sein Leben ohne es zu ahnen. Denn nun klärte sich alles rasch auf, Swerin erkannte endlich den seltsamen Musikus und ließ die Pistole rasch hinter sich fallen, die, obwohl schon

gespannt, zum Glück nicht losging. Der Schulze konnte es dem bittenden Händel schlecht abschlagen, wenn der nichts anderes wollte als die schöne Stimme Doros. Dass der Musikus Doros sonstiger Schönheit keinerlei Aufmerksamkeit zu schenken schien, verdross Swerin dann auch wieder. So seltsam ist der Mensch nun einmal, speziell der männliche.

Fehlt noch Magdalena Burow, eine rundliche Person so um die sechzig, eine geborene Busch. Sie betreibt seit einigen Jahren ihre Suppenküche auf dem Markt, ein Feuer mit zwei großen Kesseln darüber, in dem einen Suppe, in dem anderen Grütze. Man erzählt sich, in den fernen Tagen ihrer Gadebuscher Jugend sei sie das gewesen, was gemeinhin ein leichtes Mädchen genannt wird. Man habe sie gar Gardebusch genannt, wobei Garde eine Anspielung auf das viele Militär ist, das in der Stadt liegt, seit die Hannoverschen diesen Teil Mecklenburgs unter ihre Verwaltung genommen haben. Ein Umstand, der, wie schon erzählt, einst auch Bothmers Blick auf diesen fruchtbaren Flecken Erde gelenkt hatte. Die Busch lebte jedenfalls einige Jahre lang mehr oder weniger in Saus und Braus, ihr Ruf reichte bis nach Ratzeburg und Lübeck. Als ihre Reize zu welken begannen, traf sie auf ihr Glück in Gestalt von Joachim Burow.

Es war mitten im bunten Treiben der Sommersonnenwendefeier. Sie traf auf ihn, eskortiert von zwei Gendarmen. Sie war verdächtig, einen jungen Mann, einen ihrer Liebhaber, angestiftet zu haben, Burow auszurauben. Burow aber hatte sich nicht ausrauben lassen, er hatte den jungen Kerl vielmehr ordentlich verprügelt. Burow wirkte zwar wie ein Trottel, war aber keiner.

Er handelte mit Stoffen, fuhr mit seinem schon etwas wackligen Planwagen von Markt zu Markt, hatte ein gutes Auskommen, blieb aber Junggeselle und wollte sich endlich, des Herumreisens müde, mit einem eigenen Geschäft niederlassen, und das in seinem Geburtsort Klütz. Er war aber nicht das, was man einen eingefleischten Junggesellen nennen würde, im Gegenteil. Gerade weil er die geeignete Gemahlin noch immer nicht gefunden hatte, hatte er den Klützer Plan immer wieder aufgeschoben. Und nun trat Magdalena vor ihn hin oder besser: wurde vor ihn hingeschubst. Beide, Achim wie Magda, behaupteten später, es sei Liebe auf den ersten Blick gewesen. Und wenn das mit der Liebe vielleicht doch eine Übertreibung gewesen sein mag, so erkannten beide schon bei dieser ersten Begegnung unter nicht gerade freundlichen Umständen, wie gut sie miteinander auskommen würden. Die Busch stritt alles ab, Burow ließ die Gendarmen wissen, er kenne die Dame und bürge für sie. Beide hatten also nach Kräften gelogen, um ihr Glück in die Hand nehmen zu können. Die Gendarmen waren froh, die stadtbekannte Magdalena los zu sein, sie genierten sich, treue und unbescholtene Bürger wie sie waren, in ihrer Nähe, selbst wenn es nur eine dienstliche war. Die Busch vergalt Burows Großherzigkeit mit ihrer Erfahrenheit in der körperlichen Liebe, machte ihn dabei glücklich und lernte auf diese Weise ihrerseits eine neue Freude am Leben kennen, die sich freilich erst so richtig entfalten konnte, als sie an seiner Seite auf dem Planwagen sitzend Gadebusch und damit ihre Vergangenheit in Richtung Klütz verließ: Ehefrau zu sein, als Frau Burow durch das Leben zu gehen.

So ging es gut mit Achim und Magda, viele Klützer Jahre lang. Dann starb Joachim. Zeitlebens war er geizig gewesen mit der Begründung, er müsse für seine Magda sorgen, wenn er einmal nicht mehr sei. Seine Witwe führte das Geschäft noch eine Zeit lang fort, wie sie es ihm am Sterbelager versprochen hatte, setzte sich dann aber zur Ruhe. Als ihr das zu langweilig wurde und weil sie gern kochte, vor allem Suppen, ging sie unter die Marktweiber. Dreimal in der Woche kocht sie an ihrem kleinen Stand. Viel bringt das nicht ein, aber das schmerzt sie nicht, denn auch ohne Suppenküche kann sie gut leben, indem sie nach und nach Joachims Erspartes ausgibt.

Obwohl Magda ahnte, dass von ihrem Gadebuscher Vorleben gerüchteweise auch etwas den Klützern zu Ohren gekommen sein musste, war auch sie bislang nie nach ihrem Vorleben gefragt worden. Die Leute mochten denken: Das Früher wird ihr peinlich sein, weshalb sie daran erinnern. Dabei hätte sie so gern davon erzählt, frank und frei. Händel war der erste, der gefragt hat. Auf dem Markt, wo ihm die keifenden Damen begegnet waren, hatte er sich noch eine Weile herumgetrieben, bis er, vielleicht eine Viertelstunde später, an Magdalenas Stand gleich neben dem Gottliebschen samt Steglitz trat und sich eine Kostprobe reichen ließ. Händel wirkte einmal mehr wie ein Gockel, als er Magdalena ansprach. War er doch auch so bunt gekleidet und schritt eitel einher. Und Magdalena, alter Tugend eingedenk, wusste auf das Gockeln so kokett einzugehen, dass es Händel doch tatsächlich etwas unheimlich wurde. Als er sich schließlich erlaubte zu fragen, ob sie denn auch schon früher gesungen habe, denn ihre Stimme sei doch sehr schön, bekam er in einem einstündigen Vortrag ihre Lebensgeschichte zu hören, gleichsam in einem Satz ohne Punkt und Komma. Ergeben und doch auch ein wenig amüsiert hörte er zu. Die kleine Portion Suppe schmeckte ihm über die Maßen, aber er wagte nicht, nach einem Nachschlag zu verlangen.

Sie bildeten ein seltsames Paar, wie sie da standen: der stattliche Händel schweigend, den leeren Teller vor seinen Bauch haltend, und die kleine, runde, schon etwas gebeugte Magdalena, pausenlos schwatzend. Alles, was wir hier über die Burow zu erzählen wissen, ihre leichtlebige Vergangenheit, ihre Begegnung mit Burow und ihr Klützer Glück, hörte Händel bei jenem denkwürdigen Marktbesuch. Und der Mann, den so schnell nichts umwirft, wirkte sehr erschöpft danach, trotz der Stärkung. Aber egal, was tat man nicht alles für die Kunst. Zu Bothmer hatte er an jenem Abend noch gesagt: „Die kann kochen, sie kommt bestimmt gern in die bothmersche Küche und lässt den Markt Markt sein, wenn Euer Schloss eine Küche hat und Euer Neffe sie nett fragt. Aber wenn er sie zu fragen gedenkt, muss er Zeit mitbringen."

Als würden Büßerinnen zur Beichte kommen. Und dann noch sieben an der Zahl. Sieben! Wie die törichten Jungfrauen oder die klugen, je nachdem. So denkt Händel, als er massig in der Tür seiner Grundeshagener Ferienwohnung steht wie der Pastor am Sonntag in der Kirchenpforte, der Hirte, seine Schäfchen zu zählen. Eine Dame nach der anderen muss sich an seinem dicken Bauch vorbeidrücken und wird dabei auf eine Weise begrüßt, die einschüchternd wirken muss und jede der Frauen die Augen niederschlagen lässt, selbst die freche Friederike. Denn Händel sieht jede der Damen durchdringend an wie es der Pastor an der Kirchenpforte niemals wagen dürfte.
Dabei ist Händel guter Dinge und klatscht in die Hände, weil er sich auf die erste Probe seines kleinen Damenchores aufrichtig freut. Sieben ist doch eine gute Zahl, befindet er, als alle Frauen in seinem Zimmer gefangen stehen und er die Tür schließt.
Ein Sofa, ein paar Stühle, Händel bittet, doch Platz zu nehmen. Die Frauen sitzen schließlich im Halbkreis um den Musiker herum, alle schweigen.
Endlich wagt Magdalena zu sagen: „Ein rechter Harem."
Worauf Händel, begleitet von einem Auflachen, grunzt: „Und ich bin der Pascha."
„Fehlt der Turban." Das kann nur Friederike sein, natürlich.
„Und die Pluderhosen." Das sagt die Denner.

Händel droht mit seinem dicken Zeigefinger. Und weil der nun schon in der Luft steht, benutzt er ihn auch gleich zum Dirigieren. Dabei singt er: „Inseln des Lichts, Glitzerschübe im Teich."
Friederike prustet hinter vorgehaltener Hand.
„Alle mal nachsingen. Inseln des Lichts, Glitzerschübe im Teich."
„Inseln des Lichts, Glitzerschübe im Teich."
„Und nochmal."
„Inseln des Lichts, Glitzerschübe im Teich."
Händel lässt den Finger sinken und beugt sich vor: „Wissen die Damen, was ein Kanon ist?" Er wartet eine Antwort nicht ab. „Die Damen sitzen noch nicht ganz richtig, excuse me. Die hellen Stimmen bitte links von mir, rechts die Altstimmen." Er erhebt sich und schiebt, ohne lange nachzufragen und unter Berührungen, die, wäre es nicht Händel, als unsittlich hätte gelten müssen, die Damen auf Sofa und Stühlen ein wenig hin und her. Bis Magdalena, Friederike und die irische Agathe links vor ihm sitzen, Dorothea und die Denner in der Mitte, Frau Pastor und das Milchmädchen rechts. Er brummt zufrieden. „Ein Kanon kann natürlich viel sein, meine Damen. Große Kunst kann er sein. Aber wir sind ja hier in der Sommerfrische, und ihr seid keine ausgebildeten Sängerinnen. Also machen wir Folgendes: Die drei hellen Stimmen beginnen und singen den Vers. Nach dem Teich beginnen Frau Swerin und Fräulein Denner mit der Zeile. Wenn sie fertig sind, folgen die Damen rechts mit ihrem Einsatz. Die anderen singen derweil immer weiter. Nach Inseln des Lichts, Glitzerschübe im Teich folgt, Moment, ich muss schauen, hier ist es: Düstere Ruinen, Schattenspender. Rastloses Wandeln, ins Alles, ins Nichts."
„Was ist das?", fragt Esther Denner.
„Irgendwelche Verse, die wir hier in unserem Sommerhäuschen gefunden haben, unter den Dielen, gut versteckt."

„Sommerhäuschen? Ein Versteck? Ein Schatz?" Die Stimmen der Damen durcheinander.

„Hier liegt das Epos", bemerkt Händel und schlägt mit seiner fleischigen Hand flach auf einen Papierstapel vor sich auf dem Cembalo, sodass es ordentlich staubt. „Aber dafür haben wir keine Zeit, es ist auch ohne Belang. Wir brauchen nur die drei ersten Zeilen, ist das klar? Was ist schon der Text gegen die Musik."

„Acht Töne gegen vierundzwanzig Buchstaben", bemerkt Doro. „Weniger ist mehr."

Das Milchmädchen kichert: „Noch weniger braucht nur das Glück. Glück besteht aus Nichts. Wenn es denn mal da ist."

Die Burow träumt derweil noch den Zeilen hinterher: „Düstere Ruinen, ratloses Wandeln. Schön. Eine Dichterseele in unserem Klütz. Wie aufregend. Sagt uns seinen Namen, bitte. Kennen wir ihn?"

Händel macht eine wegwerfende Handbewegung: „Ein Plessen. Dass ein Plessen sich zum Dichten berufen fühlte, gilt der Sippe als streng zu hütendes Familiengeheimnis. Er ist auch schon einige Jahre tot, glaube ich. Aber egal jetzt, Disziplin. Die ersten drei Zeilen. Und immer schön bei der eigenen Stimme bleiben. Zur Not den Finger ans Ohr legen, um sich selbst zu hören. Und es wird so lange gesungen, bis ich den Arm hebe, und dann auf dem letzten Ton verweilt, bis ich abwinke. Ist das klar?" Händel erhebt sich und deutet ein Dirigat an. „Wenn der Kanon durch ist, improvisiere ich ein bisschen auf dem Harpsicord hier. Und danach singen wir das Liedchen zum Schluss noch einmal. Tosend wird der Beifall sein."

„Na, ich weiß nicht", meint Doro. „Ich singe ja gern, aber nur so für mich hin. Ich glaube, es klingt nicht schön. Ich lege es auch nicht darauf an."

„Fishing for compliments." Die freche Friederike mit einem leichten Schnauben und einem Blick unter hochgezogener Braue auf ihre Nachbarin.

„Ach, Kinder", ruft Händel begeistert, „so etwas wie mit Euch hier wäre in London unvorstellbar. Dass ich nämlich ein paar Damen zu mir bitte, von der Frau Pastor bis zu meinem eigenen Dienstmädchen, wir ein bisschen üben und uns sogleich auf eine Bühne stellen, der Sympathie unseres Publikums gewiss, selbst wenn es vielleicht nicht ganz so klappt. Aber es wird schon. Das ist der Zauber des Landlebens – dass wir nicht perfekt sein müssen wie in meiner dreimal verfluchten Londoner Oper. Hier gibt es keine geldhungrigen Kastraten, keine Zeitungsschmierer und keinen Rent Collector. Und keine beißenden Sängerinnen, die in ihren Garderoben sich als Raubtiere auf arme Komponisten stürzen und die ich zum Abkühlen aus dem Fenster halten muss. Sie beißen doch nicht, meine Damen?"

Händel hat auf seine Bemerkung hin zweifellos Heiterkeit erwartet, aber es bleibt still. Und in diese Stille hinein klirrt leise das silberne Kreuz der Frau Pastor, das sie an einer Kette trägt und mit dem sie gedankenverloren gespielt hat, bis es jetzt auf ihr Kleid zurückfällt, wo es genau die Knopfleiste trifft.

Und Charlotte Pilgrim sagt, leise knisternden Zorn in der Stimme: „Euer Loblied für unseren Erdenwinkel in Ehren, aber ich wäre gern einmal in Eurem London. Ich würde mir gern einmal die große Stadt anschauen. Für Euch ist es eine hübsche Abwechslung, hier zu sein. Für uns ist es Schicksal, das ganze Leben, vergesst das nicht." Was ist in die Frau Pastor gefahren! Der Leibhaftige geradezu!

Händel will etwas erwidern, aber schon fährt der Leibhaftige geräuschvoll auch in die anderen Damen.

„Sehr wohl gesprochen, Frau Pastor, London, London", ruft Sieglinde, das Milchmädchen. Eigentlich eine unerhörte Frechheit. Aber auch Doro stimmt mit ein: „Paris wäre noch besser als London, London soll ja so neblig sein, kalt und eklig." Esther Denner: „Ich weiß, wovon ihr redet, Freundinnen. Ich freue mich, ehrlich gesagt, schon jetzt auf den Tag, wieder in meinem Hamburg anzukommen." Die Burow jedoch sagt: „Mir reichte es schon, wenn ich einmal in meinem Leben durch Berlin spazieren könnte, einmal Unter den Linden flanieren, wo es so wundervoll sein soll." Allein Agathe und Friederike bleiben stumm. Friederike will wegen solcher Albernheit ihre neue Stelle nicht aufs Spiel setzen, wer weiß, was der Musiker seinem gräflichen Freund so alles erzählen würde nach dieser Chorprobe. Und Agathe schämt sich in diesem Moment, London zu kennen, es ist ihre Geburtsstadt. Was für eine seltsame Probe. Denn den Kanon haben die Damen nun noch immer nicht gesungen, schon gar nicht mit allen drei Zeilen und allen drei Stimmen. Die Damen sind jetzt mit anderem beschäftigt, ihrer – nun ja, hysterischen – Erregung, die, einmal losgelassen, wächst und wächst. Dieser bräsige Musiker in seiner Sommerfrischestimmung, der nichts weiter mit ihnen tut, als sie von ihren häuslichen Obliegenheiten abzuhalten, dem wollen sie es jetzt zeigen. Die imposante Sieglinde erhebt sich als Erste, die anderen folgen. „London, einmal London", „Paris!", „Hamburg!", „Berlin!". Jemand ruft dazwischen: „Weg von hier. Hauptsache, weg von hier." Und unter solchem Geschrei umringen die sieben – auch Friederike und Agathe wollten nun nicht mehr abseitsstehen – den verschüchtert sich hinter seinem Cembalo verschanzenden Händel. Als wären sie die Mänaden, die den Orpheus zu zerreißen trachten. Weil ihnen nichts Besseres in die Hände fällt, greifen sie nach den plessenschen Manuskriptblättern und werfen sie einzeln oder gleich im Dutzend auf den Musiker.

Ein Geschrei erhebt sich, und im Kerzenlicht stieben Staubschwaden, bis Händel davon niesen muss. Und Händel weiß zu niesen, oh ja, sein Brustkorb ist gewaltig. Ein Trompeten ist das. Das Trompeten eines Elefanten. Es bringt auch die Mänaden zur Besinnung. Händel nutzt den Augenblick und greift in die Tasten.
„Inseln des Lichts, Glitzerschübe im Teich", singt er, als sei nichts gewesen. Er nickt zu der Burow, Agathe und Friederike herüber. „Inseln des Lichts, Glitzerschübe im Teich." Dann zu Doro und Esther Denner. „Inseln des Lichts, Glitzerschübe im Teich. Links weiter: Düstere Ruinen, Schattenspender." Schließlich setzen Charlotte Pilgrim und Sieglinde Fahrenkrog ein: „Inseln des Lichts, Glitzerschübe im Teich." Händel ruft: „Und in der Mitte jetzt: Düstere Ruinen, Schattenspender. Links: Rastloses Wandeln, ins Alles, ins Nichts. Nicht nachlassen, Stimme halten, nicht in die nächste Stimme fallen. Rechts jetzt: Düstere Ruinen, Schattenspender."
Es geht so leidlich, bis Händel mit erhobenem Finger dirigierend, die Stimmen zusammenführt, ausklingen lässt und sich erschöpft den Schweiß von der Stirn tupft, dabei eines der dort noch kleben gebliebenen Manuskriptblätter abnehmend.
„Uff. Ich danke Ihnen, meine Damen. Ein Anfang ist gemacht. Ein sehr beschwingter Anfang, wie ich finde."
Die Damen haben sich wieder gesetzt und schuldbewusst die Köpfe gesenkt. Händel gefällt das Bild: „Aus sieben törichten Jungfrauen werden gerade sieben kluge, scheint mir. Oder umgekehrt? Was wäre mir lieber? Egal. Wir fangen noch mal von vorn an, und jetzt richtig."
So geschieht es, und ein ganz klein wenig zittert Händels Perücke dabei.

„Du lässt aber auf dich warten. Deine Frau ist doch schon eine ganze Weile hier. Sie singen drüben, hör mal."

„Da ist es ja gerade", erwidert Pastor Pilgrim und schlüpft durch den Hintereingang in das Haus der Himmelreich. „Die Predigt will mir nicht aus der Feder, die der Graf für sein Baustellenfest haben will. Jeden Sonntag zu predigen, finde ich schon zu viel. Und nun auch noch diese Andacht in seinem Schloss, verrückte Idee. Meine Frau, die mir raten könnte und immer gut rät, zugegeben, sitzt da drüben und vertändelt ihre Zeit beim Singeabend."

„Aber für uns ist es doch nett, Elias. Die da drüben sind beschäftigt und dich sucht im Pfarrhaus niemand." Und Marie Himmelreich macht nicht viel Umstände, küsst ihn, während sie etwas unterhalb an seinem Justaucorps herumnestelt. „Sogar unsere irische Fee muss mitsingen, die kann uns also auch nicht stören, das arme Ding."

„Nicht mal eine Idee habe ich", murmelt Pilgrim. Der Himmelreich warme Hand tut ihm wohl. „Für die Predigt."

Sie flüstert: „Mir gefällt unter all den Bibelgeschichten immer die vom armen kleinen Moses besonders. Wie er da so ausgesetzt wird, auf dem Nil, war es, glaube ich. So traurig und einsam. Und wie sie ihn finden, und er der große Herr wird, der Herr der Israeliten ..."

„Oh", seufzt Pilgrim. Ihre schöne warme Hand hat die Hose erreicht und ist dabei, dort einige Knöpfe zu öffnen. Schließlich greift sie hinein, tastend, suchend, findet aber auch gleich. Sie kennt sich hier aus.

„... und sie dann in das neue Land führt, weg von den bösen Ägyptern, ins gelobte Land. Der Graf hat doch was von einem Moses, findest du nicht. Auch er führt seinen Stamm ..."

„Ah, ah, oh", stöhnt Pilgrim. Das Wort Stamm hat auch auf die warme Hand der Himmelreich gewirkt, sie fasst fester zu.

„... in ein anderes Land, unseren Speckwinkel. Auch er sieht es und kommt nicht hin. Gut, er ist mal auf Besuch da, aber niemand glaubt doch ernsthaft, dass er irgendwann London den Rücken kehrt, um ausgerechnet bei uns seine Tage zu beschließen,

auch wenn sein Haus sehr schön wird, unübersehbar schon jetzt."
„Eine gute Idee", ächzt der Pastor, ganz rot unter der Anstrengung, unter den Zärtlichkeiten seiner Geliebten beherrscht zu bleiben. „Ich meine das mit Moses, ich meine, mit der Predigt."
Aber sie nimmt keine Rücksicht, im Gegenteil, sie wird drängender, sie nimmt auch noch die zweite Hand. Und dann passiert es, dass Pilgrim die Sinne schwinden. „Och, wunderbar, oh je, gelobtes Land, och, Moses, och."
„Was war das?", fragt die Himmelreich schelmisch, dreht ihren Kopf etwas, um ihn auf den Mund küssen zu können. Langsam lässt sie ihn weiter unten wieder los.
„Der brennende Dornbusch", japst Pilgrim. Doch, er hat eben doch Humor.
Sie sitzen da, beide zufrieden. Eine Weile geht das so, dann endlich will Pilgrim sich der wenigen Kleidungsstücke, die er noch trägt, entledigen und die Himmelreich es ihm gleichtun. Das Bett ist nur fünf Schritte entfernt. Aber sie schaffen es nicht, sich ins gelobte Land hinüberzuretten. Pferdegetrappel ist zu hören. Die Himmelreich eilt zum Fenster.
„Der Graf", flüstert sie erschrocken. „Und er ist nicht allein."
Wie zur Begrüßung setzt im händelschen Wohnteil der Chor der seltsamen Damen ein. Aber Bothmer dort auf dem Hof hört nur kurz hin und lacht laut auf, während er Margarethe Christine aus dem luftig-sommerlichen Zweisitzer hilft, den er selbst gelenkt hat. Ein Knecht springt herzu, sich um Wagen und Pferde zu kümmern. Den beachtet der Graf kaum, ruft ihm nur zwei, drei kurze Sätze zu. Umso mehr widmet er sich seiner Dame und bittet sie in seine Hälfte des alten Schlosses.
Die Himmelreich will losstürzen, obgleich sie inzwischen ebenfalls wenig bekleidet ist. „Agathe beim Singen, als hätte sie nichts anders zu tun. Da muss ich rasch hinüber, den

Grafen nach seinen Wünschen zu fragen. Vielleicht soll ich den beiden noch was auftischen. Hoffentlich ist noch Glut im Herd. Wein hat er ja da, auch wenn er über den immerzu klagt. Was mache ich nur, ich bin doch völlig derangiert und ganz nass von dir."

Der Pastor nimmt sie in den Arm: „Mariechen, ich glaube, wenn ich das richtig sehe, bist du gerade nicht gefragt. Die wollen zu zweit sein, ungestört. Genau wie wir. Gespeist wurde heute schon auf Arpshagen, das weiß ich zufällig. Die sind satt, jedenfalls was das Essen anbelangt. Lass sie, er wird läuten, wenn er etwas will."
Es wird nicht geläutet. Bei Händel singen sie weiter, bei Bothmer aber bleibt es still. Nur ein paar Kerzen werden entzündet, das Licht reicht der Himmelreich nicht, um irgendetwas erkennen zu können.

So hätte auch sie sich ihrem Geliebten wieder hingeben können, aber sie schafft es nicht. „Nein, das ist ein bisschen zu viel, der Graf, er kommt fast wie mit einem Inkognito her. Und mit wem? Ich glaube, Elias, für diesmal ..."

„Mir hat es gefallen, ich hatte mein Vergnügen", lacht der Pastor, seine Hose zuknöpfend. „Hast du noch was zu essen im Haus? Ich habe einen Bärenhunger, und nachher mache ich mich auch gleich auf den Heimweg." Pilgrim schwingt seinen geborgten Spazierstock, als wäre er ein Tambourmajor. Und die Himmelreich geht für ihn doch tatsächlich noch einmal in die Küche.

Was würde die Himmelreich sehen, wenn sie etwas sehen könnte in der bothmerschen Haushälfte? Eine müde Christine Margarethe, die auf einem der wackligen Sessel mehr liegt als sitzt. Und einen Grafen, der mit dem Schürhaken die Glut im Kamin wieder belebt, dann tatsächlich aus dem Eisschrank noch eine Flasche Rheinwein hervorzaubert und entkorkt.

„Hier wohne ich also, ist es nicht behaglich?", sagt er.

„Was soll ich sagen? Arpshagen ist kaum besser als das hier. Und der Vergleich zu Eurem Londoner Heim – der fehlt mir."

„Ja, 10 Downing Street, das ist schon eine große Adresse, die kennt man in London. Aber ich vermisse sie nicht, selbst wenn ich mit einem dieser niedlichen, aber leider etwas wurmstichigen Sessel zusammenbrechen sollte."

„Eine lustige Vorstellung, Oheim", lächelt Christine Margarethe.

„Darf ich?", sagt der Graf und zieht einen der Sessel neben den Platz seiner Nichte. Er setzt sich vorsichtig. Es knackt ein wenig, aber ein Unfall bleibt aus. Christine Margarethe muss darüber lachen, bis ihr Tränen in die Augen treten. Er reicht ihr ein Weinglas. „Halte es besser nicht ins Kerzenlicht, ich fürchte um die Reputation des himmelreichschen Haushaltes."

Christine Margarethe aber tut genau das, und siehe: Das Glas funkelt, blank und wohlgefüllt.

Sie stoßen an, zart klingen die Gläser, auch das eine Überraschung.

„Erzähl von London. Wohin führt die Tyburn Street?", fragt sie.

„Nun, zum Galgen. Es ist eine lange Straße, der letzte Gang der Verurteilten."

„Schrecklich. Aber ich las etwas anderes über die Straße. Geschäft an Geschäft, und Lichter, vom Glas vielfach gespiegelt, und lustige Türglocken. Düfte. Die Londoner Gesellschaft promenierend."

„Shoppen, ja, das mögen sie, die Leute der Gesellschaft."

„Shoppen? Ja, das muss herrlich sein." Christine Margarethe rekelt sich auf ihrem Sessel, der Wein steigt ihr angenehm zu Kopfe. Was für ein wunderbarer Tropfen.

Draußen entsteht auf einmal Stimmengewirr, der Damenchor löst sich auf, singend erst, dann Stimmengewirr. Endlich wird es wieder still.

„Warum bin ich eigentlich hier?", fragt Christine Margarethe nach einer trägen Weile, in der nur das Summen einer Fliege zu hören ist.

Bothmer räuspert sich: „Nun, da wäre zuerst die Sache mit dem, ja wie heißt es doch gleich, Marzipan, richtig. Ich wünsche Marzipanküchlein zu meinem Fest, meinem Baustellenfest. Ich meine, du hast in Brook von einem Marzipanbäcker erzählt. Aus Lübeck war er, nicht wahr?"

„Den gibt es in Brook, tatsächlich. Wollt Ihr ihn den Plessens ausspannen? Oder wollt Ihr ihn mit dem Gut übernehmen?"

„Lass dass mit dem Sie, habe ich dir schon einmal gesagt."

„Also: Willst du?"

„Was meinst denn du?"

„Ludwig würde ihn dir ausleihen, bestimmt. Aber meine Tante? Schicke doch nach Lübeck. So weit entfernt ist es auch wieder nicht, und da gibt es gleich eine ganze Gasse voller Marzipanbäcker. Der Duft! Allein der Duft."

„Ich mag auch deinen Duft." Der Graf räuspert sich abermals. „Es ist nicht wegen des Marzipans, jedenfalls nicht wegen des Marzipans allein, dass ich dich herbat." Er beugt sich zu ihr und zeichnet mit dem Finger die Linien ihres Gesichtes nach, den schmale Mund, die hervortretenden Wangenknochen, das fliehende Kinn, die schmale Nase mit den kreisrunden Nasenlöchern. Das beschäftigt die beiden eine stille Weile. Sie lässt es sich gefallen. Dann steht er auf, hebt auch sie auf, und wie sie so eng beieinanderstehen, küsst er sie, erst auf die Stirn, dann auf die Lippen. Er ist ungleich größer und breiter als sie. Ihm ist warm, zuerst wirft er die Perücke beiseite. Dann hebt er Christine Margarethe empor und trägt sie zum Bett. Sie macht sich leicht, es fällt ihr leicht, denn sie meint zu schweben. Sie schließt die Augen. Als sie das Bett unter sich spürt, beginnt sie sich auszuziehen. Der Graf sieht ihr zu, sein Blick mischt Erregung und Melancholie. Sie hat einen mageren, festen Körper. Ihre Brüste sind im Vergleich zu ihrem Körper erstaunlich groß, schmal die Hüften. Sie ist, wie wir wissen, nicht der Frauentyp, den Bothmer bevorzugt.

„Nun du", flüstert sie und sieht zu, wie er sich entkleidet. Ein alter Mann, denkt sie. Aber es erregt sie. Sie sieht im Kerzenlicht oder ahnt, wie sehr auch er erregt ist. Sie fühlt sich geborgen, als er sich zu ihr legt. Sie liegen eine Weile, ohne sich zu rühren, nur im Kuss vereint. Dann aber, auf einmal, bricht sich ihre ganze in Jahren angestaute Sinnlichkeit Bahn. Ihre kleinen Fäuste trommeln auf seinem erstaunlich muskulösen, mit grauem Haar überzogenen Oberkörper, bis er versteht und sich neben sie auf den Rücken legt. Sie erhebt sich und steigt auf ihn, lässt ihn ohne alle Umstände in sich gleiten und bewegt sich voller Lust, die sie unfassbar heftig durchströmt.

Er sieht sie erstaunt an. Sie nimmt sich, gewissermaßen rücksichtslos, was sie so lange entbehrt hat und wonach sie sich derart sehnte. Sie erkundet nicht erst seine Lust, sie folgt allein der ihren. Bis sie aufjauchzt, ihr Oberkörper dabei aufsteigt, um sich sogleich fallen zu lassen. Ja, sie empfindet es wie ein Fallen, sanft, träumerisch, erschöpft, willenlos, erlöst. Sanft aufschlagend auf den nicht sehr dichten grauen Pelz. Und dann verharren, für immer, wie sie denkt, während seine Finger sich auf ihrem hervortretenden Rückgrat entlangtasten.

„Ich mag das sehr", flüstert er.

„Ich auch", sagt sie. „Bleib noch etwas in mir."

„Und du bei mir."

Nun, sie blieb die ganze Nacht.

Auch im Dachgeschoss wird geliebt, wenn auch vorsichtiger. Als Händel seine Sängerinnen nach der Probe huldvoll entließ und ihnen sogar noch mit seinem Spitzentuch nachwinkte, nutzte Agathe das Durcheinander des allgemeinen Aufbruchs, ergriff kurzerhand den Arm von Friederike und schob ihre neue Freundin in Richtung der schmalen Treppe hinauf ins Dachgeschoß. Friederike ließ es sich gefallen. Oben angekommen, drängte Agathe die Freundin in ihre Kammer und überfiel sie, noch in der Tür, mit Küssen. Friederike war das zu heftig. Sie wehrte Agathe ab, floh aber keineswegs, lächelte vielmehr, schloss die Tür, blieb mit den Rücken an diese gelehnt stehen, atmete schwer und sah sich um, während Agathe ein paar Kerzen entzündete.

Dann aber hatte es doch noch ein paar Küsse gegeben. Jetzt sitzen die beiden auf einem uralten Sofa nebeneinander. Das Pfeifchen geht hin und her, hüllt alle Welt in Nebel. Auch Wein gibt es, nicht den feinen vom Rhein, natürlich. Es ist mecklenburgischer Wein. Die Trauben haben wenig Sonne gesehen. Sauer ist deshalb der Wein und noch dazu verdünnt. Zwei Becher stehen auf einem Tischchen. Da liegt auch ein Buch.

„Du liest?", fragt Friederike und nimmt das Buch in die Hand. „Ist das Englisch? Und das kannst du lesen?"

Agathe muss lachen. „Aber ja, meine Muttersprache. Oder fast, ich bin zwar Irin, aber doch in London geboren."

„Was ist das für ein Buch?"

„Ein Roman. ,Lady Graham'. Sie, also die Lady, hat wohl was mit dem Postboten. Aber weit bin ich noch nicht gekommen. Ich habe es auch nur, weil angeblich ganz London die Schwarte liest. Und dabei weiß man nicht einmal, wer der Autor ist. Hier, schau, hier steht Anonymus. Und das kommt von anonym."

„Aha", meint Friederike.

„Es kommen irgendwelche Leute aus der Londoner Gesellschaft drin vor. Also nicht direkt, aber indirekt."

„Aha."

„Und natürlich viel Liebe", lacht Agathe.

„Apropos Liebe", bemerkt Friederike nach ein paar Augenblicken des Schweigens, einem Schweigen der vollkommenen Übereinkunft. „Seltsam ist es, aber weshalb sollte sich eine Frau nicht zu einer anderen Frau hingezogen fühlen?"

Agathe fragt sogleich: „Ja, fühlst du denn so?"

„Ich weiß nicht. Aber bei dir scheint es so zu sein. Ich fühle mich von dir wie überfallen."

„Bist du mir böse?"

„Nein, überhaupt nicht. Ich staune. Hast du das schon oft gemacht, so mit anderen Frauen?"

Agathe lacht: „Ach, meine Liebe, kein bisschen. Ich meinte mich verlobt. Mit Henry, dem Kutscher im Haus des Grafen. Aber der trieb es offenbar mit jedem Dienstmädchen aus unserem Haushalt, das nicht bei drei auf den Bäumen war. Und der Haushalt ist groß, kann ich dir sagen. Einer hat er ein Kind gemacht. Als ich das hörte, wollte ich nur fort, weg von Henry, weg aus Downing Street, weg aus London. Es war ganz seltsam, ich wollte mich von allem freimachen, nicht nur von Henry. Und es machte mir auch gar nichts aus, alles aufzugeben. Und in dem Moment sagte der Graf, ich solle alles für die große Reise vorbereiten. Er hat mich verwechselt in dem Moment, mit Jane, aber egal. Mir war jedenfalls, als hätte der Herr im Himmel das gesagt mit der Reise, so kam es mir vor. Weg von allem, und das sogar weiterhin in Lohn und Brot beim Grafen."

„Aber du musst doch mit diesem Henry ... Also eifersüchtig und so. Man kann doch einen Mann nicht einfach so aufgeben."

„Doch, ich weiß jetzt, dass es ganz leicht geht. Weißt du, ich spürte erst, als ich die Schwangere zu trösten versuchte, dass ich überhaupt keine Liebe empfand. Es war bei mir alles nur Einbildung gewesen. Aber erst seit ich mit dir auf diesem kleinen Mäuerchen an dem Marktplatz gesessen habe, weiß ich auch, weshalb es so leicht ging."

„Weshalb?", flüstert Friederike und da sie die Antwort ahnt, ja weiß, hält sie die Luft an.

„Mir sind Männer egal. Das weiß ich jetzt. Ich sah dich. Bei ‚Lady Graham' kommt Liebe auf den ersten Blick vor. Und so wie es in dem Buch beschrieben ist, so habe ich es auch bei uns beiden empfunden."

„Als wir uns begegneten?"

„Ja, als ich dich sah."

„Wenn ich darüber mit meinem Pastor spreche ..."

Agathes Gesicht nimmt einen strengen Ausdruck an: „Das, mein Herz, lässt du schön bleiben."

Wie zur Antwort gerät in die Stille des Abends ein Geräusch. Plopp, plopp. Ein Gehstock, der das Katzkopfpflaster auf dem Hof trifft. Der Pastor mit dem getauschten Gehstock.

Friederike springt auf und schaut aus dem Gaubenfenster. „Oh, der Pastor."

„Wenn man vom Teufel spricht, taucht er auch schon auf." Agathes Stimme klingt ein wenig traurig.

Friederike achtet nicht darauf: „Er nimmt mich bestimmt mit nach Klütz." Und laut aus dem Fenster: „Pastor Pilgrim, seid Ihr es? Darf ich bei Euch mitfahren? Es ist schon so spät. Bitte wartet, ich bin rasch bei Euch."

Der Pastor unten nickt, was Friederike oben im Dach nicht sehen kann. Aber dann brummt er auch noch etwas, was wohl Zustimmung bedeutet.

Friederike flüstert rasch in Agathes Ohr: „Liebes, lass dich noch einmal umarmen. Wir sehen uns. Was bin ich froh, dass es dich hier in unsere Einsamkeit verschlagen hat."

„Unten die Herren, die sich sowieso keinen Namen merken können beim Personal, die nennen mich schon ihre irische Fee."
„Oh, das will ich auch tun, meine Fee." Und fort nach einem letzten Kuss springt Friederike derart im Glück die schmale Holztreppe hinunter, dass sie mutig immer gleich mehrere Stufen nimmt.
Agathe hört die Haustür, dann des Pastors joviale Frage: „Na, mein Schätzen, wie war die Probe? Komm rauf, halt dich hier fest." Was Friederike antwortet, geht im Geräusch der Pferdehufe und der rollenden Räder an Pilgrims kleinem Einspänner unter.
Agathe spricht laut in ihre leere Kammer hinein: „Gute Nacht." Spricht sie aus fröhlichem Herzen? Oder doch einem traurigen? Sie weiß es selbst nicht so genau. Ehe sie lange darüber nachdenkt, kriecht sie lieber in ihren winzigen Alkoven, ihre Butze, wie die Klützer sagen würden. Zeitlebens hat sie traumlos und tief geschlafen, so auch auf dieser Reise. Und so auch jetzt.

FÜNFZEHNTES KAPITEL – DAMSHAGEN, 5. AUGUST 1730

Was Baumeister Künnecke und Johann auf einer Dienstreise zu Pferde alles erleben, und wie es überhaupt kommt, dass Johann ein eigenes Pferd besitzt

Drei Tage nach dem bothmerschen Baustellenfest lenken zwei Reiter ihre Pferde von Klütz aus in Richtung Süden. Die Pferde schnauben vor Freude über den Ausflug. Es ist noch früh am Morgen, eben löst sich ein zarter Nebelschleier auf. Das Meer ist zu weit entfernt, um es von hier aus sehen zu können, aber seine Frische lässt sich spüren und irgendwie auch sein Blau. Auch meint man es zu hören, aber es ist nur der Wind, der von der See her sacht über die Landschaft streicht. Obwohl die Hitze des Tages schon in der Luft liegt, hält der Seewind zu dieser Stunde noch alles angenehm erträglich.

Die Reiter passieren eben das letzte Gehöft des Dorfes Hofzumfelde und fallen in einen leichten Trab. Rechts von ihnen, eigentlich schon hinter ihnen, liegt in einer Senke das bothmersche Palais, dessen Ziegelsteine, berührt vom fast schon gleißenden Sonnenlicht, die Wiesen voller Tau ringsum rubinrot glitzern lassen.

Vor den Reitern liegt die sanft gewellte Landschaft, liegen erntereife Felder, saftige Wiesen und, etwas im Hintergrund und leicht zart noch im Dunst, der Wald. Die Vögel singen, sonst ist alles still. Ein Sommermorgen wie er schöner nicht sein kann. Ein prächtiger Morgen, wie es so viele in diesem besonderen Sommer 1730 gibt, da der Graf Bothmer seine Besitzung Bothmer besucht. Die beiden Reiter lenken ihre Pferde in Richtung Damshagen. Es sind Baumeister Künnecke und sein Favorit Johann.

Künnecke, die Zügel locker in der Hand, sieht Johann von der Seite an und lächelt.

„Du sitzt erstaunlich sicher im Sattel. Ein bisschen angestrengt zwar, aber du lässt dem Gaul nichts durchgehen, auch ohne Peitsche und Sporen. Das gefällt mir."

„Der Vater vom Gottlieb – Gottlieb ist der mit den gebratenen Hühnern – hat mir das Reiten beigebracht. Liegt freilich schon einige Jahre zurück, ich war noch ein Bub. Seitdem fehlte die Gelegenheit zum Üben."

„Die Schultern straffer, die Hände nicht so verkrampft. Ja, so ist es gut. Und ich vermute, es ist dein erstes eigenes Pferd. Hat es schon einen Namen?"

„Schnute würde mir gefallen, aber ich weiß nicht recht."

„Schnute passte besser auf ein Fohlen, oder?"

„Es kam so überraschend, dass der hohe Graf die Gnade hatte, mich derart reich zu beschenken. Da habe ich an einen Namen noch gar nicht gedacht." Johann strengt es noch an, sich und das Pferd gut zu halten und dabei zu reden. Er atmet schwer und schwitzt vor Anstrengung. Seine Worte kommen stoßweise, auf seiner Oberlippe, die wegen der gewaltigen Zähne immer etwas zu kurz erscheint, bilden sich Schweißtropfen.

„Du könntest es aus Dankbarkeit Hans oder Kaspar nennen." Künneckes Lächeln wird noch breiter. Bislang hatte er Johanns Hilfe hingenommen, ohne viel darüber nachzudenken, eher wie man über ein Ding verfügt. Er war dem Jungen begegnet, als der ihn auf die tanzenden Steine im Mauerwerk aufmerksam gemacht und vor Christine Margarethe bewahrt hatte. Der Junge ist, wie Künnecke inzwischen weiß, auch sonst sehr pfiffig. Vor allem aber zeigt er sich so umsichtig wie anstellig. Und er scheint keine Angst zu kennen. Nun, er ist schließlich Dachdecker.

Künnecke hatte bislang auch keinen Gedanken daran verschwendet, wie sehr er Johann vor den anderen erhöht, indem er ihn inzwischen stets um sich zu haben wünscht und Aufgaben überträgt, die eigentlich ihm obliegen, dem Baumeister. Und nun hat der Graf den Jungen noch ungleich mehr ausgezeichnet, ihm ein Geldgeschenk gemacht und ein Pferd aus seinem Marstall überlassen. Seitdem sieht Künnecke seinen Johann gleichsam wie neu. Wir könnten auch böse sagen: Erst jetzt nimmt er ihn überhaupt als einen Menschen wahr, jung und zu vielen Hoffnungen berechtigend.

Aber will er diese Hoffnungen einlösen, muss der Junge aus Künneckes Sicht erst einmal richtig reiten lernen. Denn ein Baumeister ist oft zu Pferde unterwegs. Wie auch sonst soll er rasch von Baustelle zu Baustelle gelangen, steht doch nicht immer und überall eine Kutsche bereit. Künnecke ist ein guter Reiter, auch wenn er das Reiten nicht liebt. Die Übung hat den Meister gemacht. Seinen Friesen, einen Wallach, besitzt er seit vielen Jahren, er ruft ihn Herodes. Herodes und Künnecke haben sich derart aneinander gewöhnt, dass ein leichter Schenkeldruck genügt und das Pferd nimmt den richtigen Weg im richtigen Tempo.

Bisher hatte es Künnecke bevorzugt, allein zu reiten, wenn er irgendwohin auf fernere Baustellen musste. Wenn er reitet, kann er die Gedanken schweifen lassen, und mancher Einfall ist das Ergebnis eines solchen Ritts gewesen, auch der, wie das neue

Pfarrhaus in Damshagen aussehen soll, zu dessen Baustelle sie eben unterwegs sind. Aber da der Junge nun sein eigenes Pferd besitzt, kleiner als Herodes, braun, mit strahlend weißem Bless, eine Stute, will der Baumeister auch auf seinen Ritten von Baustelle zu Baustelle nicht mehr auf Johann verzichten. Wirklich ein schönes Pferd, eines, um das Künnecke seinen Adjutanten vielleicht sogar beneiden müsste, wäre nicht er es gewesen, der dem Grafen von einem Pferd für Johann gesprochen hatte. Das war am Morgen nach dem Fest, auf dem Johann sich derart bewährt hatte. Bothmer nahm seinen Baumeister zur Seite und fragte ihn, wie er Johann auszeichnen könnte, weil er – dies war nun allerdings aus Künneckes Sicht eine Übertreibung – „das Baustellenfest gerettet" habe. Der Graf kannte Johanns Namen natürlich nicht, soweit ging die Auszeichnung denn doch nicht. Er sprach nur von „dem jungen Kerl da mit dem gewaltigen Gebiss", aber seine Zufriedenheit oder vielleicht sogar Dankbarkeit war echt. Künnecke hatte, wie er sich selbst unumwunden zugab, dem Grafen eigennützig geantwortet, als er sagte: „Ein Pferd könnte der junge Kerl brauchen."
Schon einen Tag später war der bothmersche Reitknecht, der aus Hamburg stammt und vom Grafen für die Reise in den Speckwinkel gemietet worden ist, bei Johann erschienen: „Ein Geschenk des Grafen, weil du so fleißig warst auf seinem Fest. Das ganze Reitzeug hier schenkt er dir dazu, tja, die großen, reichen Herren, was denen so einfällt. Bist mächtig um sie herumscharwenzelt, was?" Der Reitknecht sprach sehr von oben herab und fügte, schon im Weggehen, hinzu: „Ist ein gutmütiges Tier, quäle es nicht. Die Gutmütigen werden ja immer gequält. Ich hätte dir kein Pferd gegeben, du kriegst es doch gar nicht durch den Winter. Kannst du überhaupt reiten? Aber der Graf will es so. Hoffentlich wirst du deswegen nicht übermütig. Machst

dich überall beliebt, wie? Erst bei diesem Baumeister, jetzt beim Grafen. Könnte noch was von dir lernen." Sprach es, halb abfällig, halb beeindruckt, und war im selben Augenblick verschwunden. Künnecke sagt etwas verträumt: „Mal sehen, ob deine Schnute und du auch solche Freunde werdet, wie mein Herodes und ich."
„Das Erste, was Schnute getan hat: Sie hat mich gebissen", erwidert Johann.
Künnecke lacht auf: „Weil du nichts dabei hattest, irgendein Leckerli. So ein Gaul ist auch nur ein Mensch, er will gelobt werden. Und Lob heißt für ein Pferd: nette Worte plus einen Kanten Brot oder einen Apfel. Nette Worte allein sind gar nichts. Aber umgekehrt geht es natürlich auch, ich meine, allein das Fressen ohne nette Worte. Kommt immer gut an."
„Ich werde es beherzigen."
„Aber ich sehe, dass deine Schnute wirklich einen guten Gang hat. Der Graf hat dir nicht den Klepper aus der letzten Ecke vermacht. Zu Hause in England hat er ja eine eigene Zucht, sehr wertvoll, heißt es. Bei uns muss er sich bescheiden. Aber so schlecht sind unsere Gäule auch nicht. Wir versuchen es jetzt mal mit einem kleinen Galopp, einverstanden? Sonst kommen wir noch zu spät."
Johann weiß nicht, dass sie zu spät kommen könnten. Ehe er antworten kann, jagt der Baumeister mit einem „Hui" auf seinem Schwarzen schon davon.
Johann setzt nicht sogleich nach. Nicht, weil er es nicht gewagt hätte. Er hält seinen Braunen zurück, um es noch ein wenig zu genießen, einmal ganz für sich zu sein, auf seinem neuen Pferd und in dem neuen Wams, einem Geschenk von Christine Margarethe, und mit einem Dreispitz, den Künnecke ihm vermacht hat, nicht ganz neu, aber kaum getragen, weil er dem Baumeister nicht recht passen wollte. Johann aber passt der Dreimaster, als wäre er gerade für ihn gefertigt worden bei Hutmacher Pomme-

renke in Klütz. Sogar eine kleine schwarze Schleife ist am Hutrand befestigt, mit einer silbern glänzenden Nadel.

Indes, lange bleibt Johann nicht für sich. Kaum hat er den dahinjagenden Baumeister aus den Augen verloren, vernimmt er abermals Pferdegetrappel, diesmal hinter sich. Er hebt sich etwas aus dem Sattel und wirft vorsichtig einen Blick zurück. Ein Zweispänner nähert sich in rascher Fahrt, hinter sich eine beträchtliche Staubwolke herziehend. Es ist der Kastenwagen der Malerin, deren Name Johann eben nicht einfallen will. Sie selbst sitzt oben auf dem Bock, die Pferde führend. Neben ihr hockt Ansgar und scheint zu schlafen, obgleich er da oben ordentlich durchgerüttelt wird und alle Mühe haben muss, das Gleichgewicht zu halten.

„Ah, der Zeremonienmeister", ruft Esther Denner und bedeutet Johann, indem sie ihre Pferde zügelt, aber nicht anhält, er solle herankommen und neben ihr reiten. „Wer weiß, was aus dem Fest geworden wäre ohne dich."

„Und Ihr, wohin reist Ihr, gnädige Frau? Zurück nach Hamburg?", wagt Johann zu fragen und entblößt beim Lächeln viel Zahnfleisch.

Sie schnipst mit den Fingern. „Ja, in gewisser Weise, aber mit einem kleinen Umweg. Über Neustrelitz. Sie haben da auch ein neues Schloss gebaut, so wie ihr hier."

„Oh, kleiner Umweg? Ich glaube, das ist die ganz andere Richtung."

„Nun sag, du bist schon in Neustrelitz gewesen?"

„Nein, nie."

„Aber du kennst dich aus, scheint mir. Eine ganze andere Richtung, stimmt, mein Freund. Aber wenn wir schon ein Stück Weg gemeinsam haben, dann erzähl doch noch ein bisschen. Nichts ist schöner als der Klatsch und Tratsch nach so einem Fest, findest du nicht auch? Wer mit wem und so. Nach so viel Bier und

Rheinwein. Wobei, mit dem Rheinwein hat der Graf ein bisschen gegeizt, fand ich."

„Wer mit wem? Oh, da kann ich gar nichts beitragen."

„Das habe ich befürchtet." Sie schnipst abermals in seine Richtung. „Wer hatte dich überhaupt zum Maitre de Plaisir gemacht? Künnecke, nehme ich an. Künnecke muss sich hier um alles kümmern, wie mir scheint."

Johann nickt.

„Ich merke schon, norddeutsche Wortkargheit. Karg wie die Landschaft. Karg wie die Erträge von Feld und Stall."

„Karg? Die Gegend hier wird nicht umsonst Speckwinkel genannt." Der Satz rutscht Johann angriffslustiger heraus, als er ihn hat sagen wollen. Aber er ärgert sich in dem Moment tatsächlich ein bisschen über die Malerin, die genauso von oben herab spricht wie der gräfliche Stallknecht. Als seien die Hamburger etwas Besseres, nur weil die Hamburger nichts wissen vom Klützer Winkel, ja den Namen Klützer Winkel noch nie gehört haben, während die Klützer von Hamburg natürlich alle wissen, auch wenn kaum einer von ihnen je dort gewesen ist.

Aber Esther Denner lacht nur. „Wie hat dir unseren Gesang gefallen? War doch nicht schlecht, was? Wohin reitest du überhaupt?"

„Nach Damshagen. Mit dem Baumeister, aber der ist mir davongeritten. Und Euer Gesang, hohe Frau, war himmlisch."

„Hohe Frau! Himmlisch! Schmeichler! Nun, aus Schmeichlern wird was im Leben. Danke übrigens. Hättest du uns nicht so abgelenkt von unserem Lampenfieber, wir wären gestorben vor Aufregung. Da saßen wir im Gartensaal, warteten, dass man uns nach oben rufen würde zum großen Auftritt. Wir zwitscherten alle durcheinander, keiner wusste seine Stimme mehr, geschweige noch diesen merkwürdigen Text: Inseln des Lichts, Glitzerschübe im Teich. Und dann kamst du, oh strahlender Held, jung, kräftig, die Ruhe selbst und die Ruhe in ein Lächeln gelegt. Ein Lächeln, als sei dir der Umgang mit Frauen vertraut wie dem Künnecke die Bauzeichnungen. Das hat uns von unserer Aufregung abgelenkt. Ich glaube, niemand von uns merkwürdigen Sängerinnen hat sich bislang bei dir bedankt, dass du uns so reizend hinaufgebracht hast auf unsere Bühne. Da kann ich das hier nachholen. Das muss ich sogar tun, denn vielleicht sehen wir uns nie wieder. Du bist ein charmantes Kerlchen."

„Reizend? Charmant? Kerlchen?", fragt Johann zurück, und nun muss auch er lächeln, wenngleich nur halb aus den Mundwinkeln heraus, weil er nicht recht weiß, was er sich bei der jungen Malerin herausnehmen darf und was besser nicht. Sie steht so ungleich über ihm. Dann fügt er unvermittelt hinzu: „Seltsam, dass uns jeder verlässt in unserem Winkel hier, der den Künsten obliegt. Als wäre der Winkel nicht gut für die Kunst. Na ja, Winkel und Kunst, das geht wohl auch nicht recht zusammen, wenn ich es mir recht überlege. Winkel ist eben Winkel, Kunst aber ist große Welt."

„So, meinst du? Und dann: Den Künsten obliegen – was für ein Ausdruck", lacht die Denner. „Was geht dir da durch den Kopf? Wo hast du sowas her?"

„Habe ich von Künnecke. Und er hat ja recht. Unser Benno ist schon weg."

„Benno?"

„Benno hat die Linden gepflanzt rund um das gräfliche Palais, aber dann kam eine Theatertruppe zu uns nach Klütz und nahm ihn einfach mit, als sie weiterzog. Er sah glücklich aus damals, beim Abschied, meine ich, und ich habe auch nie wieder etwas von ihm gehört, seitdem."

„Ach, richtig, denn kenne ich, jetzt erinnere ich mich. Ich sah ihn in Grevesmühlen bei unserem großen Zusammenstoß. Wir haben dann gemeinsam Süßes auf dem Markt geschleckert,

Greve-Creme. Schön rot und süß. Die Gaukler kamen auch hinzu."

„Und jetzt geht auch Ihr auf und davon. Ich habe zuvor noch nie eine Malerin gesehen. Dass Ihr solche Porträts hinbekommt, bewundernswert."

Esther Denner macht eine wegwerfende Handbewegung, bevor sie sagt: „Auch Künnecke obliegt den Künsten, um deinen Ausdruck zu gebrauchen. Auch er wird fortgehen, wenn hier alles vollendet ist. Er wird dich mitnehmen, wohin auch immer. Und sei froh, denn das Glück liegt immer in der Ferne."

„Ich wage nicht zu widersprechen, gnädige Frau. Weil Ihr es seid. Aber ehrlich gesagt, ich meine, dass es keineswegs so ist, das mit der Ferne."

„Nun, du kennst keine Ferne. Du weißt nichts von ihren Verlockungen. Aber du wirst es schon noch verstehen. Man begreift erst durch Erfahrung, nicht durch kluge Ratschläge. Und was deinen Benno betrifft – so hieß er doch? –, ist er vielleicht durch die Kunst gerettet worden, weil er endlich etwas von der Welt sieht. Und ich sage dir voraus, wenn es bei ihm mit der Kunst, mit dem Theater nichts wird, kommt er zurück zu euch. Aber er hat dann die Ferne gesehen."

„Wer scheitert, kehrt zurück?"

„Nicht jeder, der zurückkehrt, muss gescheitert sein. Auch der Sieger kennt Heimweh. Aber was rede ich da. Du beneidest diesen Benno?"

„Ich weiß es nicht. Ich habe darüber noch nicht nachgedacht."

„Ich jedenfalls bin nicht wie dein Benno. Ich habe ja nur ein Gastspiel in eurem Winkel gegeben. Es hat mir übrigens gefallen bei euch. Aber lassen wir das. Wir sind in Damshagen, du solltest jetzt deinem Herrn folgen, was? Lass dich nicht aufhalten. Adieu, mein Lieber."

Sie sitzt auf ihrem Bock etwas höher als Johann auf seinem Pferd. Sie winkt zu ihm herunter, er sieht zu ihr hinauf. Wie freundlich sie jetzt alle zu ihm sind, wie sie ihn alle beschenken. Aber kein Geschenk, so denkt unser Johann jetzt, kein Pferd, kein Wams, kein Dreimaster, vermag so schön zu sein wie dieser Blick. All die Geschenke helfen ihm, dass sein Leben, über das er sich bislang, Gott vertrauend, wenig Gedanken gemacht hat und dessen Armut ihm selbst gar nicht zu Bewusstsein gekommen war, nicht mehr ganz so arm sein muss. Aber dieses Geschenk des blauen Blickes ist etwas anderes, es berührt das Herz.

Sie winkt noch, als sie weiterfährt in Richtung Grevesmühlen, jetzt wieder mit höherer Geschwindigkeit. Er hingegen biegt zur Kirche und daneben dem Pfarrhaus ab. Er hält sich gut auf Schnute, wohl weil er Esther Denners Blick noch auf sich zu spüren meint. Aber das Pferd macht es ihm auch leicht. Erst jetzt ist er so recht glücklich über all das, was ihm widerfahren. Der Kastenwagen verschwindet hinter der Wegbiegung. Dafür kommt der Baumeister wieder in Sicht. Eben sitzt er von Herodes ab.

„He, was hat dich aufgehalten? Kein Mut zum Galopp? Du siehst irgendwie verwirrt aus. Deine Schnute hat dich doch hoffentlich nicht ... Erst beißen und dann ..."

„Nein, nein. Ich wollte nur einen Augenblick lang den Feldlerchen zuhören. Es ist eine so schöne Musik."

Künnecke nimmt es hin. Dabei singen Feldlerchen im August gar nicht mehr. Aber Johann fällt nichts Besseres als Antwort ein. Unmöglich, so findet er, kann er dem Baumeister davon erzählen, wie er Esther Denner begegnet ist und sie mit ihm geplaudert hat, fast von gleich zu gleich. Und dass sie Abschied genommen hat von ihm. Nicht aber von Künnecke, von dem doch erzählt wird, er sei verliebt, unglücklich verliebt, in die junge Frau.

Maitre de Plaisir. Davon noch ein Wort. Denn manchmal findet die Stunde ihren Mann an einer Stelle oder, wie man in unserem Fall sagen muss, in einem Winkel, wo sie bestimmt nicht gesucht hätte. Da hatten Graf Bothmer und sein Baumeister an alles gedacht für ihr Baustellenfest, von dem nun schon so lange die Rede gewesen war. Jedenfalls glaubten sie, an alles gedacht zu haben. Der Pastor musste predigen, klar, der Frauenchor singen, Händel musizieren und dirigieren. Der Baumeister sollte in die Rolle eines Unterhalters schlüpfen und der Gesellschaft die Honneurs machen. Und er wirkte dabei dann auch so leicht und liebenswert, dass vor allem die Plessens aus Brook sich gar nicht mehr von ihm trennen mochten, besonders die umfangreiche Elisabeth, empfänglich für jede Art der Zuwendung, die sie ihrer Bedeutung wegen für angemessen hält, und sie hält sich für sehr bedeutend.

Die Plessens hatten die Taktlosigkeit begangen, schon weit vor der Zeit da zu sein. Aber Elisabeth hatte es nicht erwarten können, den Palast des Grafen zu durchschreiten, denn der würde ihr vor Augen führen, was jetzt Mode war und was also von ihr künftig berücksichtigt werden musste, besonders wenn es um den Stammsitz der Plessens in Damshagen ging. Immerhin gab sie damit zu, ohne dass sie es freilich irgendwo laut gesagt hätte: Sie hielt den Londoner Graf für den Maßstab, was Geschmack und Schick anlangte. Ihr Gatte hingegen taxierte den ganzen Nachmittag über heimlich, wie teuer es werden würde, würde er Künnecke nach Damshagen ins Schloss holen – oder einkaufen, wie Ludwig, die Krämernatur, bei sich dachte. Irgendwann mussten doch selbst einem Grafen Bothmer die Aufträge ausgehen. Und wenn nicht die Aufträge, dann doch das Geld.

Dass im Hof Gottlieb zum Fest seine Hühner am Spieß drehen sollte, war auch klargewesen. Er tat es zu aller Zufriedenheit, weithin duftete es herrlich. Er war so stolz, dass er meinte, eine Marktlücke entdeckt zu haben. „Einmal ist keinmal", sagte er nach dem Fest, wohl in diffuser Erwartung eines weiteren Festes mit Hähnchen am Spieß. Hedwig trug die fertigen Braten behende auf großen silbernen Platten in den Saal, als hätte sie so etwas schon immer getan. Und der Wirt vom Frät Kraug machte, wie zuvor mit Künnecke vereinbart, ein Fass nach dem anderen auf. Das Bier floss in Strömen. Mit dem Wein hingegen war, wie die Denner es angedeutet hat, Bothmer etwas geizig gewesen. Nicht wegen der Kosten, vielmehr war ihm, auch wenn er die ganze Gesellschaft selbst eingeladen hatte, zu viel niederes Volk in sein Fest geraten, und auf das passte Bier besser, fand er.

Wir befürchten, dass für ihn zum niederen Volk selbst die Plessens aus Brook gehörten. Zu seiner eigenen Beschwichtigung dachte der Graf, so ein Fest habe er sich nicht zum Vergnügen aufgeladen. Feste seien nun einmal nicht für Freude, Geselligkeit und schon gar nicht für das Vergnügen da, jedenfalls nicht für den Gastgeber, und wahrscheinlich nicht einmal für die Mehrzahl der Gäste. Sie seien vielmehr eine Pflicht. Schon die Liste der Einzuladenden war eine Pflicht, ausgewogen musste sie sein. Sonst hätten es die Plessens, zumindest die dicke Elisabeth, wohl auch nicht auf die Liste geschafft.

Ja, die Pflicht. Wie oft in seinem Leben hatte der Graf schon auf Festen jeglicher Art seine Pflicht erfüllt, auf bewundernswerte Weise erfüllt: Verabredungen getroffen, Verträge geschlossen, Intrigen gesponnen, und das alles so leichthin, als würde er kein größeres Vergnügen kennen, als auf so einem Fest zu promenieren. Auch hier im neuen Festsaal galt es, seine Pflicht zu erfüllen, allerdings eine, die sich nicht auf einen Vertrag oder eine Intrige beschränkte. Hier galt es vielmehr, beim Volk seinen Ruf als gütiger und reicher Herr zu befestigen. Erworben hatte er ihn schon, zweifellos, schon lange vor seiner Reise in den Speckwinkel. Jeder aber sollte wissen, dass allein er der rechte Herr über diese stille Grafschaft am Ende der Welt sein konnte, selbst wenn er wieder in London wäre und bestimmt nicht noch einmal nach Mecklenburg reisen würde.

Alles also war vereinbart, verabredet, besprochen und wurde auch zuverlässig eingehalten, als das Fest endlich begann: Graf, Pastor, Chor, Händel, die Hühner, der Frät Kraug-Wirt und Künnecke als Charmeur, der anstrengende Gäste wie Elisabeth von Plessen vom Grafen fernhielt. Und doch: Der Mensch ist nicht vollkommen, bedenkt vieles an seinen Plänen und übersieht oft das Entscheidende. Hier also fehlte ein Maitre de Plaisir. Ein Zeremonienmeister, der begrüßte und ankündigte, der den Pastor mit der Andacht rechtzeitig beginnen ließ, den Damenchor aus dem Gartensaal, wo noch generalgeprobt wurde, zum richtigen Zeitpunkt in den Festsaal führte, rechtzeitig Zeichen gab, wann der Hühnerschmaus zu servieren und das Bier in die Krüge einzuschenken sei.

Als Künnecke das Versehen oder besser Übersehen zu Bewusstsein kam, spazierte eben der junge Bothmer in den Festsaal herein, unberührt von aller Aufregung um ihn herum und mit gewohnt verdrießlichem Gesicht. Bothmer jr. war bei der allgemeinen Verteilung ohne Aufgabe geblieben, ja niemand hatte überhaupt an ihn gedacht. Aber das dürfte nicht der Grund gewesen sein, weshalb er unglücklich jetzt überall im Weg stand. Bei aller Vertrautheit mit Hans Kaspar jr. hätte Künnecke es denn doch nicht wagen dürfen, dem künftigen Erben des bothmerschen Besitzes im Speckwinkel eine so profane Aufgabe zu übertragen, wie den Zeremonienmeister bei einem Baustellenfest zu geben. Künnecke hatte schon angehoben, Hans Kaspar anzusprechen, da besann er sich doch noch. Nein, Hans Kaspar jr., der Erbe, hatte einfach da zu sein, nichts weiter. So wie der Graf es schon gesagt hatte.

Aber selbst das schien Hans Kaspar jr. zu überfordern, wie er da so ging oder stand, eingehüllt in eine Aura aus Missmut und Trübsal. Künnecke war klar, Hans Kaspar jr. hasste Geselligkeit, alles Laute und Vulgäre, die Nähe von Menschen, noch dazu ihm Unbekannten. Egal, Künneckes Problem war damit nicht gelöst.

Johann stand, wie eigentlich immer, gleich einem Schatten hinter seinem Herrn, wenn wir Künnecke so nennen dürfen. Die Gedanken des Baumeister kehrten von Bothmer jr. zurück, als ihm, wie er sich zufällig zu seinem Gehilfen umwandte, so war, als gäbe ihm der Himmel einen Wink: Du hast ein Problem, siehe, da steht die Lösung. Künnecke antwortete dem Himmel, indem er rasch sagte: „Johann, du wirst dein Lebtag von einem Maitre de Plaisir nichts gehört haben, aber es hilft alles nichts, du bist jetzt einer." Zu den vielen Wundern dieses wunderbaren Sommers gehörte, dass Künnecke nur ein paar Worte in aufgeregten, abgehakten halben Sätzen folgen lassen musste, bis Johann – von schneller Auffassungsgabe war er ja – begriffen hatte, was von ihm in den nächsten Stunden erwartet wurde. Es gelang sogar noch auf die Schnelle, den Jungen angemessen zu kleiden, gelbes Justaucorps, weißes, wenn auch schon etwas angegrautes Spitzenjabot, blaue Hosen, weiße Strümpfe, gelbe Schuhe. Oberkleid und Hose saßen etwas zu knapp für seinen kräftigen Körper und im Laufe des Abends sollte dann die Hose am Hinterteil auch aufreißen, aber das machte nichts. Nie zuvor hatte Johann Seide getragen, wie auch. Er fand sie etwas kratzend, aber auch das war jetzt egal. Ja, Johann begriff flink, und, wie wir wissen, er kennt keine Angst.

Da hatte er also im Türrahmen gestanden zwischen Saal und Treppenhaus. Mit blinkenden Knöpfen, die bei jedem Atemzug Gefahr liefen abzuspringen. Sogar einen Zeremonienstab hatte man ihm in die Hand gedrückt, es war der Spazierstock des Pastors, der infolge des merkwürdigen Tauschs neulich der Spazierstock des Grafen selbst war. Künnecke hatte ihn kurzerhand bei Pilgrim requiriert, als der es gar nicht recht bemerken konnte. Denn der Pastor war innerlich mit seinem geistlichen Wort beschäftigt, von dem erwartet wurde oder von dem zumindest der Graf erwartete, dass es den Saal und überhaupt das ganze Haus auf besondere Weise segnete und ergriff.

Geben wir es nur zu: Der ganze Aufzug passte nicht zu dem Jungen. Er sah wie verkleidet darin aus, mehr Pierrot als Maitre de Plaisir. Aber auch das war jetzt gleichgültig, niemand achtete in der allgemeinen Aufregung darauf, jeder, ob Mitwirkender oder Gast, hatte mit sich zu tun. Und jetzt trafen immer mehr Gäste ein. Auch der Graf erschien. Künnecke gab das vereinbarte Zeichen, indem er dreimal in die Hände klatschte. Jetzt sollte es losgehen mit dem Baustellenfest. Aber wo war der Pastor, dessen segnendes Wort am Anfang stehen sollte? Johann lief los ihn zu suchen. Er fand ihn gleich neben dem Saal in jener Fensternische sitzend, in der uns vor ein paar Tagen auch schon der Graf begegnet war, als er eben über Wasserklosetts nachsann.

„Mein Bein ist eingeschlafen", murmelte Pastor Pilgrim. „Ich kann nicht aufstehen. Wo, zum Teufel, ist nur mein Stock."

„Hier, Hochwürden, aber Ihr habt ihn an mich verliehen, vorhin."

„So, habe ich das? Er wurde mir weggenommen. Es ist auch gar nicht meiner. Er gehört dem Grafen. Wenn der Graf das wüsste. Aber gib ihn mir wieder."

Johann aber gab den Stock keinesfalls her, er stützte den Pastor vielmehr, bis der sich erhoben hatte und ein paarmal schwerfällig hin und her stapfte, um seine Durchblutung wieder in Ordnung zu bringen.

„Ich habe alles vergessen, was ich sagen wollte. Oder besser sollte. Moses. Um Moses sollte es gehen. Das gelobte Land, gesehen aus der Ferne, nie betreten. Aber noch mehr sollte ich reden von dem kleinen Moses in seiner Wiege aus Binsen, den Nil entlangtreibend. Was soll das? Das ist doch alles Blödsinn, oder? Von mir aus würde ich nie über Moses reden."

„Hochwürden, Ihr …"

„Sag nicht dauernd Hochwürden, Lümmel. Bin ich katholisch? Ich bin dein Pastor, hast du das vergessen, nur weil du da mit dem Stock des Grafen herumfuchteltst? Was erlaubst du dir überhaupt? Was machst du hier?"

„Baumeister Künnecke. Er klatscht schon wieder in die Hände. Es ist das Zeichen. Ihr werdet im Saal erwartet. Eure Andacht. Hier entlang, bitte." Im Saal setzte Musik ein.

„Moses. In so einem Saal zu predigen, nein, in einem so profanen Bau. Das ist unchristlich. Ich predige von der Kanzel herunter", murmelte der Pastor. „Ich unterwerfe mich, wenn ich ohne Kanzel predige. Ohne Kirche. Ich unterwerfe mich den Wünschen dieses Grafen, dabei habe ich mich allein Gott zu unterwerfen. Und das ist schon schwer genug."

„Herr Pastor." Johanns Stimme klang jetzt doch etwas drängend. „Eine Kanzel gibt es nun einmal hier nicht. Nehmt es doch wie einen Auftritt im Theater. So wie neulich beim Theater auf dem Klützer Marktplatz, Ihr wart doch auch da. Als der Roland verrückt wurde. Das hat mir gefallen."

„Soll ich verrückt werden?", warf Pilgrim ein und strich mit den Händen über seinen Talar.

„Stellt Euch nur vor, das hier ist ein Theater und ihr gebt – ja, was? Den Pastor. Ihr gebt den Pastor natürlich. Ihr vergesst, dass Ihr der Pastor seid, Ihr spielt den Pastor. Ein paar Worte des Segens, so schlimm kann das nicht sein."

„Und dann unter Beifall abgehen."
„Genau. Ihr erzählt von Moses, als wäre es eine Geschichte. So wie der komische Zwerg neulich auf dem Fass erzählt hat, wie Roland verrückt wurde."
„Wie kommst du auf Theater?", fragte Pilgrim misstrauisch.
Johann antwortete aufrichtig: „Ist mir nur so eingefallen."
„Hm, Theater, nur so eingefallen", entgegnete Pilgrim unerwartet besänftigt. „Ja, Theater, warum nicht? Eine Komödie, die da gespielt wird. Alles nur Komödie, hörst du, Junge, das ganze Leben ist doch nur eine Komödie. Das passt schon. Und Gott ist der, der alles in Szene setzt. Ob das dem göttlichen Komödianten, unserem Herrn hoch da droben, Spaß macht? Ich meine, seine göttliche Komödie." Pilgrim sah hinauf und lachte dabei laut auf.
Johann hatte zwar nicht zugehört, nickte aber und zog den immer noch lachenden Pastor mit sich weiter in Richtung Saal. Sie erreichten die Tür, Johann öffnete sie so weit, wie für den Pastor nötig, und schob ihn kurzerhand hinein.
„Mit Gott, Herr Pastor. Ihr habt komödiantisches Talent. Es muss nicht immer die Kanzel sein." Johann wuchs, was seine Geistesgegenwart, aber auch seine Bestimmtheit anbelangte, über sich hinaus, wir können es nicht anders sagen.
„Meinen Stock, sofort", zischte der Pastor.
„Es muss ohne gehen", flüsterte Johann zurück und hielt fest, während Pilgrim an dem Spazierstock zerrte, aber gegen den kräftigen jungen Mann ohne Chance blieb.
Für die Gesellschaft im Saal musste es ein seltsamer Anblick gewesen sein, wie der Pastor mit dem Rücken zuerst eintrat und an etwas zog, das vom Publikum niemand sehen konnte. Aber da setzte die Musik wieder ein, Händel spielte „Gelobt sei unser Gott". Pilgrim gab den Stock auf und kramte nach der Bibel in seinem Talar.

Hier und da im Saal gab es doch tatsächlich unterdrücktes Lachen. Johann schloss die Tür, den Pastor gleichsam dabei in den Saal schiebend, lehnte sich mit dem Rücken gegen einen der Flügel und atmete tief durch, Schweißperlen traten auf seine zu kurz wirkende Oberlippe.

Was habe ich mir da eben erlaubt, dachte er. Das wird Folgen haben.

Aber es hatte keine Folgen für den Jungen. Später hieß es, Pilgrim habe so gut wie noch nie gesprochen, geistreich, ja witzig, aber dann auch wieder ergreifend. Elisabeth von Plessen war gesehen worden, wie sie sich eine Träne aus dem Auge hatte wischen müssen, als Pilgrim von dem kleinen und hilflosen Moses in seinem winzigen Binsenkorb auf dem großen Fluss sprach, dieser Fahrt ohne Hoffnung, bis sich das Wunder der Rettung vollzog. Die Himmelreich soll ziemlich laut zu den neben ihr Sitzenden gesagt haben, als der Pastor vom entflammten Dornbusch sprach: „Das hat er von mir." Und über Christine Margarethe hieß es später, sie habe sich zu dem alten Grafen neben ihr gebeugt und nicht allzu leise in sein Ohr geraunt: „Oh, mein Moses."

Als Johann später den Stock zurückgab, knurrte der Pastor nur ein „Danke, und das Theater werde ich dir schon noch austreiben". Es war aber ein nicht allzu unfreundliches Knurren. Auch sprach er fortan nur noch gut von Johann.

Indes jetzt hatte Johann den Stock noch, den teuren bothmerschen, und schwang ihn fröhlich, als er, kaum hatte im Saal Pilgrim mit seiner Andacht begonnen, sich zu seiner nächsten Heldentat aufmachte. Er eilte hinunter in den Gartensaal und kam nicht umhin, sich der alten Frau zu erinnern, die da gestanden hatte, die Prinzipalin des Theaters, die Freundin des Grafen aus früheren Tagen. Aber das Bild, das ihn diesmal im Gartensaal, Künneckes Sommersaal, erwartete, war nun wirklich ein ganz anderes. Es erinnerte ihn an einen Hühnerschwarm. Er meinte, durch umherschwirrendes weißes Gefieder zu laufen, als wäre er in Gottliebs Stall. Das kam, weil Händel seine sieben Sängerinnen aufgefordert hatte, bei ihrem Auftritt Unschuldsweiß zu tragen. Der Klützer Schneidermeister Kalliwoda war auf die Schnelle damit beauftragt worden und hatte alles gegeben, zum ersten Mal in seinem Leben als Kostümbildner zu reüssieren. Aber Kalliwoda verstand sein Handwerk. Aus ein paar Stoffresten, die er in seinen Truhen fand oder die ihm von den Choristinnen überlassen wurden, hatte er Kleider genäht, die auf der Bühne wirkten, als bestünden sie vogelgleich aus Federn, wobei ein näherer Blick jedermann hätte zeigen können, dass mit solchen angeklebten Federn kein Flattern und schon gar kein Fliegen möglich gewesen wäre. Johann, wie er da so in dem Schwarm stand, wunderte sich nur, wie unterschiedlich Weiß aussehen konnte.

Und dann das Gackern! „Geht es los?" „Meine Stimme, meine Stimme ist fort." „Der Text, ich habe die Verse vergessen." „Ihr werdet es heraushören, alle werden es heraushören, wie falsch ich singe." „Der Musikus ist so streng, ich werde den Mund nicht aufbekommen, wenn er das Zeichen gibt." So gackerte es um Johann herum. Er musste lächeln, dann lachte er, nun ja, ein wenig krähend. Und die Hühner, also die Choristinnen, verstummten.

„Er lacht uns aus, der Freche", rief die vorlaute Friederike.

„Er lacht uns aus." Das riefen nun auch die anderen sechs wie aus einem Mund: Magdalena, Dorothea, die Malerin, das Milchmädchen Sieglinde, die Frau Pastor, sogar die irische Fee Agathe, deren Sommersprossen im Gesicht vor Aufregung zu glühen schienen. Überhaupt hatten alle vor lauter Aufregung etwas Farbe bekommen, es stand ihnen gut. Sieglinde Fahrenkrog baute sich in ihrer ganzen Pracht vor Johann auf und wiederholte drohend: „Er lacht uns aus."

Was für ein Bild, dachte Johann. Er hatte das Gefühl – und es war nicht einmal ein unbehagliches –, gleich würde sich der Schwarm auf ihn stürzen und scharfe Schnäbel auf ihn einhacken. Das tat er auch, der Schwarm, das taten sie, die Schnäbel, aber Johann wich aus, machte kehrt und eilte die Treppe wieder hinauf. Der Schwarm folgte, gackernd, rote Schnäbel, rote Kämme, weißes Federkleid. Johann wandte sich halb zurück und legte den Zeigefinger auf die Lippen, die sich nie ganz über den Zähnen schließen wollten.

Das wirkte, gegen alle Wahrscheinlichkeit. Der Damenchor schwieg tatsächlich, man hörte nur noch das Schnaufen der Hinaufeilenden und das Rascheln der gerafften Kleider. Dann vernahmen sie auch schon, gedämpft durch die geschlossene Tür, die salbungsvolle Stimme des Pastors, die eben zum Vaterunser überleitete.

Und als der Schwarm einen Augenblick später vor der Saaltür ankam, wurde die auch schon aufgerissen. Künneckes Spatengesicht lugte heraus. Seine Hände winkten aufgeregt die Damen heran. Johann nickte er zu, der meinte sogar, dass Dankbarkeit, ja Anerkennung im Blick des Baumeisters lag. Johann trat zur Seite, um den Hühnerschwarm in den Saal zu scheuchen. Den Frauen blieb nichts anderes übrig, als eine nach der anderen an ihm vorbeizuziehen. Siebenmal weiße Gewänder, siebenmal rote Wangen der Aufregung, siebenmal betörender Duft mit einer leichten Note von Schweiß. Agathe und Friederike Hand in Hand, das fiel ihm auf. Als letzte schritt die große Sieglinde vorbei, und was tat sie? Ihr Blick, der eben unten im Gartensaal noch dunkler Grimm gewesen war, fiel leuchtend auf Johann, gefolgt von einem Augenzwinkern, während ihr üppiger und jetzt knallrot angemalter Mund frech einen Kuss formte. Schade für Johann, dass er es nicht wahrnehmen konnte, denn er war in eine tiefe Verbeugung gesunken. So tief, dass mit einem Ruck und einem unappetitlichen Geräusch seine geborgte Hose am Hinterteil aufriss. Zum Glück ging das Reißen unter im Knarren der sich eben hinter dem Chor schließenden Flügeltür.

Als Johann wieder allein dastand und die Musik aus dem Saal erklang, lehnte er sich abermals mit dem Rücken gegen die Tür, noch mehr Schweißperlen auf der Oberlippe. Und doch drehte er zugleich fröhlich den bothmerschen Stock, den er nun gar nicht gebraucht hatte.

Bald wurde es Zeit, dass die gebratenen Hühner serviert und die Fässer geöffnet wurden. Johann eilte also in den Hof hinunter.

So hatte das Fest dank Johann seinen ungestörten Lauf genommen. Als alles schon schmauste und trank, gab Johann dem Pastor den Stock zurück, den dieser wie eine Monstranz weitertrug zum Grafen, denn nun war es an der Zeit, die Gehstöcke zurückzutauschen.

„Pastor, Ihr seid diesem Winkel der rechte Hirte, das weiß ich jetzt", freute sich Bothmer und tätschelte Pilgrim jovial die Schulter. „Hat mir gefallen, das mit Moses und dem gelobten Land. Bin ich Moses, habe ich es immerhin betreten, wenn auch nur besuchsweise."

„Graf Bothmer, wir haben einen großmütigen Herren hier in unserem Winkel gefunden", erwiderte der Pastor, die eine Schmeichelei mit einer anderen vergeltend.

Dann aber näherte Bothmer seinen Mund dem Ohr Pilgrims und flüsterte: „Entschuldigt mich für den Gottesdienst am Sonntag. Ich begebe mich auf Reisen ..."

„Ihr wollt uns schon verlassen?", fuhr der Pastor auf. „Nach London?"

„Nicht so laut, Pastor. Nur für ein paar Tage, nach Schwerin und Dresden. Händel nehme ich nicht mit, der kann Euch nach Herzenslust wieder die Orgel traktieren."

„Oh, wie schön", antwortete Pilgrim, um dann hinzuzufügen: „Vielleicht spielt er diesmal ‚Hänschen klein ging allein'."
„Nun, ich gehe oder vielmehr fahre nicht allein", murmelte Hans Kaspar konsterniert, bezog er das mit dem Hans doch auf sich. Dann aber nahm er seinen wiedergewonnenen Stock fest in die Hand und mischte sich, geübt lächelnd, unter die ausgelassene Gesellschaft.

„Hut ab", bescheidet Künnecke und nimmt den seinen mit einer raumgreifenden, sehr eleganten Bewegung vom Kopf. Er setzt noch hinzu: „Der Graf, da kommt er. Da vorn."
Johann folgt dem Befehl und fühlt dabei eine tiefe Befriedigung, seinen Dreispitz zu haben, den man nicht mehr wie eine Mütze einfach vom Kopf zieht und in den Händen wie ein Bittsteller kneten musste, sondern tatsächlich abnimmt, für einen Moment in der Luft hält wie eine Fahne, wie ein Zeichen: Die Schlacht beginnt.
Sie sitzen auf ihren Pferden, die nebeneinander am Wegesrand im Schatten alter Linden tänzeln, und warten in Ehrfurcht und wie in militärischer Formation, bis die Kutsche herangerollt ist. Diese hat sich schon durch Pferdegetrappel und Pferdeschnaufen angekündigt, bevor sie in der scharfen Damshagener Kurve in Sicht kommt. Es ist ein Vierspänner, der Kutschwagen eine Berline. Und hinter der Berline taucht noch ein zweiter Wagen auf, ebenfalls mit vier Pferden, ein Planwagen, schwer im Sand dahinrollend, eine hohe Last an Reisegepäck tragend.
Die Berline hält, der Graf beugt sich aus dem herabgelassenen Fenster. „Künnecke, es ist also soweit. Ich reise an den Hof des Großmoguls."
„Möge Euch der Großmogul empfangen."
„Das wird er schon. Meine alten Freunde in Dresden werden mir das Grüne Gewölbe öffnen lassen, wann immer es mir beliebt. Und wenn der dicke August selbst die Tür aufschließen muss. Ich

meine, den komischen Fürsten, den Kurfürsten, den sie da haben und den sie den Starken nennen."

Da dringt eine andere Stimme aus der Kutsche, eine weibliche: „Was ist es mit diesem Großmogul?" Die Stimme von Christine Margarethe.

Künnecke versucht, nicht überrascht zu wirken. Zwar wusste er, dass der Graf zu reisen beliebt, sozusagen eine Reise in der Reise unternehmen will, für eine paar Tage. Nach Schwerin und vielleicht weiter noch nach Berlin, ganz bestimmt aber nach Dresden. Dass ihn Christine Margarethe begleitet, davon aber ist keine Rede gewesen. Und Künnecke kommt sogleich der formidable Gedanke, Christine Margarethe dürfte sogar der eigentliche Anlass für diese Reise sein und nicht irgendein Großmogul. Nicht zu fassen, denkt der Baumeister bei sich.

Der Graf spricht in das Innere der Kutsche: „Mein Kind, es ist eine besondere Pretiose im Dresdner Schloss, dieser Großmogulhof. Ein Tischaufsatz, der en miniature einen Hofstaat aus dem fernen Indien zeigt, voller Diamanten, Rubine, Saphire und Perlen, voller Gold und Silber. Ein Spielzeug, eine Puppenstube, nur ein wenig zu wertvoll, um damit auch wirklich zu spielen. Lauter Figuren und Elefanten, ganz aus Smaragden. Geschaffen von einem Dinglinger. Nie zuvor hatte ich von einem Dinglinger gehört, aber dann fragte ich mich und frage mich bis heute, wieso ein solcher Mann nicht in unseren Diensten steht. Bernstorff hat mir in London von diesem Dinglinger und seinem Großmogulgeburtstag erzählt, es handelt sich nämlich um die Darstellung eines Geburtstagsfestes. Bernstorff war ganz hingerissen. Er hat überhaupt eine Neigung zu Kuriositäten, der alte Knabe."

Jetzt wendet Bothmer sich wieder Künnecke zu. „Und er wollte, wenn er irgendwohin kam an einen Hof, zuerst immer die Kuriositätenkabinette sehen, der alte Bernstorff. Er kam ja herum, das muss man sagen. Schatzkammer, pflegte er zu mir zu sagen. Das sind Schatzkammern. Und wenn wir alle diese Reichtümer für uns requirieren könnten, setzte der alte Spaßvogel hinzu, haha. Er hat einfach keinen Sinn für die Schönheit der Dinge, der Bernstorff, glaube ich. Klingende Taler sind ihm ein liebliches Geräusch. Sie scheinen übrigens nicht sehr ernsthaft zu sein, diese Sachsen mit ihrem dicken August. Nun, wir werden uns das ansehen."

„Schon wie sie da reden, so komisch sächsisch", lässt es sich aus der Tiefe der Kutsche vernehmen, es klingt ein bisschen müde.

Johann kann nicht anders, er muss hell auflachen. Auch Künnecke lächelt, wenn auch nicht über Christine Margarethes Bemerkung, sondern weil es ihn sozusagen humoristisch befriedigt, dass der Zufall dieser Begegnung auf staubiger und heißer Straße ihm Gewissheit über etwas gibt, was er zuvor schon beobachtet zu haben meinte: Hatte der Graf zuerst keinen Blick für Christine Margarethe gehabt, so scheinen beide seit einiger Zeit einander überaus zugetan. Auch Christine Margarethes Nachstellungen ihm gegenüber haben aufgehört. Und er, Künnecke, weiß sogar, seit wann: Seit der Graf und Christine Margarethe schon einmal zu zweit allein in einer Kutsche gesessen hatten. Neulich bei ihrer Reise nach Brook.

„Was lacht Er da", herrscht der Graf Johann an, aber es klingt eher beiläufig und nicht so, dass Johann sich hätte fürchten müssen vor einem gräflichen Zorn. „Lass Er das." Dann überschüttet Bothmer seinen Baumeister noch mit Aufträgen aller Art, die der sich unmöglich alle merken kann, so zwischen Tür und Angel oder besser zwischen Sommerweg und feldsteingepflasterter Straße. Noch dazu in solcher Hitze, wenn auch im Schatten der Linden und ihrem flirrenden Licht.

Endlich ruft Bothmer: „Adieu. Fahr Er zu, da vorn auf dem Bock." Und stößt seinen Stock mehrfach gegen den Plafond der Kutsche.

„Wir wünschen eine gute Reise", ruft Künnecke. „Und eine anregende."

Da rollen die Fuhrwerke wieder an und wirbeln mächtig Staub auf. Die beiden Reiter warten ergeben mit ihren zum Gruß erhobenen Dreimastern, bis der gräfliche Reisezug hinter der nächsten Kurve rasselnd verschwunden ist und der Staub sich gelegt hat, vornehmlich auf sie selbst, so kommt es ihnen vor. Dann klopfen sie wenigstens ihre Kopfbedeckung aus, setzen sie wieder auf und wenden sich zurück in Richtung Klütz.

„Er nennt es eine Lustreise", sagt Künnecke, als wäre er Johann eine Erklärung schuldig. „Ziemlich doppeldeutig, was?"

„Hohe Herren dürfen sich alle Freiheiten nehmen", erwidert Johann.

„Da hast du recht. Der hohe Herr. Und wir dürfen uns glücklich schätzen, ihm dienen zu dürfen."

In der Kutsche aber legt in diesem Moment der Graf seinen Arm um Christine Margarethe und flüstert: „Jetzt sind wir frei und können tun, was uns beliebt."

„Fast", entgegnet sie und gähnt, schlaff von der Hitze. „Ihr habt doch noch so manche Verpflichtung. Ich meine, du, mein Lieber, hast noch so manche Verpflichtung."

„Nun, der Herzog in Schwerin ist schnell abgemacht. Ich plaudere eine Stunde mit ihm und werde ihm erlauben, sich unseres Künneckes zu versichern, sollte ich für meinen Baumeister nichts mehr zu tun haben. Ich bin ja kein Unmensch."

„Künnecke", seufzt Christine Margarethe, weich in die Kissen ihrer Ecke gelehnt. „Kühner Held."

Bothmer achtet nicht darauf. „Und dann reisen wir weiter nach Berlin, zu meinen alten Freunden dort, Unter den Linden und Wilhelmstraße. Kennst du das? Bist du je dort gewesen? Natürlich nicht, wer hätte dich auch dorthin führen sollen, du armes

Ding? Dein Mann? Haha. Da muss dich erst einer entführen, damit du mal was erlebst. Und dann endlich Dresden. Da können wir noch was lernen."
„Am Hof des Großmoguls", murmelt Christine Margarethe verträumt. „Einmal auf einem Elefanten reiten, übersät von Smaragden." So schlummert sie, von der Berline gewiegt, doch tatsächlich ein. Sie schläft überhaupt, wie wir schon seit der Fahrt nach Brook wissen, in rollenden Kutschen gern ein.
Am späten Abend erreichen sie Schwerin. Sie steigen im Niederländer Hof ab. Die Zimmer blicken auf den Pfaffenteich. Sie fahren auf Besuch für drei Wochen.

Während sie entspannt reisen, gerät in Hannover König Georg II. in Aufregung: „Wo bleibt Bothmer? Er müsste doch längst wieder hier sein. Und wieso hat er Händel entführt? Wohin um Gottes willen? Und wozu?" Der Hof weiß keine Antwort, es gibt keine Nachrichten aus Mecklenburg. Woraufhin ein Offizier der Leibgarde losgeschickt wird, die beiden zu finden. Undercover, wie die Engländer sagen. Wir kennen ihn schon, aus 10 Downing Street. Major Dobbin bricht auf in das Abenteuer seines Lebens. Aber das ist schon die nächste Geschichte.

©privat

Unser Autor

Frank Pergande, 1958 in Berlin geboren, studierte Journalistik in Leipzig und war viele Jahre lang Redakteur der Frankfurter Allgemeinen Zeitung. Jetzt ist er im Ruhestand und widmet sich seinen literarischen Projekten. Bei Hinstorff erschien zuletzt sein Kriminalroman „Blutspur am Schloss Bothmer". Er lebt in Mecklenburg-Strelitz, in Mirow.

Frank Pergande bei Hinstorff

Die Inselkrähe von Mirow
ISBN 9783356018714 / 12,99 €
E-Book 9783356018790

Blutspur am Schloss Bothmer
ISBN 9783356024289/ 15,00 €
E-Book 97833560242896

Liebe Leserin, lieber Leser, wir freuen uns über Ihre Bewertung im Internet!

Die Deutsche Nationalbibliothek verzeichnet diese Publikation in der
Deutschen Nationalbibliografie; detaillierte bibliografische Daten sind im
Internet über http://dnb.de abrufbar.

Alle Rechte vorbehalten. Reproduktionen, Speicherungen in Datenverarbeitungs-
anlagen,
Wiedergabe auf fotomechanischen, elektronischen, oder ähnlichen Wegen, Vortrag
und Funk – auch auszugsweise – nur mit
Genehmigung des Verlages.

© Hinstorff Verlag GmbH, Rostock 2024
Herstellung: Hinstorff Verlag GmbH
Lektorat: Andrea Struck
Titelbild: Thomas Grundner
Bildnachweis: Stock-Fotografie-ID 519325749 / darkbird77
Druck: CPI books GmbH
Printed in Germany
ISBN 978-3-356-02508-8